AtV

STEPHANIE BARRON ist eine große Bewunderin der englischen Schriftstellerin Jane Austen (1775–1817). In ihrem Roman »Jane Austen und der dunkle Engel« (Aufbau Taschenbuch Verlag, 1996) hat sie uns die Autorin von »Sinn und Sinnlichkeit«, die eine hervorragende Beobachterin der sie umgebenden vornehmen Gesellschaft war, schon einmal von einer ganz anderen Seite gezeigt.

Stephanie Barron lebt im Bundesstaat Colorado, USA, und arbeitet zur Zeit am nächsten Abenteuer der schreibenden Detektivin Jane Austen.

1804. Jane Austen, die berühmte englische Schriftstellerin, ist mit ihren Eltern und ihrer Schwester Cassandra auf dem Wege zu einem Badeurlaub am Meer. Ein schweres Unwetter zieht auf, die Kutsche wird umgeworfen und Cassandra dabei verletzt. Die Familie findet Unterschlupf in High Down Grange, dem Haus von Geoffrey Sidmouth und seiner schönen Cousine. Doch über dem Anwesen scheint der Schleier eines Geheimnisses zu liegen. Der Hausherr verhält sich sehr befremdlich und zynisch. Widerwillig muß sich Jane eingestehen, daß sie ihn trotzdem anziehend findet. Bald darauf wird er verhaftet. Ist er wirklich der Kopf einer weithin bekannten Schmugglerbande?

Stephanie Barron

Jane Austen und die Herren der Nacht

Historischer Kriminalroman

Aus dem Amerikanischen von Susanne Olivia Klotz

Aufbau Taschenbuch Verlag

Titel der Originalausgabe
Jane and the Man of the Cloth

ISBN 3-7466-1445-7

1. Auflage 1998

Published by arrangement with Bantam Books, a division of Bantam Doubleday Dell Publishing Group, Inc.
Umschlaggestaltung Torsten Lemme
Druck Elsnerdruck GmbH, Berlin
Printed in Germany

In Liebe meiner Schwester Cathy gewidmet,
die mir immer ihre besten Bücher gab,
und meiner Schwester Jo,
die mich zu lesen lehrte.

Vorwort der Herausgeberin

Als Jane Austen im Spätsommer des Jahres 1804 in den Küstenort Lyme Regis reiste, kehrte sie in eine Gegend Englands zurück, die sie zum erstenmal im Jahr zuvor kennengelernt und offenbar in ihr Herz geschlossen hatte. In ihrem letzten Roman *Überredung*, der 1818 postum erschien, wählte sie Lyme Regis mit seiner sonderbaren Mischung von Fischern, im Ruhestand lebenden Offizieren der Kriegsmarine und eleganten Vergnügungssuchenden als Schauplatz einer Schlüsselszene. Ihre Begeisterung für die steilen Straßen und die erfrischende Cobb (eine Steinmole, die den gleichnamigen Hafen umgibt), für die verschwiegene, Pinny genannte Wildnis und das hohe Hügelland dahinter durchdringt die Szenen, die sie über zehn Jahre später nach den hier beschriebenen Ereignissen zu Papier brachte.

Jane Austen und die Herren der Nacht sind nichts anderes als Erinnerungen an die detektivischen Abenteuer, die auf Jane Austen im Spätsommer 1804 in Lyme einstürmten. Die Literaturforschung, die sich mit Jane Austen befaßt, sucht schon seit langem verzweifelt diese Periode ihres Lebens zu erhellen, doch leider befindet sich in der gesammelten Korrespondenz der Autorin nur ein einziger Brief aus Lyme. In jenem längeren Schreiben an Cassandra berichtet Jane über eine Reihe von Personen und Begebnissen, mit denen der Leser des vorliegenden Buches vertraut wird. Wir erfahren, was sie über Mr. Crawford denkt, mit dem sie am Abend zuvor auf der Donnerstagsgesellschaft getanzt hatte; wir hören von dem Diener James und seiner Laterne, von Miss Armstrong, von den Schuylers und den Ehrenwerten Barnewalls – »Menschen, die so beherzt waren und wunderlich genug aussahen, um zu den feinen Leuten von Lyme zu zählen« – und von dem geheimnisvollen Mann, den sie nur *le Chevalier* nennt, der den Gewinn beim Kartenspiel mit ihrer Mutter teilte. Die Einzelheiten sind unwiderstehlich verlockend, weil nur fragmentarisch – und doch lassen sie deutlich spüren, was für eine bewegte Zeit die Autorin an der Küste Dorsets erlebt haben muß.

Es hat ewig gedauert, ehe die gesamte Geschichte von Jane Austens außergewöhnlichen Erlebnissen in Lyme in Form dieses tagebuchartigen Berichts der Öffentlichkeit zur Kenntnis gebracht werden konnte, gehörte er doch zu den lange verloren geglaubten Austen-Tagebüchern, die nun in den Vereinigten Staaten aufbereitet und dort herausgegeben werden.*

Obwohl die Ereignisse, die Jane Austen auf den folgenden Seiten beschreibt, schon an sich höchst überraschend sind, könnten sie auch Licht in eine persönliche Episode ihres Lebens bringen, über die man reichlich Vermutungen angestellt und so manche Debatte geführt hat. Cassandra Austen, Janes ältere Schwester und engste Vertraute, erzählte Jahre nach Janes Tod ihrer Nichte Caroline, daß die Autorin während eines Ferienaufenthalts am Meer eine unglückliche Liebesaffäre mit einem Geistlichen hatte. Der junge Mann starb oder verschwand, noch ehe es zu einer Verlobung kam, und da Cassandra bekanntermaßen verschwiegen war, was das Privatleben ihrer Schwester anging, blieben der Nachwelt sowohl der Name des Gentlemans

* Einen vollständigen Bericht über die Entdeckung der Tagebücher erhält der Leser im Vorwort der Herausgeberin zum ersten Band der Jane-Austen-Reihe, der 1995 bei Bantam Books, New York, unter dem Titel *Jane and the Unpleasantness at Scargrave Manor* und 1996 unter dem Titel *Jane Austen und der dunkle Engel* im Aufbau Taschenbuch Verlag, Berlin, in deutscher Übersetzung erschienen ist.

als auch der genaue Hergang der Affäre verborgen. Unter den Austens kursierten die verschiedensten widersprüchlichen Erklärungen – Caroline Austen nannte es Janes »namen- und datenlose« Romanze. Offenbar sind die Tatsachen mit der Zeit verfälscht worden. Einmal hieß es, daß der Bruder des Geistlichen ein Arzt war, den Cassandra Jahre nach Janes Tod aufgesucht hat; dann meinte man, daß der unbekannte Freier in Wirklichkeit Reverend Samuel Blackall war, ein damals bereits langjähriger Bekannter Janes. Constance Pilgrim stellt sogar in ihrem Buch *Dear Jane: A Biographical Study of Jane Austen* (Pentlands Press, Durham 1971) die Behauptung auf, daß ihr mysteriöser Liebhaber Captain John Wordsworth war, der Bruder des Dichters William Wordsworth, ein Marineoffizier, der im Jahre 1805 mit seinem Schiff als vermißt gemeldet wurde, und daß sie sich schon im Jahre 1797 in Lyme Regis kennengelernt hatten – eine »kuriose« Theorie, wie ein weiterer Austen-Forscher, George Holbert Tucker, sagt. Wieder andere erklärten, Jane sei dem unbekannten Geistlichen während der Reise mit der Familie in Dorset im Sommer 1801 begegnet, noch andere siedeln diese Begegnung mehr im Umfeld des Jahres 1804 an.*

Jane Austen und die Herren der Nacht gibt eine mögliche Antwort. Jane Austens Bekanntschaft sowohl mit Geoffrey Sidmouth, den sie offenkundig für den Reverend hielt, und mit Captain Percival Fielding wie auch Sidmouths Freundschaft zu dem Wundarzt William Dagliesh, den Cassandra kannte und später besucht haben mag – deuten darauf hin, daß sich die »namen- und datenlose« Romanze der Autorin im Spätsommer des Jahres 1804 zugetragen haben muß. Auf weitere Hinweise an dieser Stelle möchte ich verzichten, um dem Leser nicht die Spannung an der

* Ein vorzüglicher Überblick über die Theorien der »namen- und datenlosen« Romanze nebst einer ausführlichen Darstellung des Umkreises von Jane Austen findet sich bei George Holbert Tucker, *Jane Austen the Woman* (St. Martin's Press 1994).

Geschichte zu nehmen. Deshalb erteile ich nun Jane Austen das Wort, die für sich selbst sprechen möge, und ich überlasse es dem Leser, über die Wahrheit der Dinge zu entscheiden.

Bei der Herausgabe dieses Bandes leistete mir Geoffrey Morleys Buch *Smuggling in Hampshire and Dorset: 1700 to 1850* (Newbury UK: Countryside Books) unverzichtbare Hilfe. Ich empfehle es denjenigen Lesern, die gern mehr über den illegalen Freihandel und die Herren der Nacht erfahren wollen. Der Schriftsteller John Fowles, der schon viele Jahre lang in Lyme wohnt und arbeitet, hat eine Geschichte dieses Ortes verfaßt: *A Short History of Lyme Regis* (Little, Brown & Co. 1982) – eine kurze aber sorgfältig ausgearbeitete Darstellung der Stadt und ihrer Vergangenheit.

Stephanie Barron
Evergreen, Colorado

Jane Austen
und die Herren der Nacht

Kapitel 1

Die Gefahren des Reisens mit der Postkutsche

3. September 1804
High Down Grange an der Lyme Road

Es ist allgemein unbestritten, daß die Vorfreude auf einen Genuß dem tatsächlichen Genuß generell vorgezogen wird – der eigentliche Genuß wird am Ende durch das Wiederaufnehmen der alltäglichen Verrichtungen verdorben, die einem nach den soeben durchlebten Zerstreuungen lästig erscheinen. Doch während ich meine gepeinigte Schwester betrachte, ihren Kopf mit dem Notverband, ihre Blässe und ihr von Schmerzen gezeichnetes Antlitz, muß ich erklären, daß nur der Verstand einer frivolen Person solch feine Unterscheidungen treffen kann. Denn birgt nicht eine Zerstreuung, in die ein Unglück einbricht, eine weitaus größere melancholische Note in sich? Keine Gelegenheit zu haben, das *Ende* guter Zeiten beklagen zu können, und mitanzusehen, wie glückliche Stunden heimtückisch hintertrieben und völlig zunichte gemacht werden, ehe sie eigentlich *begonnen* haben! Und Cassandras Unglück zählt zu jenen Fällen, die man nie vorhersehen kann und von denen man völlig überrascht wird – das Geschick eines Augenblicks entschied darüber; und eine langersehnte Vergnügungsreise nach Lyme nahm plötzlich einen düsteren Verlauf.

Doch ich schreibe ja nur von den Folgen und schenke den Ursachen keine Beachtung; ein Zeugnis meiner Zerstreutheit. Ich muß weiter ausholen, um meine verwirrten Gedanken besser ordnen zu können, und werde noch einmal alle Schrecken jener Stunden durchleben, nach denen meine liebste Schwester im Haus eines Fremden das Bett hüten mußte.

Da in Bath in diesem August eine unerträgliche Hitze herrschte und sich mein Vater bei nur leidlicher Gesundheit befand, beschlossen wir, unsere Zimmer in der Stadt gegen Zimmer an der wohltuenderen Küste einzutauschen. Wir waren nicht geneigt, den Tumult und das pöbelhafte Treiben eines Ortes wie Ramsgate* in Erwägung zu ziehen, auch wenn sich mein Bruder Edward dort ein großes Haus nahm; von Brighton war gar nicht erst die Rede; und so wollten wir nach Dorsetshire fahren, genauer nach Lyme Regis, wo wir im letzten Herbst ein paar Wochen lang die Vergnügungen der Stadt ausgekostet hatten. Für unseren jetzigen Aufenthalt schien uns aber kein Gasthof gut genug; wir würden uns mitnichten mit keinem von der Art wie »Zu den drei Bechern« oder dem »Goldenen Löwen« bescheiden – nein, die Austens aus Bath würden stilvoll reisen und möblierte Zimmer mieten. Ein Cottage am Meer, von dem aus meine Mutter die See betrachten und den Gedanken an ihre Söhne bei der Marine nachhängen und wo mein Vater auf Spaziergängen den Kiesstrand entlang seiner Leidenschaft für Botanik frönen könnte – das würde genau das richtige sein. Cassandra und ich freuten uns darauf, über die Cobb** zu schlendern, und waren in noch größerer Erwartung auf die vielen Bälle in den hüb-

* Die Austens hatten Ramsgate während des Frühjahrs oder Sommers 1803 einen Besuch abgestattet, bevor sie ihre erste Reise nach Lyme im September des gleichen Jahres unternahmen. Jane hatte eine ziemliche Abneigung gegenüber Ramsgate gefaßt, und wenn sie vorhatte, eine ihrer fiktiven Gestalten in einer kompromittierenden Situation zu schildern, schickte sie sie häufig nach Ramsgate. Georgiana Darcy aus *Stolz und Vorurteil* wurde dort von Wickham beinahe verführt, und Maria Bertram aus *Mansfield Park* mußte vor ihrem ehebrecherischen Verhältnis mit Henry Crawford in Ramsgate lieblose Flitterwochen erdulden. – *Die Herausgeberin.*

** Jane bezieht sich hier auf die Marine Parade in Lyme, in jenen Tagen einfach als The Walk (Promenade) bezeichnet; sie führte am Hafen von Lyme hinter dem Strand entlang und lief auf die alte steinerne Anlage der Wellenbrecher hinaus; Strand und Mole werden beide Cobb genannt. – *Die Herausgeberin.*

schen kleinen Gesellschaftsräumen der Stadt. Wir hatten so fröhliche Erinnerungen an diesen Ort, daß wir diesem Vorhaben sofort zustimmten. Bath war vergessen, Ramsgate war jenen von geringem Verstand und Geschmack vorbehalten, und so wurde einzig Lyme zum Gegenstand all unserer sehnlichsten Wünsche.

Da wir nicht über ein Vermögen verfügten, das uns in jenen Tagen noch die Haltung einer eigenen Kutsche erlaubt hätte, wir es aber für nicht standesgemäß erachteten, mit dem gewöhnlichen Beförderungsmittel des Postwagens oder mit der größeren öffentlichen Postkutsche zu reisen – wäre der erstere doch für die bedenkliche Verfassung meines Vaters zu rasch, die letztere für die meiner Mutter zu überfüllt und zu unfein –, waren wir gezwungen, die einzige andere Variante zu benutzen, eine Linienkutsche, die in Bath abfuhr und täglich auf der Strecke die Pferde wechselte. Wie von Paterson* empfohlen, hatten wir auf unserem Weg zur Südküste Shepton Mallet, Somerton und Crewkerne passiert und gerade den letzten Abschnitt unserer Reise angetreten, auf dem uns ein neuer Postkutscher fuhr, der aus Lyme stammte und zuvor zugestiegen war, da zog vom Horizont her eine finstere Wolkenwand auf, die uns alle in große Aufregung versetzte. Unsere Ängste wurden auch sofort damit belohnt – wie es sich bei Ängsten allgemein verhält –, daß direkt über unseren Köpfen plötzlich ein Sturm losbrach. Das Toben des Windes und des Regens, der dann einsetzte, ist kaum zu beschreiben.

Obwohl es erst kurz nach sechs Uhr am frühen Abend war, hatte sich der Himmel so zugezogen, daß das Wageninnere unserer Kutsche in ein düsteres Grau getaucht

* *Paterson's British Itinerary* galt beim Landadel von 1785 bis 1832 als die Bibel aller Reisenden. Verfaßt von Daniel Paterson, erlebte der Reiseführer siebzehn Auflagen und enthielt detaillierte Angaben über die Routen von Postwagen und -kutschen zwischen den größeren Städten als auch über Wegezölle, Brücken, Grenzsteine und bemerkenswerte Landsitze. – *Die Herausgeberin.*

war, so daß die Gesichter meiner Schwester und meiner Mutter, die mir gegenübersaßen, nur einen blassen Schimmer warfen. Cassandra, der das Gerumpel in einer Kutsche immer arg zusetzte und die mit ihren Kräften nach einer mehrtägigen Reise fast am Ende war, sah recht unpäßlich aus. Wobei sich ihr Befinden so in der Nähe unserer Mutter wohl kaum hätte bessern können. Diese suchte nämlich in ihrer Besorgtheit über das ängstliche Wiehern der Pferde angesichts des sich über unseren Köpfen zusammenbrauenden Unwetters und den damit verbundenen Flüchen des Postkutschers darin Trost, Cassandras Hand immer wieder heftig in der ihren zu drücken. Ich beobachtete die weißen Knöchel ihrer angespannten Finger und dankte insgeheim der Macht des Zufalls, die mir den Platz neben meinem Vater zugewiesen hatte.

»Wir werden umkippen! Da bin ich mir ganz sicher! Umkippen, Mr. Austen!« rief meine Mutter schrill.

»Nein, meine Teuerste«, sagte mein Vater, sie sanft zurückweisend, »du darfst dich nicht solch weiblichen Ängsten hingeben. Der Herr kümmert sich um die Seinen.«

»Dann wird er sich wohl um die in der Stadt kümmern«, entgegnete meine Mutter ein wenig aufgebracht, »denn Er ist ganz sicher *nicht* hier über der Lyme Road. Wir werden im Straßengraben landen und alle zu Tode kommen, und ich würde gern erfahren, was du *dann* sagen wirst, Mr. Austen. Ich bin mir sicher, daß du es sehr bedauern wirst, nicht auf deine Frau gehört zu haben!«

»Nun, nun, meine Teuerste«, erwiderte mein Vater und griff erneut nach seinem Buch.

Dann gab es einen fürchterlichen Ruck, ich wurde plötzlich gegen das Kutschenfenster geschleudert und blickte in eine vom Gewitter heimgesuchte Landschaft. Die holprige Straße, die man, als es die Jahreszeit erlaubte, nur dürftig ausgebessert hatte, stand voller Schlamm und Wasser; die angrenzenden Bäume wurden von den vereinten Kräften des peitschendes Windes und Regens in unscharfe silbrige Silhouetten verwandelt; und der Himmel mit den immer tiefer hängenden dichten Wolken bot keine Anzeichen von Aufklaren. Ich zog mich in das nun eher behaglich erscheinende Kutscheninnere zurück und versuchte, die noch vor uns liegende Strecke zu berechnen. Wir waren inzwischen einige Reisestunden von Crewkerne entfernt, wo wir den gestrigen Tag und die Nacht verbracht hatten, denn wir waren nicht gewillt gewesen, uns an einem Sonntag* auf Reisen zu begeben; nun befanden wir uns wohl kurz vor dem langgestreckten Berg, von dem aus man nach Up Lyme gelangte. Fuhr die Kutsche nicht schon bergauf? Doch als mir diese Frage durch den Kopf ging, wurde das gesamte Gehäuse der Kutsche von einem noch stärkeren Rütteln erschüttert, so als hätte uns ein riesiges Ungeheuer mit seinem Maul gepackt, hochgehoben und uns aus purer Lust hin und her geschleudert. Ich stieß einen Schrei aus, empfing dafür von meiner Mutter einen Blick des Entsetzens und hörte ein Kreischen, das meine gequälte Schwester hervorbrachte, deren Hand zweifellos unter den Ängsten ihrer Reisenachbarin fest angepackt worden war.

»Umgekippt, Mr. Austen!« rief die gute Frau und war halb aufgestanden, als wolle sie sich an die Brust ihres Ehegatten stürzen.

Dann folgte ein lautes Krachen auf der Straße vor uns, und der Wagen begann zu schlingern; nun wieherten die Pferde, und es brach ein Tumult los, der allein von einem Hindernis auf dem Weg selbst herrühren konnte. In nur einem einzigen Augenblick hatte sich die Welt um ihre Achse gedreht; und als ich den Mut fand, die Augen zu öffnen, war der Kutschenboden zur Decke geworden. Eine höchst absurde Position, inbesondere wenn man sie durch viele Lagen Musselin hindurch betrachtet – war mir doch

* Zu Jane Austens Zeiten wurde Reisen am Sonntag als Mißachtung der Sonntagsruhe angesehen. – *Die Herausgeberin*.

der Rock über den Kopf gerutscht. Einen Augenblick lang verharrte ich schweigend in dieser Lage und spürte meinen raschen Herzschlag und mein überhastetes Atmen – und war erleichtert darüber, daß beides noch munter voranging.

Ein Stöhnen meines Vaters schreckte mich auf.

»Sir!« rief ich, bestrebt, ihm in dem Dunkel und Wirrwar beizustehen. »Kann ich helfen?«

Bei diesen Worten zerrte jemand – zweifellos war es der Kutscher – an der Tür der Kutsche, die mit einem Ruck aufsprang, und mein Vater, der sich vor allem auf diese Tür gestützt hatte, stürzte aus dem Gefährt. Das war ein Spaß, der eines Geistlichen von dreiundsiebzig Jahren kaum würdig war, doch ihm sollte der weitaus unschicklichere Ausstieg seiner jüngeren Tochter folgen, deren Röcke sich um die Knie verheddert hatten. Allerdings war die Erleichterung über die Befreiung aus einem Zustand, in dem alles auf den Kopf gestellt war, viel zu großartig, um noch an Unschicklichkeit zu denken. Ich holte tief Luft und bewegte ungeachtet des starken Regens, der auf meine Haube niederprasselte, vorsichtig alle Glieder. Der Postkutscher (ein stämmiger Bursche wohl um die fünfunddreißig, Hibbs mit Namen) war unterdessen meinem Vater beigesprungen, den nun ein Hustenanfall schüttelte. Dem armen Mann nützte es nur wenig, daß Hibbs meinte, ihm auf den Rücken klopfen zu müssen. So eilte ich besorgt zu ihm hin.

»Vater«, sagte ich und nahm ihn am Arm, »ich hoffe, dir ist nichts passiert?«

»Nur meine Zuvorkommenheit hat gelitten, meine Gute«, antwortete er mit einem schwachen Lächeln, »und das entschieden. Ich sehe mich gezwungen, in Zukunft auf jede Warnung deiner Mutter zu hören – ein Triumph, mit dem sie, wie ich fürchte, nicht umzugehen weiß.«

Meine Mutter! Ich wandte mich sofort um und spähte in das Dunkel des Wageninneren – doch o weh! Was für ein Anblick bot sich mir da!

Meine geliebte Schwester lag bleich und leblos in einer Unmenge Musselin gegen die hinterste Kutschenwand gepreßt – die Wand, die beim Umstürzen des Wagens den ganzen Stoß abgefangen hatte. Meine Mutter versuchte, Cassandra zur offenen Tür zu schieben – die sich nunmehr über ihrem Kopf befand; doch der armen Frau fehlte die Kraft dazu, und sie konnte demzufolge nur in Tränen ausbrechen.

»Mutter, bleib, wo du bist«, rief ich und sprang zum Kutscher.

Hibbs erkannte zum Glück sofort, was zu tun sei, und trug Cassandra so geschwind und behutsam hinaus in Sicherheit, daß mir vor Überraschung die Worte fehlten. An oberster Stelle stand jetzt das Befinden der Verletzten, so dankte ich ihm rasch mit stammelnder Stimme und wandte mich, übermannt von namenloser Furcht, meiner Schwester zu, um ihr beizustehen. Ein solch lebhaftes und schönes Wesen war nun verstummt, als sei sie tot! Das war zuviel. Meine geliebte Schwester wurde in den Schutz eines Baumes getragen, wo der Umhang meines Vaters auf ein paar Stöcken über ihr aufgeschlagen wurde, in dem untauglichen Versuch, den Regen abzuhalten.

Das Wehgeklage meiner Mutter verriet, daß sie nicht in der Lage war, zu helfen, und daß mein Vater ihr Trost spenden mußte. Darum bemühte ich mich herauszufinden, wie es um Cassandra stand.

An ihrer Schläfe war eine große Quetschwunde sichtbar, und als ich ihren Kopf abtastete, quittierte sie das mit einem flüchtigen Ausdruck des Schmerzes, und ein paar warme Blutstropfen hafteten an meinen Fingerspitzen. Ich rieb ihre Handgelenke und rief sie beim Namen; völlig außer mir bat ich sie inständigst, die Augen aufzuschlagen, doch sie blieb schlaff und reglos am Wegrand liegen. Ein unheilvoller Schauder durchfuhr mich! Bei dem bloßen Gedanken daran muß ich jetzt noch zittern. Mich überkam eine solche Verzweiflung wie noch nie in meinem

Leben – und so schritt ich zur Tat. Zu handeln, wenn einem kaum noch Hoffnung geblieben ist, das verschafft die einzige Erleichterung. Ich drehte mich um und suchte nach dem Kutscher.

»Hibbs!« rief ich. Das Gewitter tobte nach wie vor und machte alle Versuche, miteinander zu reden, zu einem Unternehmen mit ungewissem Ausgang.

»Ja, Miss«, erwiderte der Mann und kehrte den Trümmern seines Wagens den Rücken zu.

»Meine Schwester kann hier nicht bleiben.«

»Ich weiß nich, ob sie groß die Wahl hat, mit Verlaub, Miss, Die Pferde sind fort, und die Kutsche is hin. Dann gibt's da noch den Baum da«, sagte er und warf einen Blick über die Schulter.

Ich raffte mich wieder auf und spähte nach vorn in das Unwetter. Ein starker Baumstamm lag in ganzer Länge quer über der Straße und versperrte den Weg. Was für ein Jammer, daß er sich *vor* und nicht hinter uns befand. Doch nun verstand ich, warum die Pferde in ihrer Angst die Flucht ergriffen hatten. Wir konnten alle von Glück sagen, daß wir noch am Leben waren.

»Es gibt wohl keine Möglichkeit, ihn fortzubewegen?«

Hibbs schüttelte zur Antwort den Kopf. »Und ohne die Gäule ...«

»Dann müssen wir vom nächstbesten Bauernhof Hilfe holen«, sagte ich bestimmt und blickte mich um in der Düsternis. Das Unglück hätte uns an keinem entlegeneren Ort treffen können. So weit das Auge reichte, erstreckten sich die Hügel bis zum Meer. Doch halt ...

»Ist das dort hinten in der Ferne nicht ein Licht?«

Der Kutscher zuckte die Schultern und blickte finster. »Vielleicht, ja. Aber Sie werden von dem Gutshof keine Hilfe für die junge Lady bekommen.«

»Und warum in Gottes Namen nicht?«

»Das sind ganz sonderbare Leute da.«

»Sonderbar oder nicht, sie können einer Dame in solch

einer Notlage nicht ihren Beistand verweigern«, antwortete ich entschlossen und wandte mich meinem Vater zu. Ungeachtet des Regens, der inzwischen seinen Hut völlig durchweicht hatte, stand er in der Nähe meiner Mutter, die sich in großer Verzweiflung über Cassandra beugte. Ich sah sofort, daß sich der Zustand meiner Schwester nicht gebessert hatte. Mit jener Bürde der Gebrechlichkeit und des Alters, mit der sie nun bedacht waren, sollten meine Eltern nicht allzulange der Dunkelheit und dem Gewitter ausgesetzt bleiben.

»Vater«, rief ich und lief auf meinen Vater zu, »der Kutscher und ich wollen von dem Hof, dessen Licht man dort in einiger Entfernung wahrnehmen kann, Hilfe holen. Wir werden so schnell wie möglich zurück sein.«

»Aber Jane, meine Liebe, sollte ich mich nicht besser auf den Weg machen?« fragte mein Vater voller Zweifel und ergänzte für den Fall, daß ich darauf bestehen würde, leise: »Denn es kann nicht angehen, dich in Begleitung dieses Mannes in die Nacht hinauszuschicken. Ein völlig Fremder und ein glückloser dazu, fürchte ich, wenn man nur daran denkt, in welch ausweglose Lage er uns gebracht hat!«

»Gott sei Dank, Vater, stammt er von hier und kann uns möglicherweise von Nutzen sein, damit uns die Leute auf dem Hof beistehen. Und was das anlangt, daß du selbst gehen willst – würdest du denn drei Frauen allein und schutzlos auf solch einer Straße in solch einer üblen Lage zurücklassen? Du solltest besser bei meiner Mutter bleiben und ihr Mut zusprechen, soweit es in deinen Kräften steht.«

Ehe er antworten konnte, hatte ich mich auch schon wieder umgedreht – denn in Wahrheit würden wir wohl lange auf Hilfe warten müssen, sollte sich mein Vater auf die Suche nach ihr begeben. Als älterer Herr kommt er selbst auf ganz ebener Straße und bei bestem Licht nur langsam voran, und ich erblaßte bei dem Gedanken, daß er versuchen würde, zu dieser Stunde den Weg über die Hügel zu nehmen.

»Kommen Sie, Hibbs«, rief ich den Kutscher, der angesichts der Überreste des Pferdegeschirrs etwas vor sich hin murmelte. »Zum Gutshof heißt es, so schnell uns die Füße tragen.«

Über die Widrigkeiten jenes Fußmarsches im Regen werde ich hinweggehen – wie endlos er erschien, wie die Lichter des Hofes durch den Regen vor uns weiter in die Ferne rückten; wie oft wir mit unseren Knöcheln umknickten, wie uns unsere Kleider behinderten und die Beine gänzlich ermüdeten, noch ehe wir einen kleinen Pfad über die Wiese erreichten, der zu einem hübschen Tor und einem gepflasterten Weg führte, an dessen Ende sich eine massive Eichentür befand, die nur von einer blakenden Laterne beleuchtet wurde. High Down Grange, so der volle Name des Hofes, wie ich erfuhr, war einst ein bescheidenes Bauernhaus gewesen, das aber in einen Landsitz umgewandelt worden war; das Haus eines Gentlemans, wie es aussah, das jedoch immer noch den Mittelpunkt landwirtschaftlicher Tätigkeit bildete. Es hüllte sich ganz in Schweigen, trotz des tobenden Unwetters, das alle vernünftigen Seelen in die eigenen vier Wände getrieben hatte. Meine Erleichterung, den Vorbau des Gebäudes erreicht zu haben, war so groß, daß ich vor lauter Dankbarkeit fast auf die Knie gesunken wäre.

Das Gebell eines Hundes – nein, mehrerer Hunde – kündete unser Eintreffen an, und kurz darauf kamen die Tiere wie ein Rudel Wölfe, das uns an die Kehle springen wollte, um die Ecke des Hauses gefegt. Ich muß gestehen, daß ich vor Angst losschrie und mich an den armen Hibbs klammerte, der mich hinter seinen Rücken drängte und den Kötern mit einem dicken Knüppel drohte – den er kurz zuvor als Wanderstock aufgegriffen hatte, der nun aber einen besseren Zweck erfüllte.

»Jasper! Fang! Hierher, Beelzebub! Fuß! *Fuß*, sage ich!«

Die befehlsgewohnte Stimme kam vom Eingang her, der

nun hell erleuchtet war, da die robuste Eichentür offenstand. Eine hochgehaltene Laterne warf ihren Schein auf das Gesicht eines Gentlemans – obwohl dieses Gesicht mit strenger Miene unter einem windzerzausten Wust schwarzer Haare hervorblickte. Ich vermutete, daß es sich um den Herrn von High Down Grange handelte; zugegebenermaßen wirkte er mit seinen dunklen, dichten, zusammengezogenen Augenbrauen, mit den leuchtenden, wilden Augen und einer Nase, die wie der Schnabel eines Raubvogels gebogen war, äußerst herrisch. Ein Mann mittleren Alters, vielleicht fünfunddreißig, der Kniebundhosen und ein weißes Hemd trug, das am Hals weit offen war und dessen Halsbinde beiseite hing, als wollte sich der Herr gerade zur Ruhe begeben. Auf seinem Gesicht zeichnete sich eine höchst unfeine Wut ab – die Gewalttätigkeit der großen Hunde schien die Stimmung ihres Herrn widerzuspiegeln.

»Wer zum Teufel sind Sie?« schrie er und warf einen finsteren Blick auf die zu seinen Füßen kauernden Hunde und einen ebensolchen auf uns – und so wurden wir auf High Down Grange empfangen.

»Miss Jane Austen aus Bath«, entgegnete ich mit einer Stimme, die verriet, daß ich am ganzen Leibe zitterte.

»Miss Jane Austen aus Bath und ihr fideler Bursche«, sagte unser Gastgeber sarkastisch mit einem Blick auf den armen Hibbs hinab. »Und was führt Euch in Gottes Namen an solch einem Abend hierher? Eine unheilige Pilgerfahrt*?«

»Ein Gentleman von besserer Herkunft und größerer Barmherzigkeit hätte sich diese Fragen aufgespart, bis wir in seinem Empfangszimmer Schutz gefunden hätten«, gab ich zurück, da ich mit meiner Geduld am Ende war. Obwohl der Regen nun bis auf ein dünnes Nieseln nachgelassen hatte, war es dennoch naß; und da das Wasser mir wei-

* Wir können vermuten, daß Geoffrey Sidmouth hier auf Chaucers *Canterbury-Erzählungen* anspielt, in denen die derbe Frau aus Bath auftritt. Janes Erwähnung der Stadt mag diese Assoziation ausgelöst haben. – *Die Herausgeberin*.

ter auf meine durchnäßte Haube und das Umhängetuch rann, fühlte ich mich nach wie vor unwohl. »Nur die äußerste Not hat uns an Ihre Tür gebracht, Sir, und wenn es eine andere Möglichkeit gäbe, würden wir Sie nicht länger stören – da Sie augenscheinlich nicht über das Feingefühl eines wahren Gentlemans verfügen und der Beistand eines gewöhnlichen Arbeiters uns eher gewiß gewesen wäre.«

»Zweifellos«, sagte er, doch auch wenn sich seine Lippen dabei zynisch spitzten, so schien ihn mein scharfer Tadel doch ein wenig milder zu stimmen. Sein Zorn verebbte, und ich nahm an, daß sich sein Ton bald mäßigen würde, als ein leises Geräusch seine Aufmerksamkeit erregte und er sich umdrehte. Dabei wogte der Lichtschein seiner Lampe wie eine Wasserwelle hin und her über den dunklen Hof. Ich wandte mich um und erschrak, da wir uns der Mündung einer äußerst imposanten Donnerbüchse gegenübersahen, die ein Stalljunge auf uns richtete, dessen Anblick nichts Gutes versprach.

»Nimm das Gewehr runter, Toby«, sagte der Herr von High Down freundlich. »Du brauchst eine durchnäßte Frau nicht zu bedrohen. Zudem sieht sie völlig harmlos aus.«

»Das ist keine Frau, Mr. Sidmouth, Sir. Für Sie ist sie eine *Lady*.« Hibbs klammerte sich abwechselnd an seinen Gürtel und ließ ihn wieder los. Daß er dort sonst eine Pistole verbarg, aus Furcht vor Landstreichern, das wußte ich sehr wohl; und daß er sie bei meinem Vater gelassen hatte, damit er die Ladys besser beschützen konnte, das bedauerte er zutiefst, wie ich vermutete.

»Verschwindet schleunigst«, drohte der Junge, aber er senkte die Donnerbüchse mit offensichtlichem Mißtrauen. »Nichts als ein Pack Spione, das sind die. Verschwindet, sonst blas ich euch zurück!«

»Toby!« Mr. Sidmouth – denn ich nahm an, daß er es war, weil Hibbs ihn ja so genannt hatte – lief rasch von der Tür zu dem Jungen hinüber, ohne uns eines Blickes zu würdigen. Er nahm die Waffe aus Tobys Händen und schickte ihn auf die Rückseite des Hauses, von wo er gekommen war. »Sag Mary, daß wir Gäste haben, und dann hol Miss Seraphine, sei ein guter Kerl.«

»Jagen Sie sie fort, Mr. Sid«, entgegnete der Junge. »Die sind hier, weil sie Spione sind, dafür leg ich meine Hand ins Feuer.«

Ein tiefes Grollen war seine einzige Antwort, und der Herr von High Down Grange schenkte uns wieder seine Aufmerksamkeit. »Verzeihen Sie«, sagte er. »Der Junge muß erst noch Manieren lernen.«

»Sie überraschen mich«, sagte ich trocken. »Ausgerechnet Sie wollen Vorbild sein und ihm Manieren beibringen?«

Im Schimmer der Lampe zog sich Sidmouths Mund zusammen, und die schwarzen Brauen verfinsterten seine Augen. Ich war mir sicher, daß er uns sogleich mit dem Gewehr den Hügel hinunterjagen würde, doch statt dessen holte er tief Luft und rang sich ein Lächeln ab. »Ihr Tadel trifft mich zu Recht, Miss Jane Austen aus Bath«, sagte er. »Ich fürchte, daß mir mein Auftreten bei unserer ersten Begegnung zum Nachteil gereicht. Ich bitte Sie, halten Sie diesen Augenblick nicht für den Spiegel des ganzen Menschen. Und nun werden Sie mir hoffentlich die Ehre erweisen und High Down Grange betreten? Schließlich regnet es«, dabei blickte er zum Himmel auf, »zweifellos regnet es.« Dieser Mann strahlte eine solche Zufriedenheit aus, daß mir die Situation kaum begreiflich war; doch eingedenk des Schicksals meiner Schwester verschwendete ich keinen weiteren Gedanken an Mr. Sidmouth und seine Geheimnisse und folgte ihm hinein.

Es ist ein äußerst einfaches Haus, das mich mit seinem freiliegenden Gebälk und den weißgetünchten Wänden auf den ersten Blick an das gute alte Steventon* erinnerte. Ich

* Jane Austens Haus ihrer Kindheitstage, die Pfarrei in Steventon, wo sie bis zum Mai 1801 wohnte; sie hat dem Haus oft nachgetrauert und es ihr Leben lang vermißt. – *Die Herausgeberin.*

stellte mir vor, daß die oberen Räume schräge Fußböden und Dachgauben hätten und all die Bequemlichkeiten des Alters und der jahrelangen Nutzung, die sie noch angenehmer machten – und während ich hier nun sitze und im Licht einer einzigen Kerze in eben einem solchen Raum meine Notizen mache, finde ich meine Mutmaßungen sofort bestätigt. Das Haus ist wie geschaffen für Lieder und Gelächter und den frisch hereinwehenden Duft der Rosen am Eingang; und daß ihm solche Freuden vorenthalten sind, habe ich sogleich bemerkt. High Down Grange ist leider schwer vernachlässigt worden – vielleicht, weil es dort keine Herrin gibt. Geoffrey Sidmouth ist ein alleinstehender Mann, der wie all solche Männer seiner Umgebung weiter keine Beachtung schenkt, aber gegenüber seinen Hunden, seinen Pferden und der Jagd ein übertriebenes Wohlwollen an den Tag legt. Das vermute ich zumindest.

Das Empfangszimmer mit seiner schäbigen Einrichtung und dem Staub überall sprach sehr beredt von der fehlenden Fürsorge einer Herrin, und als ich etwas verlegen vor dem Kamin stand, dachte ich über die zuvor erwähnte Mary nach – war sie Köchin oder Haushälterin oder versuchte sie leichtfertigerweise, beide Ämter zu verwalten? Und wer war wohl *Miss Seraphine*?

»Gestatten Sie mir, daß ich mich vorstelle«, sagte Sidmouth, als er die Tür schloß und zum Kamin schritt. »Ich bin Geoffrey Sidmouth, und High Down Grange ist mein Heim – zur Zeit. Ich hörte von Hibbs, dem in Eurem Dienste stehenden Begleiter, daß Sie, Miss Austen, gerade diese Gegend bereisen und daß ihm wegen seines bedauernswert schlechten Kutschierens die Pferde auf und davon sind.«

Hibbs sah uns von seinem Platz an der Tür finster an, und der ganze Zorn über den Angriff auf seinen guten Ruf als Kutscher brannte ihm auf den Lippen; doch Sidmouth brachte ihn mit einem Blick zum Schweigen. »Ich habe allen Grund, mein Bedauern darüber auszusprechen, lenke ich doch selbst eine Kutsche«, meinte er nachdenklich. »Ich bin überrascht, daß du den Mut hast, hier noch aufzutauchen.« Bei diesen Worten trafen sich die Augen des Herrn und die des Kutschers, und ihre Blicke ruhten einen unergründlichen Moment lang aufeinander – einen Moment, der damit endete, daß Hibbs den Kopf senkte.

»Geh in die Küche, bis du wieder gebraucht wirst«, sagte Sidmouth, und Hibbs verließ ohne ein weiteres Wort den Raum.

Der Herr von High Down Grange geleitete mich zu einem abgenutzten Sessel am Feuer, und als ich meine durchnäßten Sachen betrachtete und zögerte, da sie sicher ihre Spuren hinterlassen würden, machte er eine ungeduldige Bewegung und nahm mich auf höchst dreiste Art am Arm. Gerade noch hatte ich Hibbs insgeheim bedauert, da warf mich Sidmouth plötzlich in den Sessel. »Vergessen Sie den Zustand Ihrer Kleider«, sagte er nicht unfreundlich. »Sie sollten so schnell wie möglich gewechselt werden. Nun, erzählen Sie von sich. Reisen Sie allein? Von Bath nach Lyme ist es für eine Lady, die nicht einmal von ihrer Bediensteten begleitet wird, ein weiter Weg.«

»In der Tat bin ich nicht allein«, sagte ich, und unser Mißgeschick stand mir wieder vor Augen. »Ich reise mit den mir liebsten Menschen auf Erden – denen ebenso wie mir übel mitgespielt wurde. Wir hatten in Crewkerne die Pferde gewechselt und Hibbs als Kutscher eingestellt, und wir meinten, Lyme noch am gleichen Abend zu erreichen – und dem hätte nichts entgegengestanden, wenn nicht das Unwetter heraufgezogen wäre. Die Kutsche ist, wie Sie wohl vermuten, umgestürzt; und ich fürchte, daß sich meine geliebte Schwester dabei verletzt hat. Sie liegt da draußen am Wegrand, und ich muß dringend um Ihre Hilfe bitten, denn dort kann sie nicht bleiben. Ohne Ihren Beistand sind wir verloren, Mr. Sidmouth, und in einer solchen Lage kommt es auf jede Minute an.«

Zu seiner Ehre sei gesagt, daß Sidmouth unverzüglich zur Tür eilte und dabei barsch nach dem Stalljungen Toby rief; so konnte ich mich dem angenehmen Gefühl der Erleichterung hingeben, meine Mission erfüllt zu haben, ohne weitere Fragen beantworten zu müssen. Endlich konnte ich trotz der durchnäßten Sachen und der schmerzenden Füße die Annehmlichkeit des Sessels am Kamin genießen. Kurz darauf war der Herr von High Down Grange wieder zurückgekehrt, in seinem Gefolge der unglückselige Hibbs.

»Ich schicke diesen Burschen und Toby auf der Stelle los, um Ihre Schwester hierherzubringen, Miss Austen. Ich vermute, daß Ihre Reisegesellschaft noch aus weiteren Personen besteht?«

»In der Tat. Mein Vater und meine Mutter gehören dazu, Sir, beide schon sehr betagt.«

»Ich fürchte, niemand von Ihnen kann noch heute abend Lyme erreichen. Hibbs berichtete mir von einem umgestürzten großen Baum, der den Weg versperrt, weshalb offenbar die Pferde in Panik gerieten.« Bei diesen Worten verzog Sidmouth den Mund auf eine Weise, die keinen Zweifel an seiner Meinung über Hibbs Rechtfertigung zuließ. »Ihre Familie wird sicher nach High Down gebracht, und die Gastfreundschaft dieses Hauses soll Ihnen allen zuteil werden.«

»Vielen Dank, Sir«, sagte ich mit einem Kopfnicken. »Sie sind sehr freundlich, und wir sind Ihrer Güte zutiefst verpflichtet.«

»Nichts für ungut. Ich wünschte, ich könnte mehr tun. Und nun, Bürschlein«, sagte er an Hibbs gewandt, als wir das Geräusch eines sich der Tür nähernden Wagens hörten, »geh. Unternimm alles, um für das Wohlergehen der Austens zu sorgen, wo du doch schon für ihr Unglück gesorgt hast. In der Kutsche befinden sich Reisedecken und angewärmte Ziegelsteine.«

»Ich meine, daß ein Planwagen angebrachter wäre«, unterbrach ich ihn. »Er käme viel leichter über die Hügel, falls die Straße noch unpassierbar ist. Außerdem war meine

Schwester, als ich sie verließ, wegen der Kopfverletzung immer noch nicht bei Bewußtsein. Sie ist vielleicht außerstande, in die Kutsche zu klettern, und mein Vater hat nicht mehr die Kraft, sie hochzuheben.«

»Wir müssen es bei der Kutsche bewenden lassen«, sagte Sidmouth kurz angebunden. »Heute abend steht kein anderes Fuhrwerk mehr zur Verfügung. Hibbs muß helfen, wenn es nötig ist.«

Diese Worte erstaunten mich sehr, und ich fragte mich, warum man den Planwagen bei Dunkelheit und Regen irgendwohin fortgeschickt hatte. Noch mehr beschäftigte mich die Frage, warum sich Sidmouth nicht selbst auf den Weg machte, wo die Situation das doch so dringend erforderte. Doch er wandte sich von mir ab und schritt, scheinbar in Betrachtung der Flammen im Kamin versunken, vor dem Feuer auf und ab.

»Können wir nicht nach Lyme nach einem Arzt schicken, Mr. Sidmouth?« erkundigte ich mich ängstlich. »Ich fürchte, meine Schwester ist schwer verletzt; keine Hilfeleistung, die vielleicht ihrer Rettung dient, sollte unterbleiben.«

»Ein Arzt kann unmöglich herkommen.«

»Aber wieso nicht?« Ich war äußerst überrascht. »Ich weiß, daß ein Baum den Weg zur Stadt versperrt, aber könnte nicht dort, wo ein größeres Gefährt es nicht schafft, ein einzelner Reiter vorbeikommen?«

»Und wenn wir uns den ganzen Abend um einen Arzt bemühen würden, Miss Austen, unser Bote würde gewiß nur mit der Nachricht zurückkehren, daß er schon woandershin gerufen wurde.«

»Das können Sie doch nicht mit solcher Bestimmtheit wissen!«

»Ich fürchte, das kann ich. Ich fürchte, daß ich es *weiß*.« Bei diesen Worten stützte sich Sidmouth auf den Kaminsims, als hätte ihn eine starke Gefühlsregung ergriffen, und ich verstummte.

Die qualvolle Pause in unserer Unterhaltung wurde durch das Geräusch des Türknaufs unterbrochen, woraufhin eine Frau leise eintrat, die so wunderschön war, daß mir, wenn ich nicht zuvor den Namen Seraphine von Mr. Sidmouth gehört hätte, dieser Name sicher unwillkürlich über die Lippen gekommen wäre. Sie hatte etwas Engelhaftes an sich – es lag an ihren anmutigen Bewegungen und in ihrem klaren Blick und in dem unbeschreiblichen Glanz ihrer goldenen Haare –, so daß man sich einbilden konnte, im Schatten ihres Rückens Flügel flattern zu sehen. Ihre Erscheinung war gewiß nicht ganz von dieser Welt – obwohl sich in ihrem Gesicht Züge von Adel abzeichneten, deutete ihre Kleidung darauf hin, daß sie weder Hausangestellte noch eine Lady, sondern eine gewöhnliche Landarbeiterin von den Feldern war. Sie hatte ein einfaches Kleid aus braungelbem Baumwollzeug an, etwas, das wohl einer Kuhmagd anstehen würde; derbe, abgetragene Stiefel und einen fließenden roten Umhang. In ihrer rechten Hand hielt sie eine ausgelöschte Laterne von eigenartiger Form – hoch und zylindrisch und mit einer Tülle versehen.

»Da bist du ja endlich«, sagte Sidmouth etwas ungeduldig.

Der Engel gab keine Antwort, wartete aber auf seine Anweisungen.

»Das ist Miss Jane Austen.«

Sie blickte nun zu mir herüber, so kühl wie der Odem einer Grabstatue. Dann schaute sie wieder Sidmouth fragend an. Zu meiner Überraschung schoß jetzt ein Wortschwall auf französisch aus ihm heraus, eine Sprache, mit der ich ein wenig vertraut bin; aber bald konnte ich seiner raschen Rede nicht mehr folgen. Ich konnte nur ein paar Wörter aufschnappen – *Hunde*, und die *Bucht* und vielleicht die *Männer*; und dann deutete Seraphine auf mich, wobei nun in ihrem lieblichen Gesicht Mißtrauen stand. Doch sie wurde von Sidmouth abrupt mit einem Wort zum Schweigen gebracht. Daß ich dieses Wort nicht verstehen konnte – *lascargon* – war dem Engel gleich. Sie wandte sich mit einem Schwung ihres roten Umhangs um und eilte rasch davon; ich holte tief Luft und blickte nun Mr. Sidmouth fragend an – der ganz offensichtlich nicht geneigt war, mir eine Erklärung zu geben. Er hatte sein Gesicht wieder dem Feuer zugedreht und die Hände auf dem Rücken verschränkt. Als spürte er meine fragenden Augen, raffte er sich auf und warf mir einen kurzen Blick zu; dann verbeugte er sich und schritt zur Tür.

»Mr. Sidmouth!« rief ich.

»Ja, Miss Austen?« Er hielt an der Tür inne und zeigte mir seine nach oben gezogene Augenbraue.

»Das ist ein ganz eigentümlicher Haushalt«, brach es aus mir heraus.

»Das Wort ›eigentümlich‹ beschreibt es nicht im entferntesten«, entgegnete Mr. Sidmouth und ließ mich allein.

Ich mußte nicht lange auf die Rückkehr der Kutsche des Herrenhauses warten, und meine unruhigen Füße trugen mich so schnell in den Hof, daß ich dort eintraf, ehe die Pferde hielten; dann wurde die Kutschentür aufgeworfen, und meine liebste Cassandra wurde behutsam auf die Sitzbank in der Nähe des Kamins gelegt. Sie war so blaß wie ein Gespenst, und ich hätte ebensogut meinen können, sie hätte ihr Leben ausgehaucht, wenn sich nicht mein Vater mit großer Gelassenheit um sie gekümmert hätte.

Sidmouth war ebenfalls in der Einfahrt aufgetaucht mit einer stämmigen Bäuerin hinter sich – es handelte sich um eben die Mary, über deren Leichtfertigkeit ich Vermutungen angestellt hatte; sie trug eine dampfende Schüssel und einen Berg zerrissener Tücher, um daraus Verbände zu machen, und zu meiner großen Erleichterung bemerkte ich bald, daß sie äußerst tüchtig und umsichtig zu Werke ging. Als sie Cassandras Wunde gewaschen hatte, beugte sich Mr. Sidmouth selbst mit offensichtlich großer Sachkenntnis über meine Schwester. Seine Finger tasteten die Knochen ihres Schädels ab und fuhren kundig und sanft die

Schläfe entlang, so daß sie in ihrer Bewußtlosigkeit zucken mußte, ohne aber Anzeichen von Unbehagen zu verraten. Meine arme Cassandra! Immer noch trotz ihres Leids so wunderschön, daß selbst Sidmouth sichtlich gerührt war!

»Mary«, sagte er und griff nach einem Stück Stoff und wrang es über der Schüssel aus, »sie braucht zuerst etwas Brandy und dann eine heiße Brühe. Rinderbrühe ist wohl das beste. Kümmere dich sofort darum und bring auch dein Riechsalz mit.«

Schweigend verließ die Frau den Raum, und der Herr von High Down Grange setzte seine Untersuchung nun am Mieder meiner Schwester fort, so daß meine Mutter sich besorgt regte, doch mein Vater legte seine Hand auf die ihre und hielt sie zurück.

»Der Gentleman weiß, was er tut, meine Liebe«, sagte mein Vater ruhig. Dann wandte er sich an Mr. Sidmouth: »Ich vermute, Sie haben in solchen Dingen Erfahrung?«

»Ja.«

»Standen Sie einst im Dienst Ihrer Majestät des Königs?«

Ich begriff, was im Kopf meines Vaters vorging, und bewunderte seinen Scharfsinn. Alle bemerkten, daß Sidmouths Gesten wie die eines Feldarztes wirkten, der Notsituationen während einer Schlacht gewohnt war. Doch gab er keine direkte Antwort.

»Ihre Rippen sind nicht verletzt, wofür Sie dankbar sein können«, sagte er rasch und griff nach einem Stück Baumwollstoff, um Cassandras Schläfe zu verbinden. »Sie ist noch nicht über den Berg – wir müssen den Verlauf der Nacht abwarten, um sie wirklich außer Gefahr zu wissen –, doch ich nehme an, daß sie in einigen Wochen wieder zu Kräften gekommen sein wird und nur noch über Kopfschmerzen klagt. Ich wage sogar die Prognose, daß sie, wenn sie die nächsten Stunden gut übersteht, wieder völlig genesen wird.«

Meine Mutter stieß einen leisen Schrei aus und taumelte rückwärts; meine eigene Erleichterung läßt sich nicht beschreiben; und mein Vater faltete schweigend die Hände wie zum Gebet. Sidmouth wurde ein sardonischer Zeuge all dessen, und auf seine Lippen trat ein leichtes Lächeln. Als Mary erschien, wurden Cassandra Brandy und Riechsalz verabreicht; sie erlangte ihr Bewußtsein wieder und mit ihm kam eine Verwirrung, die ihr Tränen in die Augen trieb – und so wurden wir zu den Schlafgemächern geführt.

Wie außergewöhnlich der Lauf des Schicksals doch ist – das zufällige Leid, das es mit sich bringt, und die Rettung, die es herbeiführt! Mein Vater verkraftete Cassandras Qualen recht gut und war nun friedlich zu Bett gegangen; in seinen dreiundsiebzig Lebensjahren hat er so viel Betrübliches erlebt, daß er der Güte der Vorsehung vertraut. Meine Mutter war weniger zuversichtlich. Sie weinte, während sie vor unserem Schlafzimmer stand und verzweifelt die Hände rang, da sie nichts anderes tun konnte, und gestattete es den schlimmsten Phantasiegebilden, sich in ihrem Kopf festzusetzen.

»Meinst du, meine Liebe, daß es ihr gutgeht?« fragte sie nun zum drittenmal in der letzten halben Stunde, und ihr kummervolles Gesicht spähte durch den Türrahmen.

»Ganz gewiß, Mama, sobald sie genügend Ruhe bekommt.«

»Vielleicht sollten wir mein wollenes Tuch über die Decke legen? Denn Kälte stellt in solchen Fällen immer eine große Gefahr dar, wie du dich erinnern wirst. Miss Tate starb innerhalb weniger Stunden, da ihr zusätzliche Bettdecken fehlten, und Miss Campbell verstarb eine Woche, nachdem sie von einem unerwarteten Regenschauer ganz durchnäßt wurde; und wie ihre Mutter einen solch grausames Mißgeschick überstand, das werde ich nie begreifen.«

»Ich versichere dir, Mama, daß alles nur Erdenkliche für Cassandras Wohlbefinden getan wird«, erwiderte ich und konnte meine Ungeduld nur schwer unterdrücken. Nachdem ich mir die Geschichten vom vorzeitigen Ableben einer Reihe von jungen Damen aus dem Umkreis der Austens angehört hatte, war all meine Nachsicht mit meiner Mutter aufgebraucht.

»Such jetzt die Kammer auf, die dir Mr. Sidmouth zugewiesen hat, ruh dich aus und sei gewiß, daß wir dich sofort holen lassen, wenn wir deine Hilfe benötigen.«

Bei aller wohlgemeinten Absicht war meine Mutter in ihrem Kummer über das Leid ihrer liebsten Tochter so tief bewegt, daß sie ihr nur wenig hätte beistehen können, so befürchtete ich. Es war besser, wenn ich allein am Bett meiner Schwester wachte und meine Mutter im Schlaf Trost fand. Doch es bedurfte noch einer ganzen Viertelstunde und der Erzählung vom Ende von Mister und Miss Holder, die vor gut drei Jahren verstarben, ehe meine Mutter schließlich zu Bett ging.

Nun bewegt sich Cassandra und nennt meinen Namen; ich lege Feder und Tagebuch beiseite und greife nach ihrer Hand. Schon eine Berührung kann genügen; wir beide sind durch die Verwandtschaft unseres Verstands und unserer Herzen so vertraut miteinander, daß allein ein Druck meiner Fingerspitzen auf ihre Stirn ihrer bekümmerten Seele Entspannung verschafft. Noch einen Augenblick, und sie ist in tiefen Schlaf gesunken und der Schmerz der Verletzung ist vergessen. Ich setze mich wieder an meinen Platz und nehme die Feder und das bescheidene Tagebuch – das ich, meiner Gewohnheit folgend, aus einem Stoß Blätter gefertigt habe, zusammengeheftet und auf eine handliche Größe zurechtgeschnitten. Ein wackeres Buch für die wackersten Gedanken und ein wahrer Trostspender und enger Freund, wenn kein lebendiges Wesen da ist, das einem antworten kann.

Der heftige Wind bringt die Dachtraufe des alten Gutshauses zum Knarren, doch die Bewohner von High Down Grange sind in einen sturmerfüllten Schlummer gesunken – kein Laut dringt aus den mit Fensterläden verschlossenen Räumen, so daß man meinen könnte, ich sei die letzte lebende Seele hier, allein gelassen am Ende der Welt. Dahinter befinden sich Dunkelheit und die Klippen und das unendlich tiefe Meer; während ich an Cassandras Bett sitze, liegt England in meinem Rücken. Und so durchquere ich den Raum, um in das Unbekannte zu blicken, das sich vor mir ausbreitet – etwas, das über meine Tage hinaus noch vorhanden sein wird; aber ich kann außer meinem eigenen bebenden Spiegelbild in der Fensterscheibe nichts erkennen. Ein Schauder – vielleicht ein Vorzeichen – in der verborgenen Landschaft, und ich möchte mich gern abwenden, um mich am Kerzenschein zu trösten. Doch mein Blick wird von einem plötzlich aufflackernden Lichtschein in der Dunkelheit unter mir angezogen; ich schaue genauer hin, kneife die Augen zusammen und entdecke eine hin und her schwankende Laterne. Eine Laterne kommt gerade über den Rand der Klippen in der Ferne und wandert nun mühselig vorwärts auf den Hof zu. Eine eigenartig geformte Laterne, vielleicht mit einer Tülle, die einem mir unbekannten Zwecke dient? Von der erdentrückten Hand eines Engels getragen, während die andere Hand den wehenden roten Umhang in seinem Nacken festhält?

Kapitel 2
Elizas Ahnung

5. September 1804
Lyme

So gelangten wir schließlich nach Lyme in unsere Unterkunft namens Wings Cottage, ein kleines Haus, das sich an einen Hang schmiegte und demzufolge *zwei* Erdgeschosse besaß – eines da, wo man es erwartete, und das andere im höher gelegenen Teil, wo sich die Schlafzimmer und eine Tür befanden, die auf den sich dahinter erstreckenden Rasen führte. Es grenzte an die belebte Broad Street, eine Lage, die nicht *ganz* unseren Vorstellungen entsprach, hatten wir doch eigentlich einen Blick aufs offene Meer gesucht und hätten gern die hübschen Fensterläden zur sanften Brandung hin geöffnet. Statt dessen mußten wir uns damit begnügen, nur vom Garten des oberen Stockwerks ein Stückchen der Cobb zu sehen. Doch das Wohnzimmer war recht hübsch; und der geschäftige Verkehr am Fuße der Stadt und die unaufhörlichen Rufe der Muffinverkäufer und der Männer mit ihren Milchkarren, die die steil abfallende Hauptstraße von Lyme hinaufsteigen, waren nur ein wenig lauter als bei uns zu Hause. Viel wichtiger war schließlich, daß wir nicht mehr in High Down Grange weilen mußten.

Wir waren gezwungen gewesen, die wortkarge Gastfreundschaft Geoffrey Sidmouths für zwei Nächte und einen Tag anzunehmen – das Befinden meiner lieben Schwester Cassandra hatte es uns erst gestern morgen erlaubt, nach Lyme aufzubrechen. Dem Gentleman selbst begegneten wir während unseres wenig abwechslungsreichen Aufenthalts kaum, war er doch die meiste Zeit in Angelegenheiten seines Besitzes unterwegs. Wurde im Krankenzimmer etwas benötigt, wandte ich mich an Mary;

und sie versorgte uns bereitwillig und umsichtig mit allem Notwendigen. Von Seraphine sah und hörte ich nicht das geringste – in keiner Sprache –, obwohl ich gelegentlich auf das Geräusch eines vorbeieilenden langen schweren Umhangs lauschte.

Am letzten Tag konnte ich mich in meiner Besorgnis um Cassandra erst zum Dinner von ihrem Bett lösen und die Treppe hinuntereilen, wo ich entdecken mußte, daß meine Familie das Abendessen allein einnehmen sollte, da der Herr von High Down Grange immer noch nicht eingetroffen war und niemand sagen konnte, wann er wohl zurück sein würde. Da der Gastgeber auch anschließend auf sich warten ließ, gingen wir allein in das Empfangszimmer hinüber und zogen uns nach einer Weile zurück. Es war weit nach Mitternacht, als mit viel Lärm die Tore aufgeschlagen wurden und man jemanden im Hof ankommen hörte; Sidmouth schien sein Tagewerk vollbracht zu haben.

Am nächsten Morgen erfuhren wir von unserem Postkutscher Hibbs, daß die Unternehmungen des Herrn zum Teil auch unseren Belangen galten, wofür wir zutiefst dankbar waren. Er hatte in den frühen Morgenstunden ein Gespann samt Rollwagen bereitstellen lassen, damit man den Baum über der Straße nach Lyme forträumen konnte; und er hatte einen eigens aus der Stadt geholten Schmied mit der Reparatur unserer Kutsche beauftragt. All das hatte er in die Wege geleitet, ehe er sich seinen eigenen Verpflichtungen widmete, über die wir nach wie vor nichts erfuhren.

Wir sollten jedoch den Herrn von High Down Grange noch einmal sehen, als wir an diesem Vormittag Cassandra etwas ungeschickt in die Kutsche halfen und uns selbst mit angehaltenem Atem in ein Gefährt setzten, dem zu vertrauen wir wenig Grund hatten. Meine Mutter klammerte sich an ein Taschentuch, jederzeit bereit, in Tränen zu zerfließen, sollte die Kutsche vor ihren Augen wieder zusammenbrechen. Mein Vater, der sich neben Cassandra niedergelassen hatte, war damit beschäftigt, tröstend, wenn auch geistesabwesend, ihre Hand zu tätscheln, als ich durch eine Stimme an meiner Seite aufgeschreckt wurde.

»Leben Sie wohl, Miss Jane Austen aus Bath, auch wenn ich glaube, daß wir uns wiedersehen«, sagte Mr. Sidmouth. »Ich hege in der Tat die Hoffnung, daß sich schon bald eine solche Gelegenheit bieten wird. Baldige Genesung, Miss Austen«, fuhr er fort und spähte durch das Kutschenfenster zu meiner Schwester hinüber, die kaum wahrnehmbar nickte; »und Ihnen auch, Sir und Madam. Eine schnelle und sichere Fahrt nach Lyme!«

»Weniger schnell als vorsichtig, so hoffe ich«, entgegnete meine Mutter scharf, wobei sie nach vorn zu Hibbs blickte, der nicht zu sehen war.

Der Herr von High Down Grange lächelte leicht. »Der Bursche weiß Bescheid. Wenn ihm sein Leben lieb ist, dann wird er die Kutsche nicht noch einmal zu Bruch fahren. Das habe ich ihm erklärt – und was ich sage, nimmt er ernst.«

Mit einem Nicken und einem Schlag auf die Kutschenseite schickte er uns los; und ich bin mir sicher, daß mehr als einer von uns erleichtert aufatmete. Geoffrey Sidmouth umgibt eine gewisse Strenge und eine Barschheit, die große Vorsicht verlangen und den Puls beschleunigen, ganz gleich, wie sehr er diesen Eindruck durch sein Auftreten als Gentleman zu mildern sucht. Ich vermute, er ist daran gewöhnt, daß man ihm stets gehorcht; und daß er es genießt, anderen ganz nach Belieben Befehle zu erteilen. Eine Eigenschaft, die nur schwerlich über einen längeren Zeitraum zu ertragen ist, obwohl sie zuweilen bezaubernd wirkt.

Die Räume, die wir nun bezogen haben, nimmt man für einen Zeitraum von wenigen Wochen bereitwillig in Kauf, aber für zwölf Monate wären sie äußerst unerquicklich. Das Haus, an dessen Wänden sich die stockfleckige Tapete wegen der Salzluft ablöst, soll auch nur so kurz wie möglich genutzt werden – den Großteil der Zeit in einem Seebad verbringt man im Freien und geht diversen Vergnügungen nach. Doch Cassandras heikler Gesundheitszustand wird sie wohl noch ein paar Tage an ihr Zimmer fesseln; so lautete zumindest die Auskunft des Assistenten des Wundarztes, einem William Dagliesh. Er ist seit kurzem bei dem ehrwürdigen Wundarzt und Coroner von Lyme, Mr. Carpenter, in Diensten und kümmert sich in der Hauptsache um dessen Patienten – da Mr. Carpenter, wie man uns sagte, wegen seiner Lieblingsbeschäftigung, dem Ausgraben von Fossilien, nur wenig Zeit habe.

Noch keine Stunde war seit unserer Ankunft verstrichen, da klopfte er an unsere Tür – von Mr. Geoffrey Sidmouth gesandt, wie er uns mitteilte, der einer seiner besten Freunde zu sein scheint. Mr. Dagliesh ist ein junger Mann wohl um die dreißig, gut gewachsen und mit einem fröhlichen Gesichtsausdruck, der leicht zu deuten ist, möglicherweise zu leicht; denn beim Anblick Cassandras, die sich in der reizvollen Haltung einer noch kürzlich Leidenden zurücklehnte – wobei ihre Blässe die Schönheit ihrer Züge hervorhob und ihr durch die melancholisch-sehnsuchtsvolle Gemütsverfassung etwas Rätselhaftes verliehen wurde –, haftete seiner beruflichen Besorgtheit etwas an Devotheit Grenzendes an. Er errötete auffallend, es verschlug ihm sogar die Sprache, und er konnte kaum Cassandras Blick standhalten, während er ihr Handgelenk umfaßt hatte, um den Puls zu fühlen, oder während er ihre Stirn berührte, um Fieber zu messen, so daß all seine Verrichtungen ein peinliches Bild boten. Mehrmals, wenn er leise sprach, mußten wir ihn bitten, seine Worte zu wiederholen; und dieser weitere peinliche Umstand entmutigte ihn endgültig. Obwohl ich bei seiner Ankunft bemerkt hatte, daß er sehr wohl redegewandt und umgänglich war, war er der Nähe von so viel Liebreiz und Kummer nicht gewachsen, und ich hegte Zweifel, ob wir der Diagnose des armen Arztes etwas entnehmen könnten, sollte er sie überhaupt jemals stellen. Damit er seine Fassung wiedererlangte, beschloß ich, ihn etwas abzulenken, indem ich auf ein Thema zu sprechen kam, das mich selbst beiläufig interessierte.

»Wir haben am Abend des Unfalls meiner Schwester Ihren medizinischen Beistand sehr vermißt, Mr. Dagliesh«, fing ich an. »Ich habe von Mr. Sidmouth erfahren, daß wir Sie am Montagabend nicht zu Hause angetroffen hätten, wenn wir jemanden nach Lyme geschickt hätten. Ich war gewillt, jede Entfernung oder Schwierigkeit für das Wohl meiner Schwester in Kauf zu nehmen, doch Mr. Sidmouth versicherte mir, daß man gewiß schon anderweitig nach Ihnen gerufen hatte.«

Der arme Mann errötete noch mehr und murmelte etwas Unverständliches in seinen Kragen.

»Doch vielleicht meinte er nur, daß Ihr Mr. Carpenter beschäftigt sei, und Sie hätten uns doch zur Verfügung stehen können.«

»Ich fürchte, nein«, entgegnete Mr. Dagliesh.

»Dann haben Sie womöglich eine feste Verpflichtung Montag abends?« forschte ich weiter.

Nun wandte er sich mir zu, wobei sich seine Stirn vor leichter Bestürzung runzelte. Seine Augen schweiften im Raum umher, als suchten sie nach einer Antwort. »Ich war wegen einer Entbindung verhindert«, erwiderte er schließlich, »einer, die ganze dreißig Stunden dauerte. Mr. Sidmouth wußte, daß ich damit zu tun hatte, da ich der erst am Tag zuvor getroffenen Verabredung, mit ihm am Nachmittag in der Wirtschaft ›Zu den drei Bechern‹ zu speisen, nicht nachkommen konnte. Ich fürchte, ich sandte ihm die Nachricht zu spät, so daß er umsonst nach Lyme ritt. Er muß kurz vor Ihrem Erscheinen auf dem Hof eingetroffen sein.«

»Hat er Ihnen inzwischen von unserem unglückseligen Abend berichtet?«

»Ja, in der Tat. Gestern hat er mir die Einzelheiten erzählt, als er meine Dienste für ...« Bei diesen Worten blickte er auf Cassandra und war wieder völlig verstört.

»Mr. Dagliesh«, sagte meine Schwester schwach, »gibt es etwas, das den Schmerz lindern kann? Denn ich muß gestehen, daß mir der Kopf furchtbar weh tut; das kleinste Geräusch oder die winzigste Bewegung erschüttern ihn, und das quälende Hämmern bringt mich fast um den Schlaf.«

Der Arzt sprang auf, er glühte regelrecht vor Freude, daß er gebraucht wurde; er erklärte, daß er selbst zum Apotheker, Mr. Green, gehen wolle, und legte Cassandra eindringlich nahe, am besten gar keine Besucher zu empfangen, da ihr der ganze Lärm und deren Besorgtheit sicher mehr schaden als guttun würden. Dann verbeugte er sich und lief in der Verwirrung seines jüngsten Eifers auf die Tür zu und wäre beinahe gegen die hintere Wand geprallt, wenn ich ihn nicht sanft am Arm genommen und ihn auf den Flur geleitet hätte; dort wandte er sich um, verbeugte sich nun vor *mir* und versicherte, daß Cassandra sich bald einer vollkommenen Genesung erfreuen würde.

Mir ist es unmöglich, jemanden zu mißachten, der die Vortrefflichkeit meiner Schwester erkennt; und so bedauerte ich ihn voller Mitgefühl und brachte ihn hinaus auf die Straße mit dankenden Worten, die sowohl aufrichtig waren als auch meine innere Erheiterung überdecken sollten.

»Meine Liebe, da hast du wohl eine Eroberung gemacht«, verkündete ich, als ich wieder Cassandras Zimmer betrat. »Du solltest dich bemühen, rechtzeitig für den morgigen Ball wieder auf die Beine zu kommen, denn der arme Mr. Dagliesh wird ziemlich niedergeschlagen sein, wenn du nicht erscheinst.«

»Das ist einfach unmöglich«, antwortete sie und dachte an ihre Schmerzen, »allein der Gedanke an den Trubel und die Musik widerstrebt mir.«

»Doch wenn du dir wirklich Mr. Dagliesh sichern willst«, fügte ich einsichtig hinzu, »dann weiche ihm um Gottes willen weiter aus. Enttäusche all seine Hoffnungen. Entzieh dich ihm, so daß er glauben muß, daß du eine Gestalt aus einem Traum bist, für immer außer Reichweite, die daher aber ewige Sehnsucht weckt.«

»Aber du solltest auf den Ball gehen«, bemerkte Cassandra ungeachtet meiner Neckerei, die sie von mir gewohnt ist. »Dir wenigstens soll das Vergnügen nicht verwehrt sein, liebe Jane. Und da ich ihn selbst nicht besuchen kann, könntest du mein rosafarbenes Kleid tragen. Ich würde mich freuen, wenn ich wüßte, daß es von Nutzen ist.«

»Du weißt sehr wohl, daß mir Rosa mit meinem meist rötlichen Teint überhaupt nicht steht«, erwiderte ich, während ich die Vorhänge aufzog, damit meine Schwester auf die Wellen hinter der Cobb blicken konnte. »Cassandra, ich vermute, daß du dein Kleid fortgibst, um all meine Freier abzuschrecken und sie für dich selbst zu gewinnen.«

»Ich hatte ganz vergessen, wie schnell du errötest.« Ihre Stimme bebte. »Ich fürchte, daß ich überhaupt viel zuviel vergessen habe. Infolge des Aufpralls vielleicht. Meinst du, Jane, daß dieser Zustand anhalten wird? Sollte mich das rücksichtslose Kutschieren eines rücksichtslosen Kutschers zum Idioten gemacht haben?«

»Nein, ganz sicher nicht«, sagte ich und ließ mich am Fußende des Bettes nieder. »Und würdest du mich auf einen Ball schicken, während die liebste Schwester durch die ärgsten Leiden, wie zum Beispiel zu vergessen, daß ich dauernd rot werde, ans Bett gefesselt ist? Du bist zu gut, Cassandra, um so schlecht von mir zu denken.«

»Das bin ich wahrlich nicht, Jane!« rief sie, richtete sich auf und lehnte sich nun gegen die Kopfkissen, vielleicht ein wenig zu rasch, denn sie zuckte zusammen. »Ich habe euch genug Schwierigkeiten bereitet und bin euch lange genug zur Last gefallen. Du *mußt* gehen, und nimm Vater mit. James soll euch mit seiner Laterne den Weg leuchten, da der schmale Mond nicht hell genug* scheint.«

James ist unser neuer Bediensteter, den wir wie die Gemälde mit den Schiffen, die unsere Wände schmücken, mit dem Haus übernommen haben.

»Nun gut«, sagte ich und stand auf, als von unten her Stimmen hochdrangen. »Ich werde also morgen abend den Ball von Lyme besuchen und dein rosafarbenes Kleid tragen, allein um deinen Neid zu entfachen. Hoffentlich wirst du über meine Vergnügungen ganz gelb davon! Und das Ganze tue ich nur, damit du dein Krankenlager so schnell wie möglich verläßt. Außerdem, wenn ich mich nicht täusche, meine Teure, sind Henry und Eliza soeben eingetroffen; und niemand kann im Bett bleiben, solange Eliza im unteren Stockwerk herumwirbelt. Allein ihr Geschnatter erreicht eine Lautstärke, daß es einem für zwei Wochen den Schlaf rauben kann.«

Wir waren über das Erscheinen meines Bruders Henry und seiner Frau Eliza nicht erstaunt. Sie, die bereits seit mindestens sechs Jahren als meine Schwester** galt, war eigentlich meine Cousine, der schon immer daran gelegen war, Henrys Familie die ihre zu nennen, auch als sie die Rechte einer Tochter noch nicht beanspruchen konnte. Erst vor wenigen Wochen hatten wir uns von den Henry Austens nach ihrem alljährlichen Besuch in Bath

* Zu Jane Austens Zeiten blieb man gewöhnlich an Abenden ohne Vollmond zu Hause und traf Verabredungen für Nächte mit Vollmond. Unbeleuchtete Wege zu befahren konnte sonst äußerst gefährlich sein. – *Die Herausgeberin.*

** Damals wurden Verbindungen, die sich aus einer Heirat ergaben, als blutsverwandtschaftliche Beziehungen betrachtet. Obwohl man die Bezeichnungen für Schwager und Schwägerin kannte, wirkten sie gekünstelt und wurden im allgemeinen nicht verwendet. – *Die Herausgeberin.*

getrennt und uns an einem Vormittag im berühmten Pump Room* darauf geeinigt, daß sie auf unseren Reisen stets zu uns stoßen sollten. Beide waren regelrecht versessen darauf, Lyme kennenzulernen; und das allein genügte, um es in die Tat umzusetzen. Elizas ständiges Verlangen nach Zerstreuungen und ihre aufrichtige und reine Freude an Vergnügungen sorgten dafür, daß mein Bruder jede müßige Minute nutzte, Pläne für künftige Unternehmungen zu schmieden; und so erwartete Eliza für ihre Stimmung ständig neue Anreize und lebte so ganz gut von einem Tag in den anderen.

»Meine liebste Jane!« rief sie nun, als sie die Tür zum Schlafzimmer aufwarf. Eine flüchtige Umarmung wie von einem Wirbelwind, und sie stand am Bett meiner Schwester. »Und meine *arme*, *teure* Cassandra. Tut dir dein Köpfchen sehr weh? Störe ich dich etwa? Ganz gleich. Du wirst bald wieder auf den Beinen sein, da bin ich sicher. Es kann nichts Besseres als Meeresluft geben, weißt du, bei allen möglichen Krankheiten. Und wenn dich *das* nicht heilt, dann schaffen wir dich eiligst zu Farquhar. Er ist in London groß in Mode, das versichere ich dir, und hat bei meinen Beschwerden Wunder vollbracht – obwohl ich die *bêtise* beging, ihn bei unserer ersten Begegnung mit ›*Doktor*‹ anzureden, anstatt mit ›Sir Walter‹.«

»Eliza, du trägst ja dein Haar kürzer«, sagte ich verzagt und leicht überrascht; denn statt ihrer reizenden dunklen langen Haare hatte sie nun lauter Locken. Ein pfirsichfarbener Seidenturban mit einer tiefschwarzen Feder krönte jetzt ihren Kopf.

* Der Pump Room stellte den gesellschaftlichen Mittelpunkt von Bath dar, wo sich täglich viele Einwohner und Besucher einfanden, um das Heilwasser für ihre Gesundheit zu trinken und sich mit Bekannten beim Herumschlendern zu unterhalten. Am Vormittag im Pump Room und am Abend im Oberen oder Unteren Festsaal gesehen zu werden, das war ein fester Bestandteil des gesellschaftlichen Lebens. – *Die Herausgeberin.*

»Sehr *à la mode*, nicht wahr?« fiel sie entzückt ein und drehte sich zu unserer Bewunderung in ihrem Kleid aus reinem Musselin auf dem Wollteppich. »Oder sollte ich sagen – *à la guillotine*, denn so nennt man das in London. Da ich schon einmal die Höllenmaschine überlistet habe*, mache ich mir nichts daraus, *nun* meinen reizenden Nacken frei vorzuführen. Ich kann es euch beiden nur empfehlen. Es ist ein unbeschreibliches Gefühl der Leichtigkeit, wenn man sich von seinen Haarmassen befreit hat.«

»Was mich angeht, so sage ich, nein danke«, erwiderte ich freundlich und warf Cassandra einen empörten Blick zu. Wir beide haben lockiges dunkelbraunes Haar, das über unsere Kniekehlen hinabreicht; besser gesagt, kann ich fast auf meinen Haaren stehen; die meiner Schwester sind etwas kürzer. Sollte ich mich je davon trennen, würde ich mir geradezu nackt vorkommen; ich würde so darunter leiden, als hätte ich einen Arm oder ein Bein eingebüßt. Doch Eliza trat den meisten Dingen im Leben ähnlich sorglos entgegen und konnte sich leicht von ihnen trennen; ich muß aufrichtig gestehen, daß ihr der schreckliche Haarschnitt des Friseurs stand. Soweit ich mich besinnen kann, hat ihr immer alles, was sie an Veränderungen vornahm, gestanden.

»Eliza, meine Teuerste, du siehst ja, wie wir untergebracht sind«, sagte meine Mutter, als sie mit raschen Schritten hereinkam. »Du siehst, wie unerträglich eng es hier ist. Wir können weder dich noch Henry hier mit wohnen lassen. Ich vermute, ihr wollt doch lieber im ›Goldenen Löwen‹ logieren, nicht wahr?«

»Natürlich, Mama«, erwiderte Eliza und gab ihr einen flüchtigen Kuß auf die Wange. »Ich habe gerade ausgemacht,

* Elizas erster Gatte, der Franzose Graf Jean Capot de Feuillide, wurde im Jahre 1794 guillotiniert. Eliza trug ihren Titel Comtesse de Feuillide auch noch nach der Heirat mit Henry Austen – aus purer Gewohnheit und weil sie den aristokratischen Anstrich mochte. – *Die Herausgeberin.*

daß mich die gute Jane dorthin begleitet, damit Cassandra unser Geschwätz erspart bleibt. Sie hat so fürchterliche Kopfschmerzen, weißt du, selbst wenn sie kein einziges Wort von sich gibt.«

»Ach, meine Liebe«, sagte meine Mutter ganz erschrocken und sah Cassandra an, »ich hätte es beinah vergessen. Der junge Mann, der dich vorhin untersucht hat – hieß er Dervish ...?«

»Dagliesh«, kam Cassandra ihr zu Hilfe.

»... er forderte mich auf, dir immer, wenn du Schmerzen verspürst, Tropfen aus dem grünem Fläschchen zu geben.« Meine Mutter setzte sich die Brille auf, um den Zettel lesen zu können, den sie in der Hand hielt. »›Zwei Löffel in warmem Wasser‹, sagte Mr. Dawdle und schien ganz besorgt zu sein, daß ich es begriff. Er wiederholte die Anweisung dreimal, als sei ich eine vergeßliche und obendrein dumme Person. Die Wiesenblumen sollen nicht zu einem Aufguß verwendet werden, wie ich annahm, sondern dein Zimmer verschönern.«

»Blumen, Mutter?« erkundigte ich mich und sah hinter der Tür nach.

»Du lieber Himmel«, hauchte sie, »jetzt habe ich sie unten liegenlassen, obwohl ich sie extra hochbringen und neben dein Bett stellen wollte. Ein niedliches Sträußchen, von Mr. Dawes selbst gepflückt. Ich glaube, da hast du eine Eroberung gemacht, meine Liebe.«

»Auch wenn sie sich nicht erinnern kann, um wen es sich handelt«, flüsterte Eliza, und ihre Augen funkelten vergnügt.

»Mama«, rief ich meiner Mutter hinterher, die rasch hinausgegangen war, »vergiß nicht das heiße Wasser und einen Löffel, um Cassandra die Medizin zu verabreichen!«

Der »Goldene Löwe« lag nur wenige Meter von unserem Cottage entfernt, und da ich meinem Wunsch Ausdruck verlieh, mir die Beine ein wenig zu vertreten – denn ich war so von der Pflege meiner Schwester beansprucht, daß ich noch nicht einmal in das Städtchen gekommen war –, erklärte sich Eliza bereit, mit mir die Cobb aufzusuchen, und so hakten wir uns unter und liefen im Seewind den gepflasterten Promenadenweg hinunter.

Die Cobb ist eine langgestreckte, massive Schutzmauer, die für den Bau eines Hafens unerläßlich ist; ohne sie könnte es den Hafen gar nicht geben, da die Küsten in dieser Gegend von Dorset häufig plötzlichen schweren Stürmen ausgesetzt sind, die das Land förmlich wegfressen. Manche Leute hier erinnern sich noch an Erdrutsche – plötzliche Verschiebungen der Klippen, die den Boden und die Häuser mit allem Drum und Dran ins Meer gleiten ließen, eine höchst beängstigende Offenbarung der Vorsehung. Doch ganz gleich, welchem Zweck die Cobb dienen mag, sie wird vor allem für lange Spaziergänge genutzt – von allen erdenklichen Leuten und zu jeder Tageszeit. Ein paar Stufen führen auf den erhöhten Rand der Mole, doch nur ein unwissendes Kind oder ein mutiger Fischer wird diesen Steig wohl ausprobieren*. Der untere breite Weg wurde erst vor kurzem ausgebessert, und mit einem Spaziergang auf den Steinen kann sich eine Dame gerade die richtige Bewegung verschaffen. Eliza und ich machten uns hier gegen den frischen Wind stark, der an ihrem Federturban riß und zerrte und uns beide schwungvoll vorantrieb. Wie herrlich, das Meer endlich wiederzusehen! Welch ein Leben in den wogenden Wellen – die sich ständig veränderten und gegen Ufer und ferne Gestade tosten, die mir unbekannt waren! Wenn ich den sich endlos erstreckenden Horizont betrachtete, konnte ich mir ein wenig vorstellen, wie es für meinen Bruder Frank während der Blockade vor der Küste Frankreichs gewesen

* Jane Austen bezieht sich wahrscheinlich auf die später in ihrem letzten Roman *Überredung* erwähnten Stufen, von denen Louisa Musgrove fällt, als sie von einer Ebene der Cobb auf die andere springt. – *Die Herausgeberin.*

sein mag oder warum Charles vom Ostindischen Archipel träumte*. Welche Freiheit jene Männer doch besitzen, die die Welt ihr Heim nennen!

Aber bei dem Gedanken an Frankreich fiel mir sofort wieder eine gewisse Situation ein, und ich kam auf einen Gedanken.

»Eliza«, sagte ich, während wir uns gegen den Wind stemmten, »wie weit reicht dein Französisch noch?«

»So weit, wie es meinem Vergnügen an der Sprache entspricht, Jane – das heißt, äußerst weit.«

»Ich habe bemerkt, daß du ab und zu ein französisches Wort einstreust.«

»Oh, das, meine Teure – wenn man dafür bekannt ist, eine lebhafte Person zu sein, dann strömen einem französische und italienische Brocken nur so heraus. In manchen Kreisen Londons steht das für gute Herkunft. Aber du kannst wohl nicht auf *bêtise* anspielen«, sagte sie, als sei sie plötzlich über etwas erstaunt. Selbst du müßtest wissen, daß es ›Dummheit‹ bedeutet.«

»Ich dachte, es sei ein *faux pas«*, erwiderte ich ein wenig trocken, wobei Eliza laut loslachte.

»Wie ich dich vermißt habe«, rief sie und tätschelte meinen Arm. »Diesen Winter mußt du unbedingt nach London kommen, meine Liebe, und dich irgendeinem verwegenen, gutaussehenden Mörder in den Weg stellen, damit ich in deinem Gefolge meinen Spaß daran habe, wie du die Schurkerei dieses Übeltäters aufdeckst. *À propos* Übeltäter, mir fallen da gleich mehrere ein, die als Mörder in Frage kommen und die wir aus Schabernack als solche bloßstellen könnten. Ich versichere dir, nichts hat mir seither mehr Vergnügen bereitet als deine äußerst großartige Auflösung

* Francis Austen, der von den acht Austen-Geschwistern zwischen Cassandra und Jane geborene Bruder, und Charles, das jüngste Kind, dienten beide in der Königlichen Marine. Frank Austen verstarb 1865 als Admiral *Sir* Francis Austen, Admiral der Flotte. – *Die Herausgeberin.*

der Scargrave-Affäre*. Ich verspüre nur noch *ennui*; doch das geht mir jeden Sommer so. Man ist geradezu wild auf einen kleinen Skandal ab und zu, so daß man versucht ist, selbst einen anzuzetteln!«

»Aber Eliza ...«, warnte ich sie.

»Oh, keine Angst, *chérie*. Ungetrübtes Glück ist selten im Leben anzutreffen, doch dein Henry wußte, als er mich heiratete, daß Besonnenheit nicht meine Stärke ist und ich mich wahrscheinlich sehr dagegen sperren würde, wenn er mich dazu zwingen sollte; und da er klug und einsichtig ist, macht er *meinen* Willen zu dem seinen.** Auf diese Weise gestaltet sich unser Zusammenleben recht glücklich.«

»Das freut mich zu hören.«

»Natürlich. Du mißtraust dem Stand der Ehe so sehr, daß du dich ihm stets entzogen hast – dir sei vergeben, wenn du annimmst, daß er all die Menschen um dich herum zugrunde gerichtet hätte.«

»Weder verdiene ich solches Lob noch solche Kritik, Eliza!« rief ich. »Ich hätte den Ehestand freudig erprobt, wenn er mir von einem Gentleman, für den ich aufrichtige Liebe empfinden könnte, jemals angetragen worden wäre. Doch in jenen Fällen, wo an eine solche Liebe zu denken war, machte mir der Gentleman keinen Antrag; und verhielt es sich andersherum, konnte ich nicht zustimmen.«

»Das tut mir sehr leid, Jane«, entgegnete Eliza ernst, »verzeih meine unbedacht grausamen Worte. Ich wollte mich eigentlich über die Männer lustig machen, indem ich sie deinem Gespött aussetzte; dabei habe ich *dich* schließlich verletzt.«

»Das wollen wir sogleich vergessen«, antwortete ich, von meiner eigenen Empfindlichkeit gekränkt; war ich denn,

* Vgl. *Jane and the Unpleasantness at Scargrave Manor* (*Jane Austen und der dunkle Engel*, Aufbau Taschenbuch Verlag 1996).

** Eliza de Feuillide verwendete ähnliche Worte, als sie 1798 ihre Ehe in einem noch erhaltenen Brief aus Ipswich beschrieb. – *Die Herausgeberin.*

weil ich im fortgeschrittenen Alter von achtundzwanzig Jahren noch ledig war, so überaus verletzlich? Doch ich verwarf diesen Gedanken und kam wieder auf meinen Ausgangspunkt zurück. »Was deine Französischkenntnisse anlangt«, sagte ich, »kannst du mir die Bedeutung eines bestimmten Wortes erklären, wenn ich versuche, es zu wiederholen?«

»Ich kann es probieren.«

»Sehr gut. Ich glaube, es war *lascargon.*« Das französische Wort, das im Empfangszimmer von High Down Grange gefallen war.

Eliza runzelte ein wenig nachdenklich die Stirn. »Das bedeutet nichts, meine liebe Jane. Du mußt es nicht richtig verstanden haben.«

»Denk nach, Eliza. Was *könnte* ich gehört haben?«

»*Lascargon. Lascargon.* Ich vermute, es könnte *les garçons* gewesen sein – die Jungen – oder *La Gascogne*, eine Frau aus der Gascogne, einer Provinz in Frankreich.«

»Das ist sehr gut möglich!« rief ich und dachte an Seraphine. »Aber warum nannte er nicht einfach ihren Namen?«

Wir waren an der äußersten Spitze der Cobb angelangt und standen weit draußen im Meer; eine feuchte Gischtwelle schäumte auf und zerschlug sich an dem Felsgestein zu unseren Füßen, und in der Ferne fuhr ein Kutter mit vollen Segeln vorbei mit lauter Seevögeln im Schlepptau. Von den Wellen her drang eine äußerst steife Brise zu uns hoch. Nach dem stickig-schwülen und trockenen Sommer in Bath und den Gerüchen einer Stadt, die sich dem Heilwasser verschrieben hatte, genoß ich mit großem Vergnügen Lymes Frische und holte tief Luft.

Eliza gab sich nicht so heiter. »Jane, meine Liebe, ich bin völlig hinüber bei diesem Wind«, erklärte sie und fuhr mit einer Hand zu ihrem Turban hoch, »und deine Konfusion wegen der französischen Aussprache hat meine Geduld auf die Probe gestellt. Während du mir die Angelegenheit erklärst, wollen wir umkehren und uns zum ›Goldenen Löwen‹ begeben.«

Und so erzählte ich Eliza, während die Schatten in der Nachmittagssonne auf der Cobb immer länger wurden, die Möwen über unseren Köpfen kreisten und ins Wasser herunterstießen, von High Down Grange und der rätselhaften Laterne nachts am Klippenrand.

»Und du bist dir nicht sicher, welche Rolle das Mädchen Seraphine in dem Haus spielt?« fragte Eliza nachdenklich und blickte auf die Steine. »Sie scheint weder eine Hausangestellte noch eine Dame zu sein. Nun! Dann gibt es nur noch eine Möglichkeit! Sie ist eine kleine französische Turteltaube – doch warum er sie ein solches Kleid tragen läßt und nachts an den Kiesstrand schickt, weiß ich nicht zu sagen. Wieder einmal hast du die Bekanntschaft eines Schurken gemacht, meine liebe Jane, und wir müssen mehr über seine Person in Erfahrung bringen, ehe wir den Dingen auf die Spur kommen können.«

»Ich glaube nicht, daß du recht hast, Eliza«, widersprach ich. »Seraphine sah nicht wie eine Mätresse aus.«

»Und wie sieht *die* deiner Meinung nach aus? Muß eine Mätresse denn vulgär und schlampig sein, und muß es ihr entschieden an Geschmack mangeln? Ich versichere dir, daß die *chères amies*, die ich kennengelernt habe – einschließlich jener meines verstorbenen Gatten –, kaum dem Bild entsprechen, das in Romanen von ihnen entworfen wird.« Als sie mein entsetztes Gesicht sah, warf Eliza ihren Kopf zurück und lachte. »Ich schockiere dich, Jane, ich bin sicher, daß ich dich schockiere; doch das *ist* schließlich der Sinn meines Daseins. Ich existiere nur, um gegen die Konventionen der Austens zu verstoßen. Und wann werden wir diesen höchst faszinierenden Gentleman treffen? Auf dem Ball in Lyme?«

»Ich glaube nicht, daß Mr. Sidmouth gern tanzt. Ihm mangelt es an jener ungezwungenen Gemütsart, die Zerstreuung in Frivolitäten sucht.«

»Wohl möglich«, antwortete Eliza. »Wohl möglich. Doch ich rate dir, morgen abend größte Sorgfalt auf dein Äußeres zu verwenden, möglicherweise taucht Mr. Sidmouth ja doch auf.«

»Du kannst doch nicht annehmen, daß ich die Aufmerksamkeit eines solchen Mannes erregen will!« sagte ich empört.

»Das kann ich, und ich tue es auch. Du wirkst so befangen, wenn du von ihm erzählst; und du warst schon immer ein Mädchen, das den exzentrischen Charakter dem offenen vorgezogen hat. Dich reizt das *Rätselhafte*, meine liebe Jane, und Mr. Sidmouth hat dein Interesse geweckt. Gib es zu! Deine geröteten Wangen sprechen für sich.«

»Das tun sie nicht.« Meine Stimme klang barsch – denn immmerhin fühlte ich mich verletzt. »Sie sind einfach nur vom frischen Wind so rosig.«

»Ich würde dir gern glauben wollen, meine Teure«, sagte Eliza tröstend, »wenn nicht der Wind zur Zeit von hinten käme.«

Nachdem ich Eliza in den Räumen, die Henry im »Goldenen Löwen« genmietet hatte, sicher der Obhut ihrer treuen Dienerin Manon und ihres kleinen Hundes Pug anvertraut hatte, hatte ich allen Grund, über ihre Worte nachzudenken. Ich befand mich wieder auf der Straße, nur ein paar Schritte von meiner Haustür entfernt, da wurde ich Zeuge einer kurzen Szene vor einem Ladenfenster auf der anderen Straßenseite. Das Aufleuchten eines roten Umhangs, wallende blonde Haare und die engelhaften Züge von Seraphine – und hinter ihr Mr. Sidmouth, dessen Augenbrauen in verächtlichem Zorn zusammengezogen waren. Ein weiterer Mann – ein gewöhnlicher Arbeiter, und wie seine schwankende Gestalt verriet, erstaunlicherweise ziemlich beschwipst – lungerte mit einem abstoßend höhnischen Grinsen am Eingang zu dem Geschäft herum. Ich las aus seiner Miene, daß ihm gerade eine Beleidigung über die

Lippen gekommen war, und nahm an, daß Sidmouth deshalb so wütend war. Seraphine schien löblicherweise davon nicht berührt zu sein. *Ihre* Haltung mit hoch erhobenem Kopf war äußerst anmutig; sie bewegte sich wie immer, als besäße sie Flügel. Obwohl neugierig auf das, was da vor sich ging, senkte ich dennoch den Kopf, denn ich wollte unentdeckt bleiben, und einen Moment später hatte ich unser Cottage erreicht. Ein weiterer Blick genügte, um festzustellen, daß die Bewohner von High Down Grange hinter der Häuserecke verschwunden waren, und ich atmete erleichtert auf. Warum nur? Warum dieses Gefühl, wenn ich *ihn* sah und *sie* in seiner Begleitung? Ein Mann, von dem ich kaum etwas wußte und der keinen Anlaß bot, Gutes von ihm zu denken; ein Mann, der kaum meinen Empfindungen und Erwartungen entsprechen konnte? Die Wege des Verstandes und des Herzens sind manchmal unbegreiflich.

Nur nicht, wie ich mich erinnerte, für die Elizas dieser Welt.

Kapitel 3
Der Galgen in der Brandung

6. September 1804

In der Morgendämmerung wurden Cassandra und ich vom lauten Geschrei einer großen Schar von Männern geweckt, und als ich zum Fenster gestolpert war und auf die hell schimmernde Cobb* blickte, rannten sie gerade aufgeregt den Strand entlang. Darüber hätte ich mich in meinem schläfrigen und benommenen Zustand nicht zu wundern brauchen, doch in Wahrheit war ich äußerst verärgert, daß mich eine Horde lärmender Fischer zu so früher Stunde aufgescheucht hatte. Obwohl ich schon über drei Jahre in Bath lebe und mich an den Lärm einer Stadt, der bei Tagesanbruch einsetzt, gewöhnt haben sollte, erinnerte ich mich doch immer noch an die Freude über Vogelgezwitscher in der Frühe und den sanfteren Tagesbeginn auf dem Lande. Also gähnte ich und schaute noch einmal auf den Strand hinaus, in die Richtung, aus der die Männer gerannt kamen – und fuhr zusammen.

Die ersten Sonnenstrahlen fielen auf das Ende der Steinmole und enthüllten ein Gerüst von unheilverkündender Form, selbst aus der Entfernung, aus der ich darauf schaute; von einem Querbalken hing etwas herab, das wie ein Bündel Lumpen aussah und in der steifen Meeresbrise schlaff hin und her schwang. Es mußte – anders konnte es nicht sein – die Nachbildung eines Menschen sein, eine Strohpuppe vielleicht, die man symbolisch verbrennen wollte –, dachte ich verwirrt, während ich mit pochendem Herzen das Schauspiel betrachtete. Denn wenn es sich

* Jane Austen bezieht sich hier wahrscheinlich auf den Strand am Hafen von Lyme, den man auch Cobb nannte, der aber nicht mit der gleichnamigen Mole zu verwechseln ist. – *Die Herausgeberin.*

wirklich um einen *Menschen* handeln sollte, dann war er wohl gehängt worden. Und wie ein Mensch auf so ungewöhnliche Weise sein Ende gefunden haben sollte – an einem Ort, an dem, wie ich nur zu gut wußte, noch am Nachmittag zuvor kein Galgen gestanden hatte –, das war nicht zu begreifen.

Während ich schaute, bäumte sich eine Welle auf, schlug weiß schäumend gegen die Felsen und durchtränkte die kraftlose Gestalt am Querbalken. Die Schreie der fliehenden Fischer kamen immer näher.

»Jane, was ist los?« hörte ich Cassandras verschlafene Stimme hinter mir fragen. »Ein Feuer?«

»Nein, etwas, das keine so verheerende Wirkung besitzt«, sagte ich langsam, »auch wenn es vielleicht ebenso unerklärlich ist.«

Als ich mich angekleidet und unser Hausmädchen Jenny gebeten hatte, Cassandra mit Tee und Toast zu versorgen, setzte ich mir meinen Hut aus feinstem toskanischen Strohgeflecht auf, ziemlich neu, mit einem nach oben gewölbtem Rand und violetten Bändern – und wagte mich hinaus. Ich hatte meiner Mutter gesagt, daß ich mir ein paar neue Handschuhe kaufen wolle, da meine von dem Regen am Montagabend viele häßliche Flecken aufwiesen. Doch in Wirklichkeit wollte ich herausfinden, was sich die Leute in der Stadt erzählten – über den Toten am Ende der Cobb.

Ich öffnete das Gartentor, lief auf die Broad Street und schlug den Weg zum Laden des Stoffhändlers in der Pound Street ein, der auch verschiedene Modeartikel führte. Harding & Powell's befand sich in einem Haus mit Erker und einem hübschen Eingang; im letzten Jahr hatten die Austens das Geschäft häufig aufgesucht. Die vierzehn Meter Stoff für Cassandras rosafarbenes Musselinkleid, das ich an diesem Abend tragen würde, waren damals hier erstanden worden. Doch abgesehen von den schönen Stoffbahnen aus Seide und Batist, von den hinreißenden Besätzen und Borten, den entzückenden kleinen weinroten Traubengebinden, die sich aufs herrlichste dazu eigneten, einen mit violetten Bändern versehenen Strohhut zu zieren, bildete der Ort den Mittelpunkt jeglichen Klatsches, ganz wie es der Natur seines versierten ersten Verkäufers namens Mr. Milsop entsprach.

Als ich die flaschengrüne Tür zu Hardings Laden aufstieß und eintrat, erklang hell eine Glocke. Der Raum war von einer eigentümlichen Mischung verschiedener Düfte erfüllt, die die Nase reizten – es roch nach Kampfer, getrockneten Rosen und nach guten neuen Stoffen. Ich schaute mich schnell um und wurde von einem Musselinstoff mit Rankenmuster angezogen, der *genau* im Ton von cremiger Sahne gehalten war – eine Farbe, die ich mit einigem Erfolg tragen könnte, doch als mir mein Vorhaben wieder einfiel, wandte ich mich mit leichtem Bedauern davon ab.

Eine Gruppe von drei oder vier vornehmen Damen stand am Ladentisch und wollte bedient werden – oder sich vielleicht unterhalten; denn ich entdeckte den guten Milsop, auffallend dünn in einem prächtigen himmelblauen Frack, in gestreiften Kniebundhosen und mit einer weißen Halsbinde über dem steifen Kragen. Eine Hand ruhte elegant auf dem Rand des Ladentischs, die andere hielt ein Lorgnon*, um seine schöne Kundschaft besser betrachten zu können – manchmal funkelten darin unversehens Sonnenstrahlen, was den betörenden Effekt noch vervollkommnete.

Hier stellt sich uns die Karikatur unserer Zeit dar – ein Gentleman von geringem Verstand, der die *Form* der Vornehmheit nachäfft, um seinem Mangel an *Substanz* abhelfen zu können. Doch ich konnte keine weiteren Beobachtungen oder gar philosophische Betrachtungen mehr anstellen;

* Es handelt sich dabei um eine langstielige Brille ohne Bügel mit lediglich einem Glas zur Vergrößerung, das elegante Leute an einem Band um den Hals trugen. – *Die Herausgeberin.*

laut hatte die Glocke mein Eintreten verkündet; ich wurde gesehen – und zu meiner größten Überraschung erinnerte man sich meiner. Der vortreffliche Mann nahm Haltung an; das Lorgnon fiel an der seidenen Schnur herab, und seine gönnerhafte Art machte strahlender Freude Platz.

»Kann es denn *wahr* sein? Ist der Himmel so gütig? Sehe ich vor meinen Augen Miss Austen – Miss *Jane* Austen –, die uns im vergangenen Jahr die ermüdenden Septemberstunden erhellt hat, deren graziöser Gang, deren süße Stimme mein Herz bei jedem Besuch frohlocken ließen, deren Geschmack weit über dem in Lyme vorherrschenden liegt, so daß ich mich darüber wundern muß, weshalb sie sich wieder an diesen trostlosen Ort begeben konnte; die nach Verstand, Scharfsinn und der entzückenden Art, wie sie ihren Hutputz trägt, mit niemandem verglichen werden kann? Oder sollte ich sagen«, und er blickte plötzlich auf sein zuvor erwähntes Publikum, »nur mit jenen Damen, die hier versammelt sind? Und mit *ihrer* Schwester ebenso, der reizenden *Miss* Austen – kann es denn wahr sein?«

Um einen weiteren Schwall derartiger Komplimente zu verhindern, eilte ich, das Muster weiblicher Tugend, nach vorn und streckte Mr. Milsop meine behandschuhte Hand entgegen. Mein Handschuh war reichlich fleckig, und als sich der Stoffhändler voller Ergebenheit tief hinunterbeugte, runzelte er leicht mißbilligend die Stirn.

»Ich bin hier, wie Sie sehen, Mr. Milsop«, fing ich an und nickte den Damen zu, die kühl Platz machten, um mich durchzulassen, »da ich äußerst dringend ein Paar neue Handschuhe benötige. Mich hat am Montagabend ein fürchterliches Unwetter überrascht, und all meine Sachen sind vom Regen und Schlamm stark in Mitleidenschaft gezogen worden. Doch ich vertraue darauf, daß Sie etwas Passendes für mich haben.«

»Etwas Passendes? Aber gewiß doch. Ich habe ganz entzückende Handschuhe, Miss Austen, Handschuhe, deren

Reiz einfach unübersehbar ist. Seidenhandschuhe in Lila und Rosa; Wildlederhandschuhe in Tages- und Abendlänge; gewirkte Seide oder Baumwolle – ah!« rief er und beugte sich über einen Tisch und holte die Brille hervor, »vielleicht *diese*? Oder wäre Ihnen Seide angenehmer?«

Zu meiner Begutachtung hatte er ein Paar zartdurchbrochener Netzhandschuhe aus feinster Baumwollspitze herausgelegt. »Valenciennes«, sagte Mr. Milsop mit tiefster Genugtuung, »und sehr teuer.«

»Dann, fürchte ich, sind sie nicht das richtige für einen Küstenort, an dem man den Elementen so sehr ausgesetzt ist«, entgegnete ich voller Bedauern. »All der Staub und der Sand, die durch die Straßen wehen, würden in kurzer Zeit ihre Spuren darauf hinterlassen.« Ich prüfte alle vorhandenen Handschuhe und wählte ein Paar einfache Baumwollhandschuhe aus, zweifellos das billigste Angebot des Geschäfts, und denen sehr ähnlich, die ich gerade trug. Mr. Milsop machte ein langes Gesicht; doch er nahm sich wie gewöhnlich zusammen und fand an der Einfachheit auch noch einen Vorzug.

»Welche Bescheidenheit im Geschmack – welche Zurückweisung von falschem Schein! Für Miss Jane Austen keine Vulgaritäten aus spanischer Spitze; sie ist die Seele der Zartheit *selbst*! Da stimme ich zu. Ich begrüße Ihre Wahl. Genau betrachtet, wird man weit und breit keinen Handschuh finden, der so für Ihre Hand geschaffen ist. Das macht dann vier Shilling.«

Während ich ihm rasch die Münzen gab, wurde hinter mir Gemurmel laut; und als ich meine Ohren spitzte, wußte ich, daß sich die drei Damen, die ich in den Hintergrund gedrängt hatte, nun über das Ereignis unterhielten, über das ich mehr zu erfahren wünschte.

»Er hatte ein ziemlich gräßliches Gesicht«, sagte die älteste der Damen – eine herausfordernd aussehende Frau von etwa Mitte Dreißig – mit einem Akzent, als wäre sie in Irland aufgewachsen. Das würde auch ihre seltsame

Kühnheit erklären wie überhaupt ihre Eigenart – das fing mit ihrer beträchtlichen Größe an und setzte sich in ihrem lebhaften grünweißen Kleid mit Faltenwurf im griechischen Stil fort, das vorn und hinten tief ausgeschnitten war und an den Schultern von glänzenden wappenförmigen Metallspangen gehalten wurde. Als Tageskleidung reichlich ungewöhnlich, es sei denn, daß ich der Mode hoffnungslos hinterherhinke; doch die eigenwillige Kleidung wurde noch von ihren schrägstehenden dunklen Augen übertroffen, die überall umherschweiften und niemandem auswichen.

»Sie wollen doch nicht etwa behaupten, daß Sie es *gesehen* haben, Mrs. Barnewall!« brach es aus einer ihrer Bekannten heraus – eine junge Dame mit scharfen Gesichtszügen, die wohl um die vierundzwanzig war, rötlichbraunes Haar hatte und unpassenderweise eine Vorliebe für Rosa.

»*Gesehen* – leider, das Vergnügen hatte ich nicht. Die Neuigkeit wurde mir von meinem Groom* überbracht, der zum Galgen rannte, statt die Pferde zu halten.«

»Die Gewalttätigkeit der unteren Stände ist kaum zu fassen«, sagte die junge Dame mit rotbraunem Haar. »Erst letzte Woche ordnete Vater an, einen unserer Pächter zu hängen; Sie wissen ja, daß Vater Richter ist. Der Mann hatte gewildert und einen unserer Hirsche erlegt. Man stelle sich das nur vor! So eine Unverschämtheit! Damit sollte ein Exempel statuiert werden, denn der Mann hatte sieben Kinder, und seine Witwe ist auf die Straße gesetzt worden; ich schätze, unser Wild kann sich nun wieder ohne Schaden im Park bewegen.«

»Um Himmels willen, Letty«, sagte die jüngste der drei Damen verzagt, »erzähl uns nichts von den abscheulichen Cogginses. Das schlägt mir auf den Magen; und du weißt, daß ich mich heute nicht sehr wohl fühle. Ich glaube, ich

* Ein Groom war ein kleiner, livreetragender Junge, den sich die reiche Gesellschaft der Mode gemäß fast als Maskottchen hielt und der draußen auf der Kutsche mitfuhr. – *Die Herausgeberin.*

werde etwas von dem gelben Musselin nehmen, mit der unterbrochenen Borte; ich bin mir sicher, daß mich das erheblich aufmuntern wird.«

»Du hast schon all dein Geld ausgegeben, und Vater wird mir dafür den Kopf abreißen«, entgegnete Letty mit den rotbraunen Haaren. Sie klemmte den Arm ihrer Schwester unter den ihren und verließ das Geschäft mit einer Haltung, die einer Besitzerin eines Wildparks angeboren ist, ganz gleich wie viele Unglückliche für das Wohl desselben an den Galgen müssen.

»Mr. Milsop«, sagte die kühne Irin und warf mir einen Blick zu, »Sie waren nicht sehr freundlich. Ich muß Sie wirklich einer grausamen Unterlassung bezichtigen. Sie haben die Tugenden dieser Dame vor allen Anwesenden gepriesen, und doch haben Sie uns nicht die Freude gemacht, uns einander vorzustellen. Ich bin sicher, Sie wollen Ihre Bekanntschaft für sich behalten, denn Sie fürchten, daß sie anderen Leuten eher den Vorzug geben könnte als Ihnen.«

»Meine liebe Mrs. Barnewall!« rief der Ladenschwengel. »Ich wäre geradezu entzückt, zwei solche Muster weiblicher Vollkommenheit einander vorzustellen.« Und ehe ich Einwände erheben konnte, hatte er sich schon seiner neuen Pflicht zugewandt.

»Miss Austen, darf ich Ihnen Mrs. Mathew Barnewell aus Kingsland vorstellen. Mrs. Barnewall, Miss Austen – aus Bath, nicht wahr?«

»Sie haben eine bemerkenswerte Fähigkeit, sich die Herkunft Ihrer Kundinnen einzuprägen, Mr. Milsop«, erwiderte ich und schüttelte Mrs. Barnewalls Hand.

»Bath! Wie entzückend! Stammen Sie von dort?« erkundigte sich die Dame.

»Nein«, antwortete ich, »und um die Wahrheit zu sagen, kenne ich niemanden, der dort geboren wurde. Doch das ist wohl nicht anders zu erwarten, wenn man einen Vergnügungsort zu seinem Wohnsitz macht.«

»Sehr wahr. Ich sehe, daß sie einen Ort des Vergnügens gegen einen anderen eingetauscht haben, da Sie nun in Lyme weilen.«

»Ah! Doch die beiden sind nicht miteinander zu vergleichen! Der eine wird aus Konvention und langer Gewohnheit so genannt; der andere aber kann ungemein wirkungsvoll die wahre Glückseligkeit hervorrufen!«

Ich konnte meine Bewunderung nicht unterdrücken. Lyme ist eine Stadt, die mir aus Gründen, die ich nicht erklären kann, sehr teuer geworden ist; möglicherweise liegt es daran, daß der Ort so klein und insbesondere außerhalb der Saison von einer so friedlichen und einsamen Schönheit ist, die man in Bath oder London nicht antrifft – eine Ruhe, die mir seit meinem Wegzug aus dem geliebten Steventon versagt war.

»Sie halten also dieses Städtchen für bezaubernd?« fragte Mrs. Barnewall mit offensichtlichem Unglauben.

»Sicherlich gibt es an den Gebäuden selbst nicht viel zu bewundern«, räumte ich ein, »doch nehmen Sie die einzigartige Lage der Stadt! Die Hauptstraße, die sich beinah bis ins Wasser hinzieht! Die gefällige Art, wie die Cobb die Bucht säumt, und der wunderschöne Verlauf der Klippen, die sich Richtung Osten erstrecken! – Das ist es, was den Blick des Gastes auf sich lenkt, und es müssen merkwürdige Fremde sein, die in der unmittelbaren Umgebung nicht den Zauber spüren, der in einem den Wunsch weckt, Lyme besser kennenzulernen!«*

»Doch die Menschen sind hier im allgemeinen recht derb; selten stößt man außerhalb der Festsäle auf gute Gesellschaft. Zu dieser Jahreszeit ist die Stadt von gewöhnlichen Arbeitern und Fischersleuten überlaufen; und welchen Schändlichkeiten man ausgesetzt ist! Sie haben vielleicht von dem Gehängten gehört?«

* Mit diesen Worten, leicht abgewandelt und erweitert, beschrieb Jane Austen in ihrem letzten Roman, *Überredung*, der 1815 entstand, Lyme Regis. – *Die Herausgeberin.*

»Nur wenig«, entgegnete ich kühl. »Doch es können überall Männer gehängt werden. Ich habe gehört, daß es in Irland gang und gäbe sei.«

»Doch nicht auf diese Weise!« rief meine neue Bekanntschaft aus. »Die Stelle, wo der Galgen errichtet wurde! Das Schild, das um den Hals des Mannes hing! Hände und Füße hatte man ihm zusammengebunden! Wie sein Gesicht zugerichtet war!«

»Davon hatte ich noch nicht gehört«, sagte ich mit großem Interesse. »Da hing ein Schild, sagen Sie?«

»Gewiß doch, mein teures Kind.« Für meine Begriffe ging Mrs. Barnewall zu rasch zu solch vertraulichem Ton über, doch da ich auf Einzelheiten erpicht war, nahm ich das nicht weiter zur Kenntnis. »Mein Groom hat mir alles erzählt. ›Gerichtet, wie er richtete‹, hieß es auf dem Schild in schartigen Buchstaben; und es hing an einem Stück Fischergarn herunter, das sonst für die Netze verwendet wird.«

»Wie überaus seltsam!« sagte ich nachdenklich. »Man könnte vermuten, daß solch eine Gewalttat das Ergebnis einer erbitterten Fehde unter den Fischern ist.«

»Zweifellos«, erwiderte Mrs. Barnewall und öffnete ihren Sonnenschirm. »Ich nehme an, daß ich Sie heute abend auf dem Ball antreffe, Miss Austen. Nicht daß er der Mühe wert wäre; weder ist die Gesellschaft so fein, daß man sie als ausgewählt bezeichnen könnte, noch ist sie so schlecht, daß man sie für gefährlich aufregend halten könnte. Doch in Lyme gilt er allemal als ein vergnügliches Ereignis, weil es keine Konkurrenz gibt.« Und mit einem Kopfnicken zu Mr. Milsop verabschiedete sie sich.

»Was für eine einzigartige Dame«, sagte ich.

Der Stoffhändler nahm Haltung an und betrachtete mich eingehend durch sein Lorgnon. »Der Ehrenwerte Mathew Barnewall wird Viscount werden. Er ist der Erbe ausgedehnter Ländereien in Irland.«

»Doch selbst das kann das Auftreten seiner Frau nicht

erklären, mein guter Mann.« Lächelnd streifte ich mir die neuen Handschuhe über und ließ das schmutzige Paar auf Mr. Milsops Ladentisch liegen.

Als ich mich Wings Cottage näherte, kam eine Prozession von der Cobb her auf mich zu, und ich mußte mich gegen das Nachbargebäude drücken, um nicht im Weg zu stehen. Ich konnte nur einen kurzen Blick auf die traurige Last werfen, die sie mit sich führten; doch das brachte mich beinah an den Rand einer Ohnmacht. Das lag keinesfalls an den hervorquellenden Augen der Leiche oder an der heraushängenden Zunge oder an dem, was Mrs. Barnewall zuvor mit dem Wort »zugerichtet« bezeichnet hatte – in diesem Falle ein Messerstich im Gesicht, so daß die Wange auseinanderklaffte – all dem hätte ich standhalten können. Mein Schwächeanfall beim Anblick des Gehängten rührte von etwas ganz anderem her. Ich hatte nämlich diese Gesichtszüge und diesen Mann vorher schon einmal gesehen – erst gestern nachmittag war es gewesen, als er am gegenüberliegenden Hauseingang herumlungerte und der engelhaften Seraphine, wie ich meinte, im betrunkenen Zustand Beleidigungen an den Kopf geworfen hatte. Wobei der Mann offenbar Geoffrey Sidmouths Verachtung und vielleicht auch seine Wut geerntet hatte. Doch als der leblose Körper langsam an mir vorbeigetragen wurde, fragte ich mich mit einem Frosteln in meinem Innersten, ob ihn seine Unverfrorenheit noch mehr gekostet haben mochte – ob sie ihm nicht seinen so grausamen Tod eingebracht hatte.

Kapitel 4
Le Chevalier

7. September 1804

Die Festsäle von Lyme liegen an der Broad Street, Ecke Bell Cliff und Cobb Gate, und die Fenster gehen auf das Meer hinaus, so daß man beim Herumwirbeln im Raum (und mit reichlich Negus* versorgt) fast glauben könnte, man befände sich auf einem Schiff, das von einem Wellenkamm getragen wird. Das meinte zumindest Captain Fielding; da er Seemann ist – obschon er auf einem Bein lahmt und den Dienst quittiert hat –, muß ich seine Beobachtungen für treffender halten als die meisten anderen.

Doch ich habe schon auf die Mitte des Stücks vorausgegriffen und vergessen, den Vorhang aufzuziehen und das erste Bild vorzuführen; und so präsentiere ich nun Reverend George Austen, der in einem abgetragenen, wenn auch respektablen schwarzen Frack unbestimmbaren Jahrgangs steckt und von seiner jüngeren Tochter begleitet wird, die ihr geliehenes rosafarbenes Ballkleid trägt; sie betreten Punkt acht Uhr den Ballsaal. Henry und Eliza wollten sich uns erst später anschließen, denn sie meinten, daß man sich zu so früher Stunde noch nicht zeigen sollte. Ich war hocherfreut, als ich bemerkte, daß die Mehrheit der Lymener Gesellschaft nicht so vornehm dachte und die Räume schon fast überfüllt und von einer ausgewogenen Mischung von Damen und Herren besucht waren – die ersteren meist mittleren Alters und damit gewiß verheiratet oder sicher jenseits jedweder Anfechtung

* Es handelt sich hierbei um ein warmes Punschgetränk aus Wasser, Zucker und Sherry oder Portwein, das häufig auf Bällen gereicht wurde und nach Captain Francis Negus benannt ist. – *Die Herausgeberin.*

und die letzteren Marineoffiziere im Ruhestand. Für die Männer des Flottenwesens hatte sich Lyme als so attraktiv erwiesen, daß sich ein erlesener Kreis von Marineoffizieren samt Familien in den Häusern niedergelassen hatte, die die Straßen der Stadt säumen. Ihre Gesellschaft schien sich so selbst zu genügen und so vergnüglich angenehm zu sein, daß man sich recht danach sehnte, einen tapferen Kommandeur der Roten Flotte oder der Weißen zu heiraten*, auch wenn es nur im Hinblick darauf war, sich in ungefähr zwanzig Jahren einmal in Lyme ansiedeln zu können.

Doch vielleicht hat Captain Fielding meine Ansichten beeinflußt.

»Was für eine schreckliche Menschenmenge, meine teure Jane«, bemerkte mein Vater unbewegt, als schaute er gerade erst aus den Seiten seines Buchs auf. »Sollten wir nicht lieber nach Wings Cottage in die Gesellschaft deiner Mutter zurückkehren? Solch ein Gedränge, und wir kennen niemanden.« Sicher wäre er gleich auf die Tür zugeeilt, wenn ich ihn nicht am Arm genommen und zielstrebig in den Saal gezogen hätte.

»Es sind nicht mehr als vierundzwanzig Paare anwesend, Vater, und du weißt, daß wir es in Bath meist mit dreimal so vielen Menschen zu tun haben. Wir können niemanden *kennen*, wenn wir nicht jemanden *kennenlernen*; und dafür, weißt du, bietet ein Ball die beste Gelegenheit.«

»Ich wünschte, deine Mutter hätte uns begleitet, Jane. Ich wünschte, ich hätte darauf bestanden.«

Meine Mutter war zu Hause geblieben, um der kranken, wenn auch allmählich genesenden Cassandra die Medizin aus Mr. Daglieshs grünem Fläschchen zu verabreichen.

»Ich nehme an, Vater, daß dir das Kartenspielzimmer

* Die Königliche Marine bestand aus drei Geschwadern – dem Roten, dem Weißen und dem Blauen. Austens Bruder Frank wurde Admiral des Roten Geschwaders, ehe er dann mit neunundachtzig Jahren zum Flottenadmiral aufstieg. – *Die Herausgeberin.*

gefallen wird. Ich bin sicher, daß dort Whist gespielt wird. Soll ich dich hinführen und dir einen Stuhl sichern?«

»Doch was ist mit dir? Du wirst ganz ohne Begleitung sein!«

Ich unterdrückte meine Ungeduld – und hielt meine Füße still, denn sonst hätte ich den Takt der Musik mitgeklopft, hatte das Orchester doch gerade begonnen, zum ersten Tanz aufzuspielen; ich nahm jedoch Rücksicht auf das Feingefühl des Reverends. Obwohl ich fast neunundzwanzig Jahre zähle, bin ich für meinen Vater noch ein kleines Mädchen und muß seine Fürsorge so lange ertragen, wie er sie mir zuteil werden läßt. Um meinen besorgten Vater zu beruhigen, hielt ich, einer plötzlichen Eingebung folgend, unter der amüsierten Menge nach der einen Frau in Lyme Ausschau, von der ich behaupten konnte, ihre Bekanntschaft gemacht zu haben. Ich mußte mich nur nach den übellaunigen jungen Damen umschauen, denen ich an diesem Vormittag im Stoffgeschäft begegnet war – und da fand ich sie schon; ihre Anführerin überragte ihre Begleiterinnen um Kopfeslänge. Sie war in ein goldenes Gewand in ägyptischer Manier gehüllt und trug in den Haaren ein Rubindiadem. Ihr zur Seite befanden sich zwei Gentlemen, von denen einer sicherlich ihr Gatte war.

»Dort, Vater!« rief ich und drehte ihn in die richtige Richtung. »Ich sehe meine Bekannte, Mrs. Barnewall. Sie ist die Frau des Ehrenwerten Mathew Barnewall aus Irland, der Anwärter auf den Titel des Viscount von Kingsland ist, wie ich erfuhr.«*

»Du sagst Barnewall?« fragte mein Vater zweifelnd. »Sie sieht eher wie eine Schauspielerin aus.«

»Meine liebe Miss Austen«, rief Mrs. Barnewall und eilte

* Mathew Barnewall war zu dieser Zeit der einzige, der Anspruch auf den Titel des Viscount von Kingsland erhob, doch über sein Recht auf den Titel und das Erbe war vom Oberhaus noch nicht entschieden worden. Es ist unwahrscheinlich, daß Jane Austen davon wußte, als sie die Barnewalls kennenlernte. – *Die Herausgeberin.*

mit ihrer beträchtlichen Größe auf mich zu, wobei ihr ihr zahlreicher Anhang auf dem Fuße folgte. »Wie reizend Sie aussehen. Eine frische Rose aus einer englischen Hecke. Sieht sie nicht entzückend aus, Captain Fielding? Ich bin sicher, daß Sie sie bewundern. So viel Liebreiz kann man nicht widerstehen, nicht einmal *le Chevalier* kann es.«

Der Mann, mit dem sie sprach, war weder so jung, um unreif genannt zu werden, noch war er in so fortgeschrittenem Alter, daß er nicht mehr von einer so forschen Frau wie Mrs. Barnewall in Versuchung gebracht werden konnte; doch er besaß die Schicklichkeit, sich von dem Erguß der Dame verwirrt zu zeigen, was mir seine Person durchaus empfehlen mußte. Er verbeugte sich tief, lächelte dabei und bat darum, vorgestellt zu werden. Dabei fühlte ich mich der beherzten Mrs. Barnewall zu Dank verpflichtet, da sie mir damit für den Großteil des Abends eine vergnügliche Unterhaltung verschaffte.

Sie blickte erst auf die Damen in ihrer Begleitung. »Den Misses Schuyler aus Shropshire, glaube ich, sind Sie schon einmal begegnet, Miss Austen«, sagte sie, »doch nun habe ich die Ehre, Ihnen Miss Letitia, Miss Susan und Miss Constance Schuyler direkt vorzustellen.«

Die erste und die zweite Dame waren mir vom Sehen bekannt; die dritte, ihre jüngste Schwester, hatte man offenbar bei dem morgendlichen Ausflug zu Mr. Milsops Laden zu Hause gelassen.

Ich nickte; die anderen drei verneigten sich, und damit war unser Interesse aneinander erloschen.

»Die jungen Damen haben auch das Privileg, Percy – Captain Fielding – unseren Kavalier zu nennen.«

Als ich Captain Fielding fragend anblickte, wirkte er äußerst schüchtern und hätte sich am liebsten abgewandt, um nicht Stellung beziehen zu müssen, doch Mrs. Barnewall griff ein.

»Da!« rief sie. »Hat es schon einmal einen Mann gegeben, der sich so wunderlich verhält, wenn er gelobt wird?

Ich versichere Ihnen, Miss Austen, daß Captain Fielding diese Bezeichnung nicht auf unehrenhafte Weise erlangt hat, wie man seiner Miene vielleicht entnehmen könnte. Doch ich werde Sie mit ihm allein lassen, damit Sie ihn über die Geschichte ausfragen können und Sie so Stoff zur Unterhaltung haben, denn beim Tanz *muß* man sich unterhalten, und ich bin sicher, daß er Sie auffordern wird.«

Captain Percival Fielding ist groß und äußerst gut gewachsen, hat blondes Haar und lebhafte blaue Augen, ein spontanes Lächeln und die gesunde Gesichtsfarbe eines Mannes, der es gewohnt ist, bei Wind und Wetter an der Luft tätig zu sein. Sein Charme wird auch nicht durch das unter dem Knie ansetzende Holzbein geschmälert; wenn überhaupt, dann verleiht es seiner sonst eher gewöhnlichen Erscheinung etwas Besonderes. Seine Invalidität scheint ihn nur geringfügig zu *behindern*, wie ich im Laufe des Abends erkannte; denn obwohl er den ersten Tanz ausließ, um mir vorgestellt zu werden, verging nur ein Augenblick, bis er mich zum nächsten Tanz aufforderte, und nur ein weiterer, bis ich seine Aufforderung annahm.

»Ich vermute, das ist Ihr Vater, Miss Austen? Denn wir sind uns noch nicht vorgestellt worden«, sagte Mrs. Barnewall.

Ich beeilte mich, mein Versäumnis nachzuholen, und stellte sie einander vor. Dann wurde ich mit dem Gentleman zu Mrs. Barnewalls anderer Seite bekannt gemacht, bei dem es sich ebenfalls nicht um den Ehrenwerten Mathew Barnewall handelte. Ein Mr. Crawford, ein elegant gekleideter Herr von durchschnittlichem Äußeren, der um die fünfundvierzig war und eine Glatze bekam – ein Witwer, der ein hübsches Anwesen namens Darby besaß, das Richtung Osten an der Charmouth Road lag, wie mir Mrs. Barnewall erklärte.

»Wir sprachen gerade über den schrecklichen Vorfall auf der Cobb«, sagte Mrs. Barnewall.

Mein Vater verzog keine Miene.

»Der Gehängte, Vater«, half ich ihm auf die Sprünge.

»Ah, ja – schreckliche Angelegenheit, schrecklich.« Er wirkte ein wenig bestürzt, wohl eher darüber, daß eine Dame ein solches Thema aufbrachte, und nicht wegen des Themas an sich, wie ich vermutete.

»Es heißt, daß es einer von den Männern des Reverends ist, der von einem Rivalen ermordet wurde«, bemerkte Letty Schuyler.

»Und *ich* hörte, daß der Reverend selbst die Tat verübt hat«, fiel ihre Schwester Susan verächtlich ein, »weil der Mann sein Vertrauen mißbraucht hat.«

»Doch was sollte die Blume?« wandte Captain Fielding ein.

»Eine Blume?« fragte ich, auf jedes Detail achtend.

»Man hat in der Nähe des Gehängten eine weiße Blume gefunden«, sagte Mrs. Barnewall. »Darüber redet ganz Lyme.«

»War es nicht eine Rose?« warf Letty Schuyler ein.

»Nein, aber nicht doch!« rief ihre Schwester Constance. »Es war eine Lilie. Ich habe gehört, daß der Reverend sie als Symbol dazugelegt hat, aber ich weiß nicht, was das zu bedeuten hat.«

»Doch sollte man einem Mann im Priesterrock überhaupt einen Mord unterstellen?« fragte mein Vater ungehalten. »Wir befinden uns doch nicht in Rom, wo alles Schlechte einen heiligen Anstrich haben mag. Der Kirche von England können viele Fehler vorgeworfen werden – eine Laxheit der Moral manchmal und gelegentlich ein Luxus, der ihr nicht gut zu Gesicht steht; zu solchen Irrtümern mag jede von Menschen eingerichtete Institution neigen. Doch jemandem das Leben zu nehmen! Ich muß sagen, daß ich sehr schockiert darüber bin, daß Sie dem Glauben schenken und sich darüber unterhalten können, als sei es etwas ganz Gewöhnliches.«

»Mein lieber Reverend Austen«, sagte Mr. Crawford in verständnisvollem Ton und mit einer gehörigen Portion

Humor, »Sie haben die Misses Schuyler nicht verstanden. Sie meinen nicht einen Geistlichen, wie Sie es sind – o nein, das wäre ein guter Witz –, sondern sie meinen einen berüchtigten Schurken, der in dieser Gegend sein Unwesen treibt, eben jenen Reverend, von dem man weiß, daß er Schmuggelware aus Frankreich einführt und ganz England mit seinen Waren beliefert.«

»Ein Schmuggler!« rief ich. »Davon hatte ich nicht die geringste Ahnung!«

»Sehr wohl, Miss Austen«, erwiderte Captain Fielding, »das Böse hat schon immer die Küsten von Dorsetshire heimgesucht. Der Reverend ist nur der jüngste Bandenführer in einem alten Geschäft. Die Herren der Nacht, wie sich diese Kerle selbst anmaßend nennen, treiben sich schon seit langem in den kleinen Buchten und geheimen Häfen der See hinter diesen Fenstern herum.« Und mit einem Nicken zu den Damen hin fügte er hinzu: »Ich muß mich der Meinung der Misses Schuyler anschließen.«

»Doch welcher denn?« fragte die Jüngste und Hübscheste mit einem strahlenden Lächeln. »Denn wie Sie wissen, sind Letty und Susan nicht der gleichen Ansicht.«

»Ich glaube, daß beide Meinungen gut zutreffen können, denn es ist die Handschrift des Reverends, und der steckt ganz sicher hinter dem Vorfall mit dem Galgen«, entgegnete der Captain diplomatisch.

»Und ich, Fielding, ich sehe darin keinen Sinn«, steuerte nun Crawford bei. »Das Auskommen des Mannes hängt von seiner Diskretion ab. Warum sollte er dem Burschen in aller Öffentlichkeit an den Kragen gehen? Wäre es nicht besser gewesen, die Geschichte ganz privat und im Schutze der Nacht zu bereinigen? Man hätte ihn leicht aus einem von Boulogne kommenden schnellen Langboot werfen können, und kein Hahn hätte danach gekräht. Nein«, fuhr der gute Mann fort und ließ eine Hand in seine weite Westentasche gleiten, »für mich ist das ein für die Öffentlichkeit bestimmtes Spektakel. Der Galgen wurde bewußt am Ende der Cobb aufgestellt. Man könnte sich beinah an Monmouths Zeiten erinnert fühlen.* Dahinter steckt mehr; mit der Erhängung sollte ein Exempel statuiert werden. Eine Botschaft sollte davon ausgehen.«

»Aber an wen gerichtet?« fragte ich.

»Da liegt der Hase im Pfeffer. Und *von* wem?« Vom Schweiß seiner ehrlichen Erregung fing Mr. Crawfords Glatze zu glänzen an.

»Für mich ist es immer noch der Reverend«, sagte Captain Fielding dickköpfig.

»Doch *wer*, mein Bester, wer ist *er*?«

»Wollen Sie etwa sagen, daß man den Schurken noch nie gesehen hat?« fiel mein Vater mit einigem Erstaunen ein.

»Weder gesehen noch gehört«, sagte Mrs. Barnewall frohlockend. »Es heißt, der Mann geht in solcher Verkleidung zu Werke, daß ihn bei Tage nicht einmal seine Helfershelfer erkennen, geschweige denn die betrunkenen Dragoner der Krone. Davon hängt sein ganzer Erfolg ab; also wird nichts so sehr gehütet wie die Identität des Reverends.«

»Einmal glaubte ich, ich hätte ihn gesehen«, sagte Mr. Crawford, an meinen Vater gewandt, »an der Stelle, wo ich nach Fossilien suche. Eine Gruppe von Männern hatte genau unter mir an den Klippen ein Boot an Land gezogen und damit begonnen, die Fracht auszuladen. Doch es stellte sich heraus, daß es Fisch war – und das ist alles andere als Schmuggelware, wie Sie wissen.«

Inmitten des allgemeinen Gelächters wurde bei der Erwähnung der Fossilien die Aufmerksamkeit meines Vaters rasch abgelenkt; und bald gaben sich die beiden Männer einer Unterhaltung hin, die ihrer beider Interessen mehr

* Crawford spricht von James, dem Herzog von Monmouth und unehelichem Sohn von Charles I., der 1685 von Frankreich nach Lyme kam, um seinen Onkel James II. vom Thron von England zu stürzen. Sein Aufstand wurde zerschlagen, und zwölf Männer aus Lyme wurden gehängt. Die Galgen hatte man an jener Stelle im seichten Gewässer errichtet, wo Monmouth an Land gegangen war. – *Die Herausgeberin.*

entgegenkam. Ich freute mich über die Bekanntschaft mit Mr. Crawford – ein kaum auffallender Mann von kleiner, äußerst rundlicher Statur in mittleren Jahren, dessen Verstand jedoch bei meinem Vater Anklang finden mußte. Ich hatte allerdings nicht die Gelegenheit, Mr. Crawford näher kennenzulernen, denn die beiden älteren Herren begaben sich einmütig in Richtung Kartenspielzimmer und sprachen immer noch über Botanik und die Klippen, und Reverend Austen tauchte den Großteil des Abends nicht wieder auf.

»Um Gottes willen!« rief Mrs. Barnewall. »Ich sterbe vor Durst! Wo hält sich nur mein Gatte auf? Zweifellos ist er beim Kartenspiel und macht hohe Einsätze. Komm, Letty, rette mich vor der Langeweile. Ich bin sicher, daß du ebenso wie ich nichts gegen ein Glas Wein einzuwenden hast.«

Ich nickte zu ihnen hin und empfing ein unaufrichtiges affektiertes Lächeln; dann bewegte sich das Barnewall-Gefolge mit großem Wirbel und wehenden feinen Schals in den Speisesalon.

Plötzlich fand ich mich allein mit Captain Fielding und suchte einen schmerzlichen Moment lang nach einem Gesprächsstoff. Mir gingen verschiedene Themen durch den Kopf, die ich jedoch als unpassend wieder verwarf, und obwohl meine Neugier geweckt war, wollte ich doch nicht auf die Bedeutung der Worte *le Chevalier* zu sprechen kommen, da der Captain offenbar kaum gewillt war, sich darüber zu unterhalten. Doch von der Sorge wurde ich befreit. Die Musik setzte ein, der Captain verbeugte sich, und wir begaben uns auf die Tanzfläche.

»Meiner Meinung nach sind Sie schon einmal in Lyme gewesen«, begann er. »Ja, ich bin mir sicher, daß ich Sie vor ein paar Monaten hier in diesem Saal gesehen habe.«

»Ja. Genau vor einem Jahr habe ich Lyme besucht«, rief ich ganz erstaunt. »Warum haben wir uns damals nicht kennengelernt?«

»Bis zu diesem Sommer war ich kaum in der Lage zu tanzen, Miss Austen, und Sie werden bemerkt haben, daß es mir nur mit wenig Anmut gelingen will«, entgegnete der Herr und blickte bitter auf sein lahmes Bein hinunter.

»Wurden Sie im Kriegsdienst verletzt?«

»Vor Malta, im Jahre 1799; ein Zusammenstoß mit den Truppen des Ungeheuers*. Ich hatte das Pech, mich in dem Moment auf dem Kanonendeck zu befinden, als sich ein Geschütz löste und mit der ganzen Wucht eines Zweiunddreißig-Pfünders über mein Bein rollte – das mir infolgedessen an Ort und Stelle amputiert werden mußte.«

Als ich mein Bedauern ausdrückte, lächelte er. »Mit einem Schlag wurde ich vom Kapitän des Schiffes zur Belastung für meine Männer. Ich hatte jedoch das Glück, einen Ersten Offizier erster Güte zu haben; und ehe die Nacht um war, hatten wir gesiegt.«

Ich dachte an den lieben Frank und den allerliebsten Charles und erschauderte trotz der Hitze und des Lärms in den Räumen – wie vielen Gefahren und Schrecken mögen sie jetzt wohl ausgesetzt sein, weit weg von zu Hause und ohne eine Nachricht übermitteln zu können; vielleicht waren sie schon tot, und wir würden erst in ein paar Wochen oder Monaten davon erfahren. Man muß mir meine Besorgnis angesehen haben, denn Captain Fieldings Stimme klang auf einmal merklich besänftigend.

* Mit dem Wort »Ungeheuer« wurde gewöhnlich Napoleon Bonaparte bezeichnet. Captain Fielding bezieht sich wahrscheinlich auf die 1799 beginnende und siebzehn Monate anhaltende britisch-russisch-neapolitanische Blockade der französischen Truppen, die Malta hielten. Die endgültige Kapitulation der Franzosen im März 1800 wurde von dem kühnen Ausbruchsversuch von Admiral Denis Decrès begleitet, der knapp mit dem Leben davonkam und im Jahre 1801 zu Napoleons Marineminister ernannt wurde. Den fast 1000 Männern auf seinem Schiff, der *Guillaume Tell*, war kein so glücklicher Ausgang beschieden. Decrès nutzte seine Möglichkeit zu entkommen nicht, statt dessen griff er im Alleingang die britische Flotte an, wobei er 500 Mann im Gefecht verlor. Selbst schwer verwundet, wurde er gefangengenommen und nach dem Vertrag von Amiens 1801 aus der Gefangenschaft entlassen. Vermutlich verlor Captain Fielding sein Bein während des Angriffs von Decrès. – *Die Herausgeberin.*

»Von der Erzählung eines Fremden können Sie nicht so tief gerührt sein«, sagte er betroffen. »Ein Ihnen teurer Mensch muß sich wohl gerade jetzt ähnlich wie ich damals im Kampf befinden?«

»Meine Brüder«, antwortete ich. »Vielleicht kennen Sie sie. Commander Charles und Captain Frank Austen vom Roten Geschwader.«

»Ich bedaure, ich war beim Blauen«, entgegnete Captain Fielding, »und auch wenn ich den Namen Austen gehört haben mag, so könnte ich nicht aufrichtig behaupten, die Bekanntschaft Ihrer Brüder gemacht zu haben. Sind sie zur Zeit auf See?«

»Frank dient unter Konteradmiral Louis auf dem Flaggschiff *Leopard* vor Boulogne. Sie nehmen an der Blockade der Küste teil und sind fortwährend feindlichem Beschuß ausgesetzt. Um Charles mache ich mir nicht solche Gedanken; er erwartet seine Versetzung zur Station in Ostindien.«

»Doch er könnte ebensogut von einem Sturm oder einem Mißgeschick wie in der Hitze des Gefechts getroffen werden.« Captain Fieldings Stimme klang nachdenklich, und ich konnte mir vorstellen, wie schmerzlich es sein tapferes Herz berührte, gerade in dem Moment den Dienst quittieren zu müssen, als die Kampfhandlungen wiederaufgenommen wurden. »Sie können auf ihre schnelle Beförderung hoffen«, sagte er, vergaß sein Bedauern und fügte in fröhlichem Ton hinzu, »jetzt, wo Bonaparte bald seine Invasion unternehmen wird. Viele hervorragende Karrieren werden auf dem Schlachtfeld* geschmiedet.«

* Der Friedensvertrag von Amiens, der im Oktober 1801 ausgehandelt, am 27.3.1802 unterzeichnet und im Mai 1803 gebrochen wurde, sorgte nur kurzzeitig für Frieden zwischen Frankreich und England. Ein Jahr später, im Mai 1804, krönte sich Napoleon selbst zum Kaiser von Frankreich, und es kam bis zum Jahr 1815 zwischen den beiden Ländern erneut zu offenen Feindseligkeiten. – *Die Herausgeberin.*

»Sie meinen also, daß eine Invasion bevorsteht?«

»Sie haben sicher gehört, daß die Schulmädchen von Portsmouth unter ihrem Bett Decken verbergen, die sie mit Schnüren versehen haben, um sie sich schnell überwerfen zu können, falls man sie im Dunkel der Nacht aus ihren Zimmern holen sollte«, erwiderte er, »und über die ernsthaft getroffenen Vorkehrungen von Schulmädchen sollte man keine Zweifel hegen.«

Ich belohnte seinen Versuch, bei dem Thema Humor zu bewahren, mit einem Lächeln; doch ein Blick durch das Fenster machte mir deutlich, daß wir uns sehr nahe am Kanal befanden, und so konnte ich mich nicht völlig heiter geben.

»Da uns Ihre Brüder verteidigen, Miss Austen, bin ich mir sicher, daß wir wenig zu befürchten haben«, sagte der Captain galant. Und so unterhielten wir uns während des Tanzes weiter, und jeder war in die reizendsten Gedanken über den anderen versunken und ganz darauf erpicht, dem anderen mitzuteilen, was ihm auf der Seele lag.

Das Gespräch ging jedoch bald vom Krieg und von der Marine auf unser Wings Cottage über und auf das Landhaus ungefähr zwei Meilen entfernt von hier an der Charmouth Road, das der Captain gepachtet hatte.

»Dann sind Sie also erst vor ein paar Tagen hier eingetroffen!« rief er aus. »Welch ein glücklicher Umstand, daß ich doch auf den Ball gegangen bin und nicht einen Teil Ihres Aufenthaltes hier versäume!«

Ich lächelte und wandte mich etwas beschämt zur Seite, denn die ungekünstelte Leidenschaft seines Ausrufs sprach für seine Verzückung. Doch als ich mich umdrehte, entdeckte ich einen Herrn, der geduldig hinter mir gestanden hatte und auf ein Wort von mir wartete.

»Mr. Dagliesh!« sagte ich mit einem Nicken. »Ich bin erfreut, Sie zu sehen.«

»Ganz meinerseits, Miss Austen«, entgegnete der junge Arzt und verneigte sich etwas weniger munter vor Fielding. »Verzeihen Sie, wenn ich Ihre Unterhaltung mit anhörte –

es geschah unbeabsichtigt. Ich wollte nur unbedingt in Erfahrung bringen, wie sich Ihre schöne Schwester erholt.«

»Es geht ihr entschieden besser, dank Ihrer umsichtigen medizinischen Betreuung«, antwortete ich. »Sie hätte uns hierher begleitet, wenn ich ihr nicht ihr kostbarstes Kleid abgerungen und sie genötigt hätte, auf ihrem Zimmer zu bleiben.«

»Ich bin erfreut zu hören, daß sie die Ruhe vorzieht, statt sich verfrühten Anstrengungen auszusetzen«, sagte Mr. Dagliesh aufrichtig. »Hätte ich sie heute abend hier angetroffen, dann hätte ich sie wohl dazu gedrängt, ins Bett zurückzukehren. Sie sollte die nächsten Tage noch nicht aufstehen; das beste ist, wenn sie sich ausruht, damit die Wunden ausheilen ...«

»... und sie die Blumen betrachtet, die Sie ihr aufmerksamerweise für das Krankenzimmer geschickt haben«, sagte ich schelmisch. Beim nächsten Tanzschritt mußte ich mich abwenden, und so blieb mir wegen der erforderlichen Drehung der Anblick seiner vor Erregung geröteten Wangen erspart.

»Bitte übermitteln Sie Miss Austen meine besten Grüße«, sagte er und schlug die Hacken zusammen, verbeugte sich und ging weiter.

»Sie kennen Mr. Dagliesh?« erkundigte sich Captain Fielding und starrte mich mit einem leichten Stirnrunzeln an.

»Die Bekanntschaft ergab sich gezwungenermaßen durch ein Mißgeschick, von dem wir kurz vor Erreichen Lymes betroffen wurden«, entgegnete ich. »Jener Herr ist so freimütig und fröhlich, seine Vorsätze sind so wohlmeinend, daß mir unsere Bekanntschaft nicht lästig scheint.«

»Sicher nicht – obwohl ich wünschte, daß er etwas angeseheneren Kreisen angehörte.«

»Sie wissen etwas, das Mr. Dagliesh zum Nachteil gereicht?« fragte ich voller Neugier. »Dann teilen Sie es mir mit, Captain Fielding. Ich bitte Sie! Denn meiner Meinung nach ist er sehr empfänglich für die Reize meiner Schwester, und ich könnte es nicht zulassen, daß sie einem Schurken in die Hände fällt.«

»Über Dagliesh selbst weiß ich nichts Schlechtes zu berichten«, räumte Fielding ein. »Es geht um seine Freunde – um die Leute, mit denen er den größten Teil seiner Mußestunden verbringt –, wo ich etwas zu beanstanden hätte.«

»Sie meinen Mr. Sidmouth!« sagte ich mit all der Energie innerer Gewißheit und dem Wunsch, mehr zu erfahren.

»So ist es«, erwiderte der Captain ein wenig erleichtert, daß es ihm erspart wurde, den Namen des Gentlemans zu erwähnen. »Ich habe die Unternehmungen dieses Mannes geraume Zeit verfolgt, Miss Austen, und ich kann sie nicht gutheißen. Ich sollte Bedenken haben, eine Dame, die ich schätze, einem derart bösartigen Einfluß auszusetzen. Doch woher kennen Sie Sidmouth?«

»Er gehört ebenfalls zu jenen, deren Freundschaft wir nicht gesucht haben. Wir sind am Montagabend bei dem gewaltigen Gewitter in der Nähe von High Down Grange mit der Kutsche umgestürzt. Meine arme Schwester wurde schwer verletzt, wie ich fürchte, und leidet immer noch an den Folgen.«

»Dann waren Sie das!« rief Captain Fielding. »*Sie* waren die unglückliche Reisegesellschaft! Mein Haus befindet sich nur eine halbe Meile von dem Hof entfernt. Ich sah am nächsten Morgen auf dem Weg nach Lyme, wie Ihre Kutsche von einem Pferdegespann aufgerichtet wurde, und ich fragte mich, welch schreckliche Umstände solch ein Unglück verursacht hatten.«

»Wenn wir das gewußt hätten, dann hätten wir bei *Ihnen* Schutz gesucht«, bemerkte ich. »Das Schicksal ist eine launische Dame, nicht wahr? Denn statt dessen quälten wir uns mühselig über den Hügel zu jenem Gutshof und wurden von seinen sehr wunderlichen Bewohnern, an deren Herd wir zwei Tage verweilen mußten, nicht gerade sehr offenherzig empfangen.«

»Wie bedauerlich«, erwiderte der Captain bewegt. »Hätte

ich Ihre Familie vor einem solch ungastlichen Ort bewahren können, ich hätte alles in meiner Macht Stehende dafür getan. Doch es sollte mir nicht vergönnt sein, und so wurde Sidmouth die Freude Ihrer Gesellschaft gewährt.«

»Ihm schien sie keine rechte *Freude* zu sein«, sagte ich. »Er verbrachte soviel Zeit wie nur möglich außer Haus, um uns aus dem Wege zu gehen.«

»Da können Sie sich glücklich schätzen, Miss Austen. Er ist kein Mann, der über mehrere Stunden hinweg ein guter Gesellschafter ist.« Nach einer Pause sagte er etwas zögernd: »Sie haben vermutlich Mademoiselle LeFevre kennengelernt.«

»Das kann ich kaum behaupten. Mir begegnete tatsächlich eine Frau, die meines Erachtens Seraphine genannt wurde; doch sie wurde mir nie richtig vorgestellt, und so kann ich nicht sagen, ob es sich um diese Person handelt.«

Auf Fieldings Gesicht zeichnete sich leichter Zorn ab, und er schien keine Worte zu finden; doch nachdem er sich ein Lächeln abgerungen und mir einen raschen Blick zugeworfen hatte, sagte er schließlich recht unbefangen: »Miss Austen, ich muß mich für meine heftigen Gefühle entschuldigen, doch ich kann nicht ohne Empörung und Erregung mit ansehen, wie dieser Gentleman seine Cousine behandelt.«

»Seine Cousine!«

»Sehr wohl, eine Cousine aus Frankreich, die noch unter dem alten König geflohen ist, da man ihr das Land wegnahm und ihre Familie ermordete. Seit zehn Jahren lebt sie in England unter Sidmouths Obhut.«

»Aber das scheint mir unmöglich!« rief ich. »Bei ihrer Kleidung und dem Befehlston, den er ihr gegenüber anschlug, hielt ich sie eher für eine Bedienstete.«

»Ich fürchte, daß Sie nichts Ungewöhnliches gesehen haben«, entgegnete der Captain mit zusammengepreßten Lippen. »Sidmouth regiert das zarte Wesen mit eiserner Hand; und sie ist so sehr von ihm abhängig, daß er sie jeder

Erniedrigung aussetzen kann. Ich fürchte sehr – ja ich habe Grund, mich zu fragen, ob sie nicht seiner Macht *völlig ausgeliefert* ist, Miss Austen, nämlich auf eine Weise, die kein ehrenhafter Mann tolerieren sollte. An seinen eigenen Vorteil zu denken, obwohl er von ihrem im Sterben liegenden Vater beauftragt wurde, für ihr Wohl zu sorgen, das ist in jeder Hinsicht verabscheuenswert; doch ich muß annehmen, daß er sogar so tief gesunken ist. Ich bedaure Mademoiselle LeFevre; mich erschüttern die Ungeheuerlichkeiten, denen sie tagtäglich ausgesetzt ist; doch ich kann nicht einschreiten. Ich habe keine Befugnis dazu. Noch nicht.«

Mich überwältigte sein Vertrauen, und ich war ganz erstaunt über die Verderbtheit, von der er sprach. Obwohl ich mich ein wenig darüber wunderte, daß Captain Fielding derartige Gerüchte einer Dame und noch dazu einer Fremden enthüllte, so pries ich doch im stillen sein zartes Feingefühl, das ihn so aufbrachte, und verspürte tiefen Respekt vor seiner Besorgtheit. Erneut erfüllten mich Mitleid mit Seraphine LeFevre und Verachtung für Sidmouth.

Bei den letzten Worten Captain Fieldings war der Tanz zu Ende; er verbeugte sich würdevoll, und ich machte ein wenig geistesabwesend einen Knicks. Mein galanter Partner schlug vor, in den Speisesaal zu gehen. Freudig nahm ich seinen Arm an, da ich etwas außer Atem war, hatten mich doch Unterhaltung und Tanz gleichermaßen erschöpft. So ließ ich mich zu einem Glas Punsch und zu den Pasteten führen.

Fielding schüttelte den Kopf. »Der Mann verfügt über beträchtlichen Charme. Ich bin sicher – ich kann nicht umhin, es zu vermuten –, daß Sie seine Macht gespürt haben. Bedenken Sie nur, wie die Leute aus der Stadt, die nur den öffentlichen Vorteil des Umgangs mit einem solchen Mann sehen, im allgemeinen eher bereit sind, ihm die privaten Sünden zu vergeben. Sidmouth hat für das Wohl der Stadt Lyme enorme Summen aufgewendet, die ihm einen Platz in den Herzen der Familie Fane und deren Anhängern sichern, die nahezu die ganze Stadt beherrschen*. Auf Bällen macht er eine recht gute Figur; seine Steuern und Zehnte werden bezahlt – und wenn er sich weiterhin einer Bande von Gaunern anschließt, die sich in den Mußestunden dem Spiel und der Trunkenheit hingeben – so sei es denn.«

»Ich bin schockiert«, rief ich, »schockiert und traurig. Männer, die in der Lage sind, Gutes zu tun, scheinen oft zum Bösen zu neigen; und daß es sich in den Augen der Vorsehung umgekehrt verhalten sollte, ist nur von geringem Einfluß.«

»Meine teure, höchst vortreffliche Miss Austen«, erwiderte Captain Fielding ein wenig bewegt, »ich bin ganz Ihrer Meinung. Ich hoffe, daß unsere Seelen immer so übereinstimmen werden.«

Dann dachte ich mit einer plötzlichen bösen Vorahnung an den Gehängten am Ende der Cobb, an die Szene, die ich tags zuvor erlebt hatte, und an meine Zweifel hinsichtlich Mr. Sidmouths Absichten. Ich vermutete ein weiteres Motiv für den Mord – eins, das nicht mit dem berüchtigten Reverend oder seiner Schmuggelware in Zusammenhang stand. Doch es war mir unmöglich, meinen Befürchtungen und Vermutungen Ausdruck zu verleihen, selbst einem Captain Fielding gegenüber, wo ich so wenig Beweise besaß. Mr. Sidmouths Ansehen – nein, sogar sein Leben könnte von solch leerem Geschwätz abhängen.

Es konnte jedoch nicht schaden, in Erfahrung zu bringen, was Captain Fielding noch über die düstere Angelegenheit wußte.

* Captain Fielding bezieht sich hier auf den Grafen von Westmoreland und seine Familie, die in Bristol wohnten, aber durch korrupte Machenschaften bei den Wahlen die zwei Parlamentssitze von Lyme innehatten. Die Fanes beherrschten gut ein Jahrhundert hindurch Lyme – von den 1730ern bis zum Reformgesetz von 1832, als man dem Wahlbezirk nur einen Parlamentssitz zugestand. Im Jahre 1867 wurde dem Ort das Wahlrecht völlig abgesprochen. (Siehe John Fowles, *A Short History of Lyme Regis.* Little, Brown & Co. 1982.) – *Die Herausgeberin.*

Wir hatten uns Erfrischungen besorgt und waren auf eine Sitzbank am Ende des Raumes zugegangen, als ich auf das Thema zu sprechen kam.

»Lyme scheint für solch sonderbare Charaktere wie Mr. Sidmouth eine besondere Art von Anziehungskraft zu besitzen«, bemerkte ich, als ich mich behutsam auf den Rand eines Kissens setzte. »Der Gehängte auf der Cobb zum Beispiel. Das ist doch ein äußerst eigenartiges Beispiel für Roheit, nicht wahr?«

Nun blickte mich Captain Fielding überrascht an, er zögerte leicht, denn wenn Mrs. Barnewall solch ein Thema aufgriff, dann nahm man es hin, aber eine Miss Austen sollte offensichtlich dergleichen nicht erwähnen.

»Armer Tibbit!« sagte er schließlich, während er es sich neben mir bequem machte und sein lahmes Bein ausstreckte. »Er hinterläßt eine Frau und fünf Kinder, und sie haben keinen Penny.«

»Sie kannten ihn also? Wie tragisch! Und wie ich vermute, weiß man nichts über seine Mörder?«

»Nichts.« Der Captain bot mir ein Glas Punsch an, wobei seine Finger die meinen berührten. Wenn ich meinen Augen trauen konnte, so zitterte seine Hand dabei. »Der Mann war ein Schurke, natürlich; er ist ständig bei mir aufgetaucht, um im Garten zu arbeiten oder eine Steinmauer auszubessern. Jene Art Faulenzer, die man gegen ein paar Pennys für Gelegenheitsarbeiten anheuert – Geld, das schnell in der Schenke ›Zu den drei Bechern‹ wieder ausgegeben wird und nicht den Kindern zugute kommt. Tibbit wird von niemandem vermißt werden, nicht einmal von seiner Frau.«

»Aber ist das ein Grund, über die Art seines Todes hinwegzusehen?« erkundigte ich mich freundlich und nippte an meinem Punsch. »Hat nicht selbst der Tod eines unbedeutenden Geschöpfs auf der Waage der Gerechtigkeit sein Gewicht?«

»Oh! Aber natürlich! Wenn Sie nach einem *Grund* für seinen Tod suchen, Miss Austen, dann brauchten Sie sich nur anzuschauen, was für ein *Leben* er führte. Ich wette, daß, falls Bill Tibbit nicht durch den Reverend sein Ende fand, er von Männern ermordet wurde, mit denen er bei einer teuflischen Angelegenheit falsches Spiel getrieben hat. Selbst wenn der hiesige Richter alle Einheimischen befragen, formell die Beteuerungen ihrer Unschuld festhalten und sich nach ihren Beschäftigungen zur Tatzeit erkundigen würde, die Wahrheit würde er nie herausfinden. Nein, Miss Austen«, sagte der Captain und zog mich in den Tanzsaal zurück, wo die Musiker nun weiterspielten, »die Waage der Gerechtigkeit ist schon im Gleichgewicht. Bill Tibbit weiß, warum er tot ist, mein Wort darauf; doch es ist höchst unwahrscheinlich, daß *wir* es jemals erfahren.«

Als ich mich einige Stunden später auf einer bequemen Bank in einer Nische niedergelassen hatte, nachdem ich mit Mr. Crawford und ein paar von Captain Fieldings Offizierskameraden getanzt hatte (denn er selbst hatte sich auf die Suche nach Punsch begeben), traf Mr. Sidmouth ein. In Erinnerung an all das, was mir der Captain berichtet hatte, fühlte ich mich ein wenig beklommen, als ich den Herrn von High Down Grange wahrnahm; eine Mischung aus Mißbilligung und Abneigung, die mit meinen angenehmen Empfindungen über seine Erscheinung rangen. Denn er wirkte fürwahr in seinem dunkelblauen Frack und den cremefarbenen Kniebundhosen weitaus vorteilhafter, als in der regnerischen Nacht im offenen Hemd am Eingang zu seinem Haus. Die wohlgeratene Gestalt, die gebogene Nase, die dunkel glänzenden braunen Augen und die strenge, gebieterische Haltung – daraus sprach Adel, wo dort doch nur, wie ich wußte, die schändlichsten Neigungen wohnten. Er legte Hut und Spazierstock ab, zog an seinen weißen Handschuhen und begann den Saal nach Bekannten abzusuchen, und als sich seine Miene aufheiterte, nahm ich an, daß er sie gefunden hatte. Ein flotter Schritt, eine Verbeugung – und ich sah, wie er seinen Charme einem jungen Ding gegenüber spielen ließ, das nicht älter als neunzehn war und dazu noch äußerst hübsch zu sein schien. Das junge Mädchen wurde von einer älteren, merkwürdig aussehenden Frau begleitet, die in Trauer war und auf deren Antlitz ich weit weniger Begeisterung für Mr. Sidmouth ablesen konnte. Da sich alsbald Mr. Crawford den Damen zugesellte, vermutete ich, daß sie zu seinem Haushalt gehörten. Doch ich hatte keine Zeit, ihre Unterhaltung zu verfolgen, denn hinter Mr. Sidmouth standen Henry und Eliza.

Der munteren Miene der Comtesse entnahm ich, daß es ihr gelungen war, mit dem Herrn von High Down Grange oberflächlich Bekanntschaft zu schließen. Noch unter dem Eindruck des strengen Blicks, den er ihr gerade zugeworfen hatte, glühten ihre Wangen, und ihre Augen blitzten. Auf Henrys Stirn waren ein paar schwache Falten zu erkennen, als sei er dieses Rivalen schon allein deshalb überdrüssig, weil seine Frau ihm Beachtung schenkte.

»Jane!« rief Eliza und tänzelte auf ihren kleinen Füßen, die in roten Satinschuhen steckten, durch den Raum. Ihre kurzgeschnittenen braunen Haare zierten Perlen, und ein Kameemedaillon hing an einem langen dunkelroten Band um ihren Hals; ihre Robe war aus cremefarbenem Sarsenett – für Lymener Verhältnisse sehr elegant –, besetzt mit einer Borte im gleichen Rotton. Das Kleid glitt auf ihre Arme herab und ließ vollkommene Schultern und einen vortrefflichen Busen sehen, ganz so, wie es in London Mode war, was Henry jedoch bereits einige sorgenvolle Augenblicke gekostet haben mochte. Schon immer hatte ich die Kunstfertigkeit ihrer Zofe Manon bewundert, die es verstand, von Eliza so viel zu enthüllen, daß sie gerade noch als bekleidet galt.

»Ich habe deinen schurkischen Kavalier kennengelernt«, vertraute sie mir an, als sie mir einen flüchtigen Kuß auf die Wange gab, »und ich lobe deinen Geschmack. Für einen oberflächlichen Flirt ist er allemal gut.«

»Sprichst du von meinen Absichten, Eliza, oder von deinen eigenen?«

»Nun, jetzt schilt mich nicht, Jane. Du kennst mich zu gut, um zu glauben, daß ich dir deinen Galan stehlen will. Schließlich bin ich wenigstens fünfunddreißig.«

In Wirklichkeit war sie dreiundvierzig, ungefähr zehn Jahre älter als mein Bruder Henry; doch bei einer Frau wie Eliza, deren Schönheit und Verstand nicht im Zaum zu halten sind, ist es besser, wenn man die Jahre nicht nachzählt. Es ist gut möglich, daß sie schon seit langem nicht mehr an ihre Geburtstage dachte und ernstlich glaubte, sich erst auf die Vierzig zuzubewegen; sicher ist, daß sie sich vom Alter nicht einschüchtern ließ.

»Mr. Sidmouth ist *nicht* mein Kavalier«, entgegnete ich fest, »und ich kann mit Nachdruck sagen, ich hoffe, daß er es nie sein wird. Ich habe heute abend genügend Dinge über ihn erfahren, Eliza, die meine schlimmsten Befürchtungen bestätigen. Ich glaube jetzt, er gehört zu der gefährlichsten Sorte von Männern, und ich muß der Vorsehung danken, daß uns nichts Schlimmeres zugestoßen ist, während wir unter seinem Dach weilten.«

»Pah!« erwiderte Eliza. »Ich sehe, daß du meine Meinung nicht respektieren willst. Das paßt mir nicht.« Sie ließ sich neben mir nieder und schaute sich mit scharfem Adlerblick rasch im Saal um. »Und mit wem hast du getanzt? Ich bin sicher, es kann nur ein anderer Mann gewesen sein, der Sidmouths gutem Ruf geschadet hat. Nur jemand, der darauf aus ist, deine Gefühle für sich zu gewinnen, würde den Versuch unternehmen, Mr. Sidmouths Ruf zu zerstören.«

»Da kann ich dir nicht zustimmen, Eliza«, sagte ich trocken, »denn Verleumdung ist offenbar mehr das Fach der Frauen. Männer besitzen andere Waffen, die einen tödlichen Ausgang zur Folge haben können; eine Dame jedoch kann nur ihren Mund gebrauchen.«

»Es sei denn, sie verwendet Gift so wie in Scargrave«, sagte Eliza zur Seite, »ich vermute, daß man jedoch Klatsch für eine ihrer tödlichsten Waffen halten könnte. Jane, du kannst mich nicht überzeugen. Es war ein um deine Gunst buhlender Rivale, der Mr. Sidmouths Ansehen schaden wollte. *Gib* es nur zu.«

»Und dort kommt er«, erwiderte ich, als die stattliche, wenn auch humpelnde Gestalt des Captain im Gedränge auftauchte, »und er bringt einen Becher Wein als Friedensangebot mit. Darf ich dir Captain Percival Fielding vorstellen, oder willst du lieber tanzen, Eliza?«

Doch für eine Antwort gab es keine Gelegenheit mehr.

»Miss Austen aus Bath«, sagte Mr. Sidmouth an meiner Schulter. »Sie sehen heute abend vortrefflich aus.«

Ich drehte mich um, um Mr. Sidmouth mit einem strengen Blick das Wort abzuschneiden – doch ich war auf der Stelle von all der Entschlossenheit seines Auftretens und der Macht seiner Erscheinung überwältigt. So nickte ich ihm wortlos zu und wandte rasch die Augen ab.

»Erwarte ich zuviel – oder darf ich um die Ehre des nächsten Tanzes bitten?«

Ich öffnete den Mund, um ihm zu erklären, daß ich schon vergeben sei, doch der Anblick von Mr. Sidmouths Miene verschlug mir die Sprache. Seine Augen ruhten auf einem Punkt hinter mir, und als ich mich halb umdrehte, errötete er zuerst und wurde dann totenbleich.

»Mr. Sidmouth«, sagte Captain Fielding und verneigte sich, dann überreichte er mir ein Glas Punsch.

Kaum wahrnehmbar nickte der Herr von High Down Grange, machte ohne ein weiteres Wort oder einen Blick zu mir hin auf der Stelle kehrt und begab sich auf die gegenüberliegende Seite des Ballsaals.

»Nun, meine Teure«, sagte Eliza in sarkastischem Ton, »er hat sich selbst vor der Schmach deiner Ablehnung bewahrt.« Sie blickte zu Captain Fielding, als erwarte sie eine Erklärung, doch sie erhielt keine. Er verbeugte sich und lächelte, als hätte ihn die Szene soeben kaum berührt, und sah mich dann an, um ihr vorgestellt zu werden.

Als ich mich wieder beruhigt hatte, machte ich die schöne Eliza mit dem Captain bekannt, und bald vertieften sich die beiden in ein Gespräch. Doch ich konnte nur mühsam der Unterhaltung folgen; meine Augen schweiften immer wieder suchend durch den Raum und fanden *ihn* erst in vertraulichem Austausch mit Mr. Dagliesh und später am Arm einer der Misses Schuyler. Verwirrt über meine widersprüchliche Natur und zwischen dem Wunsch und der Furcht vor einer Erneuerung seiner Aufforderung zum Tanz hin und her gerissen, begab ich mich bald auf die Suche nach meinem Vater und verließ mit ihm kurz darauf den Ball.

»Nun meine liebe Jane, ich stehe sehr in deiner Schuld«, sagte der gute Mann, als wir hinter unserem Diener James und seiner Laterne die sternenbeleuchtete Broad Street entlanggingen. »Crawford ist ein höchst bemerkenswerter Mann! Welch ein Eifer bei seinen Forschungen! Stell dir nur vor – allein zum Zwecke der Ausgrabung von Fossilien hat er eine Gruppe von Männern eingestellt! Morgen sollen wir die Stelle besichtigen. Du mußt mich einfach begleiten und deine Schwester auch, wenn sie dazu in der Lage ist.«

»Fossilien, Vater? Ich kann kein Interesse für ein paar alte Steine aufbringen.«

»Aber, aber. Stünden auf ihnen Buchstaben aus dem alten Rom, dann würdest du in Gedanken an untergegangene Herrlichkeiten von ihrem Wert träumen, dich als Dame zu Cäsars Zeiten sehen und dich den romantischen Phantasien eines jungen Mädchens hingeben. Ich kenne dich, Jane. Du willst einfach dazu überredet werden. Stell dir nur das kleinste wirbellose Tier, das für immer in einen Felsen gepreßt ist, als einen untergeordneten Zenturio vor, und du wirst den Besuch mit Haltung ertragen.« Eine Weile gingen wir schweigend nebeneinander her, während ich über meine Pläne für den nächsten Tag nachdachte, die nicht im geringsten etwas mit Fossilien zu tun hatten, bis mein Vater mich aus meinen zufriedenen Betrachtungen riß.

»Ja, Fossilien sind hier in Lyme groß in Mode, wie ich erfuhr. Selbst Mr. Sidmouth wird sich zu uns gesellen.«

»Mr. Sidmouth«, sagte ich mit bebender Stimme.

»Aber natürlich«, erwiderte mein Vater. »Mr. Crawford sagt, daß er ein Mann von klarem Verstand und äußerst klug ist.«

»Mr. Crawford!« Was konnte der zurückgezogen lebende, freundlich aussehende, kahlköpfig werdende Witwer schon über Mr. Sidmouth sagen?

»Ich hoffe, du wiederholst nicht alles, was ich sage, Jane. Ich mag ein ehrwürdiges Alter erreicht haben, doch mein Gedächtnis kann dem Verlauf eines Gesprächs immer noch folgen. Ich wünschte, ich könnte das von deiner lieben Mutter auch behaupten.« Mein Vater hielt vor dem Tor zu Wings Cottage inne und starrte geistesabwesend auf den Hauseingang. »Sind wir schon so schnell zu Hause angelangt, James? Hast du die richtige Nummer gleich gefunden?«

»Das habe ich, Sir, Nummer zehn, wie Sie sehen.« Der Diener hob die Laterne und schwang sie hin und her, so daß das Licht auf der Fassade des Hauses auf und ab flackerte.

»Also stehen Mr. Crawford und Mr. Sidmouth auf so gutem Fuße, daß Mr. Crawford seinen Verstand schätzt«, sann ich nach, als ich meinem Vater den Weg zum Eingang hin folgte. »Ich hätte nicht erwartet, daß sie so gut miteinander befreundet sind.«

»Doch, doch. Mr. Crawford hat mir versichert, daß wir uns keinen besseren Ort für unser Mißgeschick hätten aussuchen können und daß niemand so ehrbar und wohlwollend ist wie Mr. Sidmouth. Wie ich gehört habe, ist er die Stütze von Lyme.« Mein Vater stieß die Tür auf und ließ mich eintreten. »Ich freue mich sehr darauf, ihn besser kennenzulernen – ich gebe zu, Jane, daß ich weder von deiner Mrs. Barnewall noch von ihren hübschen kleinen Freundinnen sehr viel halte. Mehr Schein als Sein, oder? Und eine so betonte Vorliebe für Rubine muß einen immer mißtrauisch machen.«

Kapitel 5

Der Wundarzt, der Captain, der Schurke und seine Kutsche

7. September 1804, Forts.

An diesem Morgen wachte ich wegen der Anstrengungen des Vorabends ziemlich spät auf, aber doch viel früher als die anderen Bewohner von Wings Cottage; so beschloß ich, mir die Zeit bis zum Frühstück mit einem Spaziergang auf der Cobb zu vertreiben. Die Gezeiten hatten die Spuren des düsteren Vorfalls beseitigt; der Galgen war verschwunden und mit ihm jeder Hinweis auf jene vorsätzlich verübte Missetat. Das frühe Sonnenlicht tanzte auf den Steinen zu meinen Füßen, die von kaltem Gischtwasser umspült wurden, und ich lief mit raschem Schritt voran, freute mich über die Schreie der Möwen und war ganz von dem Anbruch einer neuen Jahreszeit beglückt. September ist ein Monat voller Widersprüche – teils ausgehender Sommer, teils beginnender Herbst; und sein vielschichtiger Charakter entspricht ganz meinem Wesen. Nicht daß ich glaube, daß die tiefere Natur einen größeren *Anspruch* hätte, erforscht zu werden, als die einfache – doch sicherlich ist Vielschichtigkeit für einen Forscher verlockender als Transparenz. Captain Fielding könnte man zum Beispiel mit dem Juni verknüpfen – offen, warm und angenehm. Mr. Sidmouth könnte man weder mit dem Sommer noch mit seinem eisigen Gegenstück vergleichen, dem tiefsten Januar; er ist wie ein November oder vielleicht wie ein März – diese Mischung von plötzlicher Sonne und von kaltem Wind, die einen immer vor einem Wetterumschwung auf der Hut sein läßt.

Solchen Gedanken gab ich mich während des Spaziergangs hin; wobei mir auch durch den Kopf ging, ob man eher zu einem lebenslangen Juni oder zu einem eine Ewigkeit dauernden November neigen sollte – eine Frage, deren Antwort ich mir für ein anderes Mal aufhob.

Am Ende der Cobb hielt ich an und entdeckte beunruhigt die Spuren von kürzlich stattgefundenen Bauarbeiten. Schloß ich die Augen, tauchte verschleiert immer wieder der Umriß des Galgens vor mir auf, als hätte er sich meinem inneren Auge eingebrannt, und ebenso die vom Sprühwasser umspülte Gestalt von Bill Tibbit, der an dem unheilvollen Balken baumelte. Einen solch grausigen Holzaufbau hatte man unmöglich an diese Stelle *tragen* können – selbst bei Nacht hätte man den Transport bemerkt; so raffte ich meine Kleider zusammen, zog meinen rechten Handschuh aus und kletterte hinunter ans Ufer, um die Felsen zu untersuchen. Nachdem ich einen Augenblick die Steine abgetastet hatte, wurde ich bereits fündig; meine Hand stieß auf einen Eisenring, und das bestätigte mir meine Theorie über Tibbets Beförderung. Rostspuren zeichneten sich auf meiner Hand ab – ich dankte meiner Voraussicht, Mr. Milsops hübschen Handschuh abgelegt zu haben –, und ich erkannte schnell, daß sich der Rost erst vor kurzem abgelöst hatte. Die Fangleine eines Bootes hatte den Eisenring am Ende der Cobb abgeschabt, als sie vor kurzem dort angebunden worden war und die Bootslast zweifellos in stockfinsterer Nacht auf die Steine geschleppt wurde. Jemanden aufzuhängen nahm gewiß nur wenig Zeit in Anspruch, und die Schreie des armen Tibbet waren in dieser Entfernung von der Stadt sicher unbeachtet geblieben.

Ich hielt einen Moment inne, um meine schmerzenden Glieder zu entspannen – wenn man ein so fest geschnürtes Korsett trägt, kann man das Hinabbeugen und Abtasten des Bodens nur als beschwerlich bezeichnen –, und blickte mich nach Lyme um. Das zunehmende Treiben auf der Broad Street kündete vom Voranschreiten des Morgens; ich sollte besser wieder nach Wings Cottage zurückkehren. So beugte ich mich noch einmal über die

Steine und lehnte mich ziemlich weit vor, um den Eisenring im Felsen zu inspizieren – und entdeckte nun Farbspuren.

Aber natürlich! Wenn ein einfaches Holzboot in der Nähe der Mole festgemacht wird, dann muß es von der Flut gegen die Steine gespült werden, insbesondere wenn es die Besatzung mehr auf die Tötung eines Mannes aus ihrer Mitte abgesehen hat als auf Behutsamkeit im Umgang mit dem Boot. So war der Bug des Beiboots gegen die Mole gestoßen und hatte seine verräterischen Spuren hinterlassen. Ein Dunkelgrün, genauer ein Flaschengrün, das man häufig unter den Fischerbooten von Lyme antraf. Es würde mir nicht gelingen, anhand dieser Indizien das Boot des Reverends ausfindig zu machen – wenn der Reverend der Mörder *sein sollte*. Doch die grünen Farbspuren riefen mir unerbittlich die Schandtat der Nacht wieder in Erinnerung; etwas, was ich nicht vergessen sollte.

In der noch verbliebenen Zeit des Vormittags ging mir immer wieder der Gedanke an das hin und her schwankende Boot, an die umwickelten Ruder und die bedrohlichen Gestalten, die sich von dem dunklen Nachthimmel abhoben, durch den Kopf. Als ich mich in Wings Cottage an den kleinen Klapptisch setzte und schreiben wollte, mußte ich so häufig meine Worte wieder durchstreichen, daß ich ganz ärgerlich wurde und die Feder auf den Tisch warf.

»Die Geschichte entspricht wohl nicht ganz deinen Vorstellungen, Jane?« fragte Cassandra freundlich. Sie ruhte auf der kleinen Polsterbank, von wo sie auf die Straße jenseits unseres Tores blicken konnte. Mit uns beiden wirkte dieser kleine Raum bereits recht beengt und voll. Mein Vater und meine Mutter hatten sich auf einen Spaziergang auf den Hügel begeben, um Henry zu suchen, der uns zu Mr. Crawfords Ausgrabungsstätte begleiten sollte. Ich hatte meine kleinen Blätter Schreibpapier herausgenommen, die ich zurechtgefaltet hatte, um mir Notizen zu machen, und begonnen, mich der Figur Emma Watsons* zu widmen. Cassandra schmückte unterdessen ihren Hut.

»Ich befinde mich gerade in *keiner* angenehmen Gesellschaft, Cassandra, deshalb kann ich mich schlecht unterhalten. Soeben habe ich Emma ins Haus ihres Vaters zurückgebracht und in eine kleine Kutsche gesetzt, auf dem Weg zu einem Ball; da sie jedoch nicht gerade guter Laune ist, befinde ich mich in einem ähnlichen Zustand. Ich fürchte, daß das dem Schreiben nicht gerade dienlich ist.«

»Auf dem Weg zu einem Ball und nicht guter Laune?« erwiderte meine Schwester leicht erheitert. »Dann kann Emma nicht aus *deiner* Feder stammen. Jane, das muß ein Schwindler geschrieben haben, als du auf dem Ball von Lyme die Nacht über tanzen warst. Weiß ich doch, daß deine Porträts von jungen Damen immer aus dem Leben gegriffen sind. Bei der Aussicht, sich auf einen Ball zu begeben, wäre Elizabeth Bennet nie bedrückt gewesen.«

»Lizzy ist jedoch mit Fähigkeiten gesegnet, die für gewöhnlich leichtfertigen Schönheiten abgehen«, entgegnete ich. »Sie ist beinah so klug wie ich. Emma Watsons Los muß und soll sich von anderen unterscheiden. Sie kann nicht Elizabeth Bennet sein; es ist unmöglich, daß zwei gleichartige Figuren aus meiner Feder fließen – doch sie ist auch kein Ding ohne Verstand, ohne Manieren und voller Unsinn im Kopf, sondern sie ist eine vernünftige junge Frau, die von der Verderbtheit jener Menschen in Versuchung geführt wird, die ihr die liebsten sind, und so sieht sie eine Zukunft vor sich, in der sie ganz mittellos dastehen wird.«

* Wenn man Rückschlüsse aus den noch erhaltenen Manuskripten Jane Austens ziehen darf – zum Beispiel aus dem Fragment *Sanditon* (1817) –, so schrieb sie gewöhnlich auf kleine, zusammengefaltete Blätter, die sie leicht verstecken konnte, sobald sie von einem Besucher gestört wurde. Diese Blätter wurden dann von Hand mit einem Faden am Falz zu einem Buch gebunden. Anscheinend spricht sie hier von ihrem unvollendeten Werk *The Watsons*, das der Austen-Forschung nach um 1804 begonnen worden war. Das Manuskriptpapier trägt ein Wasserzeichen des Jahres 1803. – *Die Herausgeberin.*

»Das klingt nicht sehr lustig«, bemerkte Cassandra. »Sie scheint so unglücklich wie wir zu sein. Ich fürchte, sie wird enttäuschen.«

»Dann muß sie eben enttäuschen!« rief ich. »Kann ich doch nicht immer über die vom Glück Gesegneten schreiben – von jenen mitgiftlosen jungen Dingern, die mit ihrer Schönheit und ihrem Verstand die geldträchtigsten Männer erobern. Nein, Cassandra, mit Emma Watson werde ich die Wahrheit über die Aussichten einer mittellosen Frau schildern.«

»Dann wird sie wohl nicht heiraten? Ich dachte, daß sie für Lord Osborne bestimmt sei.«

»Lord Osborne!«

»Doch ich vergaß. Selbst du, die der Wahrheit ergeben ist, ließest keine Frau, nur weil sie ihre Zukunft absichern will, einen Mann heiraten, den sie nicht liebt.«

»Nun ja – Emma *wird* heiraten – doch jetzt lache nicht, Cassandra, ich bitte dich!« entgegnete ich, als sie verzückt ihren Kopf zurückwarf. »Man kann einen Roman nicht ohne eine Heirat beenden. Emma wird heiraten, doch auf keinen Fall Lord Osborne. Denn du weißt ja, daß wir im Prinzip heiraten *müssen*.«

»Sprichst du nun von uns, Jane?« fragte Cassandra auf einmal ernst, »oder nur von der Misere der Frauen im allgemeinen? Ich stimme dir zu, daß das die einzig würdevolle Rolle ist, die man uns zuteilt – die einzige Möglichkeit, um Wohlstand, eine Position und das Ansehen der Gesellschaft zu erlangen –, doch ich kann nicht behaupten, daß das *allein* ausreicht, um den Stand der Ehe zu empfehlen.«

»Für dich, liebe Cassandra – niemals.« Daß ich dabei an den armen Tom Fowle* dachte, der schon vor sieben Jah-

* Cassandra verlobte sich im Jahre 1795 mit Reverend Thomas Craven Fowle, dem Sohn guter Freunde der Familie und ein Protegé von Lord Craven, an dessen Schiffsexpedition zu den Westindischen Inseln teilzunehmen sich Fowle im gleichen Jahr verpflichtet fühlte. Mit neunundzwanzig Jahren starb er im Februar 1797 in San Do-

ren gestorben war und mit ihm alle Zuneigung und Hoffnungen meiner Schwester, brauche ich nicht zu betonen. Ihre Miene verriet mir, daß in ihr ähnliche Empfindungen wachgerufen worden waren. »Und was mich betrifft – so könnte ich recht gut allein auskommen. Ein wenig Gesellschaft, und ab und zu ein fröhlicher Ball – das würde mir genügen.«

»Wenn man nur für immer jung sein könnte«, sagte Cassandra ruhig. »Ich hätte wohl geheiratet, wenn ich nicht Tom Fowle verloren hätte – doch nur wenige Menschen heiraten ihre erste Liebe.«

»Es ist besser, unverheiratet zu bleiben, als nur wegen der Verbindung zu heiraten, Cassandra. Du kannst nicht anderer Meinung sein; da bin ich mir ganz sicher.«

»Aber, Jane, du weißt doch, du weißt besser als sonst jemand, daß es sehr unangenehm ist, alt zu werden und arm zu sein und verspottet zu werden. Und mein Vater wird uns kaum für immer unterstützen können.«*

»Nun!« rief ich, »dann wollen wir aus der Zeit, die er uns noch unterstützt, das Beste machen! Wir befinden uns in Lyme, Cassandra, wir sind jung, wir könnten Mr. Milsop unser gnädiges Lächeln schenken, während er Spitze für uns ausmißt, oder wir könnten an jeder Straßenecke unter unseren Sonnenschirmen hervor einem müßigen, närrischen Burschen heimliche Blicke zuwerfen. Dann gibt es da noch deinen errötenden Wundarzt, Mr. Dagliesh, und den lahmen Captain Fielding. Raffen wir uns auf, auch wenn der Sommer dahingeht, und nehmen, was das Glück uns bietet!«

Gerade war mir dieser Schlachtruf über die Lippen gekommen, da wurden die eben erwähnten Gentlemen von

mingo an Gelbfieber. Er hinterließ Cassandra ein Vermögen von tausend Pfund. Sie sollte nie heiraten. – *Die Herausgeberin.*

* Diese Unterhaltung über die Ehe muß Jane offenbar beeindruckt haben, denn sie übernahm sie in bearbeiteter Form in das Manuskript von *The Watsons*. – *Die Herausgeberin.*

Jenny, dem Hausmädchen, auf deren herzförmigem Gesicht und in deren munteren blauen Augen große Überraschung stand, ins Zimmer geführt. Ein Vormittagsbesuch* – und noch dazu am Vormittag gleich nach dem Ball! *Das* war tatsächlich äußerst ungewöhnlich. Doch vielleicht war das für Lyme gar nicht so unüblich, dachte ich, als ich meine Notizen unter dem Buch verbarg, das ich zu diesem Zweck auf den Klapptisch gelegt hatte. In einer Stadt, die sich im allgemeinen so frei gibt, kann man *nicht* die üblichen Umgangsformen erwarten.

»Mr. Dagliesh«, sagte ich und erhob mich zur Begrüßung, »Captain Fielding. Ich habe die Ehre, Ihnen meine Schwester vorzustellen, Captain. Miss Cassandra Austen.«

Fielding verneigte seinen blonden Kopf und lächelte herzlich. Er entsprach genau dem Bild, das ich Cassandra beschrieben hatte, so daß sie ihn ziemlich gefaßt begrüßte. Mr. Dagliesh jedoch befand sich in einem bedauernswerten Zustand – während seine Augen meiner Schwester verlegen auswichen, wurde er abwechselnd rot und wieder bleich. Seine Unsicherheit und auch eine Andeutung der Ursache dafür ließen Cassandra verwirrt verstummen; und so konnte er wahrscheinlich ihr Verhalten nur als Geringschätzung deuten.

»Meine Herren, Sie sind schon recht früh auf den Beinen«, sagte ich und wies jedem einen Stuhl zu. »Späte Abende scheinen Ihnen gut zu bekommen.«

»Was mich betrifft«, widersprach Captain Fielding, »so hätte mich mein Weg nicht nach Wings Cottage geführt – doch ich traf Mr. Dagliesh, der erklärte, daß er hierher unterwegs sei, da er seine schöne Patientin besuchen wollte; und so war ich gern bereit, ihn zu begleiten.«

* Nur die zum engsten Bekanntenkreis der Familie rechnenden Personen statteten ihren Besuch vor der Mittagszeit ab, die anderen Besucher warteten gewöhnlich vor dem Dinner auf. – *Die Herausgeberin.*

»Uns freut es um so mehr, daß wir Sie begrüßen können«, erwiderte ich und blickte kurz zu Cassandra, »denn in einer Stunde hätten Sie uns nicht mehr angetroffen. Wir wollen mit meinem Vater Mr. Crawfords Ausgrabungsstätte besuchen.«

»Wie großartig!« rief Captain Fielding. »Der gute alte Crawford kann einen sehr ermüden, was seine spezielle Leidenschaft angeht, doch nie in solch einer Landschaft. Sie werden großen Spaß haben. Würden mich heute vormittag nicht Geschäfte in der Stadt abhalten, hätte ich liebend gern auch eine Einladung dazu angenommen.«

»Ich dachte, daß ich Mr. Sidmouth bei Ihnen antreffen würde, Miss Austen«, unterbrach ihn Mr. Dagliesh mit einem kurzen Blick auf Cassandra, »ich begegnete ihm vor nicht ganz einer Stunde auf seinem Weg hierher.«

Bei der Erwähnung dieses Namens fing mein aufsässiger Puls wieder zu rasen an; und da ich weder Captain Fielding in die Augen sehen noch etwas sagen konnte, schwieg ich lieber.

»Ich versichere Ihnen, Mr. Dagliesh«, sagte meine Schwester kurz darauf, »daß wir Mr. Sidmouth nicht gesehen haben. Dabei wünschte ich mir sehr eine solche Gelegenheit herbei, denn ich hatte am Tag unserer Abfahrt von High Down Grange noch nicht die Kraft, mich bei ihm gebührend zu bedanken.«

Danach herrschte einen Augenblick Stille, und ich nutzte die Zeit, um Captain Fielding zu beobachten, weil ich wissen wollte, was in ihm vorging. Es mußte ihm merkwürdig vorkommen, daß Mr. Sidmouth hier in Wings Cottage verkehrte; trotzdem verriet sein Gesicht keine Unruhe. Er schien sich jedoch nicht ganz wohl zu fühlen; er war über Mr. Daglieshs Gesellschaft nicht erfreut, auch wenn ich mir das nur eingebildet haben mag.

»Vielleicht habe ich doch die Möglichkeit, mich Ihnen anzuschließen«, sagte der Captain dann, als spinne er einen Gedanken weiter. »Ich könnte Sie beide überreden, in meinem Landauer* auszufahren, wenn Sie vom Ausflug an die Klippen erschöpft sind. Crawfords Schürfstätten befinden sich nicht weit von der Straße zu meinem Haus entfernt. Wenn ich meine Geschäfte erledigt habe, werde ich mich auf den Weg machen und anfragen, ob Ihnen eine Fahrt recht wäre.«

»Sie sind so umsichtig, Captain«, sagte ich. »Ich bin sicher, daß Cassandra ein kleiner Ausflug an der Meeresluft besonders guttun wird.«

»Und was ist Ihre Meinung, Mr. Dagliesh?«

»Ich glaube nicht, daß die junge Dame schon so weit genesen ist. Wenn man mich fragen würde, so würde ich ihr sogar von dem Besuch bei Mr. Crawford abraten«, erwiderte der Arzt. Er verschränkte die Arme vor der Brust und untersuchte seinen abgetragenen alten Wollstoff, wobei er einen äußerst sturen Gesichtsausdruck annahm. »Durch das Ruckeln der Kutsche könnte ein plötzlicher Rückfall eintreten. Es kommt gar nicht in Frage.«

»Oh, nun kommen Sie!« rief Fielding ungeduldig. »Sie ist so gesund wie ein junges Reh. Es geht ihr offensichtlich sehr gut. Geht es Ihnen etwa nicht gut, Miss Austen?«

»Ich habe wirklich nicht das Gefühl, unpäßlich zu sein«, sagte Cassandra mit bebender Stimme, wobei sie zu Mr. Dagliesh schaute. »Ich bin es recht müde, immer nur im Haus zu sitzen.«

»Und welchen Zustand haben die Straßen, Captain Fielding, die Sie befahren wollen? Sind sie holprig und schlecht, so daß sie meiner Schwester nicht zuträglich wären?« erkundigte ich mich.

* Der Landauer wurde in der ersten Hälfte des 19. Jahrhunderts als ein äußerst modisches Gefährt angesehen. Er verfügte über zwei einander gegenüberliegende Sitzbänke und konnte bequem vier Personen aufnehmen; das Dach der Kutsche ließ sich genau über der Mitte öffnen, was sie für Landpartien äußerst angenehm machte. Ein Landauer wurde von zwei bis zu sechs Pferden gezogen. – *Die Herausgeberin.*

»Die Straßen sind hervorragend*«, tat er die Sache mit einer Handbewegung ab, »und mein Landauer ist noch besser. Sie werden nicht das geringste Holpern verspüren, Miss Austen, das versichere ich Ihnen. Dagliesh versteht nichts davon; er ist nicht an solch ein Gefährt wie das meine gewöhnt und verwechselt es mit seinem armseligen Zweispänner.«

Der beabsichtigt barsche Ton dieser Bemerkung traf; Mr. Dagliesh errötete, biß sich auf die Lippen und erhob sich ganz plötzlich.

»Ich sehe, daß ich meine Meinung vorgebracht habe, wo sie gar nicht erwünscht war«, brach es aus ihm heraus. »Ich werde mich künftig zurückhalten, noch einmal meinen Rat anzubieten. Meine Empfehlungen, Miss Austen, Miss Jane Austen**.« Er nickte kaum wahrnehmbar zum Captain hin und verließ zu unserer Überraschung und Bestürzung den Raum.

»Ein empfindlicher Bursche!« sagte Fielding mit einem dumpfen Lachen; doch seine Worte wurden vom Lärm im Eingang und von Männerstimmen übertönt, die wir nicht verstehen konnten. Ein weiterer Moment der Ungewißheit, und die Tür wurde weit aufgestoßen, um einen Besucher und Gentleman einzulassen – niemand anderen als Mr. Sidmouth!

* Captain Fielding bezieht sich wahrscheinlich darauf, daß die Straßen relativ neu waren. Lyme war bis zum Jahre 1759 für Wagen und Kutschen unerreichbar gewesen. Erst dann wurde eine gebührenpflichtige Straße gebaut, die zur Stadt führte. Der gesamte Transport über Land erfolgte bis dahin mit Packpferden. – *Die Herausgeberin.*

** In Gegenwart mehrerer Mitglieder einer Familie ohne Adelstitel nannte man gewöhnlich das älteste Kind Miss oder Mister und die jüngeren Geschwister zusätzlich noch mit ihrem Vornamen. So konnte die Rangordnung gewahrt werden; ähnlich verhielt es sich beim Betreten oder Verlassen eines Raumes – der oder die Älteste betrat oder verließ zuerst den Raum, der oder die Jüngste kam zuletzt an die Reihe. – *Die Herausgeberin.*

Captain Fielding drehte sich um – sah ihn – und wandte sich ab. Er hatte offensichtlich nicht vor, ihn zu begrüßen, und diese Beleidigung konnte nicht unbemerkt bleiben. Doch Mr. Sidmouth schien Fielding gar nicht wahrzunehmen und verzog keine Miene, was für seine gute Erziehung sprach. Daß ihm das Mühe bereitete, erkannte ich daran, daß er seine Finger immer wieder schnell einknickte, und ich mußte meine Hände unwillkürlich fest umklammern.

»Mr. Sidmouth«, rief ich leicht indigniert. »Sie beehren uns tatsächlich sehr früh mit einem Besuch!«

»Ich muß mich entschuldigen, wenn ich mit meinem Besuch Ihre Vorhaben durcheinanderbringe«, entgegnete er mit einem Blick auf Fielding. »Ich bin gekommen, um mich nach Miss Austens Gesundheitszustand zu erkundigen, und hätte es an der Tür bei dem Wort des Hausmädchens bewenden lassen, wäre ich nicht auf Dagliesh gestoßen und hätte erfahren, daß Sie so früh schon Besuch haben. Es ist mir eine Freude, Miss Austen, Sie bei so guter Gesundheit anzutreffen. Ich nehme an, daß Sie sich heute zu Mr. Crawford begeben werden.«

»Vielen Dank, Mr. Sidmouth. Daß ich überhaupt hier bin, ist sicherlich Ihrer Fürsorge zuzuschreiben.« Cassandra sprach mit wärmster Dankbarkeit, und ich entdeckte, daß Fielding überrascht war. Daß *sie* Geoffrey Sidmouth gegenüber keine Vorbehalte hatte, erkannte man daran, daß sie ihn mit ihrer äußersten Aufmerksamkeit bedachte. Daß ich meiner lieben Schwester nichts von dem mitgeteilt hatte, wovon Fielding mir berichtet hatte, ergab sich aus ihrem freimütigen Dank.

»Ich habe nur das getan, was jeder Mann von Gefühl und Anstand getan hätte«, erwiderte Sidmouth und nahm den Stuhl, auf dem Dagliesh gesessen hatte. Während er sich niederließ, rückte er den Stuhl ein wenig so zurecht, daß er Fielding nun den Rücken zukehrte. »Ich bin sehr erfreut, daß sich Ihr Zustand unter Dagliesh Pflege derart gebessert hat. Er ist ein sehr befähigter junger Wundarzt – und könnte richtiger Arzt sein*, so meine ich, wenn er über ein größeres Vermögen verfügte. Doch mit der Zeit wird er unter Mr. Carpenters sorgfältiger Anleitung bald eine ebensolche Praxis und ein Heim besitzen, was alle Rechtfertigung unnötig machen wird.«

»Wenn man die Zahl der Fälle betrachtet, zu denen Sie ihm verhelfen, dann zweifle ich nicht daran«, sagte Captain Fielding trocken. »Sie könnten sogar schon Anspruch auf Finderlohn für Patienten erheben.«

Mit ernster Miene und zusammengepreßten Lippen lehnte sich Sidmouth zurück. Cassandra wirkte befangen und hatte gerötete Wangen.

»Mr. Sidmouth hat Mr. Dagliesh rufen lassen und seine Dienste für meine Schwester in Anspruch genommen, Captain« unterbrach ich, »und wir waren zutiefst dankbar dafür. Denn als Fremde hier in der Gegend hätten wir uns kaum einen Arzt aussuchen können, und Mr. Sidmouths lobende Worte werden durch Cassandras Genesung doch belegt.«

»Es tut mir sehr leid – ich hatte nicht die Absicht – ich will sagen, davon wußte ich nichts«, stammelte Captain Fielding gekränkt.

»Ich frage mich, ob das nicht recht häufig der Fall ist«, sagte Mr. Sidmouth ruhig und blickte mich an.

Mühsam erhob sich Captain Fielding auf sein lahmes Bein und griff nach seinem Hut. »Ich muß mich leider aus diesem angenehmen Haus zurückziehen, Miss Austen«, sagte er und verneigte sich vor Cassandra, »und ich hoffe, daß mich meine Geschäfte nicht zu lange aufhalten werden. Ich freue mich schon auf den heutigen Nachmittag.«

»Diesen Nachmittag?« erkundigte sich Mr. Sidmouth erstarrend.

* Wundärzte wurden eher für gewöhnliche Dorfhandwerker als für professionelle Ärzte gehalten. Ihre Frauen durften nicht bei Hofe vorgestellt werden, wohingegen die Gattinnen der Ärzte zugelassen wurden. – *Die Herausgeberin.*

»Sehr wohl.« Captain Fielding wirkte äußerst zufrieden. »Ich werde die jungen Damen nach Charmouth fahren, wenn sie Crawfords Ausgrabungen besichtigt haben.«

Mr. Sidmouth blickte auf die große Taschenuhr, die ihm aus der Westentasche hing und wirklich sehr schön aussah. »Dann sollten Sie sich schleunigst zu ihren Geschäften begeben, Fielding«, sagte er ruhig, »wenn Sie die Damen bei Ihrer Ankunft noch antreffen wollen. Ich bin in der Tat erschienen, um mich nach Miss Austens Befinden zu erkundigen; doch da ich nun sicher bin, daß sie auf dem Weg der Besserung ist, kann ich noch mein zweites Anliegen vortragen.« Er wandte sich ganz Cassandra und mir zu. »Ich bin rasch in Crawfords Landauer herbeigeeilt, um die beiden Misses Austen und ihren Vater abzuholen; wie Sie sehen, Fielding, werden wir alle mit von der Partie sein. Ein entzückendes Vorhaben; und es ist *äußerst* schade, daß Sie nicht dabei sind.«

Die Veränderung auf Captain Fieldings Gesicht war einfach unbeschreiblich, doch blieb ihm hier nichts mehr zu sagen; und mit einer Verbeugung vor mir und einem leichten Nicken zu Sidmouth wandte er sich zur Tür. Der Trubel am Hauseingang ließ offensichtlich nicht nach, und der arme Captain stieß auf meinen Vater und meine Mutter, die gerade aus dem »Goldenen Löwen« heimkamen; und da sie mit ihrem Anliegen auf Zustimmung gestoßen waren, folgten ihnen auch Henry und Eliza auf dem Fuße, womit nun Mr. Sidmouths Vorhaben nichts mehr im Wege stand. Mein Vater war überaus glücklich, kein Gespann mieten zu müssen; Mr. Crawfords Angebot, seinen Landauer zu benutzen, wurde dankend angenommen, und so half Mr. Sidmouth mit einem Anflug von verborgenem Triumph, woran die Ereignisse nicht ganz schuldlos waren, meiner Familie auf die Sitze. Allein meine Mutter blieb zurück und erklärte, die Aussicht auf Steine locke sie nicht, noch dazu auf äußerst schmutzige Steine; nicht einmal der Reiz eines Ausflugs bei schönem Wetter in einem offenen Wagen konnte sie bewegen mitzukommen.

»Außerdem ist der Landauer schon voll«, betonte sie, als sie auf die Straße trat, um uns nachzuwinken. »Ich glaube nicht, daß Jane noch Platz finden wird.«

»Ich fürchte, im Landauer ist kein Sitz mehr frei«, sagte Mr. Sidmouth und betrachtete die vier Gesichter, die erwartungsvoll in meine Richtung blickten, »und ich möchte keinesfalls, daß sich der Gesundheitszustand Ihrer Schwester durch weitere Unannehmlichkeiten verschlechtert. Es scheint, als hätten Sie nur die Wahl, Miss Jane Austen – zu Hause zu bleiben oder neben mir vorn auf dem Kutschersitz mitzufahren.«

Während ich zögerte, kam er auf mich zu und fügte etwas leiser hinzu: »Ich hatte nicht die Freude, letzten Abend mit Ihnen tanzen zu dürfen, aus Gründen, für die ich keine Erklärung verlange. Sie können Ihre Familie, die auf Ihre Entscheidung wartet, nicht enttäuschen wollen. Verlange ich zuviel, Miss Austen aus Bath – oder werden Sie mir die Ehre erweisen, vorn auf dem Kasten Platz zu nehmen?«

Kapitel 6
Gruben und Fallgruben

7. September, Forts.

Man konnte die Fahrt zu Mr. Crawfords Ausgrabungsstelle nicht gerade als lang bezeichnen, befand sie sich doch an den Klippen unterhalb von Charmouth ungefähr zwei Meilen vor Lyme und lag damit nur einen Steinwurf von High Down Grange entfernt. Feigheit sollte mich nicht eines solch vergnüglichen Unternehmens berauben, und so unterwarf ich mich dem Schicksal und ließ mir von Mr. Sidmouths Hand hinauf auf den Kutschenbock helfen; dort wartete ich aufrecht sitzend und mit steifem Rücken darauf, daß er sich neben mir niederließ und die Zügel aufnahm. Noch nie hatte ich Gelegenheit gehabt, einem Gentleman dabei zuzusehen, wie er vier Pferde gleichzeitig lenkte, und ich muß gestehen, daß ich sehr fasziniert war. Seine starken, breiten Finger in den ledernen Kutschierhandschuhen verfügten über ein besonderes Feingefühl, das die Launen jedes einzelnen Pferdes an seinem Maul erkennen konnte, beinah noch ehe die Tiere sie selbst verspürten. Als wir uns auf der langen Küstenstraße Richtung Osten bewegten, fuhr das Gespann immer schneller, und der heftige Wind und die Bewegung so hoch oben auf einem ungeschützten Platz setzten mir arg zu. Doch niemals würde ich es mir erlauben, aufzugeben – kein typisch weibliches Gekreische, keine besorgten Hände, die sich an Mr. Sidmouths Arm festhielten –, sondern ich blickte eher stoisch geradeaus, während ich neben ihm hin und her geworfen wurde; und falls meine Zähne geklappert haben sollten und meine Finger sich ineinander verkrampften, so hoffe ich sehr, daß er viel zu sehr auf die Straße achtete, um davon etwas zu bemerken.

»Welch ein Glück, daß so gutes Wetter herrscht«, sagte

er nach einer Weile, »obwohl es auch nicht *besonders* gut ist – aber nicht so trocken, daß vor und hinter uns Staubwolken aufwirbeln. Am besten ist ein bißchen nächtlicher Regen, wenn man eine Ausfahrt plant.«

»Mr. Crawford ist wirklich ein vortrefflicher Mann, wenn er an uns dachte und so vielen Menschen so viel Vergnügen bereiten will«, sagte ich.

»Crawford erweist stets gern Gefälligkeiten. Das ist sein größter Makel.«

»Sein Makel! Wie kann man nur so von Wohlwollen und Großzügigkeit sprechen?«

»Ich glaube, wenn sie zu Verpflichtungen führen, dann kann man das«, entgegnete Mr. Sidmouth. »Cholmondeley Crawford ist ein wohlhabender Mann und mag in der Lage sein, das zu tun, was ihm gefällt; doch einige Leute, die er gastlich aufnimmt, haben nicht die Mittel, ihn auf gleiche Weise zu behandeln, und Crawford selbst bemerkt nicht, wie demütigend das für sie ist. Wenn Rangunterschiede einen Wert haben, dann sollten sie aufrechterhalten werden, und sei es nur darum, zu verhindern, daß man jemanden in Verlegenheit bringt.«

»Wenn das ein Makel ist, dann hat Mr. Crawford klug gehandelt«, rief ich. »Ich sollte eher zuviel auf mich nehmen, zuviel Freundlichkeit zeigen, als mich über meine Gesellschaft zu erheben. Stolz ist eine Eigenschaft, die ich uber alle Maßen verabscheue. Sosehr vollendete Bildung des Betreffenden diesen Stolz auch rechtfertigt – verleiht er einem doch die Fähigkeit, Gutes zu vollbringen –, so kann er für andere etwas Lästiges sein. Niemand findet Gefallen an einem herablassenden Benehmen.«

»Sehr wahr. Herablassung und Aufdringlichkeit – die unerwünschte Einmischung anderer in unsere Privatangelegenheiten.«

Er sprach mit einem bitteren Unterton, als sei er an etwas Schmerzhaftes erinnert worden; und plötzlich tauchte ganz unwillkürlich Captain Fieldings Gesicht vor meinen Augen auf. Er hatte eine äußerst schlechte Meinung von Mr. Sidmouth; dabei zählte doch ein so freundlicher und großzügiger Mann wie Mr. Crawford den Herrn von High Down Grange zu seinen engsten Freunden. Das war mir ein Rätsel.

»Und was ist *Ihr* Makel, Mr. Sidmouth?« fragte ich und klammerte mich mit der rechten Hand an den Sitz, als der Landauer eine scharfe Kurve nahm.

»Meinen eigenen Neigungen zu folgen, wenn ich eher die Bedürnisse anderer berücksichtigen sollte«, sagte er, ohne zu zögern. »Sie werden zum Beispiel bemerkt haben, daß ich fahre, wie es mir meine Laune eingibt, ohne an Ihre Angst vor der Höhe hier oben und vor der Geschwindigkeit zu denken. Doch da mir aufgefallen ist, wie Sie sich mit Ihrer Hand an dem Sitz festhalten, muß ich mich im Zaum halten; ich kann mir vorstellen, daß sich die übrige Reisegesellschaft ähnlich unwohl fühlt.« Er straffte die Zügel und blickte über die Schulter zurück auf die vier hinter ihm schwankenden Köpfe; die Reisenden waren in eine lebhafte Diskussion vertieft, deren Gegenstand unter dem Getrappel der Hufe und dem Geratter der Räder nicht bis zu uns vordrang, und meiner Meinung nach sah niemand auch nur im geringsten unpäßlich aus.

»Zuerst den eigenen Neigungen zu folgen ist die Eigenschaft eines einsamen Mannes«, bemerkte ich.

»Wieso gerade diese Eigenschaft? Man kann mich wohl kaum einen Eremiten nennen.«

»Ich wollte nicht sagen, daß Ihnen ein Haushalt fehlt«, entgegnete ich. »Nur daß ein Haushalt nicht die Rücksichtnahme erfordert, die man in einer Familie aufbringen muß.«

»Ah! Frau und Kinder!« sagte er ein wenig erheitert. »Ja – ich bewundere Ihr behutsames Vorgehen, Miss Jane Austen aus Bath. Unter jungen Damen in meinem Bekanntenkreis trifft man selten auf eine, die nicht schon ein paar Stunden nach dem Kennenlernen die Sprache auf das Thema Heirat bringt; Sie haben der Prüfung mehrere Tage lang standgehalten. Doch ich befürchte, daß meine Gewohnheiten einem ruhigen Leben im Wege stehen. Nach häuslichem Glück müssen Sie sich woanders umtun.«

»Das habe ich doch nur allgemein gemeint!« rief ich gekränkt. »Ich wollte Ihnen nur meinen Standpunkt veranschaulichen, indem ich Ihre Situation beschrieb.«

»Doch Sie haben sie nicht so beschrieben, wie sie sich darstellt«, antwortete er. »Denn ich lebe nicht allein, ist da doch noch meine Cousine Seraphine.«

Als er diesen Namen erwähnte, muß ich sehr errötet sein, denn als er mich anblickte, kniff er ironisch die Augen zusammen.

»Sie haben etwas Unvorteilhaftes über sie gehört. Da bin ich mir sicher.«

»Ich habe nur wenig über Ihre Cousine gehört – und dann nur Lob. Doch von Ihnen, Mr. Sidmouth ...«, mir stockte die Stimme, und ich überlegte, was ich weiter sagen sollte. »Ich höre solch widersprüchliche Aussagen über Ihren Charakter, daß ich bekennen muß, ich weiß nicht, was ich von Ihnen denken soll.«

»Wenn Sie sich nur aus der Meinung solcher Männer wie Percival Fielding ein Bild von mir machen, dann wird es wohl nicht der Wahrheit entsprechen.«

»Captain Fielding scheint ein durchaus ehrenhafter Mann zu sein«, entgegnete ich hartnäckig.

»Scheint! Ei, ei, er *scheint* eine ganze Menge zu sein.« Dabei lachte Sidmouth verächtlich, doch aus seinem Gesicht sprach heftige Wut. »Vor den Augen von ganz Lyme hat er Mademoiselle LeFevre herabgewürdigt. Den Kummer, den Fielding ihr zugefügt hat – den Schmerz –, ich zittere bei dem Gedanken daran, Miss Austen.«

»Wie können Sie so etwas sagen!« erwiderte ich voller Empörung. Als der Landauer auf den Kiesstrand von Charmouth hinabfuhr, klammerte ich mich unweigerlich am Rand meines Sitzes fest. Vor uns breitete sich ein weiter Blick auf das Meer aus – regelrecht atemberaubend –, doch ich war viel zu sehr mit meinen Gedanken beschäftigt, um den Anblick richtig wahrzunehmen. »Sie, Mr. Sidmouth, der Sie Ihre Cousine beschützen sollten! Sie, der Sie verantwortlich sind für ihr schlimmstes Elend! Ich staune sehr darüber, daß Sie einen so ehrenwerten Mann wie den Captain – dessen Motive so uneigennützig und dessen Absichten rechtschaffen sind – mit dem trostlosen Schicksal Mademoiselle LeFevres in Zusammenhang bringen! Ihr eigener Anstand, Mr. Sidmouth, muß aus Respekt für die Pflichten eines Gentlemans dagegen protestieren!«

Er erblaßte und biß sich auf die Lippen. Dann richtete er den Blick starr hinunter auf den Rücken der Pferde. »Ich bitte Sie inständig, Madam, nicht mehr von Captain Fielding zu sprechen«, sagte er. »Sie können nicht wissen, was zwischen mir und diesem Herrn vorgefallen ist, und ich werde mich nicht herablassen, *ihn* vor anderen schlechtzumachen, so wie es ihm beliebt hat.«

»Es freut mich zu hören, daß Sie wenigstens ein paar ehrenhafte Züge aufweisen«, erwiderte ich scharf; und so hielten wir an Mr. Crawfords Ausgrabungsstätte an, schweigend und hinsichtlich der Gefühle gegenüber dem jeweils anderen verwirrt.

»Mein lieber Mr. Crawford«, rief mein Vater aus, als er mit ausgestreckter Hand auf den Herrn zuging, »es ist mir ein wahres Vergnügen, Ihre Ausgrabungsstätten besichtigen zu dürfen! Welch ein Eifer im Namen der Wissenschaft! Welche Tatkraft zum höheren Ruhm Gottes!«

Da es an diesem Tag äußerst warm war, stand Mr. Crawford in Hemdsärmeln vor uns und hatte seinen Kopf mit einem riesigen Hut bedeckt. Die Röte in seinem Gesicht zeugte von dem Kraftaufwand beim ständigen Bücken. Sorgfältig hatte er lauter kleine Steine auf einer Decke neben sich aufgeschichtet. Die Arbeit war so anstrengend, daß die beiden von ihm beschäftigten Männer, die sich mit Pickeln und Spaten in einem tiefen, aus den Klippen gehauenen Steinbruch abplagten, ganz erschöpft waren. Die Hitze wurde durch ein kleines Feuer mit einem Blasebalg erhöht, an dem Mr. Crawfords Männer beschädigte Werkzeuge ausbessern konnten – es war eine primitive Schmiedestätte. Und überall lagen Haufen gebrochener Steine herum, der Schutt wissenschaftlicher Bemühungen.

Eliza und Henry bewunderten die Aussicht vom Kiesstrand; Mr. Sidmouth kümmerte sich um seine Pferde, und so folgten Cassandra und ich meinem Vater zu den Schätzen der Mühen des Tages. Dort stießen wir auf die beiden Damen des Crawford-Hauses, die sich auf einer Decke niedergelassen hatten und einen Picknickkorb auspackten.

»Miss Crawford! Und Miss Armstrong!« erklärte Mr. Sidmouth hinter uns. »Welch eine Freude, Sie zu sehen. Ich wußte nicht, daß Sie mit von der Partie sein würden. Darf ich Ihnen die Misses Austen aus Bath vorstellen?«

So wurde erst einmal der Kreis einander vorgestellt – wobei Miss Crawford ausgiebig unsere einfachen langen und weiten weißen Kleider betrachtete. Sie selbst wirkte so spitz und giftig, wie sie mir schon am Vorabend vorgekommen war. Sie ist Mr. Crawfords Schwester und führt ihm seit dem Tod seiner Frau vor ein paar Jahren den Haushalt. Ich vermute, daß sie sich abplagt, um eine Enttäuschung zu vergessen, denn in ihr abgehärmtes leidendes Gesicht haben sich Züge großer Trauer eingegraben. Dieser Umstand und das Schwarz, das sie gewöhnlich trägt, verliehen ihrem Äußeren etwas Rabenhaftes, ein Eindruck, den ihre rauhe Stimme nur noch unterstrich.

Miss Lucy Armstrong ist ihre Nichte, die wie wir aus ihrem Heimatort Bath hergereist ist.* Sie ist nicht älter als neunzehn und besitzt ein so frisches Aussehen und ein so

* Jane Austen bezieht sich in ihrem Brief vom 14. September 1804 aus Lyme an Cassandra auf Miss Armstrong, ohne ihren Namen zu nennen; in einem Brief vom 21. April 1805 erwähnt sie, daß man sich in Bath wiedergetroffen habe. Hier erfahren wir zum erstenmal, daß Miss Armstrongs Vorname Lucy ist. – *Die Herausgeberin.*

reizendes Temperament, das in jenem vom Leben noch nicht geprüften Alter häufig anzutreffen ist. Sie konnte Mr. Sidmouth nur schwer in die Augen blicken und schien es vorzuziehen, sich dem Studium einer Ameise zu widmen, die sich über die Decke arbeitete – so intensiv starrte sie zu Boden. Zudem konnte sie der boshafte Zungenschlag ihrer Tante nicht aus der Ruhe bringen – was für ihre Großherzigkeit spricht, wenn man bedenkt, daß sie schon so viele Monate mit Miss Crawford zusammenlebte. Als sich Mr. Sidmouth zu den anderen Gentlemen begab, kam die junge Miss Armstrong wieder so weit zur Besinnung, daß sie unserer Unterhaltung zuhören, wenn auch nicht daran teilnehmen konnte.

»Nun! Sie sind also die berühmten Austens, von denen wir so viel gehört haben«, begann Miss Crawford, während sie die Gabeln mit der Perfektion eines Infanteriekommandeurs säuberlich zurechtlegte. Ihr gehässiger Blick schweifte zu mir herüber und ließ rasch wieder von mir ab. »Mr. Crawford lobt sie in den höchsten Tönen, behaupte ich, und *ebenso* Mr. Sidmouth. Wenn der geringfügigste Zugewinn für unsere Gesellschaft schon zu so einem Ereignis hochgespielt wird, so erinnert einen das daran, wie klein Lyme doch eigentlich ist.«

»Mr. Crawford ist so freundlich«, entgegnete ich. »Ich bin sicher, daß er alle Damen seiner Bekanntschaft genauso preist.«

»Oh! Ich versichere Ihnen, daß Cholmondeley im Umgang mit Menschen kein Urteilsvermögen besitzt. Immer wieder lernt er Fremde auf der Straße kennen und drängt sie, diese fürchterlichen Gruben zu besuchen. Welch ein Schmutz! Was für ein Lärm! Und zu welchem Zwecke? Wegen der Spuren von ein paar verschwundenen Lebewesen, die nicht in der Lage waren zu überleben und die viel zu niedrig und armselig sind, um einen Gedanken an sie zu verschwenden. All das reizt meine Nerven aufs äußerste – zumal sie schon zerrüttet sind. Und ich bringe die erschreckende Verschlechterung meiner Gesundheit mit dem Tag in Verbindung, Miss Austen, an dem sich Cholmondeley dem Sammeln von Fossilien verschrieb. Ich habe es mir angewöhnt, ihn in dieser Leidenschaft nicht zu bestärken. Ich wäre hier *heute* auch nicht erschienen, wenn ich nicht die Gelegenheit gehabt hätte, Ihre liebe Schwester kennenzulernen«, dabei lächelte sie affektiert Cassandra zu, »deren interessantes Leiden unter den Bewohnern von Lyme so viel Besorgnis hervorgerufen hat. Ja, der schlechte Zustand der Straßen und die Unfähigkeit der Kutscher! Man *sollte* etwas unternehmen, um die Sicherheit des privaten Verkehrs zu verbessern. Doch ich muß einräumen, daß Leute, die einen so übel beleumundeten Kutscher wie Hibbs einstellen, das Risiko in Kauf nehmen müssen, verletzt zu werden. Nicht, daß ich das um alles in der Welt breittreten würde, wo Ihre liebe Schwester so leiden mußte. Doch ich sprach erst gestern abend mit Mrs. Schuyler darüber, und sie stimmte mir sofort zu.«

»Aber wir konnten die Fahrkünste des Mannes nicht im voraus einschätzen«, sagte Cassandra freundlich. »Wir nahmen seine Dienste in Crewkerne in Anspruch, wo keiner über seine Fähigkeiten Bescheid wußte. Wenn man auf Reisen ist, dann muß man ein wenig dem Glück vertrauen.«

»Sehen Sie nur, wo Sie das Glück hingebracht hat! Bis an den Rand des Todes! Nein, mein Teure – der einzige Kutscher, der überhaupt in Betracht kommt, ist natürlich der eigene, derjenige, der die eigene Kutsche lenkt. Ich würde Lucy nie jemand anderem als unserem Summerfield anvertrauen, wenn sie aus Bath zu uns kommt, auch wenn ihr Vater sie mit der Postkutsche fahren *ließe*.«

»Doch wie ich sehe, haben Sie uns Mr. Sidmouth anvertraut«, griff ich ein.

»In der Tat – doch er bestand darauf. Und wenn Mr. Sidmouth auf etwas besteht, dann muß selbst *ich* nachgeben. Cholmondeley wird in Gegenwart dieses Mannes ganz starrköpfig; man kann dann kaum mit ihm reden. Lucy,

Liebe, geh deinen Onkel holen. Er wird ja ganz rot. Diese Hitze und diese Strapazen können ihm nicht guttun.«

Miss Armstrong warf uns ein reizendes Lächeln zu und schwebte zu den Herren; ich sage *schwebte*, da ihr grünes Musselinkleid so luftig und leicht ist; es war hauchdünn und um ihren vollen Busen in äußerst reizende Falten gelegt. Sie hat eine gefällige Figur – auch wenn sie wie meine Schwester Eliza zierlich ist und ihr Haar einen tiefroten Ton aufweist und sich wie bei den meisten Menschen mit rotem Haar Sommersprossen über ihr Gesicht ziehen. Doch in meiner Beschreibung von Lucy Armstrong entdecke ich einen spitzen Ton, den ich rasch wieder zurücknehmen muß. Sommersprossen auf der einen Seite, eine gefällige Figur auf der anderen – ist das etwa wichtig? Wenn ich über ihre Jugend und ihr einfältiges Verhalten verstimmt bin, dann nur, weil ich mich daran erinnere, einst beides besessen zu haben, und mir einbilde, daß ich Lucy Armstrongs Zukunft voraussagen kann. Obgleich ich nichts über ihr Vermögen oder ihre Aussichten zu berichten weiß; ich vermute einfach, daß beide Dinge sehr gering sind, da sie uns als arme Verwandte entgegentritt, deren Glück von einer boshaften alten Jungfer von Tante und einem verwitweten Onkel abhängt. Sie könnte ebensogut über dreitausend Pfund im Jahr verfügen, und eine Schar Kavaliere könnte darauf warten, sie nach Bath zurückzuholen. Möge sie vor einem Schicksal wie dem meinen bewahrt werden – alt zu werden, ungeliebt und mittellos zu sein.

Und dabei bin ich nur zehn Jahre älter. Nur zehn Jahre mehr an Bällen und Flirts, an neuen Kleidern und Moden, an Enttäuschungen, gebrochenem Herzen und schwindenden Hoffnungen. Nächstes Weihnachten werde ich neunundzwanzig; und Lucys zehn Jahre haben gerade erst begonnen. Ich wünsche sehr, daß sie nicht wie die meinen enden.

Das Auftauchen der Gentlemen riß mich aus meinen trüben Gedanken. Mr. Crawford ging irgendwie langsam, als sei er erschöpft, und Miss Armstrong lief an seiner Seite;

aber zu meiner Überraschung hatte Mr. Sidmouth die ganze Aufmerksamkeit meines Vaters auf sich gezogen.

»... dann stimmen Sie also Bentham* zu, daß die Frage nicht lautet: ›Besitzen Tiere Verstand‹ sondern: ›Können Tiere leiden‹?« fragte mein Vater. Ich zuckte zusammen, denn ich wußte, daß er das ganze Gegenteil eines Anhängers von Bentham war, und bezweifelte, daß er mit der Lehre des Mannes überhaupt vertraut war.

»Ja, das tue ich.«

»Obwohl damit Tiere den Menschen gleichgestellt werden?«

»Sir, ich würde mit Kants Worten sagen, daß ich nicht die Behauptung aufstellen kann, das höchste Ziel der Schöpfung darzustellen**. Eben jene Versteinerungen in Crawfords Klippen weisen uns nur eine bestimmte Etappe auf der großen Reise der Natur zu. Wir sollten uns fragen, ob wir nicht in einigen Millionen Jahren selbst von nichtmenschlicher Hand ausgegraben werden.«

Darauf war ein lautes mißbilligendes *Tsk!* von Miss Crawford zu hören.

* Jeremy Bentham (1748-1832) ist als wohlhabender Richter des georgianischen Zeitalters in die Geschichte eingegangen, der sich für den Utilitarismus einsetzte, für den Glauben, daß die Gesellschaft nach ihren inneren Prinzipien gelenkt werden sollte, so wie sein Zeitgenosse Adam Smith (1723-1790) meinte, daß die Wirtschaft von klar ersichtlichen Marktkräften geregelt wurde. Ein Hauptprinzip Benthams war, daß soziale Handlungen das »höchste Wohl für die meisten Menschen« hervorbringen sollten – ein äußerst demokratischer Grundsatz. Bentham sammelte einen ganzen Kreis von »radikalen Philosophen« um sich, der sich um 1815 für das allgemeine Wahlrecht in England einsetzte. Reverend Austen bezicht sich hier jedoch auf einen berühmten Abschnitt aus Benthams Werk *Introduction to the Principles of Morals and Legislation* (*Einführung in die Prinzipien der Moral und der Gesetzgebung)* aus dem Jahre 1789. – *Die Herausgeberin.*

** Mr. Sidmouth gibt an dieser Stelle Kant frei wieder. Der Philosoph schrieb, daß er niemanden benennen könne, der sich als das Ende der Schöpfung bezeichnen könnte. (*Kritik der Urteilskraft*, 1790). – *Die Herausgeberin.*

»Dann halten Sie sie nicht einfach nur für eine Bestätigung des großen Weltenplans Gottes«, fuhr mein Vater fort, »als ein Zeichen für die unendlich größeren Fähigkeiten des Menschen?«

»Ich bitte um Vergebung, Sir – aber das kann ich nicht.«

»Sieh an, sieh an! Sicher äußerst anregend! Meine Lieben, wir haben über Philosophie debattiert«, sagte mein Vater, als sich die beiden Männer zu uns gesellten. »Ich wünschte sehr, euer Bruder James wäre hier, um eine dritte Meinung beizusteuern. Ich nehme an, daß er, der die nächste Generation der Geistlichen in der Austen-Familie vertreten wird, zwischen den beiden gegensätzlichen Ansichten von Mr. Sidmouth und mir stehen würde.«

»Dann bist du wohl ganz anderer Meinung?« erkundigte sich Cassandra.

»So gewiß, wie Luzifer und der heilige Petrus verschiedener Meinung sind, meine Liebe – obwohl ich mit dem Vergleich niemanden beleidigen will, Mr. Sidmouth.«

»Da ich davon ausgehe, daß Sie den Part des Luzifers übernehmen, Verehrtester, traf mich keine Beleidigung.« Leises Gelächter ertönte, und Mr. Sidmouth fuhr etwas schmeichelhafter fort: »Ich bewundere Ihre Toleranz sehr, Reverend Austen. Es ist wirklich selten, einen Geistlichen anzutreffen, der so offen die Erkenntnisse der Wissenschaft akzeptiert. Denn gerade diese Fossilien räumen mit der Darstellung der Bibel auf, daß die Welt in nur sieben Tagen erschaffen wurde. Das Alter der Klippen und ihrer stillen Bewohner zeugen davon, daß Abertausende von Jahren verstrichen sind, ehe solche Wesen wie wir auf dieser Erde wandelten.«

Wir schwiegen einen Augenblick lang und blickten auf die Kreidefelsen und die Ausgrabungsarbeiten von Mr. Crawfords Leuten; dann wandte sich Mr. Sidmouth zu mir und nahm meine Hand. Er drehte die Handfläche um und drückte ein Bruchstück von einem Felsen hinein, vielleicht fünfzehn Zentimeter groß, auf dem sich die zarten Umrisse eines Lebewesens abzeichneten. Mir schien, es handelte sich um eine Muschel, das Überbleibsel eines vergessenen Meeresbewohners, gebogen wie das Horn eines Widders. Es war ganz deutlich, daß sich das Tier in Bewegung befunden hatte – sich im Felsen über Tausende von Jahren fortgewunden hatte und im Meer der Zeit dahingetrieben war.

»Was ist das?« fragte ich.

»Der Stein ist Blauer Jura«, sagte Mr. Sidmouth. »Ein Großteil der Klippen von Charmouth besteht daraus.«

»Und das Tier?«

»Ein Ammonit. Wenn auch ein sehr kleines Exemplar. Crawford besitzt noch andere, ganze ein Meter achtzig groß.«

Ich betrachtete es und war erstaunt. (Während ich schreibe, fällt mein Blick immer noch darauf – es liegt nun auf dem Toilettentisch im Schlafzimmer von Wings Cottage.) »Vielen Dank«, sagte ich und schaute in Mr. Sidmouths ernste, dunkle Augen. Unsere kleine Auseinandersetzung während der Fahrt schien völlig vergessen. »Er ist wunderschön.«

»Darin liegt etwas von der Ewigkeit«, sagte er.*

Einige Stunden später, nachdem wir den hervorragenden Imbiß bei den Crawfords eingenommen und Miss Crawfords trauriger Erzählung über ihre im Keim erstickte Romanze mit Jonas Filch so mitleidvoll, wie wir nur konnten, gelauscht hatten – jener Filch war an Fieber gestorben, und so mußte seine Verlobte dreißig Jahre lang Schwarz tragen –, überredeten Cassandra und ich Eliza, einen Spaziergang am Wasser zu unternehmen. Wir hatten den armen Henry und

* Als Jane Austen im Jahre 1804 die Küste von Dorset besuchte, betrieb man schon seit geraumer Zeit das Sammeln von Fossilien. Mary Anning, einem dort ansässigen Schulmädchen, schreibt man den Fund des ersten Ichthyosaurus der Welt in den Klippen zwischen Lyme und Charmouth zu, 1811, als sie gerade erst zwölf Jahre zählte. – *Die Herausgeberin.*

Miss Armstrong den Klauen von Miss Crawford überlassen (die ihnen zu ihrer Erbauung all die guten Taten aufzählte, die sie an der Spitze des Damenhilfskomitees von St. Michael's vollbracht hatte) und liefen den Strand entlang. Zu unserer Freude entdeckten wir nicht weit von der Ausgrabungsstätte entfernt eine kleine Höhle, deren Eingang von einem Steinhaufen gekennzeichnet war; doch Cassandra besaß nicht den Mut, hineinzugehen, und ich wollte ohne Begleitung die Höhle ebenfalls nicht betreten. Von Elizas Seite konnte ich keine Zustimmung erwarten – sie war zwar über unsere Entdeckung entzückt, aber dann allzusehr darüber besorgt, sich dort ihre Kleider zu runinieren. »Eine so muffig riechende und dumpfige Höhle wie von Mrs. Radcliffe* könnte meine Kleider verschandeln! Sollten wir uns etwa unter Lebensgefahr dort hineinbegeben?«

»Du weißt sehr wohl, Eliza, daß eine Heldin allein sein muß, um eine Gefahr heraufzubeschwören«, sagte ich, »doch laß es uns dennoch wagen. Vielleicht finden wir Gefallen daran, tödlicher Bedrohung gegenüberzustehen, und wir könnten so den bescheidenen Triumph genießen, den Schrecken der Höhle gemeinsam die Stirn geboten zu haben.«

Doch Eliza, deren Aufmerksamkeit so leicht abgelenkt wurde, wie sie sie einem andererseits entgegenbrachte, dachte schon wieder an etwas anderes. Sie zog Klatsch Mutproben vor, und sie gab eine reichlich armselige Abenteurerin ab.

»Ich bin sehr von deinem Mr. Sidmouth angetan, Jane«, erklärte sie und hatte nun auf einem verwitterten Baum-

* Ann Radcliffe ist vor allem für ihren Schauerroman *The Mysteries of Udolpho* (1794; *Das Geheimnis von Udolpho)* bekannt, den Jane Austen in ihrem Werk *Northanger Abbey* (*Die Abtei von Northanger*, begonnen 1797, veröffentlicht 1818) persifliert. Neben Maria Edgeworth, Charlotte Smith und Fanny Burney gehörte sie zu den Autorinnen, die von Jane Austen gelesen und bewundert wurden. – *Die Herausgeberin.*

stamm am Eingang der Höhle Platz genommen. »Solch ein Sturm der Gefühle, die in sein Antlitz eingegraben sind! Zuerst die dunkelsten Wolken, die man sich vorstellen kann; und dann wird die Gefahr des Regens wie unter dem Einfluß einer warmen Brise weggeweht, und Sonnenstrahlen brechen durch! Als ich ihn zum erstenmal auf dem Ball in Lyme sah, dachte ich, er sei häßlich; keinen einzigen Zug an ihm konnte man ansehnlich nennen. Doch insgesamt mißfällt er einem nicht. Das Wechselspiel seiner Gefühle könnte ich stundenlang beobachten.«

»Was du offenbar auch schon getan hast«, bemerkte Cassandra.

Ich gab mich desinteressiert und stocherte mit einem angeschwemmten Stecken, den ich zu meinem Spazierstock auserkoren hatte, im Tang herum. Es war gerade Ebbe, und alle Arten von Meerestieren waren an Land gespült worden, so daß jeder Schritt neue Überraschungen bot.

»Was für ein Mann von Welt«, fuhr Eliza fort, als hätte Cassandra nichts gesagt. »Während unseres Picknicks fühlte ich mich regelrecht nach Paris zurückversetzt!«

»Du warst ganz hingerissen.« Cassandra bückte sich nach einem abgeschliffenen Glasstück. »Das ist offenbar von einer Flasche, Jane – von einem vorbeifahrenden Schiff über Bord geworfen. Denk nur mal, wenn es von unseren Brüdern stammte!«

»Mr. Sidmouth scheint äußerst oft ein *habitué* jener Stadt zu sein«, sann Eliza nach. »Offenbar hat er häufig Grund, nach Frankreich zu reisen – oder hatte zumindest Grund, ehe der Frieden gebrochen wurde.«

»Ach, wirklich?« Ich war gezwungen, gegen meinen Willen ihrem Geplauder zuzuhören. »Und welche Gründe könnte es für diese Reisen geben? Ich dachte, daß jene französischen Verwandten alle während des Aufruhrs ermordet wurden.«

»Für mich ist es klar, daß er einen bestimmten Handel betreibt.« Eliza sprach in ganz unbekümmertem Ton. »Weil das Ungeheuer immer noch auf dem Thron Frankreichs sitzt, ist jedweder Handel zum Erliegen gekommen. Mr. Sidmouth und ich sind übereinstimmend der Meinung, daß der Zustand des Landes sich nur noch verschlechtern kann, jetzt wo Bonaparte sich zum Kaiser ernannt und mit der Ermordung seiner Gegner* begonnen hat. Ich sah mich genötigt, die Unterhaltung auf ein anderes Thema zu lenken, da der Herr zu hitzig zu werden drohte. Als er über die französische Politik redete, erregte er sich leidenschaftlich, und *das* im Gespräch mit einer Dame.«

»Einen Handel?« fragte ich ganz erstaunt. »Nach außen hin ist das nicht zu vermuten. Ich hielt Mr. Sidmouth für einen unabhängigen Gentleman.«

»Selbst ein Mann mit viertausend Pfund jährlich, meine liebe Jane, kann sein Vermögen gewinnbringend anlegen.« Eliza war ganz ungeduldig. »Ich kann gar nicht sagen, welch eine Vielzahl von Gentlemen allein in London als Spekulanten** in allerlei Geschäftsunternehmungen tätig sind. Das Geld ist ihre Trumpfkarte – sie profitieren davon, daß andere Hände damit arbeiten, und halten selbst dabei *ihre* Finger sauber von solch vulgären Dingen wie Kaufen und Verkaufen.«

»Wie bemerkenswert«, murmelte Cassandra.

Ich wandte mich zu ihr, um ihr zuzustimmen, doch sie war in ein Stück einer Muschel vertieft. »Die Windungen und Kammern dieses Exemplars – dieses Hauses eines Meerestiers – sind so vollkommen wie eine italienische Skulptur. Wie wunderbar doch die Natur ist!«

Durch meine beiden Begleiterinnen etwas verstimmt,

* Eliza bezieht sich auf die Exekution des Duc D'Enghien im März 1804, der von königlich bourbonischem Blut war. Napoleon hatte im Zuge mehrerer Komplotte von Royalisten, ihn zu entthronen, den Herzog gefangennehmen und ihn in einem geheimen Prozeß verurteilen und hinrichten lassen. – *Die Herausgeberin.*

** Damit sind offenbar jene adligen oder einfach reichen Gentlemen gemeint, die in die Unternehmen anderer investierten. – *Die Herausgeberin.*

verließ ich den Strand und wanderte ziellos zurück zum Ausgrabungsort. Die Küste von Charmouth wurde zu dieser Tageszeit von vielen bevölkert, die ihr Vergnügen suchten, sich in Badekarren ins Wasser wagten oder mühsam durch den tiefen Sand spazierten. Ich beschattete mit meiner Hand die Stirn und kniff die Augen zusammen, um so vielleicht ein vertrautes Gesicht zu entdecken – und hielt bald darauf inne, als ich etwas sah, was nur ein umgedrehtes kleines, schmales Ruderboot sein konnte, das man auf den Kiesstrand gezogen hatte. Außen war es ganz von Muscheln besetzt und zerkratzt, als sei es häufig in Gebrauch. Das bißchen Farbe, das noch an dem Holz haftete, war ein kräftiges, tiefes Grün.

Langsam ging ich darauf zu, und mein Puls raste wie im Fieber, wobei ich einzig an den Eisenring am Ende der Cobb dachte. War das das Boot, in dem man den unglücklichen Bill Tibbit und seinen Galgen zum Ende der Steinmole gefahren hatte? Als ich an der Seite des Bootes angelangt war, ließ ich mich ungeachtet meines Musselinkleides auf die Knie nieder und untersuchte es gründlich. Mehrere lange Kratzer hatten das Holz tief zerfurcht – vielleicht weil das Boot im Dunkel der Nacht gegen die Cobb geschlagen war, auch wenn es für die Kratzer noch eine Reihe anderer Erklärungen geben mochte.

»Miss Austen«, ließ sich eine Stimme an meinem Ellbogen vernehmen, und ich sprang auf.

»Mr. Sidmouth!«

»Wollen Sie etwa eine Fahrt auf den Wellen wagen?«

Ich versuchte zu lächeln. »Ich gestehe, daß das nicht gerade zu meinen Lieblingsbeschäftigungen gehört, auch wenn ich aus einer Familie von Seefahrern stamme.«

Er beugte sich herunter und klopfte gegen den stabilen Bug, an dem ein kleiner, wenn auch gefährlich scharfer Anker hing. »*La Gascogne* könnte Ihnen nie Schaden zufügen«, sagte er. »Sie wurde in Lyme gebaut und hat schon so manch nützlichen Dienst geleistet.«

»Dann kennen Sie das Boot?« erkundigte ich mich, wobei mich der Name ganz aus der Fassung brachte.

»Zumindest die letzten zehn Jahre über«, entgegnete er mit einem Lächeln. »Als eine in Lyme ansässige Fischerfamilie keine Verwendung mehr für das Boot hatte, stellte ich es in den Dienst von High Down Grange, und als seetüchtig hat es sich allemal erwiesen. Sind Sie sicher, daß Sie nicht damit ausfahren möchten? Ein paar kräftige Burschen an den Rudern, und wir sollten in drei Zügen durch die Brandung sein.«

»Ich bitte um Entschuldigung, Mr. Sidmouth«, sagte ich etwas bemüht, den Galgen vor Augen, »doch ich fürchte, daß mein Magen einer Fahrt in einem solchen Boot nicht gewachsen ist.«

»Und hat Ihnen denn Ihr erster Tag an der Luft gefallen, Miss Austen?« erkundigte sich Captain Fielding, als seine kräftigen Pferde die Charmouth Road entlangzuckelten. Angesichts der späten Stunde hatten wir beschlossen, auf eine Vergnügungsfahrt zu verzichten und uns statt dessen ins Haus des Captain zu begeben, dort den Tee einzunehmen und die Gartenanlagen zu besichtigen, auf die er äußerst stolz war. »Ich hoffe, Sie sind nicht allzusehr erschöpft?«

»Ich muß gestehen, daß ich ein wenig müde bin«, sagte Cassandra mit schwacher Stimme von dem gegenüberliegenden Sitz aus. Captain Fielding hatte sich in der offenen Kutsche neben mich gesetzt, während Lucy Armstrong neben meiner Schwester Platz genommen hatte. Fieldings Kutscher Jarvis saß allein hoch oben auf dem Bock. Bei dem Gedanken, schon vorher einmal mit einem Landauer, wenn auch auf etwas riskantere Weise, gefahren zu sein, spürte ich Gewissensbisse. Bereits vor Stunden hatte uns Mr. Sidmouth verlassen – ich vermutete, um einer Begegnung mit Captain Fielding auszuweichen, auch wenn der Gentleman-Unternehmer von High Down Grange vorgegeben hatte, wegen seines Hofs zurückkehren zu müssen.

»Ich muß einräumen, so viel Sonne, gutes Essen und reizende Gesellschaft sind gewiß ermüdend«, sagte der Captain mit einem breiten Lächeln auf seinem von Wind und Sonne gegerbten Gesicht. »Wir haben alle genügend Zerstreuung gehabt, nicht wahr? Miss Armstrong, ich fürchte, Ihr Onkel trägt an jeglicher Erschöpfung die Schuld.« Miss Armstrong lächelte darauf artig, doch wie ich erschrocken bemerkte, schien Cassandra kein Lächeln mehr zustande bringen zu können. Einige Sekunden lang betrachtete der Captain meine Schwester und dachte wohl das gleiche. »Wir werden Sie nicht weiter in Anspruch nehmen, Miss Austen«, meinte er zu Cassandra, »erfreuen Sie sich allein an der Pracht der hiesigen Landschaft, und das in aller Stille.«

Der Captain hätte wirklich nichts Passenderes vorschlagen können. Das auf und ab wellende Goldgrün der Hügel im frühen September war eine wahre Augenweide; selbst zu so fortgeschrittener Stunde noch, während sich die warmen langen Sonnenstrahlen zum Meer hin senkten, waren Heumacher draußen auf den Wiesen bei der Arbeit, und der malerische Anblick wurde gelegentlich von vorbeiziehenden Heuwagen gekrönt, mit einem kräftigen Pferd davor, das über seinem Häcksel schnaubte und die Fliegen von sich wegscheuchte. Während wir weiter Richtung Nordwesten fuhren, befanden sich zu unserer Linken die graublauen Klippen, die steil zum Meer abfielen, und das Meer selbst, das ewiglich gegen die Felsen schlug und wieder zurückwogte.

»Sehen Sie!« rief Miss Armstrong. »Ein Kutter! Noch dazu mit ziemlicher Geschwindigkeit! Man könnte meinen, er nehme vor dem Schiff dahinter Reißaus.«

»Ich fürchte, so ist es auch«, sagte Captain Fielding unwirsch. »Jarvis! Anhalten!«

Auf die Rufe »Brrr, Jesebel, brrr, Schadrach« des Kutschers kam der Landauer langsam und sanft zum Stehen, und wir vier wandten uns alle mit einem Schlag um und blickten zum Horizont.

Man muß sich vorstellen, der Kutter war ein kleines, schnelles, leichtgebautes Schiff von schlanker Form; er glitt durch die Wellen wie ein Messer durch weiche Butter und nutzte die steife Brise völlig aus. Dahinter kam eine schwerere Brigg, die die Flagge der Königlichen Marine trug – und daß das eine das andere Schiff verfolgte, war nur allzu deutlich.

»Sie werden es zu fassen kriegen«, sagte Lucy Armstrong mit all der Verwunderung einer Neunzehnjährigen. »Weshalb nur?«

»Warten Sie einen Moment«, anwortete Fielding, »da werden Sie etwas Merkwürdiges sehen.«

Der Kutter näherte sich dem Ende der Mole, die Brigg der Marine lag weit zurück. Es schien, als würde das erste Schiff triumphieren. Dann fuhr es um die Cobb herum und kam westlich der Mole beinahe zum Stehen. Man konnte beobachten, wie auf dem Hauptdeck große Geschäftigkeit ausbrach.*

»Sie werfen die Ladung über Bord«, sagte Cassandra leise. »Das muß Schmuggelware sein.«

»Sehr richtig.« In Captain Fieldings Stimme schwang große Befriedigung.

»Schmuggler!« rief Miss Armstrong mit leuchtendem Gesicht. Also war auch sie Opfer der Romantik ihres Alters geworden. Ihre Tante dagegen konnte das nicht gutheißen, doch glücklicherweise blieben uns Miss Crawfords kritische Kommentare erspart.

»Was für ein schrecklicher Verlust muß das für den Kapitän des Kutters sein«, bemerkte ich.

»Verlust? Das ist höchst unwahrscheinlich«, entgegnete Captain Fielding. »Sie werden die Stelle, wo die Kisten in Poker´s Pool abgeworfen wurden, gekennzeichnet haben –

* Der Kutter, den Jane Austen beschreibt, fuhr wahrscheinlich ganz in die Nähe der Bucht von Charton, zwei Meilen von Lyme entfernt. Es handelte sich um einen einsamen Strand, der vor allem von Schmugglern gern aufgesucht wurde. – *Die Herausgeberin*.

vielleicht haben sie sie nur dicht unter der Oberfläche an Bojen versteckt –, und sie werden sie schon bald in stockfinsterer Nacht mit kleineren Booten wieder einholen. Gesetzt den Fall, daß sie den Kapitän nicht gewaltsam rekrutieren.«*

»Warum wollen sie am hellichten Tage anlegen?« fragte meine Schwester. »Das scheint die größte Dummheit zu sein, die sie machen können.«

»Lyme ist als gastlicher Hafen bekannt«, sagte Captain Fielding trocken. »Die Männer der Zollbehörde und die Dragoner hier sind so reichlich mit französischem Cognac ausgestattet – mit der Sorte, an die man so schwer herankommt –, daß sie häufig anderweitig beschäftigt sind, wenn die Schmuggelware eintrifft. Nur ein Mann taugt etwas – Mr. Roy Cavendish, der hiesige Zollbeamte –, doch er hat so viele Aufgaben und muß ein so riesiges Territorium verwalten, daß er Lyme nicht wirksam genug überwachen kann. Ich kann Ihnen gar nicht sagen, wie viele Nachmittage lang ich beobachtet habe, daß eine lange Schlange von Pferdewagen auf dem Kiesstrand hinter der Cobb auftauchte, die Pferde bis zu den Flanken im Wasser, und dann wurde die schändliche Schmuggelware aufgeladen und in tief verborgene Winkel der Pinny** gebracht. Von dort

* Captain Fielding bezieht sich auf die Praktiken der Königlichen Marine, die Kapitäne von Schmuggelbooten in den Dienst der Flotte zu pressen, wenn sie gefaßt wurden. Solche Seeleute besaßen bekanntermaßen außerordentliche Fähigkeiten in der Navigation, da sie lange Erfahrung hatten, bei widrigem Wetter im Dunkel der Nacht an schwierigen Küsten anzulegen; genau die Art von Kapitänen, die die Marine zu Kriegszeiten dringend benötigte. – *Die Herausgeberin.*

** Die Pinny war zu Jane Austens Zeiten eine dichtbewaldete Wildnis, die sich nur ein paar Schritte von der Stadt entfernt befand. In *Überredung* beschreibt sie diesen Wald: »Grüne Schluchten zwischen romantischen Felsen, wo die einzeln stehenden Wald- und üppigen Obstbäume davon zeugen, daß erst nach einer Reihe von Generationen der teilweise Abbruch der Klippen den Boden für solch ein Wachstum bereitet hat ...« In den folgenden Jahren kam es zu erneuten Erdrutschen, deren spektakulärster im Jahre 1835 erfolgte. Für eine Schmugglerbande der ideale Versammlungsort. – *Die Herausgeberin.*

geht es zur Straße nach Dorchester und nach Bath und London. Doch seit kurzem fordert Cavendish ganz rigoros, solche Zollbetrüger zu ergreifen. Sie werden gerade Zeugen davon, meine Damen, daß die Herren der Nacht die Lage falsch eingeschätzt haben. Sie haben noch nicht mitbekommen, daß sich die Königliche Marine plötzlich für ihren Handel interessiert. Die Brigg sieht wie die *Renegade* aus. Ich nehme an, daß sie den Kutter den ganzen Weg von Boulogne an verfolgt hat.«

»Jane!« rief Cassandra. »Unser Bruder ist doch gerade jetzt bei der Blockade dieses Hafens dabei. Kann man denn glauben, daß ein Schmugglerschiff dort durchkommt, wo solch große Überwachungsmaßnahmen getroffen wurden?«

»Es gibt viele Möglichkeiten, dafür zu sorgen, daß die eigenen Landsleute blind sind«, fiel Captain Fielding ein. »Bedauerlicherweise muß ich sagen – mein Dienst im Blauen Flottengeschwader könnte mich zwingen, etwas zu verheimlichen –, doch die Wahrheit ist, daß viele, die einst im Dienst der Krone standen, nun das Gros der Männer in den Schmuggelbanden ausmachen. Wer könnte besser als ein Seemann, der an Entbehrungen und Standhaftigkeit auf hoher See gewöhnt ist, ein Schiff in feindliches Gebiet steuern? Wer könnte besser als ein Soldat, der an lange Märsche gewöhnt ist, zwei Fässer Brandy auf den Schultern mehrere Meilen durch die Pinny in Sicherheit bringen? Und wer könnte besser als beide zusammen alte Freunde an strategischen Punkten durch einen Seidenballen oder eine Flasche vom seltensten Cognac dazu anstiften, ihre Pflicht gegenüber der Krone zu vergessen?«

»Ich bin äußerst erstaunt«, sagte Cassandra mit abgewandtem Blick. »Ich habe immer geglaubt, daß jene, die in der Königlichen Marine dienen, zu den ehrenhaftesten Männern zählen.«

»Ich versichere Ihnen, daß der größte Teil auch ehrenhaft ist«, erwiderte Captain Fielding freundlich. »Ich wollte damit natürlich nicht andeuten, daß sich Ihre eigenen Brüder so leicht korrumpieren ließen, Miss Austen. Das war eher eine allgemeine Betrachtung über die gewöhnlichen Leute – über den gemeinen Soldaten, der niemals den Rang eines Offziers und kein Vermögen erlangen kann. Das schändliche Werk einer Nacht für so einen Mann wie den Reverend könnte ausreichen, eine Familie für eine Woche zu ernähren.«

»Für den Reverend?« Cassandra war ganz verwirrt.

»Ich vergaß«, rief Captain Fielding aus. »Letzten Abend entzogen Sie uns Ihre reizende Anwesenheit und demzufolge enthielten wir *Ihnen* unsere Unterhaltung vor.«

»Der Reverend ist Anführer einer Schmugglerbande«, half Lucy Armstrong weiter. »Seine wahre Identität ist eines der größten Geheimnisse von Lyme. Der Kutter unter uns könnte eines seiner Boote sein.«

Noch einmal blickten wir aufs Meer und sahen, wie das Schiff der Marine längsseits zum Kutter kam, der ohne das Schmuggelgut nun beinah ganz unschuldig vor Lyme lag. Einen Augenblick später gingen die Männer der Brigg an Bord des kleinen Schiffes und wollten sicher die Ladung untersuchen. Zu meiner Überraschung wünschte ich dem Kutter viel Glück und alles Gute, und daß die Offiziere des königlichen Schiffs *Renegade* nichts Unrechtmäßiges vorfinden mögen. Dann schüttelte ich plötzlich all meine Wünsche ab und ärgerte mich über mein mangelndes Moralgefühl. Wie kommt es, daß unsere Herzen beim Anblick von etwas Reizvollem, Schnellem und Verwegenem lospochen und sich von der unerschütterlichen Vorhersehbarkeit des Altbewährten und Gründlichen abwenden? Nur Eva, die ihren Apfel fest in den Händen hält, mag die Antwort wissen.

Kurz darauf fuhren wir weiter, obschon fast jeder von uns sich den Hals verrenkte, um das Geschehen an Deck des Kutters zu verfolgen; doch wenn wir auch das Schiff sahen, so blieben die Tätigkeiten der Männer uns verborgen, und die Fortsetzung der Geschichte mußte auf einen anderen

Tag warten. Cassandra hatte ihre Augen geschlossen und sah so blaß aus, daß ich äußerst besorgt wurde; da ich glaubte, sie schliefe, entschloß ich mich, sie nicht zu behelligen. Statt dessen wandte ich mich Captain Fielding zu, um etwas Wichtigeres zu erfahren und zu erkunden, wie sehr er Mr. Sidmouth verachtete.

»Captain Fielding, Ihren Worten entnahm ich, daß Mr. Sidmouths Verwandte in Frankreich alle tot sind und Mademoiselle LeFevre die einzig Überlebende des Familienzweiges im Ausland ist.«

»Ja, so ist es, glaube ich«, entgegnete er.

»Und doch meint meine Schwester Eliza, daß Mr. Sidmouth häufig nach Frankreich fährt – jedenfalls bis vor kurzem tat er es, ehe es zu den jüngsten Feindseligkeiten kam. Da sie selbst lange Zeit in diesem unglückseligen Land gelebt hat, war sie höchst erfreut, einem Gentleman zu begegnen, der ihr die neuesten Nachrichten aus der Pariser Gesellschaft übermitteln konnte. Danach sehnt sie sich ständig.«

»Es entzückt mich zu hören, daß Mr. Sidmouth in der Lage war, *überhaupt etwas* anbieten zu können, daß man als erfreulich bezeichnen kann«, erwiderte der Captain nüchtern. »Daß er sich mit einer Dame unterhalten hat – und mit einer Dame von Welt, denn alles an der Gattin Ihres Bruders spricht dafür, daß sie eine ist –, muß für sich selbst stehen. Sidmouths Charme äußert sich immer ganz lebhaft in Gegenwart des schönen Geschlechts.«

»Dann wissen Sie also über seine Fahrten Bescheid?« bohrte ich weiter.

»Ja. Schon seit einigen Monaten beobachte ich das mit purem Entsetzen.«

»Entsetzen!« rief ich und blickte zu Lucy Armstrong, die die Augen auf ihre gefalteten Hände nach unten richtete. Für jemanden, den unsere Unterhaltung scheinbar so wenig interessierte, waren ihre Wangen ziemlich gerötet.

»Jawohl.« Captain Fielding schien zu zögern, als ringe er

mit sich selbst; dann gewann der Wunsch, von seinem beunruhigenden Gefühl zu erzählen, die Oberhand. »Ich habe Grund zu der Annahme, daß Geoffrey Sidmouth an einem höchst skrupellosen Geschäft beteiligt ist, Miss Austen; daß er im Namen schändlicher Interessen nach Paris reist, deren Ergebnis Sie vor einigen Minuten verfolgen konnten; daß er in der Tat kein Geringerer als der verruchte Reverend ist, von dem die ganze Welt mit einer so seltsamen Mischung von Abscheu und Bewunderung spricht.«

»Mr. Sidmouth! Der Reverend!«

»Das kann nicht sein«, sagte Cassandra mit Nachdruck. Sie klapperte heftig mit den Augen, und auf ihren Wangen brannten zwei feurige Flecken. »Mr. Sidmouth vereint alle Züge eines Gentlemans in sich. Ich kann nicht glauben, daß ein so guter Mann, als der er sich in meiner Notlage erwiesen hat, keinerlei Verantwortungsgefühl gegenüber der Gesellschaft hat – keinerlei Pflichtgefühl – in der Tat, daß er jeglicher moralischer Absichten entbehren soll!«

»Ich wünschte, ich könnte Ihre hohe Meinung von diesem Herrn teilen«, sagte Captain Fielding. Seine Worte an Cassandra klangen gewohntermaßen freundlich, doch die blauen Augen in seinem gebräunten Gesicht blickten kalt und gefühllos. Als ich ihn anschaute, konnte ich mir vorstellen, was es für Untergebene bedeutet haben mußte, auf schwankendem Deck inmitten einer Schlacht seine Befehle auszuführen. »Seit geraumer Zeit beobachte ich seine Unternehmungen. Seine Reisen nach Frankreich stellen jedoch nur einen Teil davon dar. Ich würde die eigenartige Tatsache hinzurechnen, daß zu jeder Nachtstunde auf seinem Hof Pferdewagen eintreffen und wieder losfahren; dann den Umstand, daß ganze Scharen von Männern für einige Tage in seinen Scheunen Unterschlupf finden und später nicht mehr gesehen werden; außerdem den stetigen Verkehr die Klippen entlang bei widrigsten Wetterverhältnissen und schließlich die üblichen Spaziergänge von Mademoiselle LeFevre.«

»Mademoiselle LeFevre?« fragte Lucy Armstrong etwas verwirrt.

»Mademoiselle LeFevre«, erwiderte Captain Fielding. Plötzlich neigte sich der Landauer zur Seite, da er in einen privaten Weg einbog, der von hochgewachsenen Bäumen gesäumt war, und ich schaute auf und entdeckte, daß wir bald am Ziel unserer Fahrt anlangen sollten. »Wie ganz Lyme schon bemerkt hat, wandert sie immer in ihrem leuchtendroten Umhang die Klippen entlang, insbesondere an bestimmten Nachmittagen.«

»Wenn sich eine Dame Bewegung verschafft, kann man doch nichts Ungewöhnliches darin sehen«, entgegnete ich, als die Kutsche vor Captain Fieldings Haustür zum Stehen kam, »auch nicht in der Tatsache, daß sie sich in Rot hüllt, wenn man an Lyme denkt.«*

»Doch, man kann es – wenn nämlich immer in der Nacht, die dem Spaziergang der Dame folgt, ein Schmugglerboot an diesen Stränden anlegt. Ich bin davon überzeugt, daß ihr roter Umhang ein Signal ist; sie trägt ihn für die Kutter des Reverends, die auf See vor Anker liegen und mit dem Fernglas nach einem roten Punkt Ausschau halten. Wenn die Dragoner besonders aktiv sind – wenn sie das Gefühl haben, wachsam sein zu müssen, um Eigentum zu schützen, und sie die Stadt besetzen, als wollten sie uns alle festnehmen –, dann habe ich bemerkt, daß Miss Seraphine tagelang nicht das Haus verläßt.«

Der Captain schob mit Hilfe des Kutschers Jarvis vorsichtig sein lahmes Bein aus dem Landauer, und als er festen Boden unter den Füßen hatte, half er erst Miss Armstrong und dann meiner Schwester aus der Kutsche. »Da wir be-

* Jane Austen spielt hier auf einen besonderen Umhang an – ein rotes Wolltuch, das traditionell von den Frauen der Arbeitsleute in Lyme getragen wurde. Gegen Ende des 18. Jahrhunderts ging diese Tradition jedoch zurück, da die Einwohner sämtlicher Schichten Lymes immer mehr mit dem kosmopolitischen Geschmack der modisch gekleideten Besucher in Berührung kamen. – *Die Herausgeberin*.

obachtet haben, daß sich der Kutter heute in Küstennähe hielt, frage ich mich wirklich, ob Mr. Sidmouth nicht auch aus anderen Gründen Mr. Crawfords Ausgrabungsstätten aufgesucht hat. Denn von dort bietet sich einem freie Sicht auf den gesamten Verkehr auf See; er könnte den Ausflug mit der genauen Beobachtung des Schicksals seiner Ladung verbunden haben.«

»Doch er verabschiedete sich, noch ehe der Kutter auftauchte«, warf Lucy Armstrong ein. Captain Fielding verneigte sich lediglich und deutete auf die offene Tür, in der ein Hausmädchen stand, um sie hineinzugeleiten. Cassandra folgte ihm mit einem leichten Lächeln. Sie wankte ein wenig, als bewege sie sich unter schrecklichen Kopfschmerzen. Ich ahnte nichts Gutes, als ich sie so sah; doch Captain Fielding streckte seine Hand schon nach der meinen aus, und meine Gedanken kehrten wieder zu dem zurück, was mich am meisten beschäftigte.

»Sie sind in der Tat ein ganz aufmerksamer Beobachter jedes einzelnen Schritts von Mr. Sidmouth«, sagte ich, als ich die Hand des Captain ergriff und meinen Fuß auf den Tritt der Kutsche setzte. »Ich wage zu behaupten, daß selbst der Ort Ihres Wohnsitzes nicht ohne Absicht hier gewählt wurde. Denn nur mit dem Ziel, eingehende Beobachtungen anzustellen, haben Sie sich entschlossen, sich in einem Haus eine halbe Meile entfernt von High Down Grange niederzulassen. Einzig zum Zwecke, sein Verderben herbeizuführen, haben Sie sich einen Nachbarn ausgesucht, der Ihnen so verhaßt ist.«

Ich kann nicht beschreiben, wie mein Herz auf diese Erkenntnis hinsichtlich Captain Fieldings Absichten reagierte. Ich bekenne, daß sich meine Gefühle in einem völligen Durcheinander befanden – zum Teil bewunderte ich seinen Scharfsinn und seinen Mut, zum anderen empfand ich im Hinblick auf Mr. Sidmouth Kummer. Doch ich konnte Fieldings Überlegungen und seine sorgfältige Einschätzung nicht gänzlich von mir weisen; ich selbst hatte zwei Nächte auf High Down Grange verbracht und das Mädchen im roten Umhang, eine Laterne schwenkend, die Klippen entlangwandern sehen. Was hatte Mr. Sidmouth mit den knappen französischen Sätzen zu Seraphine gesagt? Etwas über die Männer, über die Hunde und die Bucht. Und der Name des flaschengrünen Bootes am Strand war gefallen – *La Gascogne*. Vermutlich wurde in der Nacht unserer überraschenden Ankunft eine Ladung erwartet – daher die feindselige Atmosphäre, mit der wir empfangen wurden, und die auf uns gerichtete Donnerbüchse des Stallburschen. Seraphine LeFevre war zweifellos damit beauftragt gewesen, während unseres unglückseligen Aufenthaltes in High Down Grange die Männer und ihre Waren zu einem anderen Versteck zu leiten.

»Sie verfügen über einen einzigartigen Verstand«, sagte Captain Fielding, die Augen eindringlich auf mich gerichtet. Während Jarvis wieder den Kutschbock bestieg, standen wir einen Augenblick nebeneinander. »Doch ich habe mir in Ihrer Gegenwart ungewöhnlich viel Offenheit herausgenommen. Es könnte sein, daß unseren Gemütern solch freimütige Begegnungen zusagen.«

»Ich bin erfreut zu hören, daß Sie nicht ganz in der Langeweile des Ruhestands versinken, Captain Fielding«, erwiderte ich und schob seine höflichen Worte mit einem Lächeln beiseite. »Tatsächlich glaube ich, daß sie der aktivste Marineoffizier im Ruhestand sind, den ich jemals getroffen habe.«

Er warf seinen blonden Kopf zurück und lachte. »Sie haben mich durchschaut, Miss Austen. Ich bin tatsächlich noch im Dienst, doch mehr für die Zollbehörde Seiner Majestät als für seine Seeleute. Ich werde den Reverend zu fassen bekommen – und wenn ich es schaffe, dann würde ich mich sehr wundern, wenn es *nicht* Geoffrey Sidmouth ist.«

Kapitel 7
Die Verfolgung

8. September 1804
Abenddämmerung

Ich habe meine Narrenkappe beiseite gelegt und meine Bemühungen aufgegeben, Emma Watson nach meinem Wunsch zu formen. Mir ist noch keine so verbohrte Heldin begegnet, so sehr ist sie darauf bedacht, die Bühne für ihre boshaften Schwestern und den lächerlichen Tom Musgrave* frei zu machen. So habe ich wieder zu diesem Tagebuch gegriffen, um alles aufzuschreiben, was sich seit gestern abend zugetragen hat. In meinen Aufzeichnungen über das Wesentliche des turbulenten Tages war ich nur bis zu dem Zeitpunkt gekommen, als Mr. Dagliesh bei der Abfahrt meines Bruders Henry erschien. Folglich muß ich nun zu Papier bringen, wie der Assistenzarzt wieder nach Wings Cottage zurückkehrte.

Wir hatten in Captain Fieldings hübschem blauweißem Empfangszimmer eine kleine Erfrischung und einen höchst erlesenen Tee eingenommen – einen hervorragenden Darjeeling – und das Haus verlassen, um die letzten schrägen Sonnenstrahlen im Garten des Gentlemans zu betrachten. Captain Fielding entpuppte sich als ein Freund von Rosen, und das in einem Maße, das noch Kaiserin Josephine zu übertreffen vermag, denn fast sein gesamter

* Tom Musgrave ist ein charmanter lediger Schürzenjäger im Manuskript von *The Watsons*, der aber nicht mit der Musgrove-Familie aus *Überredung* verwechselt werden darf. Louisa Musgrove zog sich beim Sturz von der Cobb eine beinahe tödliche Kopfverletzung zu – das mag zu Cassandras Unfall angeregt haben, der in diesem Tagebuch geschildert wird. Jane Austen hat offenbar eine Vorliebe für den Klang des Namens und seine Abwandlungen entwickelt. Ihre Patentante hieß Jane Musgrave und stammte aus Oxfordshire; sie war eine Verwandte ihrer Mutter. – *Die Herausgeberin.*

Boden ist mit Beeten dieser edlen Blume bedeckt – die jedoch leider schon nicht mehr blühten.

»Aber das ist ja bezaubernd, Captain Fielding!« rief meine Schwester aus. Von allen Austens ist sie die wahre Liebhaberin von Gärten und der gesunden Betätigung darin und verfügt über einen bemerkenswerten Geschmack im Arrangieren von Beeten und im Pflanzen von nacheinander blühenden Blumen. »Überaus entzückend! Im Juni, wenn die Rosen knospen, dann muß dies hier ein wahrer Garten Eden sein!«

»Eden kann sich nicht einmal im entferntesten mit diesem Garten messen, Miss Austen«, erwiderte der Captain. »Denn in *meinem* Garten gibt es keine Schlangen.«

»Doch wieviel Mühe und Fleiß hier aufgewendet wurden!« fuhr Cassandra fort. »Und dabei wohnen Sie erst seit kurzem an diesem Ort.«

»Na ja – doch wo Fleiß stetig waltet und sich die Mittel zur Förderung der Arbeiten finden, kann man leicht jegliche Veränderung herbeiführen. Ich habe hier Arbeiter ans Werk gehen lassen, die Crawfords Männer bei den Ausgrabungen an Tüchtigkeit noch übertrafen. Die Stelle, an der wir jetzt stehen, war vor zwei Jahren noch ein jämmerlicher Flecken Erde voller Gestrüpp, durchsetzt von einzelnen Fuchsbauen.«

»Höchst außergewöhnlich«, sagte Lucy Armstrong ruhig und blickte sich versonnen um. »Ich erinnere mich daran, wie dieser Ort vor einigen Monaten aussah, als Sie uns zum Abendessen eingeladen hatten, Captain Fielding. Die Rosen standen in Blüte – es war wirklich ein prächtiger Anblick.« Sie lächelte mich kurz an, als schwelgte sie in süßen Erinnerungen, und lief dann mit meiner Schwester weiter den Pfad entlang.

Captain Fielding bot mir seinen linken Arm an, den ich freudig annahm, und wir folgten ihnen. Betritt der Captain Rasen, so benutzt er immer einen Spazierstock und kann sich daher nur langsamer fortbewegen, so daß Cassandra und Miss Armstrong bald ein Stück entfernt vor uns liefen.

»Ich wage zu hoffen, Miss Jane Austen, daß Sie wieder einmal zwischen diesen Blumen wandeln werden, wenn ihr einmalig berauschender Duft die Luft erfüllt und die Blütenblätter von einer Anmut sind, die nur noch von Ihrem Liebreiz übertroffen wird«, sagte mein Begleiter mit leiser Stimme.

Ich errötete und wandte mich ab, da die Worte einen unmißverständlichen Sinn hatten. Doch ich gab vor, ihn nicht zu verstehen, und sagte nur: »Ich hoffe, daß mich mein Weg sehr häufig nach Lyme führen wird. Dieser Ort und seine Gesellschaft sind mir sehr ans Herz gewachsen. Ich glaube, daß man mit einem Wohnsitz am Meer ein großes Privileg genießt, und obendrein ist es noch so gesund.«

»Dann mögen Sie Bath nicht?«

»Wie sollte man anders empfinden, wenn man sich das ganze Jahr an einem Ort aufhalten muß, der für Vergnügungen und vorübergehende Besucher bestimmt ist? Diese Eintönigkeit, und dann die Tatsache, daß man immer wieder Freunde verabschieden muß, die sich freuen, in ihre ruhigeren Häuser zurückzukehren. All das Treiben und die Wichtigtuerei und dann die Nichtigkeit der Stadt; der weiße Glanz der Häuser, die schrecklichen Straßenrinnen, die endlose Parade modischer Gecken und närrischer Leute, die sich von den träge fließenden Wassern Heilung versprechen – nein, Captain Fielding, ich kann Bath nicht in mein Herz schließen. Für meinen Verstand ist die Stadt zu einem Kerker geworden, mögen die Gitter auch vergoldet sein.«

»Ich bedaure sehr, das zu hören«, sagte er bedächtig. »Doch Sie werden noch ein paar Wochen in Lyme verweilen.«

»Ja«, erwiderte ich gefaßter. »Wir werden auch noch den ganzen November über hier sein. Ich genieße jeden Tag und zähle die noch verbleibenden, als seien es wertvolle Perlen an einer Kette.«

Der Captain hob seinen blonden Kopf und blickte in die Ferne, wobei er die Augen zusammenkniff. »Miss Austen!« rief er. »Miss Armstrong! Ich fürchte, es wird schon dunkel, und wir müssen zurückkehren.«

»Und was ist das da hinten, wo meine Schwester nun angelangt ist?« erkundigte ich mich und schaute auf ein hübsches, kleines, wildwachsendes Gartenstück ein paar Schritte vor uns.

»Dort steht meine Tempelruine«, sagte Captain Fielding schroff, »eine Steinkolonnade mit Glyzinen und Heckenrosen. Ihre Schwester hat wohl eine Pause machen müssen, um sich zu erholen, doch sie kann auf keinen Fall dort bleiben.«

Mir war meine Überraschung über seine barschen Worte wohl anzusehen, entnahm ich ihnen doch eher das Interesse an jenem *Ort* und nicht an Cassandras Befinden. Doch einen Moment später begriff ich den Grund für Captain Fieldings Besorgnis. »Ich muß mich für meinen Enthusiasmus schelten, mit dem ich diesen Rundgang angeregt habe – noch dazu so nachdrücklich«, sagte er, »denn sicherlich war der Spaziergang zuviel für ihre zarte Gesundheit.«

In der Tat hatte sich Cassandra völlig erschöpft auf eine Bank fallen lassen, während Lucy Armstrong in ihren grünen Musselintaschen aufgeregt nach etwas suchte, was meiner Meinung nach gewiß irgendein abenteuerliches Riechsalz sein mußte. Die neugierigen Augen einer steinernen Waldnymphe, die sich über einer kleinen offenstehenden Tür in der Tempelmauer befand, blickte auf das Geschehen hinab. Ich entdeckte sofort, daß hinter der Tür Gartenwerkzeuge gelagert wurden, denn die untergehende Sonne enthüllte ein Durcheinander von undefinierbaren Formen, über die ein Segeltuch gedeckt war – und das war in der Tat eine höchst nützliche Verwendung für eine Ruine im Dickicht. Captain Fieldings Haus ist mit ähnlich reizenden Zügen ausgestattet, welche womöglich auf den Umstand zurückzuführen sind, daß er an die große Beengtheit eines

Lebens auf einem Schiff gewohnt war. Als wir zuvor die Bibliothek besichtigt hatten, war mir aufgefallen, wie ordentlich seine Bücherregale und sein Schreibtisch aussahen, wobei der letztere eine abnehmbare Schreibfläche besaß, so daß man auch im Sessel schreiben konnte. Tatsächlich dienen nur wenige Dinge im Haus des Captain allein der Zierde oder haben nur einen einzigen Zweck, denn meist erfüllen sie gleich eine Vielzahl von Aufgaben, und das auf äußerst erfinderische Art. Ich mußte an Frank denken, der ein ähnlich straff organisiertes Leben führt, und schüttelte bei dem Gedanken an die Heiratspläne meines Bruders den Kopf.* Mary Gibson würde nicht mit Franks Bedürfnis nach Ordnung und Sauberkeit zurechtkommen.

Als wir uns den beiden Mädchen näherten, hob Cassandra den Kopf. Ihr Gesicht war schmerzverzogen. »Ich habe meine Kräfte überschätzt, liebste Jane«, sagte sie, »und muß nun in Kauf nehmen, Sie zu kränken, Captain Fielding, denn ich bitte darum, nach Wings Cottage zurückzukehren.«

Nachdem er die Tür unter dem Nymphenkopf verschlossen hatte, wandte er sich um und rief: »So soll es auch unverzüglich geschehen. Es dauert nur einen Augenblick, bis Jarvis bereitsteht. Sagen Sie, Miss Austen, sind Sie in der Lage, zum Haus zu laufen?«

»Wenn mich Jane mit einem und Miss Armstrong mit dem anderen Arm stützen, dann könnte ich es schaffen«, erwiderte Cassandra und stand mit bitterer Entschlossenheit langsam auf. Ich eilte an ihre Seite, worauf sie sich mit ihrem ganzen Gewicht gegen mich lehnte, und legte einen Arm um ihre Taille, wobei mein besorgtes Herz immer schneller schlug. Ein kurzer Blick auf Captain Fielding

* Frank Austen hatte sich erst vor kurzem in Mary Gibson verliebt, ein Mädchen aus Ramsgate, von der Jane eher enttäuscht war – sie hielt sie für ebenso vulgär wie ihre Heimatstadt. Frank heiratete Miss Gibson im Jahre 1805; bis zu ihrem Tode im Wochenbett gebar ihm Mary sechs Söhne und fünf Töchter. – *Die Herausgeberin.*

zeigte mir, daß er äußerst betroffen war. Als hätte er es ausgesprochen, wußte ich, daß ihn lauter Selbstvorwürfe und großer Zorn peinigten, weil er ihr mit seiner Behinderung nicht weiter zu Hilfe kommen konnte. Ein lahmer Mann, der selbst auf einen Stock angewiesen war, konnte kaum meiner leidenden Schwester als Stütze dienen. So ließ ich ihn allein, damit er sich beruhigen konnte, und wandte mich dahin, wo mein Beistand mehr von Nöten war.

Wir hatten vielleicht die Hälfte des Weges durch den Garten zurückgelegt, als Cassandra darum bat, sich auf einer Bank auszuruhen. Ihr war so schwindlig, und in ihren Schläfen pochte es derart, daß sie beinah an Ort und Stelle umgefallen wäre. Ich biß mir auf die Lippen und wünschte bessere Hilfe herbei – meinen Bruder vielleicht oder auch nur Eliza; unterdessen drang Lucy Armstrong immer wieder auf meine Schwester ein, erkundigte sich zärtlich nach ihrem Befinden und verabreichte ihr stolz das Riechsalz. Schließlich erhob sie sich und schleppte sich zum Haus; dort ließ Captain Fielding seinen Wagen holen und schickte gleichzeitig das Hausmädchen nach Brandy. Nachdem Cassandra etwas davon zu sich genommen hatte, richtete sie sich mit Tränen in den Augen auf der Polsterbank auf und mußte stoßartig husten, da sie keine so starken Getränke gewöhnt war; dann wandte sie sich aus lauter Angst vor ihrer Schwäche an mich.

»Jane!« rief sie, auch wenn sie nur flüstern konnte, »ich dachte, daß ich schon völlig genesen sei! Es war doch kein so schwerer Sturz; ihr anderen habt doch beim Umkippen der Kutsche kaum Verletzungen davongetragen. Außerdem liegt all das nun schon mehrere Tage zurück. Trotzdem sind meine augenblicklichen Schmerzen unerträglich. War denn mein Aufprall ernster, als wir zunächst vermuteten? Oder hat etwa Mr. Dagliesh das ganze Ausmaß der Krankheit unterschätzt?«

»Solche quälenden Gedanken schaden dir jetzt nur«, sagte ich freundlich, und das Knirschen der Räder auf dem

Kies verkündete, daß die Kutsche nun vor der Tür bereitstand. »Wir werden, so schnell wir nur können, Mr. Dagliesh konsultieren.«

Captain Fielding half uns höchst besorgt auf die Sitze und befahl dem Kutscher, die zwei Meilen auf schnellstem Wege zurückzulegen, ohne die Damen dabei durchzurütteln. Mit einem so widersprüchlichen Auftrag betraut, schnalzte Jarvis den Pferden zu, und wir fuhren davon.

Wir verbrachten die Fahrt, die selbst ohne Vorkommnisse verlief, größtenteils in jene Art von Schweigen versunken, die von höchster Beunruhigung herrührt. Als der Landauer die Broad Street hinunter einbog und in der zunehmenden Dunkelheit die fröhlichen Lichter von Wings Cottage auftauchten, seufzte ich erleichtert auf.

Doch uns sollte keine sorgenfreie Ankunft beschieden sein, denn kaum hatte Cassandra ihre Füße auf das Straßenpflaster gesetzt, fiel sie auch schon in Ohnmacht.

Henry wartete schon im Cottage auf uns, um sich liebevoll von uns zu verabschieden – er und Eliza wollten am selben Tag noch nach Weymouth aufbrechen, um die Stadt zu besichtigen und der Einschiffung der königlichen Familie* beizuwohnen, und so veranlaßte er, daß man Mr. Dagliesh rief. Von Weymouth aus wollten sie nach Ibthorpe reisen und gemächlich zu ihrem kleinen hübschen Heim am Michael's Place Nr. 16 zurückkehren. Als er einen Aufschrei und das Treiben am Tor hörte, war uns mein teurer Bruder zu Hilfe geeilt. Er war weitaus besorgter als wir, da ihn der Vorfall so überraschend traf. Miss Armstrong und ich waren gelassener, weil wir schon während der Fahrt irgendwie damit gerechnet hatten.

Ich darf sagen, daß Mr. Dagliesh *äußerst* aufgebracht war; er war der Meinung, daß wir alle für den gefährlichen Rück-

* George III. und sein Gefolge besuchten gewöhnlich das in Dorset gelegene Dorf Weymouth, wo sich häufig sein Bruder, der Herzog von Gloucester, aufhielt. – *Die Herausgeberin*.

fall verantwortlich seien, weil wir Cassandra zu verfrühten Unternehmungen gezwungen hätten. So ordnete er äußerste Ruhe an und befahl, daß man ihr Brühe reichte und ihr abwechselnd eisgekühlte und warme Kompressen auflegte, damit sich die pulsierenden Schläfen beruhigten. Der arme Arztgehilfe stand ein paar Minuten an ihrem Bett und hielt ihr Handgelenk, als wolle er ihren Puls messen; doch ich wußte sehr wohl, daß er viel zu abgelenkt war, um auf Cassandras Herzschlag zu achten, so sehr schienen mir seine Gedanken mit seinen eigenen Qualen beschäftigt zu sein.

Bald darauf verließ uns Mr. Dagliesh, um aus dem »Goldenen Löwen« Eis zu beschaffen, und er versicherte uns, am nächsten Tag zu früher Stunde zurückzukehren. So blieb es uns überlassen, über das weitere Vorgehen zu entscheiden. Wir erörterten eingehend, ob wir nicht Mr. Daglieshs Vorgesetzten, den Wundarzt Mr. Carpenter, konsultieren sollten. Meine Mutter lehnte das jedoch ab, da sie von einer Dame, die sie kürzlich in Lyme kennengelernt hatte, einer Miss Bonham, die unter ständigem Nervenfieber zu leiden meinte, etwas Nachteiliges über besagten Herrn erfahren hatte. Schließlich äußerte Henry einen Gedanken, mit dem wir uns alle trugen: daß Cassandra ihn und Eliza auf ihrem Weg nach London begleiten sollte, daß der Ablauf ihrer Reise durch diesen Plan gänzlich umgestellt werden sollte und man nun eiligst zum Michael's Place aufbrechen wollte. So rasch wie möglich sollte die Meinung eines Arztes, der durch seine städtische Praxis über weit mehr Erfahrung verfügte, eingeholt werden. Mein Vater stimmte dem Vorhaben zu; meine Mutter seufzte und beklagte sich über den Verlust ihres Lieblings, und mir versetzte die Einsamkeit, unter der ich während Cassandras Abwesenheit zweifellos leiden würde, einen Stich ins Herz.

»Sollte ich euch nicht begleiten, Henry, damit meine Schwester besser gepflegt werden kann?« fragte ich leise, als meine Mutter in die Küche eilte, um einen warmen Breiumschlag zu holen.

»Eliza wird deinen Platz vollauf ausfüllen, Jane; denn wie du weißt, war sie jahrelang mit der Pflege des armen Hastings* betraut. Es ist besser, wenn du hier Mutter und Vater tröstest.« Henry lächelte und klopfte mir auf die Schulter. »Trotz der Ereignisse des heutigen Abends glaube ich nicht, daß sich Cassandra ernsthaft in Gefahr befindet; ein bißchen Ruhe und Stille und ein erholsamer Schlaf, und sie wird bald wieder auf den Beinen sein.«

Es ist früh am Morgen, und ich betrachte sie in ihrem ruhigen Schlummer und hoffe, daß es so kommt. In wenigen Stunden wird sie mir entrissen werden, und all die vergnüglichen Aussichten unseres Aufenthalts in Lyme zerschlagen sich damit. So wird mir nur Miss Armstrong für einen Spaziergang auf der Cobb oder für das Klettern in den Schluchten der Pinny bleiben, und die Besuche, die ich Mr. Milsops Handschuhvitrinen nun allein abstatten muß, werden wahrhaft melancholisch sein. Ich fürchte, daß der arme Mr. Dagliesh sehr unter ihrem Fortgang leiden – Cassandra selbst war nur wenig Zeit vergönnt, ihm etwas anderes als Dank für seine fürsorgliche und umsichtige Pflege entgegenzubringen; für ein tieferes Gefühl – ein Gefühl, das den unglückseligen Tom Fowle in ihrem Herzen hätte verdrängen können – hätte es einer unbekümmerten Seele und reichlich Zeit bedurft, Umstände, die ihr nicht vergönnt sind.

Und wie ist es um mich bestellt? Keimt da ein Gefühl auf und die Lust, auszuprobieren, was mir reichlich Zeit und eine unbeschwerte Gemütsverfassung bringen können? Und wenn es diesen Keim eines Gefühls gibt – an wen richtet es sich?

So hatte ich allen Anlaß, den Großteil der Nacht in Gedanken an die Launenhaftigkeit des Herzens wach zu

* Henry spricht von seinem Stiefsohn Hastings de Feuillide, Elizas kränkelndem Sohn. Dieser starb 1801 im Alter von vierzehn Jahren. – *Die Herausgeberin.*

liegen – vielleicht, weil der Atem meiner neben mir schlummernden und sich hin und her werfenden Schwester so flach war, oder vielleicht wegen meiner eigenen widersprüchlichen Sehnsüchte. Ich hatte schon immer eine viel zu leidenschaftliche Natur, die ich freilich unter meinem von Nüchternheit und Vernunft bestimmten Auftreten verbarg. Dadurch bin ich verleitet, viel zu bereitwillig ein tiefes Interesse an Männern zu entwickeln, die in ganz anderen Verhältnissen leben als ich – entweder trennte uns ein riesiger Vermögensunterschied oder ein vollkommen unvereinbarer Charakter, was keine glückliche Zukunft verheißen konnte. Geoffrey Sidmouth gehört höchst offensichtlich zu den letzteren. Eine vernünftigere Frau sollte ihr Herz ohne Bedenken dem tapferen Captain schenken, der durch seinen augenscheinlich guten Charakter, seine festen Prinzipien und seine offene Verachtung für alles Unehrenhafte zu jenen wahren Männern gehört, auf die sich England stützt. Trotzdem erwärmt sich mein Herz nicht für Percival Fielding. Ich bin mir über seine Intelligenz und seine Integrität im klaren und wünschte, er verfügte über mehr Gewandtheit und gute Laune.

Doch darüber hinaus gibt es *noch* etwas – ihm fehlt etwas, das ich nicht recht benennen kann. Der Captain spricht und bewegt sich, wie es ihm gebührt; und dennoch kann ich ihn nicht offen nennen. Er trägt seine Offenheit zur Schau – gestern, als er von den Geschäften der Schmuggler sprach, war er zugegeben die Offenheit selbst –, und doch bin ich mir mehr und mehr sicher, daß er sich *bewußt* offen gibt, und dann auch nur, wenn es seinen Zwecken dienlich ist.

Geoffrey Sidmouth hingegen ist weder offen noch verschwiegen; dieser Gentleman kümmert sich nur um die eigenen Angelegenheiten. Seine Gefühle sind so klar zu erkennen, als lägen sie vor einem ausgebreitet; man weiß immer, *woran* man ist, auch wenn man über das *Warum* absolut im unklaren bleibt. Er hat ein heftiges und offenes Gemüt; und selbst in seinen dunkelsten Momenten – wenn ich leicht gegenüber seinen Absichten Mißtrauen hegen könnte – habe ich das Gefühl, einen Menschen vor mir zu haben. Bei Captain Fielding meint man eher, einer Karikatur zu begegnen. Selbst seine Galanterien sind einstudiert.

All das war mir vor ein paar Stunden durch den Kopf gegangen, ehe ich mich der ruhig schlummernden Cassandra zuwandte und schließlich bei meiner stillen Feder Trost fand. Wie vor zwei Tagen wurde ich durch laute Rufe entlang der Cobb aufgeschreckt. Mit einer gräßlichen Gewißheit tauchten vor meinen Augen wieder der gespenstische Galgen und der leblose, von der Brandung durchnäßte Körper auf. Als ich Männerstimmen vernahm, schlug ich die Decke zurück, zog eiligst mein Nachthemd aus und streifte mir das Musselinkleid vom Vortag über. Einem plötzlichen Einfall folgend, zog ich über die dünnen Schuhe dicke Stiefel. Im Nu war ich so geräuschlos, wie ich nur konnte, die Treppe hinuntergeeilt und hatte Wings Cottage verlassen.

Meine ängstlichen Augen waren auf das Ende der Cobb gerichtet, doch es war kein Galgen zu sehen. Über den weiten Strand, der sich vor der Fußgängerpromenade erstreckte, bewegte sich eine Schar Männer mit Fässern auf den Schultern mühsam vorwärts; große Fuhrwerke zogen über den Kiesstrand, die Pferde liefen bis zum Bauch im Wasser. Ich kam mir zwar töricht vor, war aber dennoch äußerst erregt und lief die Promenade weiter, bis ich eine bessere Aussicht hatte – und ich entdeckte zwei Langboote, in denen die Mannschaft an den Rudern saß und an jener Stelle im Wasser stocherte, wo die Schmuggler tags zuvor ihre Ladung versenkt hatten!

»Also sind sie es holen gekommen, so wie Captain Fielding vermutet hatte«, sprach ich ein wenig verwundert vor mich hin. Worauf ich dicht neben mir eine Antwort vernahm.

»Zu einer Stunde, in der sich die meisten Frauen fürchten, gesehen zu werden, sind Sie reizender, als ich es mir hätte vorstellen können, Miss Jane Austen aus Bath.«

Ich drehte mich rasch um, war sowohl erschrocken als auch verwirrt, und entdeckte Mr. Geoffrey Sidmouth unter mir im Sand, der rittlings auf einem schwarzen, furchterweckenden Hengst saß. Die Nüstern des Tieres bebten, als es sie gegen den Wind aufblähte und seinen mächtigen Kopf zurückwarf. Unwillkürlich trat ich einen Schritt nach hinten und verschränkte die Arme, denn ich fröstelte in der morgendlichen Kühle. Einen Augenblick später war Sidmouth vom Pferd gestiegen und hatte es angebunden; und kurz darauf hatte er seinen Umhang abgenommen und ihn mir so rasch, daß ich ihn nicht daran hindern konnte, um die Schultern gehängt.

»Im Morgengrauen weht immer eine kalte Brise vom Meer her«, sagte er ein wenig gleichgültig. »Wir können es nicht zulassen, daß Sie sich den Tod holen, sosehr ihn Ihre ungestüme Veranlagung auch herausfordert. Dagliesh hat in Wings Cottage auch so schon alle Hände voll zu tun.«

Ich ließ meinen Blick über seine kräftige Statur schweifen und bemerkte, daß er recht unordentlich aussah. Seine dunkelrote Jacke trug Flecken einer dunklen Flüssigkeit, die ich nicht bestimmen konnte, doch für Schnaps hielt. Seine Halsbinde hing lose herab, seine Wangen wirkten unrasiert, und sein Haar war vom Wind ganz zerzaust. Ich vermutete, daß er gut fast die ganze Nacht draußen verbracht hatte und sich nun auf dem Heimweg befand. Vielleicht hielt er sich nur wegen der Vorgänge am Ufer hier auf. Bei dem Gedanken an die durchzechten Stunden, die hinter ihm lagen, errötete ich.

»Was führt Sie zur Cobb, Sir?« fragte ich. »Zu solch einer Stunde!«

»Das könnte ich Sie ebensogut fragen, Miss Jane Austen aus Bath.« Seine Stimme klang für meinen verletzten Stolz ein wenig zu heiter.

»Ich dachte, ich könnte erleben, wie man einen weiteren unglücklichen Fischer für die Sünden des Reverends an den Galgen bringt«, entgegnete ich, »und auf das Gelärme unter meinem Fenster hin eilte ich hinaus, um zu helfen.«

»Einzigartig«, bemerkte Mr. Sidmouth kühl. »In der Tat höchst einzigartig. Die meisten Frauen würden schon beim bloßen Gedanken daran in Ohnmacht fallen. Doch Sie haben einen einzigartigen Charakter, Miss Austen. Vor wenigen Tagen hat Sie genau diese Entschlußkraft in der Not an meine Tür gebracht.«

Darauf wußte ich keine Antwort; so schwiegen wir und beobachteten im unbeständigen Licht das Treiben unter uns. Die Sonne war noch nicht aufgegangen, und die geschäftigen Gestalten huschten wie Schatten auf einem Friedhof hin und her. Sidmouths Augen blickten aus schmalen Schlitzen über seiner gebogenen Nase hervor, seine Lippen waren zusammengepreßt. Während ich ihn von der Seite her betrachtete, fragte ich mich, ob ich gerade neben dem Reverend stand, der die Bergung seiner Ladung überwachte.

»Das ist Schmuggelware«, sagte ich so gelassen, wie ich nur konnte, »Captain Fielding und ich haben erst gestern den Kutter dabei beobachtet, wie er jene Fässer versenkte.« Die sich abplackenden Männer wateten mit riesigen Fässern, die auf ihren Schultern lasteten, durch die Brandung. Dann hievten sie sie in die Pferdewagen, die im Wasser bereitstanden; und trotz des enormen Gewichts – denn die Männer liefen alle tief vornübergebeugt – ging alles rasch vonstatten. Nur wenig später würde meiner Meinung nach der letzte Wagen beladen sein, und die Pferde würden sich in Richtung eines Verstecks mitten in den Hügeln in Gang setzen –, doch würden sie von einer jungen Frau in einem wehenden roten Umhang empfangen werden, die in der dunklen Dämmerung ihre Signallaterne* hochhielt?

* Eine Signallaterne, wie sie von Jane Austen im ersten Kapitel beschrieben wird, ist eine merkwürdig geformte Laterne, die besonders zum Signalgeben verwendet wurde. Sie war lang, zylindrisch und bis auf eine seitlich abgehende Tülle geschlossen. Man konnte das offene Ende der Tülle mit der Hand beliebig auf- und zudecken und dadurch Lichtsignale abgeben. Sie wurde häufig von Schmugglern verwendet. – *Die Herausgeberin.*

»Französischer Brandy.« Sidmouth sprach, als würde er übers Wetter reden. »In irgendeiner Höhle in den Wäldern wird er zu einem richtigen Braunen verarbeitet werden und in wenigen Tagen nach London unterwegs sein.* Doch, Miss Austen, Sie sehen erstaunt aus – Sie wissen sicher, daß französischer Brandy wie die Wangen französischer Damen nicht von Natur aus seine Farbe hat?«

»Ich bin so überrascht, Mr. Sidmouth«, erwiderte ich, »daß es so viel Brandy *gibt*. In diesen Wagen muß sich so viel befinden, um ganz London für ein volles Jahr zu überschwemmen!«

»Oder zumindest die Mitglieder von White's**«, entgegnete der Gentleman ironisch.

»Und was für eine Organisation! Wie rasch alles abgewickelt wird! Die Königliche Marine sollte die Methoden dieser Burschen genauestens untersuchen, um die eigenen Geschützmannschaften besser unter Kontrolle zu haben!«

»Sehen Sie den dort, den mit der blauen Mütze, der etwas abseits am Ufer steht?« Mr. Sidmouth kam mir mit seinem Gesicht näher, sein linker Arm wies vor meiner Nase in eine bestimmte Richtung, um mir den Mann zu zeigen. »Das ist Davy Forely, der Anlandungsaufseher; und an der ganzen Küste von Dorset ist kein besserer Aufseher zu finden.«

»Und was, bitte, hat dieser Aufseher bei der Anlandung zu tun?«

»Das ist ein Mann, der vom Schmuggelkapitän angestellt ist, die Leute an Land zu organisieren«, sagte Mr. Sidmouth geduldig. »Er heuert sie an, bezahlt sie und sorgt dafür, daß sich alle ganz der Sache verschreiben.«

* Wenn französischer Cognac an die Küsten Englands gelangte, hielt man ihn für »unreif«, da er farblos war. Die Schmuggler vermischten ihn gewöhnlich mit gebranntem Zucker, um ihm jenen tiefgoldenen Ton zu geben, den die Engländer erwarteten. Wahrscheinlich verdünnten sie ihn auch noch mit Wasser. – *Die Herausgeberin.*

** Ein exklusiver Herrenclub in der Londoner Pall Mall. – *Die Herausgeberin.*

»Ich hätte nicht geglaubt, daß dieses Geschäft derart ausgeklügelt ist, daß es sogar eine solche Rangordnung gibt«, erwiderte ich. »Ihre Kenntnisse von dem Ganzen können Ihnen nicht zur Ehre gereichen.«

Er blickte mich ein wenig überrascht an. »Ich kenne diese Männer schon seit ein paar Jahren und kann sie wohl die ehrlichste Bande von Schurken im ganzen Königreich nennen. Ich selbst sah mich einmal gezwungen, von ihrer Tüchtigkeit und ihrem perfekten Zusammenspiel Gebrauch zu machen. Wann immer ich ihrer bedurfte, waren sie mir zu Diensten, und sie haben mir mehr als einmal das Leben gerettet. Ich wäre ein wahrer Flegel, wenn ich ihnen nicht das gebührende Lob zukommen ließe.«

»Mr. Sidmouth ...«, setzte ich etwas verstört über seine Rede an. Doch als ich einen Mann mit blauem Umhang am Kiesstrand entdeckte, der sich auf einen Spazierstock stützte und das Geschehen mit Zufriedenheit betrachtete, blieben mir die Worte im Halse stecken. Es handelte sich zweifellos um Captain Fielding, und neben ihm befand sich in der dunklen Dämmerung ein Mann, den ich noch nie zuvor gesehen hatte – ein kleiner, hagerer Kerl mit dicken Augengläsern und einer hervorstehenden Unterlippe, der wie mit Froschaugen gebannt auf die Vorgänge am Ufer blickte. Gerade als ich den Captain und seinen eigenartigen Begleiter wahrgenommen hatte, hob der letztere auch schon den Arm, als wolle er ein vorher abgesprochenes Signal geben. Darauf erscholl ein Schrei, der Tote hätte zum Leben erwecken können, und ein Trupp Dragoner ritt in den hellfarbigen Uniformen der Krone Hals über Kopf mit aufgepflanzten Bajonetten zum Strand hinunter in die Menge der lastentragenden Schmuggler hinein.

»Gütiger Gott!« rief ich und vergaß mich im Tumult des Augenblicks selbst, »sie werden sie niederreiten!«

Ohne zu fluchen oder zu zögern, band Mr. Sidmouth sein Pferd los, sprang auf den Rücken des edlen Tieres und stürmte die Cobb bis zum Ende des Ufers hinunter, wobei sein schwarzes Haar hinter ihm herflatterte. Er ritt mitten in den Trupp Dragoner und kämpfender Männer hinein und fuhr mit seiner Peitsche nach rechts und links dazwischen. Ganz entgeistert über sein Tun, blieb ich mit offenem Mund auf der Promenade stehen. Die Soldaten des Königs waren nämlich bewaffnet, und ich nahm an, daß Sidmouth keine Waffen bei sich trug, ebenso wie die Schmuggler unbewaffnet sein mußten – denn das wurde mit dem Tode bestraft, wie ich wußte. Zur Verteidigung ihres illegalen Handels standen ihnen nur Knüppel zur Verfügung, die sie nun schwangen. Doch Kugeln und Schießpulver erwiesen sich bald als übermächtig, und selbst die härtesten Kerle der Mannschaft sahen sich zur Aufgabe gezwungen und schlurften nun niedergeschlagen an Captain Fielding vorbei, der voller Triumph dastand. Ich konnte die weiteren Folgen des Handgemenges erst zum Schluß hin beobachten, da ich, wie ich gestehen muß, zuallererst auf Geoffrey Sidmouth und sein nach vorn preschendes Pferd geschaut hatte.

Sidmouth bahnte sich einen Weg durch das Gedränge und ritt zum Aufseher Davy Forely, der seinen in die Flucht geschlagenen Männern Befehle zurief. Sidmouth packte den Mann hinten an seinem Hemd und zog ihn zu sich hinauf aufs Pferd. Ein Schrei und ein Peitschenknall, der Hengst machte einen Satz nach vorn und galoppierte aus dem Getümmel davon. Doch Sidmouth sollte nicht so einfach entkommen. Captain Fielding hatte ihn genau beobachtet und beauftragte nun drei Dragoner, ihm nachzusetzen. Sie hatten ihre Waffen gesenkt und holten ihn unter lauten Zurufen an ihre Pferde ein. Forely stieß Flüche aus und schlug den Verfolgern ins Gesicht; der Hengst wieherte und bäumte sich auf, als Sidmouth an den Zügeln riß. Während ich diese Szene beobachtete, drehte sich der Herr von High Down Grange im Sattel um, zog einen Revolver aus seinem Rock und zielte damit, Gott sei Dank, in die Luft. Ein einziger Schuß wurde abgeben, der über dem dumpfen Klang der Knüppel und gemeinen Flüche verhallte. Unglaublicherweise blieben die Dragoner jedoch wie angewurzelt auf der Stelle stehen. Mr. Sidmouth ist durch und durch ein Gentleman, den man mit den Bandenmitgliedern nicht auf eine Stufe stellen konnte. Im Gegensatz zu ihnen war bei ihm der Besitz einer Feuerwaffe kein Verstoß gegen das Gesetz; dennoch waren die Männer des Königs verblüfft. Nur einer von ihnen legte seine Benommenheit ab und setzte seine Donnerbüchse an. Obschon Sidmouth wieder die Kontrolle über das Pferd erlangt hatte und vom Strand zu fliehen versuchte, gab der Dragoner einen Schuß ab. Ich sah, wie Forely vor Schmerzen seinen Rücken krümmte und seine Zähne derart zusammenpreßte, daß sich sein Gesicht zu einer schrecklichen Grimasse verzog. Eine Sekunde lang hielt ich den Atem an und war mir sicher, daß der Aufseher bald von dem auf und nieder wippenden Rücken des Hengstes gleiten würde; doch seine Kraft war größer als seine Qualen, und er klammerte sich noch enger an Sidmouth, der sein Pferd mit einem wilden Fluch den Hügel hinaufjagte. Schon nach kurzer Zeit hatten er und sein Begleiter die Straßen der Stadt erreicht und dic Dragoner weit hinter sich gelassen. Bald waren sie meinem Blickfeld entschwunden.

Ich stieß einen zitternden Seufzer aus und war erstaunt darüber, daß mein Herz so raste. So gut ich konnte, versuchte ich, Klarheit in das Durcheinander in meinem Kopf zu bringen – bis ich mich daran erinnerte, wie unschicklich es für mich war, einem solch rauhen Geschehen beizuwohnen, und mich umdrehte und über die Promenade in den Schutz von Wings Cottage eilte. Mir war es gleich, ob Captain Fielding die schweigsame Gestalt hoch über den kämpfenden Männern bemerkt hatte – mir war gleich, ob er sich fragte, was er von meinen Absichten und meinem Anstand zu halten hatte – mich erfüllte einzig bitterer Zorn gegen diesen Mann, und ich wußte um alles in der Welt nicht, wie ich ihn wieder eindämmen sollte. Der Captain hatte jedoch nur das getan, was jeder Mann von Ehre und mit gesunden Prinzipien tun *mußte.* Er hatte am Abend zuvor genau an jener Stelle vor der Cobb das Versenken der Ladung beobachtet und bei nächster Gelegenheit der Zollbehörde davon Bericht erstattet. Nachdem die Dragoner solch hervorragende Hinweise, wie Captain Fielding sie zu geben wußte, erhalten hatten, hätten sie schon sehr säumig sein müssen, wenn ihnen die Schmuggler entschlüpft wären. Und dennoch sah alles eher danach aus, als hätte man den Freihändlern eine Falle gestellt, um ihnen lediglich einen Stoß zu versetzen – ein ziemlich dürftiges Geschäft, das meiner Meinung nach eher dafür sprach, daß der Mann um jeden Preis seine Überlegenheit genießen wollte.

»Aber Sidmouth ist noch in Freiheit«, murmelte ich vor mich hin, als ich das Gartentor öffnete, »obgleich *er* zweifellos der Reverend ist.« Ich eilte den Weg hinauf und war zutiefst traurig und zugleich erfreut über seine tadelnswerte Kühnheit. Ich öffnete die Tür zum Cottage, trat ein und wurde von meiner sprachlosen Mutter empfangen. Ich blieb stehen und errötete.

»Was trägst du da um deine Schultern, mein Kind? Und wohin warst du in solch einem Aufzug unterwegs, zu solch früher Stunde?«

»Ich habe einen Spaziergang auf der Promenade gemacht, Mutter«, antwortete ich und bemerkte den Schmugglerumhang, der mir den Rücken wärmte. »Es ist eine solch herrliche Septembermorgendämmerung, ich konnte nicht im Haus bleiben.«

»Sieh zu, daß du Cassandra rechtzeitig für die Kutsche weckst«, rief sie mir nach, als ich die Stufen hochlief. Ihre Verwirrung über mein Gewand überschattete meine eigentliche Sorge. Ich winkte der guten Frau mit einer Hand zu und eilte in mein behagliches Zimmer – und ich spürte mit jedem Atemzug in meiner Lunge die berauschenden Düfte von Pfeifentabak und Brandy, die in der feinen englischen Wolle hingen.

Kapitel 8
Gefühl oder Verstand?

Freitag, 14. September 1804

Es ist beinah eine Woche her, daß ich abends dieses Tagebuch aufgeschlagen habe, und so viele wichtige Dinge haben sich inzwischen ereignet. Ich habe von Cassandra einen Brief aus Weymouth erhalten, in dem sie über die Einschiffung der königlichen Familie berichtete (der Eliza und sie nicht beiwohnen konnten, da sie in einem Putzmachergeschäft zu tun hatten) und beschreibt, daß in der ganzen Stadt kein Eis zu bekommen war, um ihre Kopfschmerzen lindern zu können. Ich hatte schon zuvor von beiden Umständen erfahren, weil sich Mr. Crawford gestern nach Weymouth begeben hatte und Cassandra dort begegnet ist, und da er uns versichern konnte, daß sie sich wohlauf zu befinden schien und guter Dinge war, vergaß ich beinah den Kummer über unsere Trennung, ein Gefühl, das auch ihr sicherlich zu schaffen macht. Doch sie klingt so fröhlich, wie es jemandem möglich ist, dem die Vergnügungen von Lyme und die Gesellschaft der Schwester verwehrt sind, ganz zu schweigen von Mr. Dagliesh hinwendungsvoller Besorgnis. Ich hätte allen Anlaß, über *jenen* Gentleman, der über Cassandras Abwesenheit ziemlich niedergeschlagen ist, an sie zu schreiben, doch ich nahm davon Abstand. Schließlich bin ich mir sicher, daß sich meine liebe Schwester und der junge Arzt kaum jemals wieder begegnen werden. Es wäre sehr ungeschickt von mir, wenn ich sie von seiner unverminderten Hochachtung unterrichten würde, wo sie sich doch so einsam fühlt und nicht bei bester Gesundheit ist. Als ich ihr heute Vormittag den Antwortbrief schrieb – den ich nach Ibthorpe sandte, wo sie mit Henrys Kutsche heute abend vermutlich eintreffen werden –, schilderte ich lebhaft den allgegenwärtigen Schmutz in Wings Cottage, den schludrigen Koch und meine unzulänglichen Bemühungen, Cassandras Stelle auszufüllen, mich nützlich zu machen und für Ordnung zu sorgen. Ich berichtete ein wenig über unseren Diener James, einem bereitwilligen und gutherzigen jungen Burschen, der so ernsthaft seine Bücher studiert, daß ich ihm von nun an die alten Zeitungen meines Vaters zukommen lassen werde. Ich erwähnte auch meinen Ausflug nach Charmouth, wo ich das Wagnis auf mich nahm, im Meer zu baden.

Anschließend beschrieb ich ihr den gestrigen Ball – der zwar vergnüglich, aber für einen Donnerstag nicht sehr gut besucht war. Die Misses Schuyler sind für ein paar Tage fortgefahren, und auch wenn sie bald wieder zurück sein werden, so haben sie ohnehin vor, Lyme in der nächsten Woche endgültig zu verlassen, wie ich von Mrs. Barnewall erfuhr. Ich hatte die Ehre, gleich *zweimal* von Mr. Crawford zum Tanz aufgefordert zu werden, der über den Mangel an jungen Männern im Ballsaal sehr betroffen war. Wenngleich ein neuer, merkwürdig aussehender Mann in Begleitung der Ehrenwerten Barnewalls – meiner Meinung nach ein Ire, so ungezwungen, wie er auftrat – mich vielleicht aufgefordert hätte, doch da verließ ich gerade den Saal.

Mr. Dagliesh war gleich zu Beginn des Balls anwesend, bis er von Mr. Carpenter herausgerufen wurde, denn er sollte schleunigst ein Kind behandeln, das sich in einem Trog mit heißem Spülwasser verbrüht hatte. Als ich den Tanzsaal betrat, war mir unter den Besuchern zunächst nur der Assistenzarzt als Bekannter aufgefallen – er eilte auf mich zu, nahm erst meine Hand und erkundigte sich dann nach Neuigkeiten von meiner Schwester, bis Mr. Crawford hinzukam.

»Die Flucht vor Ihrer Behandlung scheint ihr außerordentlich gut zu bekommen, Dagliesh«, sagte Mr. Crawford humorvoll und blickte den errötenden Herrn vielsagend an. »Ich hatte das große Glück, heute vormittag in Weymouth Miss Austen und ihre Begleitung wiederzusehen. Sie hat sich gut erholt. Erst vor ein paar Stunden konnte ich ihrer ganzen Familie diese frohe Kunde überbringen.«

»Froh, in der Tat, die Gesellschaft einer solch reizenden Person genossen zu haben«, murmelte Dagliesh etwas abwesend vor sich hin. »Ich höre mit Erleichterung, daß Miss Austens Reise nicht zu einer Verschlechterung ihres Befindens geführt hat.«

»Die Kutsche meines Bruders ist so vortrefflich, und die Pferde sind so sanft, daß ich sicher bin, die Fahrt entlang der Küstenstraße verlief ohne einen Zwischenfall«, versicherte ich ihm. »Es tat uns leid, Mr. Dagliesh, daß Sie meiner Schwester nicht *adieux* sagen konnten. Doch die Abreise konnte nicht aufgeschoben werden, da sie von den Wünschen und Bedürfnissen anderer abhing. Und Sie hatten doch versprochen, daß Sie sie an jenem Tag gleich sehr früh aufsuchen würden.«

Der junge Mann geriet ins Stottern, sah verwirrt aus und schien innerlich so verzweifelt zu sein, daß es mir sofort um ihn leid tat. »Doch ein Arzt kann den Tag nicht nach seinen Vorstellungen einteilen, das verstehen meine Schwester und ich sehr gut. Sie waren wahrscheinlich nicht in der Lage, eher zu kommen.«

Mr. Dagliesh war in höchster Eile zwei Stunden nach Cassandras Abfahrt ganz durcheinander in Wings Cottage eingetroffen. Seiner Enttäuschung entnahm ich, daß er von einem unvorhergesehenen Ereignis aufgehalten worden war – und daß er völlig verärgert darüber war, sich nicht von ihr verabschiedet zu haben. So wie er nun den Vorfall bedauerte, fand ich meine Vermutung bestätigt.

»Ich wurde plötzlich gerufen – jemand hatte sich verletzt – und da kein anderer zur Stelle war ...«, sagte er etwas abgehackt. »Nur der äußerste Notfall hätte mich davon abhalten können, Miss Austen meine Aufwartung zu machen. Ich bitte Sie, ihr das bei allernächster Gelegenheit auszurichten, und ich werde mich nach diesem Versuch einer

Wiedergutmachung besser fühlen. Die Nachricht über ihr Wohlbefinden tröstet mich ein wenig; das ist alles, was ich mir gewünscht habe.«

»Sie sind zu gut«, sagte ich freundlich. »Ich bin sicher, daß Ihre tiefempfundenen Wünsche ihre Genesung gefördert haben.«

Der arme Mann war von dieser Bemerkung so überwältigt, daß er für mehrere Augenblicke nichts anderes wahrnehmen konnte. Er sammelte sich dann wieder und bat mich um den ersten Tanz, wurde aber kurz darauf fortgerufen, so daß sich unsere fröhliche Stimmung – meine in Anbetracht der Tatsache, so schnell aufgefordert zu werden, seine bei der Aussicht, sich eine volle halbe Stunde ausschließlich über Cassandra unterhalten zu können – schnell zerschlug.

Die Gesellschaft wurde durch das Auftauchen von Miss Lucy Armstrongs Eltern etwas belebt – belebt insofern, als man beobachten konnte, wie wenig Miss Crawford sie leiden konnte. Die Armstrongs waren aus Bath gekommen (mit der schrecklichen Postkutsche), einzig um die arme Lucy ihrer Sommeridylle zu entreißen – und auf mein Wort, verglichen mit ihrer sonstigen Gesellschaft, muß es ein Paradies mit all seinen Versuchungen gewesen sein –, denn die Eltern haben einen vulgären Zug an sich, der einem sofort in die Augen sprang. Mrs. Armstrong trug ein Kleid aus grellgelber Seide, das mit Perlen besetzt war, die sich über die ganze Länge ihrer beträchtlichen Schleppe* hinzogen – eine für die Jahreszeit und insbesondere für Lyme unpassende Aufmachung. Auch bei näherer Bekanntschaft mit der Dame gewann diese nicht, denn als ich gestern vormittag Lucy besuchte – sehne ich mich doch ohne meine Schwester nach weiblicher Gesellschaft –, saß

* Die Länge der Schleppe einer Frau richtete sich nach ihrer Vorstellung von Eleganz; Jane Austen teilt ihren vulgären Figuren immer eine lange Schleppe zu, so wie Isabella Thorpe in *Die Abtei von Northanger*. – *Die Herausgeberin.*

Mrs. Armstrong auf ihrem Platz und stopfte während meines ganzen Aufenthalts dort ununterbrochen an einem Strumpf. Dabei schien sie ganz mit Selbstgesprächen über das unzulängliche Hausmädchen von Miss Crawford beschäftigt zu sein und brachte mehrmals ein paar laute Worte und heftige Seufzer hervor. Ich glaube kaum, daß sie mehr als ein halbes Dutzend Wörter unserer Unterhaltung verstand. Meine eigene Mutter ist kaum besser, ist sie doch ähnlich geübt in Selbstgesprächen, und ich muß mich davor hüten, mich über die Gewohnheiten *anderer* lustig zu machen, sonst schlägt es noch auf mich zurück.

Miss Armstrong und ich verließen schon bald ihre Eltern und unternahmen einen Spaziergang zur Cobb. Unsere Gemüter hellten sich dank der Bewegung und der Freude über unsere Gesellschaft nach kurzer Zeit auf. Das Mädchen kann mir zwar Cassandra nicht recht ersetzen, doch ihre Intelligenz gewinnt an Schärfe, je weiter sie sich von Miss Crawfords spitzer Zunge entfernt. Sie ist auf gewöhnliche Art unterhaltsam, auch wenn ich weder Geist noch Begabung an ihr bemerke. Lucy verfügt über einigen Verstand und auch einen gewissen Grad an Geschmack. Im Gegensatz zu ihrer Mutter und ihrer Tante ist ihr Auftreten höchst einnehmend. Ich muß vermuten, daß Mr. Sidmouth sie wegen eben jener Eigenschaft – ihrem angenehmen Wesen – so anziehend findet; denn daß er sie bewundert – auch wenn ich mir nicht sicher bin, in welchem Maße –, das zeigt sich an der Aufmerksamkeit, die er ihr schenkt.*

Mir war es vergönnt, den schurkischen Gentleman von High Down Grange beim gestrigen Ball zu beobachten.

* Fast wörtlich kann man einen Großteil der Beschreibung der zurückliegenden Tage und des Bekanntenkreises der Austens in Lyme in dem noch erhaltenen Brief finden, den die Autorin am Vormittag des 14. Septembers 1804 an Cassandra schrieb. Ihr Tagebuch enthielt keine Abschrift dieses Briefes, er ist aber in dem gesammelten Briefen enthalten (*Jane Austen's Letters.* Hrsg. von Deirdre LeFaye. 3. Auflage. Oxford: Oxford University Press 1995, Brief #39, S. 92). – *Die Herausgeberin.*

Mr. Sidmouth tauchte gegen Ende des Abends auf, lange nachdem mein Vater mit James und Laterne nach Wings Cottage aufgebrochen war – denn er war in seinen Hoffnungen beim Kartenspiel enttäuscht worden, und da sich meine Mutter weiter nach Unterhaltung sehnte, sah sich Captain Fielding genötigt, wieder als *le Chevalier* aufzutreten und galant auf ihre Bitte einzugehen, mit ihr am Tisch zusammen zu spielen. Im Laufe des Abends teilten sie sich den Gewinn – wie ich fürchte ein Beleg für Captain Fieldings überlegenen Verstand, denn wenn meine Mutter mit einem anderen zusammen spielt, der ähnlich unaufmerksam wie sie ist, dann triumphiert sie selten so ungewöhnlich.

Doch nun zu Mr. Sidmouth – der, wie ich festhalten muß, die große Kaltblütigkeit besitzt, sich vor jenen Menschen zu zeigen, die vor ein paar Tagen im Morgengrauen seine erfochtene Flucht beobachtet haben müssen. Er wirkte so kühl und gefaßt wie immer und verbeugte sich mit kalter Höflichkeit zu Captain Fielding hin. Da ich schon für die ersten beiden Tänze an Mr. Crawford vergeben war, forderte er bald Miss Armstrong auf, die sein Angebot äußerst erfreut annahm. So einen Tanzpartner wie ihn konnte man sich nur wünschen. Er tanzte gut, verwechselte nicht die Schritte und trat auch nicht auf ihre blaßblauen Schuhe. Er war bemüht, eine Unterhaltung anzuknüpfen. Den Wortfetzen, die an mein Ohr drangen, entnahm ich, daß er von allgemeinen Dingen sprach; seine schöne Tanzpartnerin jedoch schien von der Tatsache, daß er sich ihr überhaupt zugewandt hatte, mächtig überwältigt. Ich bemerkte, daß sie die meiste Zeit ganz von seiner Gegenwart eingenommen war. Ständig schlug sie die Augen nieder, und an ihrem Hals zeigte sich eine auffallende Röte. Ach! Die zarte Empfindsamkeit der Neunzehnjährigen!

Ich wünschte, ich könnte an mir einen Anflug von Neid auf Miss Armstrong bemerken. Ich würde gern die Allüren einer gekränkten Heldin annehmen und vor mich hin schmachten in unerfüllter Liebe zu dem einen oder anderen jener Herren, die meine Wege kreuzen. Doch sie ist viel zu blaß als Person, als daß sie eine Konkurrenz für mich darstellen könnte. Wenn ich die Sache recht überdenke, so bin ich überzeugt, daß Mr. Sidmouth ihre Gesellschaft so genoß wie die einer Blume, die er am Wegesrand gefunden hatte – denn in seinem Blick lag kaum eine Spur von aufwallenden, tiefen Gefühlen. Er gehört nicht zu jenen Männern der schnellen Leidenschaft.

»Sidmouth!« rief Mr. Crawford, als er am Ende des Tanzes auf den Freund zuging. »Wie kommt es, daß Ihre reizende Cousine heute abend den Ballsaal nicht schmückt? Ich erinnere mich ebenfalls nicht daran, daß sie letzte Woche hier weilte, auch nicht die Woche davor, wenn ich es recht bedenke. Das ist sehr schlecht von Ihnen! Wenn Lyme auch nur den Hauch echter Eleganz besitzen soll, sind wir auf Mademoiselle LeFevre *angewiesen*!«

»Ich bedaure sehr, daß meine Cousine heute abend unpäßlich ist«, entgegnete Sidmouth mit einer leichten Verbeugung etwas formell, »doch ich werde sie von Ihrer Enttäuschung in Kenntnis setzen, was sie sehr erfreuen wird.«

»Sie *muß* ausgehen. Es ist schon eine ganze Weile her, seit ich sie gesehen habe – genauer gesagt, von ihrem Gesang entzückt wurde! Kommen Sie schon. Sie können sie nicht auf so stupide Weise zu Hause festhalten«, sagte Crawford und blickte mich heiter an. »Ich gebe Samstagabend eine kleine Dinnergesellschaft – eine Art Abschied für meine Lucy –, und Sie werden beide kommen. Mademoiselle LeFevres Unpäßlichkeit wird doch in vierundzwanzig Stunden hoffentlich abgeklungen sein?«

»Das kann ich nicht genau sagen. Doch ich werde sie vor die Wahl stellen – und sehen, ob die Reize von Darby jene von High Down Grange übertreffen.«

»Ausgezeichnet! Ich werde extra dafür ein Dutzend Enten ordern – Mademoiselle kann nämlich kein Dinner in Darby ausschlagen, da bin ich mir sicher. Natürlich werden die Austens auch kommen«, sagte er mit einer Verneigung vor mir, »und ein oder zwei andere Gäste. Ausgezeichnet!«

So verließ uns Mr. Crawford, sprach anschließend weitere Einladungen aus und lieferte mich so auf Gedeih und Verderb Mr. Sidmouth aus, der mich mit einem kaum wahrnehmbaren Lächeln eingehend betrachtete.

»Heute abend tragen Sie aber nicht das Kleid Ihrer Schwester«, bemerkte er, »auch wenn Ihnen das Rosa gut stand und Ihr eigenes weißes Musselin noch entzückender ist, so sehe ich Sie doch immer noch vor mir, wie Sie an jenem Morgen vor einigen Tagen erschienen sind – wie eine Sirene auf einem Fels, Ihr im Wind wallendes Haar, der geliehene Umhang, den Sie mit Ihren Armen eng um sich schlangen.«

Ich errötete heftig – und verwünschte meine verräterischen Wangen, die nur allzuoft rot anlaufen und der Fluch meines Lebens sind. Sidmouth sprach so offen – seine Worte besaßen eine Wärme –, daß ich beinahe all meine Stärke verloren hätte. Doch ich erinnerte mich rechtzeitig daran, wie wir an jenem Morgen auseinandergegangen waren. Das gab mir Kraft, ihm in die Augen zu blicken.

»Ich kann jene Episode nicht so schnell vergessen!« rief ich. »Sie hätten besser Ihren Umhang behalten, um Ihre Schande damit zu bedecken! Ihr Verhalten war so verwerflich – Ihr offenkundiges Interesse an den Machenschaften der Schmuggler –, und nun *stolzieren* Sie Abtrünniger vor der ganzen Gesellschaft von Lyme *auf und ab*, und das völlig ungestraft – das ist in jeder Hinsicht unglaublich!«

Sein Gesichtsausdruck wechselte; seine dunklen Augen leuchteten nicht mehr so intensiv und wirkten fern. »Ich kann mir nichts vorwerfen«, erklärte er mir. »Ich verhielt mich wie jeder ehrenhafte Mann, wenn ein Freund in Gefahr ist. Ich würde wieder so handeln, wenn die Umstände es erfordern sollten.«

»Ein Freund! Sie nennen solch einen gewöhnlichen Verbrecher einen *Freund*?«

»Ja«, entgegnete er mit verbissener Miene. »Ich bezeichne jeden als Freund, der im gegebenen Fall, ohne zu zögern, sein Leben für mich aufs Spiel setzen würde. Davy Forely hat das bei mehreren Anlässen, die ich aufzählen könnte, unter Beweis gestellt. Meine eigenen Anstrengungen, ihn vor der Festnahme zu bewahren, sind nichts im Vergleich zu dem, was ich ihm schuldig bin.«

»Das erstaunt mich! Erfordert der Anspruch, ein Gentleman zu sein, der Anspruch Ihres Heimatlandes und, jawohl, Ihrer Respektabilität und Ihrer Stellung im Leben – erfordern diese Ansprüche nicht, daß Sie Ihre Haltung überdenken?«

Mr. Sidmouth verneigte sich und schwieg. Seine Miene zeigte mir jedoch deutlich, daß er mit seinen Gefühlen zu kämpfen hatte. Ich spürte, daß meine Worte und die Wahrheit, die sich hinter ihnen verbarg, sein kaltes Herz getroffen hatten. Ich glaube wirklich, daß er noch etwas gesagt hätte, wenn nicht in jenem Moment Captain Fielding zu uns getreten wäre und mich, Sidmouth kaum eines Blickes würdigend, um den nächsten Tanz gebeten hätte – einen Kotillon*. Ich war so entrüstet, daß ich die Aufforderung bereitwillig annahm. Als ich mich umdrehte, um Sidmouths Reaktion auf meinen Triumph zu beobachten, war er schon durch den Saal geschritten und hatte sich der nun überglücklichen Miss Armstrong und Mrs. Barnewall angeschlossen.

Obwohl Captain Fielding eine halbe Stunde lang versuchte, meine Aufmerksamkeit zu gewinnen, und seine Intelligenz mit aller Kraft unter Beweis stellte, obwohl er mir

* Ein flotter Tanz mit komplizierten Figuren und häufigem Partnerwechsel. In den Tanzsälen wurden weiterhin das Menuett gespielt – gewöhnlich zur Eröffnung des Balls –, die Ecossaise, der Kontertanz und eine Reihe von schottischen und englischen Volkstänzen. Der Walzer, der damals als »schneller« Tanz galt, fand 1812 zum erstenmal seinen Weg nach London, und die Quadrille – eine Art Square dance in fünf Sätzen mit unterschiedlichen Tempi – tauchte 1816 zum erstenmal dort auf. – *Die Herausgeberin.*

übertriebene Komplimente machte und mich über jede andere Besucherin des Ballsaals erhob, waren meine Gedanken bedauerlicherweise an einem anderen Ort, und meine Augen wanderten allzuoft in der Menge umher.

»Sie wirken so durcheinander, Miss Austen. Sie sind höchst durcheinander«, bemerkte der Captain nach mehreren Versuchen, ein Gespräch anzuknüpfen.

»Bitte vergeben Sie mir«, erwiderte ich ein wenig reuevoll und blickte nun in sein vom Wetter gegerbtes Gesicht. »Mir gehen lediglich einige Ereignisse durch den Kopf, die ich vor einigen Tagen erlebt habe.«

»Ah. Ich erinnere mich. Als Sidmouth seine wahre Natur zeigte, waren Sie dort, auf der Promenade. Ich habe beobachtet, wie Sie voller Schrecken Zeuge seines schäbigen Verhaltens wurden.«

»Ich streite nicht ab, daß ich *damals* völlig erstaunt war; doch *nun* versetzt mich sein Auftreten hier noch mehr in Erstaunen! Er wirkt so unbekümmert, dabei kennt ganz Lyme seine wahre Identität, seinen skrupellosen Lebenswandel!«

»Ich stimme Ihnen zu. Es ist in jeder Hinsicht unglaublich!« sagte Captain Fielding nüchtern. »Doch von einem Mann wie Sidmouth erwarte ich nichts anderes. Er trägt derart bösartige Neigungen in sich – seine Grundsätze sind durch und durch verdorben –, daß ihm selbst das offene Bekenntnis zum Bösen nichts ausmacht.«

»Kann er sich denn so vergessen?« rief ich ganz ungläubig, daß es einen solchen Menschen geben sollte.

»Ja, das kann er.« Captain Fieldings Beteuerung hätte in meinen Ohren annehmbarer geklungen, wenn sie nicht mit einer solchen Genugtuung vorgetragen worden wäre. »Aber Lyme wird seine Unverschämtheiten nicht mehr lange erdulden müssen.«

Ich hätte mich beinah in der Schrittfolge vertan, doch ich fing mich wieder und wandte mich erneut meinem Tanzpartner zu. »Sie werden ihn also festnehmen lassen?

Warum haben Sie das nicht schon an jenem Morgen getan?«

»Das wäre nur ein halber Erfolg gewesen«, entgegnete der Captain mit leiser Stimme. »Würde man den Reverend mit weniger Umsicht ergreifen, dann blieben seine Verbündeten in Freiheit und könnten sich weiter dem Freihandel* zuwenden.«

»Ich meinte, daß die Männer am Strand von den Dragonern gefaßt worden wären!«

»An jenem Morgen waren unsere Bemühungen umsonst«, gab der Captain unwillig zu. »Als die Fässer untersucht wurden, enthielten sie nur gewöhnliches Bier, das aus dem ›Goldenen Löwen‹ stammte. Nein, Miss Austen – der Reverend hat schließlich gewonnen. Mr. Cavendish, der oberste Zollbeamte von Lyme, glaubt, daß die eigentliche Fracht bereits in den frühen Morgenstunden von Bord geholt worden ist. Das Geschehen, daß Sie gegen Morgengrauen verfolgen konnten – und bei dem die Dragoner so heftig eingriffen –, war nichts als eine Falle, ein Ablenkungsmanöver für die Justizbehörden. Wir konnten niemanden festnehmen, da es sich um das Abladen einer Fracht Bier handelte. Überdies mußten wir den Männern für die Verletzungen während des Handgemenges unangenehmerweise Schadenersatz leisten.«

»Ich bin absolut erschüttert«, sagte ich leise, auch wenn ich das peinliche Verlangen verspürte, in Gelächter auszubrechen. Ich erinnerte mich daran, wie zerzaust Mr. Sidmouth ausgesehen hatte, und daß ich überzeugt war, er hätte die ganze Nacht draußen zugebracht. Der Mann verdiente abgrundtiefe Verachtung. Seine Prahlerei und sein forsches Auftreten überschritten jedes Maß.

»Doch wir werden unseren Mann schon fassen«, fuhr

* Die Schmuggler nannten ihre illegalen Geschäfte *Freihandel*, da ihnen daran lag, die Waren ohne die unzähligen, hohen Zollgebühren, die für den Großteil der Güter zu zahlen waren, nach England zu transportieren. – *Die Herausgeberin*.

Captain Fielding fort. »Wir haben erfahren, daß in ein paar Nächten ein Boot anlanden wird, und Cavendish wird bereitstehen. Mr. Sidmouth wird ein sehr kleines Seil abkriegen, und um deutlicher zu sein, am Ende des Seils wird sich eine Schlinge befinden.«

Ich verstand Captain Fieldings triumphierende Gefühle, doch ich konnte mich nicht darüber freuen. Kurz darauf war der Tanz zu Ende, und mit einer gewissen Erleichterung verließ ich den Zollspion, auch wenn ich mich für meine gegensätzlichen Gefühle schelten mußte. Die grundsätzliche Wahrheit, all das, was Recht ist, befand sich deutlich auf Captain Fieldings Seite. Dennoch nahm ich seine Beflissenheit, einen Mann an den Galgen zu bringen, mit einigem Unbehagen auf. Ganz gleich, in welchem Maße Geoffrey Sidmouth durch die jahrelange heimliche Einfuhr von Waren die Krone um den Zoll betrogen hat, so glaube ich nicht, daß er dafür den Tod verdient. Gibt es aber eine andere Wahl? Sollte man das Gesetz brechen dürfen, einzig weil man es mit einem gewissem Stil tat? Jane, Jane! Wo ist nur dein tiefes Gerechtigkeitgefühl geblieben? Vergessen wegen eines Mannes mit goldener Zunge und spöttischem Blick?

Ich war innerlich so verwirrt, daß ich meine Mutter nach dem Tanz aufsuchte und sie bat, schon jetzt mit mir nach Hause aufzubrechen. Auch wenn mich die Tatsache tröstete, daß Mr. Sidmouth ebensowenig meine Gesellschaft genießen konnte wie ich die seine, so nehme ich nicht an, daß für ihn dieser Umstand ähnlich quälend war. Der Mann kann einen zum Wahnsinn treiben! Warum kann ich dich nicht aus meinen Gedanken streichen?

Kapitel 9

Le Chevalier stürzt aus dem Sattel

Montag, 17. September 1804

Während ich diese Worte zu Papier bringe, zittert meine Hand, und ich fürchte, daß diese Seite dadurch recht entstellt wird. Ich kann weder meiner inneren Unruhe nachgeben noch den Neuigkeiten Glauben schenken, die ich erfuhr – doch besänftige dich, Jane! Besinne dich auf dein besseres Selbst! Bemühe dich, zur Ruhe zu kommen, die Ereignisse wohl zu durchdenken und dich inmitten deiner inneren Zerrüttung mit den Begebenheiten abzufinden ...

Aus diesem Grunde muß ich gedanklich zurückgehen zu Mr. Crawfords Wohnsitz Darby und dem ausgezeichneten Dinner, welches jener Gentleman zu Ehren seiner Nichte Lucy Armstrong gab – denn nur, wenn ich die *Vorboten* der Gewalt bedenke, werde ich auch ihre *Folgen* besser verstehen. Verbanne den friedlichen Samstag und den angenehmen Gottesdienst in St. Michael's in der Church Street. Vergiß das herrliche Wetter und den gestrigen Spaziergang im Sonnenschein nach Up Lyme, wo ich zum erstenmal die Verfärbung der Blätter wahrnahm! Verbanne auch das merkwürdige Glücksgefühl über Mr. Sidmouths Aufmerksamkeiten, die er mir während der Abendgesellschaft auf Darby entgegenbrachte, wovon ich sogleich mehr berichten werde – all diese friedlichen Ereignisse werden von den schrecklichen Neuigkeiten überschattet, die uns heute vormittag erreichten!

Samstagabend bestellte mein Vater eine Kutsche, um uns die wenigen Meilen nach Darby auf der Charmouth Road zu befördern. Darby zeigte sich uns als ein freundliches Haus jüngeren Datums. Es bestand aus roten Ziegelsteinen und war, weiß abgesetzt, mit Simsen versehen. Es besaß Fenster, die an Palladios Baustil erinnerten. Davor lag eine entzückende Rasenfläche, die zu einer Seite an einen Obstgarten, zur anderen an eine Koppel grenzte, auf der sich viele Pferde tummelten. Das war der Landsitz eines Gentlemans, hübsch und wohlgestaltet. Aus dem Eingang schimmerte uns das erste abendliche Kerzenlicht entgegen.

»Reverend Austen! Und Mrs. Austen! Seien Sie versichert, es ist mir eine Freude!« rief Mr. Crawford, als er die Steinstufen hinunterschritt, um uns beim Aussteigen behilflich zu sein. Hinter ihm empfing uns seine affektiert lächelnde Schwester. In seiner roten Weste und mit seinen glänzenden, wenn auch spärlichen Haaren wirkte er äußerst prachtvoll. Miss Crawford trug, wie mir auffiel, wie immer Schwarz, auch wenn sie ihr Bombasin in Ehrerbietung für die Gesellschaft nun gegen feinste Seide ausgetauscht hatte.

»Allen ein herzliches Willkommen auf Darby«, fuhr unser guter Gastgeber enthusiastisch fort, »auch wenn ich erklären muß, Mrs. Austen, daß ich über Ihre Fähigkeiten im Kartenspiel äußerst verstimmt bin. Ich habe am Donnerstag einen solch hohen Verlust hinnehmen müssen, daß ich künftig auf jeder Gesellschaft dort Ihr Todfeind sein werde. Doch für den heutigen Abend wollen wir unsere Differenzen begraben, Madam.«

»Das ist einzig und allein Captain Fielding zuzuschreiben«, entgegnete meine Mutter, ein wenig bemüht, bescheiden zu wirken. Doch ich wußte, daß sie auf ihren Erfolg äußerst stolz war.

»Dann werden die Kartentische von Darby sicher nicht hervorgeholt werden«, erwiderte Mr. Crawford, »da der Captain schon da ist. Ich werde mich den Abend über bemühen, einen möglichen Zusammenstoß zu verhindern.«

Darauf half der freundliche Gentleman mir aus der Kutsche und ließ seinen Blick an meinem hellblauen Musselinkleid hinabgleiten. Ich gestehe, daß ich auf meine Garderobe für diesen Abend besonders viel Zeit verwendet hatte. Außerdem hatte ich meinen Hut durch einen gewagten Turban mit Feder ersetzt, so wie ihn meine Schwester Eliza getragen hatte. Erst vor ein paar Tagen hatte ich ihn bei Mr. Milsop erstanden.

»Sie sehen heute abend äußerst entzückend aus, Miss Austen. Darby wird ganz außer sich sein, daß wir alle so schön aufgemacht sind! Denn Sie müssen wissen«, vertraute mir Mr. Crawford an, »ich habe Sidmouth dazu bewegt, seine Cousine mitzubringen, die bezaubernde Mademoiselle LeFevre. Da biegen sie ja auch schon an der Auffahrt um die Ecke.«

Ich blickte zurück und entdeckte eine Karriole*, deren Zügel Sidmouth führte. Kurz darauf waren sie bei uns angelangt. Mr. Crawford eilte an die Kutschenseite, um Seraphine besser hinaushelfen zu können. Voller Bewunderung betrachtete er sie.

»Mademoiselle LeFevre! Es ist wirklich eine Ehre für Darby!«

»Es ist eine Ehre für mich«, entgegnete die Dame leise lächelnd mit niedergeschlagenen Augen. Was für eine Stimme! Wie der Klang kühlen Wassers, das über Steine rinnt. Ihr leichter, ausländischer Akzent strahlte große Ruhe aus. Sie hatte das braungelbe Baumwollkleid der Landarbeiterin abgelegt, und auch der rote Umhang war in High Down Grange geblieben. An diesem Abend war sie in ein weißes, mit Rankenmuster verziertes Batistkleid mit bescheidener Schleppe gehüllt, ganz wie es ihrem Alter und

* Eine Karriole war ein leichter, schneller zweirädriger Wagen, in dem zwei Personen Platz fanden. Gewöhnlich wurde er von einem oder zwei Pferden gezogen und konnte von einem Mann leicht gelenkt werden. Diese Kutsche galt als schick und fand besondere Vorliebe bei jungen Herren. Jane Austen läßt in dem Roman *Die Abtei von Northanger* die Gestalt Henry Tilney einen solche Kutsche führen, um ganz vollendet seine Gefährtin Catherine Morland befördern zu können. – *Die Herausgeberin*.

ihrem Stand zukam. Ihr Haar war hochgesteckt und um die Stirn in gefällige Locken gelegt. Auf dem Kopf trug sie einen Perlenreif, und um ihre Taille war eine helle, rosafarbene Schärpe geschlungen. Ich starrte sie an, bewunderte sie und konnte nicht umhin, nach Engelsflügeln an ihr Ausschau zu halten.

»Miss Austen, sicher wollen Sie Mademoiselles Bekanntschaft machen«, rief Mr. Crawford, dem wohl entfallen war, daß wir uns zuvor schon einmal begegnet waren. Ich streckte meine Hand aus und setzte ein zögerndes Lächeln auf, denn ich war mir nicht sicher, wie ich begrüßt werden würde. Doch mein Zögern erwies sich als gänzlich unbegründet. Die junge Frau nahm meine Hand in die ihre und blickte mich höchst freudig an. Dann knickste sie höflich.

»Miss Austen, Reverend Austen, Mrs. Austen – ich freue mich, Sie wiederzusehen«, sagte sie einfach. Ich wunderte mich über ihre Veränderung. Wo uns einst nur Kälte, Gleichgültigkeit und ein offenkundiges Mißfallen gegenüber Fremden entgegengeschlagen war, bemerkten wir nun den deutlichen Wunsch, freundlich zu sein und freundlich behandelt zu werden. Welchem Umstand verdankten wir nur diesen warmherzigen Empfang? Den guten Diensten ihres Cousins vielleicht?

Doch sobald unsere Gesellschaft vom Eingang des Hauses in den Salon gelangt war, sollte sich vor uns eine weitaus überraschendere Szene abspielen. Unser Gastgeber ging voraus, und wir folgten ihm auf dem Fuße, so daß Mr. Sidmouth und Seraphine erst ein paar Augenblicke später wahrnahmen, daß Captain Fielding vor dem verzierten Marmorkamin von Darby stand – eine Verzögerung, die ihr Staunen nur noch vergrößerte. Ich drehte mich um, um einen Stuhl zu nehmen, und beobachtete, wie Mademoiselle LeFevre zurückwich, ihre Wangen sich röteten und ihre Augen im Raum umherwanderten. Mr. Sidmouth war gänzlich erblaßt und blieb gleich in der Tür stehen. In seinem sonst so unveränderlichen Blick zeichnete sich aufschäumende Wut ab.

»Crawford, was hat das zu bedeuten?« platzte es aus Captain Fielding heraus, als er sich mit einer leichten Verbeugung vom Feuer abwandte und seine große Konsternation verriet – zur Bestürzung seines armen Gastgebers und der nun erstarrenden Miss Crawford.

Darauf folgte ein Augenblick bedrückten Schweigens, denn niemand fand die richtigen Worte. Ich betrachtete Mr. Sidmouth eingehend und wußte, daß er bemüht war, seine Selbstbeherrschung nicht zu verlieren. In den kalten Augen über der scharf gebogenen Nase stand pure Entrüstung, und die dunklen Augenbrauen waren zusammengezogen. Was konnte das bedeuten?

»Verzeihen Sie«, sagte er schließlich in einem Ton, aus dem alles andere als Bedauern klang, »aber ich fürchte, daß meine Cousine unpäßlich ist. Es ist uns nicht möglich, Ihrer Gesellschaft weiter beizuwohnen.«

Aus Seraphines Antlitz war tatsächlich jeder Glanz gewichen, ihr goldener Kopf hing schwanengleich nach unten. Mit einer Hand hielt sie sich im Türrahmen fest, mit der anderen stützte sie sich auf den Arm ihres Cousins. Bei den letzten Worten hob sie jedoch den Kopf und blickte mit klaren Augen durch den Raum zu Captain Fielding.

»Was meinst du damit, Geoffrey?« fragte sie mit leiser, aber bestimmter Stimme. »Ich fühle mich recht wohl. Wir sind doch soeben erst eingetroffen und haben nicht die Absicht, so schnell wieder aufzubrechen. Das wäre eine regelrechte Beleidigung den freundlichen, lieben Crawfords gegenüber.«

»Bist du sicher, Seraphine?« erkundigte sich Mr. Sidmouth so leise, daß ich es kaum verstehen konnte.

Ein kurzes Nicken, und Mademoiselle LeFevre schwebte durch den Raum auf einen neben mir stehenden Stuhl zu, der sich in sicherer Entfernung zu Captain Fielding am Kamin befand. Als dann Miss Armstrong und ihre schrecklichen Eltern, die soeben aus den oberen Gemächern herabgekommen waren, plötzlich den Salon betraten, noch dazu gefolgt von den Ehrenwerten Barnewalls, wurde die Gesellschaft glücklicherweise bald von jenem Vorfall abgelenkt.

»Meine liebste Lucy!« rief Mrs. Barnewall und fegte vor einem Herrn in den Raum, den ich zuvor noch nie gesehen hatte. Ich schlußfolgerte sofort, daß es sich um den selten in Gesellschaft weilenden Mathew handeln mußte, den Erben des Viscount-Titels von Kingsland. »Es ist nicht wahr, daß Sie uns verlassen wollen! Sir ...«, sagte sie und wandte sich mit einer verzweifelten, wenn auch gewiß in diesem Moment bewußt aufgesetzten Miene an den äußerst verblüfften Mr. Armstrong. »Sie können nicht so grausam sein, uns die Gesellschaft Ihrer Tochter zu entziehen! Miss Austen, ich muß Sie fragen, ist er nicht grausamer als alle anderen Männer?«

Mir blieb es erspart, darauf etwas zu erwidern, da Miss Armstrong selbst darauf antwortete und sich für jenen Erguß in den gewähltesten Worten bedankte, derer sie fähig war. Mrs. Barnewall kam an diesem Abend in einer Aufmachung, die einem römischen Gewand glich und eine Schulter gänzlich freigab, wohingegen die andere von mehreren Lagen blaßgelber Seide bedeckt war. Ihr Haar wurde von einem silbernen Blätterkranz gekrönt, ganz in der Art Cäsars. Mir blieb nur ein kurzer Augenblick, ihren Auftritt völlig zu genießen, denn ich wurde sogleich dem Ehrenwerten Mathew vorgestellt.

Dies war ein ganz eigenartiger Mann, ungeschickt in seiner Verlegenheit und stumm, äußerst rot im Gesicht und mit einer Figur, die sein ausschweifendes Leben aufgeschwemmt hatte. Genau so stelle ich mir einen irischen Adligen vor – teils Bauerntölpel, teils Dandy, in feinen Wollgamaschen und Schuhen mit goldenen Schnallen, mit dem höchsten nur vorstellbaren Kragen, der bis zu den Ohren hochgeschlagen war. Seine Haare waren pöbelhaft kurz und lagen lockig über der breiten, schweißgebadeten Stirn.

Mit einem unverständlichen Gemurmel verbeugte er sich kurz über meiner Hand, wobei seine Augen im Raum umherschweiften. Sobald es der Anstand ihm erlaubte, hatte er sich schon zu Captain Fielding gesellt. Ich beobachtete, daß sich die beiden Männer wie zwei enge Vertraute verhielten, auch wenn der Ehrenwerte Mathew das Gepräch ganz allein zu führen schien.*

»Nun, Sidmouth«, rief Mrs. Barnewall ziemlich schroff jenem Herrn zu, der sich schützend neben seine wunderschöne Cousine gestellt hatte, »also haben Sie die entzückende Mademoiselle wieder unter Menschen gebracht, und das schon wenige Wochen nach ihrem mysteriösen Unglück! Und wie gut sie heute aussieht! Ich frage mich, was *le Chevalier* nun wohl fühlen mag?« Dabei warf sie Captain Fielding einen vielsagenden Blick hinüber und wartete die Wirkung ihrer Worte ab. Doch ganz gleich, welche Bedeutung sie haben mochten, Seraphine zeigte sich der hoch aufgeschossenen Irin gewachsen.

»Mir geht es recht gut, Madame, das versichere ich Ihnen«, entgegnete sie, nickte leicht zu Mrs. Barnewall und bewegte sich mit zierlichen Schritten auf die französischen Fenster zu, die zum Garten führen, als wolle sie sich nun den Gedanken an den ausgehenden Sommer hingeben. Ich sah Mr. Sidmouth an und mußte festellen, daß sein Blick auf mir ruhte. Er wirkte so sehr zwischen Zärtlichkeit und Schmerz hin und her gerissen, daß seine Rücksichtnahme tiefen Argwohn weckte. Ich fragte mich, ob es nicht auch

* Mathew Barnewall wird von Deirdre LeFaye, der Herausgeberin von *Jane Austen's Letters* (Jane Austens Briefe), als der »verschollene Erbe« des Viscount-Titels von Kingsland beschrieben, der in seinen jungen Jahren als Schankkellner in den Slums von Dublin tätig war. Jetzt war sein Anspruch auf Besitz und Titel umstritten. Ob Jane Austen von Barnewalls Geschichte wußte, ist unklar, doch das erklärt wahrscheinlich die Tatsache, daß sie an seinem Benehmen und seinem Charakter Ungereimtheiten feststellte – eine merkwürdige Mischung von hastig angenommenen feinen Sitten, hinter denen sich Plumpheit verbarg. – *Die Herausgeberin.*

Mrs. Barnewall auffallen würde; doch die Dame hatte sich schon Lucys Mutter, der furchtbaren Mrs. Armstrong, zugewandt und war damit beschäftigt, ihr über ihr grellrotes Kleid falsche Komplimente zu machen.

Ich konnte meiner eigenen Neugier jedoch nicht Einhalt gebieten. Den ganzen Abend über stellte ich Spekulationen an, als sei ich vom Teufel besessen. Obgleich Mademoiselle LeFevre bewundernswert die Haltung bewahrte und Mr. Sidmouth von nun an in ein ernstes Schweigen versank, war es doch mit der fröhlichen Geselligkeit des Abends vorbei. Ihre derart starke Abneigung gegen Captain Fielding und ihre Fassungslosigkeit konnte nicht einzig daher rühren, daß sich der Captain mißbilligend über ihre häuslichen Umstände geäußert hatte. Ich war fest davon überzeugt, daß sich zwischen den dreien etwas anderes ereignet haben mußte.

Doch ich muß all meine müßigen Gedanken zugunsten gesellschaftlicher Pflichten aufschieben. Denn nachdem wir den Ehrenwerten Barnewalls zu Tisch gefolgt waren, nahm Mr. Sidmouth rasch zu meiner Rechten Platz. Davon fühlte sich Captain Fielding ganz vor den Kopf gestoßen, da er auf Grund seines lahmen Beins langsamer und diesmal entschieden benachteiligt war. Mademoiselle LeFevre wurde, wie ich beobachtete, in sicherer Entfernung zu ihm zwischen meinen Vater und Mr. Armstrong plaziert (den ich für ziemlich taub hielt). So mußte sich der galante Captain zwischen Lucy Armstrong und meine Mutter am anderen Ende der Tafel setzen, wo Miss Crawford das Wort führte. Erleichtert holte ich tief Luft.

»Mrs. Austen, wie ich erfuhr, wurde Ihr liebes Kind dem mütterlichen Busen entrissen«, erklärte Miss Crawford mit so lauter Stimme, daß man sie noch an unserem Ende der Tafel verstehen konnte. »Ich hoffe in der Tat, daß Sie das Glück haben werden, sie bald wiederzusehen. Ich kann mir nicht vorstellen, daß Sie noch an den Vergnügungen von Lyme Gefallen finden können, wo Sie doch täglich die ständige Besorgnis um die Gesundheit von Miss Austen quält.« Die aufdringliche Frau schien nicht zu bemerken, wie meine Mutter angesichts ihrer unsensiblen Worte zusammenschreckte, und ließ unbedachterweise ihrer Rede weiter freien Lauf.

»Wie melancholisch einem zumute ist, wenn man sich von einem Kinde trennen muß, das nicht wohlauf ist! Welch eine Qual, welch innere Unruhe! Ich bin sicher, wenn ich mit einer Tochter gesegnet wäre – hätte sich das Glück freundlicher gezeigt –, dann hätte ich es nie ertragen können, daß man sie mir in einem so prekären Zustand fortnimmt. Eher hätte ich mich selbst unter die Kutschenräder geworfen, als daß ich eine solche Trennung zugelassen hätte!«

Meine Mutter sah aus, als stünde ihr ein Schlaganfall bevor und als erwarte sie, daß man nun Cassandra kalt und leblos in den Raum brachte, als Vergeltung für die Unbedachtsamkeit ihrer Eltern. So bemühte ich mich, rasch wieder etwas Vernunft in die Unterhaltung zu bringen.

»Glücklicherweise erhielten wir erst vor ein paar Tagen äußerst gute Nachrichten von meiner Schwester, Miss Crawford, nämlich durch Mr. Crawford«, sagte ich und beugte mich zum unteren Tischende vor. »Hat er Ihnen denn nicht davon erzählt? Er traf meinen Bruder, Mr. Austen, und seine Begleitung mitten in Weymouth, kurz nach der Einschiffung der königlichen Familie, die meine Schwester versäumte, wie ich erfuhr, da sie von den Auslagen eines in der Nähe befindlichen Putzmachergeschäfts in Anspruch genommen wurde.«

»Ach ja, er berichtete mir davon«, sagte Miss Crawford und nickte weise. »Jene Geistesabwesenheit, jene Aufmerksamkeit für das allerkleinste Detail – diese Symptome kündigen immer einen raschen Zusammenbruch an. Mein eigener Mr. Filch brachte in seinen letzten Tagen häufig stundenlang in seinem Gewächshaus zu und starrte auf die ersten zarten Blütentriebe einer preisgekrönten Tulpe. Es scheint, daß sich die Seele immer dann dem unbedeutenden Leben verschreibt, wenn sie selbst davon Abschied nimmt. Ich würde meinen, die Tatsache, daß Ihre Schwester durch die Auslagen abgelenkt wurde, ist ein höchst unheilvolles Zeichen, Miss Austen. Höchst unheilvoll.«

Die arme Lucy Armstrong war ganz gedemütigt in sich zusammengesunken, ihre Wangen waren gerötet und ihre Augen auf die Suppe gerichtet. Ihre Mutter war glücklicherweise mit Mrs. Barnewall in eine Unterhaltung über Pferderennen vertieft. Die beiden Damen schienen nichts von dem gehört zu haben, was Miss Crawford gesagt hatte. Meine Mutter hingegen saß ganz reglos da; ich wußte, daß sie äußerste Qualen litt.

»Und wie verhält es sich dann mit meiner Leidenschaft für Fossilien, Augusta?« fiel Mr. Crawford ungeduldig ein. »Wartest du schon darauf, daß ich als Opfer deiner schlimmsten Prophezeiungen in der Grube tot umfalle? Das ist nichts als Unsinn!«

»Sage nur, was du willst, Cholmondeley, die Zeit wird zeigen, wer recht hat.«

»Zweifellos«, erwiderte Mr. Sidmouth trocken, »denn auf lange Sicht werden wir alle sterben.«

»Hört, hört«, sagte mein Vater leise von seinem Platz neben Seraphine aus und wandte sich dann der Suppe zu, die auf das köstlichste zubereitet war.

»Miss Jane Austen«, fuhr Miss Crawford in herrischem Ton fort, »darf ich mich danach erkundigen, ob Sie sich auf Nadelarbeit verstehen?«

Diese Frage kam ganz unerwartet, da sie mit dem bisherigen Thema nichts zu tun hatte, so daß mir vergeben sei, wenn ich zusammenzuckte und meinen Löffel fallen ließ.

»Da habe ich wohl die junge Dame aus der Fassung gebracht. Ich nehme an, daß sie es nie gelernt hat.« Der alte Zankteufel konnte ein triumphierendes Lächeln kaum unterdrücken.

»Miss Crawford«, griff meine Mutter ein und blickte verärgert zum anderen Tischende hinunter, »ich glaube, ich kann Ihnen versichern, daß Jane in Nadelarbeiten äußerst talentiert ist. Sie hat all die Kleider ihrer Schwester genäht.«

»Dann sollte es ihr wohl leichtfallen, ein paar Sachen für das Damenhilfskomitee von St. Michael's anzufertigen?« fragte Miss Crawford, ohne zu zögern. »Wir sammeln unter allen Damen von Lyme und wären geehrt, wenn auch *Sie* etwas beisteuern könnten, Miss Austen.«

»Nun, Augusta ...«, warf Mr. Crawford in einem weniger heiteren Ton als sonst ein.

»Ich bin sicher, daß Miss Austen nichts dagegen hat. Es ist sowieso nur eine Kleinigkeit, und das bei einer jungen Dame in *ihrem* Alter, noch dazu ohne die Pflichten einer verheirateten Frau.«

Es war der Ehrenwerte Mathew, der mich erlöste. Er hatte nichts von der Unterhaltung zuvor wahrgenommen, da er in düsteres Grübeln versunken war. Nun lehnte er sich über die Tischdecke und stieß Mr. Sidmouth mit seinem Zeigefinger ungehobelt in die Seite.

»Ich sage, Sidmouth, das war ein verdammt gutes Pferd, das Sie neulich ritten. Hat den verdammten Dragonern höchst geschickt eine Abfuhr erteilt. Wieviel verlangen Sie für den Gaul?«

Plötzlich herrschte Schweigen an der Tafel, einzig ein leichtes Husten von Captain Fielding war zu vernehmen. Wenn man ein Husten als *ironisch* bezeichnen könnte, dann war es hier der Inbegriff der Ironie. Ich konnte meine Augen nicht aufschlagen und weder sein noch Mr. Sidmouths Gesicht betrachten. Doch die Luft schien spannungsgeladen. Habe ich es mir nur eingebildet oder war der Herr von High Down Grange durch ein einziges Wort wie paralysiert?

Daraufhin hob Mr. Sidmouth vornehm seine Serviette an die Lippen, und die Spannung schien sich zu lösen. »Ich hätte nicht gedacht, daß Sie zu solch einer Stunde unterwegs sind, Barnewall. Ich nehme eher an, daß Sie sich gerade auf dem Heimweg von Ihren nächtlichen Vergnügungen befanden, als daß Sie zu so früher Stunde schon wegen Geschäften auf den Beinen waren.«

Mathew Barnewall warf seinen Kopf zurück und brach ganz zum Mißfallen von Miss Crawford in ein heiseres Gelächter aus. »Ausgezeichnet!« rief er und klatschte sich aus purer Freude auf die Schenkel. »Es ist Ihr gutes Recht, das zu vermuten, Sir. Doch es hilft Ihnen nicht weiter. Wie sieht es also mit dem Pferd aus?«

»Ich würde mich nicht um alles in der Welt davon trennen.«

»Sie machen einem das Handeln schwer. Das mag ich an einem Mann.« Barnewall blickte schelmisch den Tisch zu seiner Frau hinunter, die Mr. Sidmouth nachsichtig anlächelte, als sei er ein kleiner Junge. »Vielleicht sollte ich Evie auf Sie ansetzen, eh? Diese Frau kann einen Hahn aus dem Hühnerstall locken.«

»Ich fürchte, daß im vorliegenden Fall selbst ein solches Talent kaum nützlich sein wird, Barnewall«, warf Captain Fielding trocken ein. »Sidmouth hält zäh an den Dingen fest, die er liebt. Ein Mann kann nie zorniger sein als in dem Moment, wo ihm das entrissen wird, was ihm teuer ist.« Die beiden Männer sahen sich lange an. Der Captain hatte nicht nur von Sidmouths Pferd gesprochen, davon war ich überzeugt.

Sidmouth blickte zuerst wieder nach unten und schien seine Gedanken nun auf die Gabel in seiner Hand zu richten. »Auch wenn Mrs. Barnewall von sich behaupten mag, gegenüber dem Federvieh enorm überlegen zu sein, und ich gelegentlich dazu neige, prahlerisch zu krähen, so muß ich darum bitten, mich nicht zum Federvieh zu zählen«, sagte er mit einem leichten Lächeln. »Das Pferd ist nicht zu verkaufen.« Darauf wandte er sich vom Ehrenwerten Mathew ab, als sei die Unterhaltung beendet, und blickte nun mich mit seinen dunklen Augen an; doch Barnewall ließ sich nicht so einfach abschütteln.

»Kommen Sie schon, Sidmouth! Nachdem Sie die Dragoner übers Ohr gehauen haben, wollen Sie sie doch nicht noch länger auf Trab halten! Man könnte meinen, Sie beabsichtigten, das Land heimlich zu verlassen, und hielten sich deshalb den Hengst bereit!«

»Und was haben *Sie* eigentlich mit Satan vor?« erkundigte sich Mr. Sidmouth gelassen, wobei er mit der Erwähnung des unheimlichen Namens dieses Pferdes die ganze Tafel zum Schweigen brachte.

Mr. Barnewall zögerte und ließ seine Blicke durch das Speisezimmer gleiten. Es schien, als sei ihm ein wenig der Wind aus den Segeln genommen. »Gütiger Himmel«, murmelte er, »ich hatte wahrhaftig nicht vor, ein Pferd unter so ungünstigen Bedingungen zu erwerben. Könnte einem noch den Zorn Gottes ins Haus bringen.«

»Er möchte ihn gern im Pferderennen laufen lassen«, unterbrach Mrs. Barnewall kurz die Stille. »Sie wissen, Sidmouth, Mathew besitzt einen ernstzunehmenden Haufen von Kleppern. Zu Hause ist er die Stütze des Jockey Clubs – zum Nachteil unseres Vermögens. Er hat mit Kingsland große Dinge vor, sollte er sein Erbe antreten können – und wenn er nicht alles vergeuden sollte, bevor er seinen Anspruch wirklich geltend machen kann.«

»Ich entnehme den Worten Ihrer Gattin, Barnewall, daß sie Ihre Freigebigkeit fürchtet, und ich sollte wohl besser mein Pferd in Lyme behalten, als es Ihnen zu verkaufen. Die viel bewunderten Überredungskünste Ihrer Frau sind vergeblich. Wir können die Sache als abgeschlossen betrachten.«

»Aber, aber«, rief Mathew Barnewall aus, wobei sein finsterer Blick zu seiner Frau einem albernen Lächeln wich, »zwingen Sie mich nicht, in Ihre Stallungen einzubrechen!«

»Wenn Sie das täten, mein Verehrter, so würde es Ihnen auch nicht helfen«, warf Mr. Crawford ein, »denn Sidmouth schätzt seine Pferde so sehr, daß er sie auf einzigartige Weise markieren läßt. Es würde nicht lange dauern, bis man sie entdeckt.«

»Versehen Sie sie etwa mit einem Brandzeichen?« fragte Mrs. Barnewall angewidert mit gerümpfter Nase.

»Auf keinen Fall«, erwiderte Sidmouth.

»Er läßt seine Initialen in die Hufeisen einprägen!« erklärte Mr. Crawford und schlug vor Vergnügen auf seinen Mahagonitisch. »Jeder Dieb würde sofort eine Spur hinter sich herziehen.«

»In die Hufeisen?« erkundigte sich meine Mutter, die scheinbar erst jetzt aus dem Nebel der Anspannung auftauchte, in den die Worte Miss Crawfords hinsichtlich des Schicksals meiner Schwester sie gehüllt hatten. »Könnte man sie nicht einfach austauschen?«

»Sicher, Madam, das wäre in der Tat eine ausgezeichnete List – doch selbst wenn der Dieb vor der Tat von dem Zeichen wüßte, so könnte er doch ohne Schmied nichts zuwege bringen. Und Roß und Dieb würden zweifellos bereits gefaßt werden, während sie noch in der Schmiede sind. Das ist meiner Ansicht nach eine großartige Idee.«

Diese Antwort verwirrte meine Mutter so, daß sie eine Weile schwieg; dann wandte sich die Unterhaltung anderen Gegenständen zu.

Ich zügelte meine Neugier und wurde schließlich so entlohnt, wie es nur höchst selten geschieht. Schon nach kurzer Zeit lenkte Mr. Sidmouth die Unterhaltung auf seine Cousine. Die Damen hatten sich inzwischen in den Salon zurückgezogen, und die Herren folgten ihnen bald darauf, umgeben von Tabakrauch und dem Geruch von vortrefflichem Portwein. Mr. Sidmouth gesellte sich zu mir, noch ehe Captain Fielding eine Chance dazu hatte. Miss Armstrong hatte am Klavier Platz genommen, und Mademoiselle LeFevre stand neben ihr und sang italienische Lieder. Ihre wunderschöne Stimme wirkte derart befreit von den Kümmernissen des Abends, daß man von Herzen mit einstimmen wollte.

»Ihre Cousine ist ganz entzückend, Mr. Sidmouth«, äußerte ich und sah in sein grüblerisches Gesicht.

Aufmerksam beobachtete er Seraphine und hatte mich wohl nicht gehört. Einen Moment später blickten mich seine dunklen Augen wieder an, dann sagte er unvermittelt: »Ich möchte Sie gern um einen Gefallen bitten, Miss Austen. Meine Cousine ist sehr viel allein. Sie werden schon erraten haben, daß sie unter den Folgen eines traurigen Vorfalls leidet; Diskretion und Sorge um ihre zarte Natur gebieten mir, darüber zu schweigen. Ich bitte Sie nur, Rücksicht auf ihr sanftes Wesen zu nehmen, auf ihre offenkundige Güte – ihre Zerbrechlichkeit und die Grenzen ihrer Fassungskraft ...« Damit schien er zum erstenmal seit unserer Bekanntschaft keine Worte zu finden.

»Ich will nicht so tun, als wüßte ich, welche Stellung Ihre Cousine in Ihrem Hause einnimmt«, fing ich langsam an, »auch nicht, in welcher Beziehung sie zu Ihnen steht. Doch wenn ich Sie richtig verstehe, so ist es Ihr Wunsch, daß ich Mademoiselle LeFevre besuche – um eine gewisse ... Vertrautheit mit ihr zu erlangen.«

Auf meine ersten Worte hin war Sidmouth beträchtlich errötet und wirkte ganz unschlüssig bei der Suche nach einer Antwort; doch dann beugte er den Kopf nach unten und führte eine Hand zur Stirn. »Ich kann Sie nicht von etwas überzeugen, das zu glauben Sie keinen Grund haben«, sagte er leise. »Gerüchte und Verleumdungen machen immer schnell die Runde, doch einfache Redlichkeit würdigt man kaum. Ich weiß, wem ich Ihr Zögern zu verdanken habe. Doch um Seraphines willen werde ich an dieser Stelle nicht darüber reden. Ich vertraue einfach auf Ihre Güte. Sie können sich nicht von einer gequälten Seele abwenden – alles an Ihnen verrät, daß Sie eine Frau voller Mitgefühl und Herzlichkeit sind, wie man sie nur selten antrifft.«

Seraphines Stimme erhob sich zu den letzten tremolierenden Tönen einer Arie – zweifellos der Klageruf einer betrogenen und im Sterben liegenden Frau, wie immer in allen solchen Stücken – und verklang in der Stille. Einige Sekunden lang hielten alle die Luft an, ein Zögern, und dann prasselte auf einmal Applaus los.

»Ich werde Ihre Cousine besuchen, sobald es mir möglich ist, Mr. Sidmouth«, sagte ich und erhielt einen glühenden Blick voller Dankbarkeit.

Während ich mit meiner Mutter heute vormittag in dem kleinen Frühstückszimmer von Wings Cottage saß – einem zugegebenermaßen schäbigen Raum, wenn die Morgensonne ihre Strahlen hineinwirft –, hatte ich Gelegenheit, alle Vorkommnisse von Samstagabend noch einmal zu überdenken.

Reverend Austen saß über seinen Band Predigten von Fordyce gebeugt und schien kurz davor, einzunicken, da warf Jenny, unser Hausmädchen, die Tür auf. In ihrem frischen, jungen Gesicht stand große Besorgnis, und mit den Händen nestelte sie nervös an ihrer Schürze.

»Miss Crawford, Madam, und Miss Armstrong«, sagte sie und knickste rasch, als die in Schwarz gehüllte Gestalt von Augusta Crawford an ihr vorbeirauschte.

Meine Mutter stand unverzüglich auf, wobei ihr die Serviette zu Boden fiel. Mein Vater wachte mit einem Schnauben auf und rappelte sich auf die Beine. Ein Schwall von Begrüßungen, der mir gerade genug Zeit gab, um Spuren von Tränen in Lucy Armstrongs Gesicht wahrzunehmen. Ohne weiteres Getue nahmen die Damen Platz.

»Wir statten Ihnen diesen Besuch nicht nur aus Freude am gesellschaftlichen Umgang ab«, fing Miss Crawford energisch an, wobei ihre Hände nach dem Ridikül griffen, das auf ihren schwarz umhüllten Knien lag. »Nein, ich fürchte, wir kommen mit einer äußerst traurigen und schwarzen Botschaft.«

Bei diesen Worten konnte Lucy Armstrong einen Seufzer nicht unterdrücken. Sie zog ihr Taschentuch hervor und bedeckte mit dem durchnäßten Stück Leinen ihre geröteten Wangen.

»Worum handelt es sich denn?« rief ich. »Mr. Crawford ist doch sicher bei bester Gesundheit?«

»Oh, Cholmondeley ist so munter wie eh und je«, entgegnete Miss Crawford ganz ungeduldig. »Nein, nicht *er* wurde letzte Nacht auf der Straße überfallen.«

»Überfallen!« stieß meine Mutter hervor und fuhr mit der Hand zu ihrem Herzen. Sofort wurde mir klar, daß sie dabei an Cassandra dachte und vor Miss Crawfords Nachricht Angst hatte, und so bot ich ihr meinen Arm als Stütze an. Doch sie schob ihn beiseite und ging wankenden Schrittes auf Miss Crawfords Stuhl zu. »Ich bitte Sie, spannen Sie uns nicht länger auf die Folter!«

»Ja, er wurde runtergestürzt«, sagte Miss Crawford in grausig zufriedenem Ton, »und man hat obendrein noch auf ihn geschossen.«

»Tante, ich glaube, das nennt man ›aus dem Sattel geworfen‹«, fuhr Miss Armstrong dazwischen, doch allein ich konnte das Beben in ihrer Stimme vernehmen.

»Erschossen!« brach es aus meinem Vater heraus, der seine Lesebrille abnahm.

»Mitten ins Herz.« Miss Crawford schaute zur völlig erschütterten Lucy hinüber, die zutiefst betroffen wirkte.

»Von wem ist nun eigentlich die Rede, Miss Crawford?« fragte ich, wenig um meine sonstige Freundlichkeit bemüht – denn die Qualen, unter denen Lucy Armstrong litt, legten nahe, daß es sich nur um eine Person handeln konnte. Sicher konnte ihr nur eine Verwundung von Mr. Sidmouth so viel Kummer verursachen.

»Oh, Miss Austen!« rief Lucy. Unter ihrem Taschentuch schauten gerötete Augen hervor. »Es ist alles so schrecklich! Captain Fielding ist *tot* – und ich habe nun nichts mehr, wofür es sich zu leben lohnt!«

Kapitel 10
Mr. Cavendishs Besuch

17. September 1804, Forts.

Als man Lucy Armstrong einigermaßen beruhigt und sie nach oben geschickt hatte, um sich mit einer kühlen Augenkompresse auf meinem Bett auszuruhen, konnten wir unsere ungeheure Wißbegierde stillen und Miss Crawford mit unzähligen Fragen bestürmen. Binnen kurzem wurde klar, welcher Art das Unglück war, das Captain Fielding getroffen hatte. Sie benötigte nicht mehr als vier Sätze, um uns das wenige zu berichten, was über sein vorzeitiges Ende bekannt war.

Auf Darby war man gerade im Begriff gewesen, in die Stadt aufzubrechen, um ein paar vormittägliche Einkäufe zu tätigen, als ein Junge auf einem schweißbedeckten Pferd eintraf und die Aufmerksamkeit der Damen erregte. Unweit des Hauses hatte man auf der Charmouth Road einen wie leblos wirkenden Mann gefunden. Die Hufspuren um den Körper deuteten darauf, daß er abgeworfen worden und sein Pferd geflohen war. Mr. Crawford blieb nichts anderes übrig, als die Damen in der Kutsche nach Lyme zu schicken und den Jungen zum Unglücksort zu begleiten. Dort mußte er entdecken, daß es sich bei dem Toten um Captain Fielding handelte, worauf dem Bedauernswerten die Sinne schwanden. Sofort ließ man den Wundarzt Mr. Carpenter, der auch als Coroner von Lyme tätig war, ebenso seinen Assistenten Dagliesh und den hiesigen Richter namens Dobbin rufen. Man stellte fest, daß die Wunde in Fieldings Herz tödlich war. Da man ihm obendrein die Geldbörse gestohlen hatte, schlußfolgerten sie, daß Straßenräuber für das Verbrechen verantwortlich sein mußten.

»So kehrten wir dann aus Lyme in das ganze Durcheinander zurück!« rief Miss Crawford. »Meine arme Nichte nahm die Nachricht mit großer Betroffenheit auf; ihre Mutter fiel sogleich in Ohnmacht; und mein Bruder hat sich mit einer Flasche Rotwein in seiner Bibliothek eingeschlossen. Und da wir wußten, daß auch Sie bald von dem Tod des Captain erfahren würden«, fügte sie hinzu, »hielten wir es für das beste, Sie so rasch wie möglich zu informieren, damit es Ihnen nicht irgendwer auf der Straße zuträgt und Sie einen Schock erleiden müßten.«

Es wäre gewiß ein Schock gewesen, und ich wäre ungerecht, empfände ich Miss Crawford gegenüber nicht eine tiefe Dankbarkeit für ihre Umsicht. Allerdings hatte ich auch das Gefühl, daß sie an der Verbreitung der Nachricht verachtenswerterweise Freude empfand. Ich schlug mir jedoch solch hartherzige Gedanken aus dem Kopf und sah innerlich noch einmal das vom Wetter gegerbte Gesicht von Captain Percival Fielding vor mir. Seine hellen blauen Augen, die sowohl Wärme als auch eiserne Befehlsgewalt ausströmen konnten; sein Anstand und seine Geduld angesichts einer kräftezehrenden Verletzung; seine Entschlossenheit, sich gegen Lymes Herren der Nacht durchzusetzen. Zu jung für ein solch übles Ende und der Welt zu früh entrissen; vielleicht wäre es besser gewesen, wenn er vor ein paar Jahren in heldenhaftem Kampf gegen die Franzosen vor Malta gefallen wäre, als sein Leben wegen einer Geldbörse einzubüßen. Meine Gefühle waren so zärtlich, wie es jener Tragödie angemessen war, doch zu meiner Erleichterung entdeckte ich insgeheim, daß ich sonst nichts empfand. Mein Herz war von seiner Galanterie erwärmt worden, doch meine tieferen Gefühle waren recht unberührt geblieben.

»Ein Straßenräuber!« rief meine Mutter aus, die zusehends erblaßte. »Das hätte ich nie gedacht. Ist Lyme in jeder Hinsicht von Gesetzlosigkeit beherrscht? Das ist einfach unglaublich. Ich danke Gott, daß meine teure Cassandra in London gut aufgehoben ist. Mr. Austen, meinst du nicht, daß wir diesen Ort so bald wie möglich verlassen sollten?« Besorgt wandte sie sich an meinen Vater, der plötzlich ihren Ängsten Beachtung zu schenken schien.

Mit abschätzendem Blick sah sich Miss Crawford in unserem kleinen Wohnzimmer um. »So wie Ihre Fenster liegen, meine teure Mrs. Austen, sind Sie ja der Straße förmlich ausgeliefert. Ich würde mich abends am Kamin, ohne daß die Tür zum Hauseingang mit stabilen Gittern versehen ist, nicht sicher fühlen. Vielleicht sollte ihr junger Diener jenes große Stück dort in den Weg rücken?« Sie meinte einen stattlichen, wenn auch mit Kratzern versehenen Sekretär, der in der Ecke des Wohnzimmers stand und an dem mein Vater gewöhnlich seine Korrespondenz erledigte. »Mit Holzleisten könnte man bei den Fenstern genügend Vorsorge treffen.«

»Miss Crawford, schon gut«, warf mein Vater leutselig ein. »Wenn ein Straßenräuber in Lyme nach Reichtümern Ausschau hält, wird er sich wohl kaum an Wings Cottage halten. Uns ist jener Stil nicht vergönnt, der Anlaß zu einem geplanten Überfall geben könnte. Ich meine, daß ich hier sicherer bin«, fuhr er mit einem boshaften Schimmer in seinen Augen fort, »als die Bewohner von Darby – denn liegt Ihr Haus nicht vollkommen einsam an der Charmouth Road, die häufig von Straßenräubern heimgesucht wird, wie wir vermuten müssen?«

Wahrlich ein Straßenräuber, dachte ich. Ich wollte eher meinen, daß einer von den Schmugglern losgeschickt worden war, um dem eifrigen Captain einen Strich durch die Rechnung zu machen. Und der Diebstahl seiner Börse wurde aus reinem Nützlichkeitsdenken vorgenommen – denn Fielding würde dort, wohin seine Seele flog, gewiß keine Verwendung mehr für sie haben.

Oder vielleicht hatte sich der Mörder des Geldes bemächtigt, damit der *Anschein* eines Überfalls um der Beute willen erweckt wurde und er so seine Identität besser schützen konnte?

Bei letzterer Möglichkeit, die ganz nach einem berechnenden Vorgehen roch, tauchte unwillkürlich Mr. Sidmouths Gesicht vor meinen Augen auf. Wider Willen wurde ich ganz verzagt und zwang mich dazu, jenes Bild beiseite zu schieben, um mich Miss Crawfords Neuigkeiten besser widmen zu können.

»Ich fürchte, Mrs. Austen«, sagte die gute Frau mit bewundernswerter Selbstbeherrschung angesichts der Sticheleien meines Vaters, »daß der teure Captain für uns zu gut war. Er besaß einen solch edlen Charakter – war ein so einfühlsamer und vortrefflicher Mann – und wurde einfach zu früh aus dieser Welt genommen. Es ist doch immer so. Wird ein Mensch geschätzt, ist er auch schon verloren.«

Sie beugte sich unter dem Geraschel ihres schwarzen Bombasinstoffes nun näher zu mir, um einen vertraulicheren Ton anzuschlagen: »Ich bedaure Lucy außerordentlich, wissen Sie, denn ich entdecke in ihrem Fall Züge meiner eigenen Vergangenheit – obwohl Mr. Filch seinerzeit bereits einen Heiratsantrag gemacht hatte und Captain Fielding noch nicht. Und meine Kutsche wurde einige Monate vor Mr. Filchs plötzlichem Tod bestellt und wäre mit den verschlungenen Wahlsprüchen der Häuser Filch und Crawford an den Türen sicher sehr schön geworden.* Nun, schon gut.« Sie hatte vielleicht gemerkt, daß mir die verlorene Kutsche ziemlich gleichgültig war, denn sie wandte sich nun ganz meiner Mutter zu, in deren Antlitz großes Mitgefühl stand. »Mich tröstet die Gewißheit, daß der Verlust des Captain das Leben der teuren Lucy vergällen und sie an gebrochenem Herzen zugrunde gehen wird. Dann wird es ihnen leid tun.«

»Von wem sprechen Sie da, Madam?« fragte mein Vater ganz verwirrt.

* Miss Crawford beschreibt an dieser Stelle den Brauch vornehmer Familien, für eine Hochzeit eine neue Kutsche zu bestellen. Gewöhnlich wurde sie vom Bräutigam bezahlt. – *Die Herausgeberin.*

»Nun, natürlich von den Männern, die den Captain ermordet haben!« Miss Crawford erhob sich und klopfte den Staub aus ihrem Kleid. »Ich werde der Erhängung beiwohnen und die Neuigkeiten auch nach Bath übermitteln, damit Lucy etwas Trost erhält – wenn auch nur für kurze Zeit. Mr. Carpenter wird in drei Tagen im ›Goldenen Löwen‹ eine gerichtliche Untersuchung der Todesursache durchführen, wissen Sie. Ich bin sehr zuversichtlich, daß Mr. Dobbin, der Richter, bis dahin diese Kerle gefunden hat. Jetzt muß ich meine Nichte holen und mich auf den Weg machen, denn sie muß ihre Sachen packen, und das muß vorbereitet werden. Morgen vormittag wird sie mit Mr. und Mrs. Armstrong aufbrechen – doch es würde mich sehr überraschen, wenn sie die Reise nach Hause, nach Bath, übersteht.«

So verabschiedeten sich die Damen von Darby, und wir wurden in höchster Erregung ungläubig zurückgelassen und mußten nun selbst unter tiefstem Mitleid eine Reihe von Mutmaßungen anstellen. Von meinen düsteren Gedanken in bezug auf Geoffrey Sidmouth erzählte ich meinen lieben Eltern jedoch nichts. Meine Mutter war damit beschäftigt, James mit der Umstellung des Sekretärs zu beauftragen und zu überlegen, wie er am besten hinzurücken sei, damit man noch durch die Wohnzimmertür gelangte. Mein Vater gab sich spöttischen Bemerkungen über den Charakter von Straßenräubern hin und über die Wahrscheinlichkeit, daß sie meiner Mutter noch vor ihrer Geldbörse eher die *Tugend* rauben könnten. Ich meinerseits ergriff die Flucht und schrieb Cassandra über alle Ereignisse in der Hoffnung, auf diese Weise etwas Ordnung in den Wirrwarr meiner Gedanken bringen zu können.*

* Dieses Schriftstück ist in den gesammelten Briefen von Jane Austen nicht erhalten. Man vermutet, daß Cassandra Austen viele Briefe ihrer Schwester nach deren Tod vernichtet hat. – *Die Herausgeberin.*

18. September 1804

Der Tag fing mit einem großen Sturm an, als würde die ganze Küste das Dahinscheiden des Captain betrauern. Die Bewohner von Wings Cottage schliefen lange und hielten eng an ihren Träumen fest, um nicht zu schnell in die rauhe Wirklichkeit des Tags zurückkehren zu müssen.

Von meinem Schlafzimmerfenster kann ich auf die Wellen blicken, die schäumend gegen die Cobb peitschen. So habe ich eine vage Vorstellung davon, wie der Winter in Lyme sein muß. Die Luft, der Himmel, das Meer sind alle eins, ein stürmendes Grau; ein trauriges Bild, das durch das unaufhörliche Gekreische der Seevögel noch düsterer wirkt. Eigenartig, daß an einem sonnigen und windigen Tag das Gekreisch der Möwen die Stimmung beleben kann, wohingegen sie an einem Tag mit tiefhängenden Wolken den Seelen der Verstorbenen ähneln, die zurückgekehrt sind, um jene heimzusuchen, die an einem Ort leben, wo die Welt zu Ende ist und das Meer auf den unendlichen Himmel trifft. Doch ich würde mich völlig in Morbidität verlieren, ließe ich meine Gedanken noch weiterwandern. Ich muß mich davon befreien und in die Stadt aufbrechen, um mich mit müßigen Dingen von meiner Verwirrung abzulenken.

Schließlich kann ich nicht glauben, daß Captain Fielding durch einen unglücklichen Zufall ums Leben gekommen ist. Hinter seinem Tod steckt eine Absicht, so wie bei dem greulichen Tod des armen Bill Tibbit am Galgen. Es versteht sich von selbst, daß ich bei Mr. Sidmouth ein Motiv für beide Morde finde; daß ich darin jedoch ganz allein stehe, erstaunt mich. Bin ich doch in Lyme und der Gesellschaft hier nur eine Fremde. Die hiesige Bevölkerung hingegen, die mit den Leidenschaften ihrer Nachbarn vertraut ist, sollte einen ähnlich unheilvollen Verdacht hegen und ihm nachgehen. Dennoch habe ich von einem solchen Verdacht noch nichts gehört.

Nachdem ich längere Zeit in der Abgeschiedenheit meiner Kammer darüber nachgedacht habe, bin ich auf Mr. Sidmouth gekommen, der letzten Samstagabend bei seiner Ankunft in Darby von großer Wut übermannt wurde. Man sollte bedenken, auch wenn man es kaum nachvollziehen kann, daß Geoffrey Sidmouth dem Captain gegenüber einen tiefen Haß empfand – und er neigte zu Gewalt, wie ich aus allem schloß, was ich gesehen hatte. Seraphine war der erste Anlaß für Unstimmigkeiten zwischen den beiden Männern, deren Gründe für mich im dunkeln liegen. Obschon sich Sidmouth den Abend über im Zaum hielt, bleibt ungewiß, was in einer anderen Nacht an einer einsamen Wegkreuzung bei schwachem Mondlicht geschehen sein könnte.

Der Herr von High Down Grange verhielt sich in Fieldings Anwesenheit wie ein Mann, dessen Ehre verletzt worden war. Da Captain Fielding Sidmouths Benehmen gegenüber Mademoiselle LeFevre so anwiderte und entrüstete, schloß ich, daß er gegebenenfalls die Dame wie jeder Mann vom Militär, der seine Ehre über alles stellt, mit einer Pistole verteidigen würde. Auch wenn es in England als Mord gilt, so bleibt es Gentlemen überlassen, ob sie sich zur Beilegung eines Streits duellieren. Und wo könnte man besser den Fehdehandschuh werfen als auf einer ruhigen Straße? Bei jedem Aufeinandertreffen der beiden Männer würde ich allerdings Geoffrey Sidmouth als Sieger sehen, und die leblose Gestalt des Captain scheint mir recht zu geben.

Angesichts solcher Schlußfolgerungen wünschte ich, daß ich weniger intelligent wäre und meine Überlegungen weniger überzeugend wirkten. Doch ist man erst einmal dem Rätsel nachgegangen, welche andere Möglichkeit bleibt einem schon? Soll ich meine Befürchtungen als die närrischen Irrtümer einer Frau abtun? Oder soll ich mit großer Vorsicht die nächsten Schritte meiner Erkundungen planen, die doch so dringend notwendig sind, um

Schuld oder Unschuld zu beweisen? Denn die Möglichkeit, daß Sidmouth unschuldig ist, kann nicht ausgeschlossen werden. Obgleich nämlich die Vernunft Motive für seine Schuld finden könnte, schreit doch mein Herz, daß das unmöglich ist. Was also ist zu tun? Ich ertrage solch wiederstreitende Gefühle nicht lange; auch nicht den Gedanken, daß ich ein eigenartiges Wohlwollen für einen Mann hege, der sich womöglich als Mörder entpuppen könnte.

(Hier endete der Bericht abrupt und wurde später fortgeführt.)

Das Eintreffen eines Besuchers, dessen Erscheinen und Absichten man nur für zufällig halten konnte, unterbrach meine Betrachtungen über die künftigen Schritte. Die Vorsehung lenkt die Dinge auf merkwürdige Weise, und warum sollte ausgerechnet ich diesen Fingerzeig ignorieren?

Das Geräusch einer Kutsche, die vor dem Eingang hielt, und rege Geschäftigkeit an der Haustür kündigten einen Gast an, und so legte ich meine Feder beiseite; schon einen Moment später wurde mir eine Karte gebracht, auf der ein mir fremder und doch vertrauter Name stand.

»Miss Austen, Miss«, unterbrach mich Jenny, die um die Tür blickte, »unten befindet sich 'n Herr, der Sie sprechen will. Schickt seine Karte, die is sehr hübsch.«

Mr. Roy Cavendish, stand auf der kleinen Karte. *Zollhaus Seiner Majestät, Lyme.*

Rasch blickte ich zu Jenny. »Der Herr befindet sich jetzt gerade unten?«

Über ihren großen blauen Augen hüpfte die weiße Haube auf und ab. »Er gehört zu den Männern des Königs, nich wahr? Was kann der wohl von Ihnen wolln, Miss?«

»Und meine Eltern?«

»Der Reverend zeigt ihm gerade sein Schachspiel. Die Missis stopft einen Strumpf.«

Es schien mir am besten, den armen Mann sofort zu erlösen. »Bitte überbringe Mr. Cavendish meine Empfehlung und teile ihm mit, daß ich sofort kommen werde«, wies ich Jenny an und legte mein kleines Buch beiseite.

»Es ist mir ein Vergnügen, Miss Austen.« Während ich in der Tür zum Wohnzimmer stehenblieb, beugte sich Roy Cavendish tief über meine Hand. Sein Äußeres glich immer noch dem eines Frosches, was mir schon damals aufgefallen war, als ich ihn von der Cobb aus beobachtet hatte. An jenem Morgen wollte er die Beschlagnahme von Schmuggelware überwachen – doch Mr. Sidmouth hatte ihm das Vorhaben gründlich verdorben. Ich bemerkte aber, daß seine Kleidung adrett, seine Figur gefällig und seine Hand sicher wirkte. Seine Handfläche war jedoch abstoßend feucht, und beim Händedruck erinnerten mich seine Finger an etwas Widerliches, das ans Ufer gespült worden war.

»Ganz meinerseits, Mr. Cavendish«, sagte ich unschlüssig und suchte meinen Stuhl auf. Trotz des schlechten Wetters hatte es mein Vater für das klügste gehalten, sich nach draußen zu begeben, und war auf meine Mutter eingedrungen, ihn doch zu begleiten, wobei er ihr versprochen hatte, auf der Hauptstraße irgendwo Tee und Kuchen einzunehmen. Mr. Cavendish machte sich meine Ungezwungenheit zunutze und griff sich selbst einen Stuhl. Dabei ließ er die Schöße seines Mantels über die Beine fallen und nahm dann mit beinah schwungvoller Gebärde Platz – eine Geste, die sich mit seiner gesetzten Erscheinung nicht vereinbarte.

»Sie werden sich fragen, warum ich gekommen bin«, fing er an, »bin ich für Sie und die meisten Belange einer Dame doch ein Fremder.«

»Ich weiß tatsächlich nicht, welchem Anlaß ich Ihren Besuch verdanke – obschon ich nicht möchte, daß Sie glauben, hier nicht willkommen zu sein, Sir.«

»Sie sind zu freundlich.«

Ich wartete ab, meinte ich doch, daß er das Gespräch in Gang zu bringen hätte. Und Mr. Cavendish enttäuschte mich nicht.

»Ich werde sogleich zum Eigentlichen kommen, Miss Austen. Sie werden gewiß vom Tod des ritterlichen Captain Fielding gehört haben«, sagte er und tippte auf die schwarze Binde an seinem Arm. Bei diesen Worten stand in seinem Gesicht plötzlich eine trauernder Ernst, als hätte er etwas verschluckt, was sich mit der Verdauung eines Frosches nicht vereinbaren ließ. »Das ist ein schwerer Verlust – für den König und das Land nicht weniger als für seine näheren Bekannten.«

»Sehr wahr«, sagte ich vorsichtig. Mal sehen, was Mr. Cavendish enthüllen und wie gut er seine Absichten verbergen würde. Eine vorsichtig ausgelegte, freundliche Falle würde mir einigen Aufschluß geben können. »Ich bin, seit ich davon hörte, entrüstet, Sir. Ein solcher Gentleman, gesegnet mit den edelsten Eigenschaften, von einem gewöhnlichen Wegelagerer des Lebens beraubt! Können sich denn ehrbare Bürger nicht mehr frei und unbehelligt bewegen? Sind wir denn keine Engländer mehr, daß wir nun alle Opfer des Pöbels werden?«

Mr. Cavendishs Augen traten heraus. Er beugte sich etwas vor, um meine Miene besser studieren zu können. »So erzählt man sich wohl in Lyme die Geschichte, Miss Austen, doch in Lyme verbirgt sich dahinter gewöhnlich eine Absicht. Ich schenke diesem Gerede von einem Wegelagerer keinen Glauben, nicht im geringsten.«

»Aber dem Captain hat man die Geldbörse geraubt!«

Mr. Cavendish antwortete darauf mit einem vielsagenden Schulterzucken. »Eine belanglose Tatsache. Jeder, der dem Captain nach dem Leben trachtete, könnte seine Wertgegenstände an sich genommen haben, um so den Anschein zu erwecken, daß der Mord nur ein Mißgeschick war.«

So viel hatte ich mir selbst schon zusammengereimt. Wenn Geoffrey Sidmouth (oder ein anderer) die Art von Fieldings Ende verschleiern wollte – Ehrenhandel endeten nämlich unweigerlich mit der Flucht des siegreichen Kontrahenten auf den Kontinent, wenn nicht mit dem Galgen –, dann wäre es doch das beste, ihm wie ein gewöhnlicher Dieb die Taschen zu leeren!

»Was wollen Sie damit sagen, Mr. Cavendish?« erkundigte ich mich freundlich, um sein Vertrauen zu gewinnen. »Daß Captain Fielding einen Feind hatte?«

Einen Augenblick herrschte Schweigen, denn der Zollbeamte überlegte. Doch rasch hatte er einen Entschluß gefaßt. »Miss Austen, haben Sie von dem Reverend gehört?«

»Ja. Das meiste, was ich über diesen Mann weiß, hat mir Captain Fielding persönlich erzählt.«

»Eben das habe ich erfahren. Deshalb bin ich hier.«

»Ich bekenne, daß ich Sie nicht verstehe, Mr. Cavendish.«

»Scherzen Sie nicht mit mir, Miss Austen. Ich weiß über Ihre Angelegenheiten mit Captain Fielding Bescheid, jedenfalls so viel, wie er als Gentleman selbst zu sagen bereit war.« Das kleine Stirnrunzeln, das mir diese Äußerung entlockte, brachte mir nichts ein. Mr. Cavendish sprach mit allem Nachdruck weiter, wobei ihm seine Absicht ins Gesicht geschrieben stand.

»Bei meinem letzten Treffen mit Captain Fielding teilte er mir mit, daß er Sie ins Vertrauen gezogen habe – eine Notwendigkeit, die Ihr eigenes Bohren herbeigeführt hatte. Wie sehr er sich vielleicht selbst verraten hat, weiß ich nicht zu sagen; doch er schrieb das Verdienst ganz Ihnen zu, Miss Austen, denn er erklärte, daß Sie allein aus seinem Auftreten erahnt hätten, welchen Geschäften er nachging, und daß Sie ihn mit Ihrem Wissen konfrontiert hätten.«

»Mir war bewußt, daß sich der Captain mit höchst ernsten Angelegenheiten befaßte, was den Schmuggel betrifft –

so viel ist sicher. Er war keineswegs der, für den er sich ausgab, ein einfacher Marineoffizier, der sich zurückgezogen hatte und sich nun ganz der Leidenschaft widmete, Rosen zu züchten.«

»Sie haben sicher geahnt, daß es ihm um den Reverend ging und daß sich der Captain bei der Verfolgung des Reverends beträchtlichen Gefahren aussetzte.«

»Dann meinen Sie also, daß Captain Fielding von der Hand des Reverends getötet wurde?«

Der Zollbeamte setzte sich auf dem Stuhl abrupt zurück. »Ich bin mir sicher, aber ich habe keine Beweise.«

»Und verstehe ich Sie recht, Mr. Cavendish, daß die Identität des Reverends unbekannt ist?«

»Aber, aber, Miss Austen«, rief er betont gereizt, »Sie wissen sehr wohl, von welcher Seite sich Mr. Sidmouth gezeigt hat. Denken Sie nur an sein verabscheuenswertes Verhalten erst letzte Woche, und das vor aller Augen in Lyme. Seine Taten stempeln ihn gewiß zum Herrn der Schmuggler. Bis heute hat er sich schlau genug verhalten – die Warenlieferungen erfolgen nach keinem festen Zeitplan, sondern richten sich nach dem widrigen, aber schützenden Wetter. Er stellt andere Männer ein, um die Boote zu führen und die Beförderung des Schmuggelguts zu organisieren, und er hält sich bei erfolgreichem Anlanden immer fernab vom Geschehen. Doch er muß seinen Männern von Zeit zu Zeit Befehle geben, und dabei müssen wir ihn auf frischer Tat ertappen. Ist er erst einmal in den Händen des Gesetzes, können wir ihn zwingen, Fieldings Mord zu gestehen.«

»Doch warum weihen Sie mich in Ihre Pläne ein, Mr. Cavendish?« erkundigte ich mich ängstlich.

»Weil mir«, er stand auf und kam an meine Seite, »weil mir Fielding zu verstehen gab, daß Sie zu High Down Grange guten Kontakt haben. Er glaubte – und fürchtete, wenn ich es so nennen darf –, daß Sidmouth Sie verführen könnte, so wie er seine unglückselige Cousine verführt hat.

Der Captain brachte Ihnen ein solches Wohlwollen entgegen, junge Dame, und Sie wären wahrhaft unbarmherzig, wenn Sie sich seiner Güte nicht mehr erinnern würden!«

Er hatte die letzten Worte so unvermittelt ausgesprochen, daß ich beinah von meinem Platz aufgesprungen wäre. Doch ich unterdrückte meine Empörung, auch wenn meine geröteten Wangen sicher meine Verwirrung verrieten.

»Sie überschreiten die Grenzen des Anstands, Sir«, sagte ich mit leiser Stimme. »Ich bitte Sie, damit aufzuhören.«

»Nicht ehe ich Ihre Einwilligung zu einem Vorhaben erlangt habe, Miss Austen, daß für Seine Majestät von einiger Wichtigkeit ist.«

»Was kann ein solches Vorhaben mit mir zu tun haben?«

»Nichts – oder alles, wenn Sie dem Andenken des Captain etwas Dankbarkeit zollen würden.«

»Sprechen Sie weniger von Dankbarkeit und mehr von Vernunft!« rief ich.

»Nun gut.« Roy Cavendish wandte sich um und ging mit gesenktem Kopf vor meinem Sessel auf und ab, wobei er die Arme auf dem Rücken verschränkte. »Sie kennen sich auf High Down Grange aus. Sie haben meiner Meinung nach auch Mademoiselle LeFevre kennengelernt.«

»So ist es.«

»Sie haben also freie Hand, das Haus ganz nach Belieben aufzusuchen – und könnten dabei diesen Vorteil ausnutzen, um die Tätigkeiten der Bewohner zu erkunden und vielleicht herauszufinden, in welcher Nacht sich Sidmouth und seine Handlanger treffen.«

Darauf konnte ich nicht antworten.

Cavendish drehte sich zu mir und sah mich eindringlich an. »*Sie*, Miss Austen, Sie könnten Captain Fieldings Platz einnehmen – und das unter weit weniger Gefahren für Ihr Leben, gehören Sie doch zum zarten Geschlecht, und jeder würde unweigerlich davon ausgehen, daß Sie rechtschaffen sind, womit jeglicher Verdacht von Ihnen abgelenkt werden würde. *Sie* könnten Dinge unternehmen, die ein Mann nicht tun könnte, und der Krone damit einen guten Dienst erweisen und dem Andenken jenes hervorragenden Mannes, der in ihren Diensten sein Leben ließ.«

»Sie wünschen also, daß ich Spitzeldienste ausführe«, sagte ich deutlich, doch meine Hände umklammerten fest die Lehnen meines Sessels.

»Gebrauchen Sie kein so verachtenswertes Wort«, erwiderte Mr. Cavendish, wobei sich seine dicken Lippen zu einem unglücklichen Lächeln verzogen. »Sie würden vielmehr als Dienerin der Gerechtigkeit tätig sein.«

»Als Dienerin«, wiederholte ich. »Sind Sie denn so von Mr. Sidmouths Schuld überzeugt?«

»Ja, das bin ich. So sicher, wie ich jetzt vor Ihnen stehe, Miss Austen, kann ich erklären, daß Sidmouth die übelsten Taten allein ersonnen hat. Die Gerissenheit, mit der die Schmuggler vorgehen, die Ermordung von Bill Tibbit auf der Cobb in aller Öffentlichkeit und doch ganz unbemerkt; und nun die Ermordung des ärgsten Gegners der Freihändler, Captain Fieldings – das kann nicht nur Zufall sein. Ihr Herz ist sicher von ähnlichem Zorn erfüllt, Miss Austen. Der Captain hatte sich schon so dicht an seine Beute herangepirscht, und einen Augenblick später verwandelte sich die Beute in seinen Jäger. Sie können diesen Tod nicht mit ansehen, ohne Rachegefühle zu verspüren.«

Ich saß da, als sei ich zu Stein erstarrt, meine Augen waren auf das Feuer im Wohnzimmerkamin gerichtet. Ich dachte eine Weile nach. Mein verzweifelter Wunsch, Sidmouth möge unschuldig sein, stieß bei jedem Punkt auf die Gewißheit, daß er schuldig war. Erst vor ein paar Abenden hatte Captain Fielding auf dem Ball in Lyme erklärt, daß dieser Mann der Reverend sei und daß er ihn fast in seinen Fängen hatte. Er hatte selbst an Sidmouths Festnahme geglaubt. Doch seine Überzeugung zerfiel zu Staub. Der Herr von High Down Grange war in der Tat ein ernstzunehmender Widersacher. Konnte ich den Mut aufbringen, seiner Überlegenheit zu trotzen? War der Preis das Risiko wert – für mein Herz als auch für mein Leben?

Bei dem letzten Gedanken überkam mich eine Welle des Abscheus. Es konnte nicht sein, daß ich für einen Mann irgendwelche zärtlichen Gefühle hegte, der offenkundig jegliche Moral aufgegeben hatte – ein Mann, dessen ganze Energie auf Bereicherung und zügellose Leidenschaft gerichtet war, ganz gleich, welche Grenzen das Gesetz einem gebot und wie hoch der Preis war. Doch ich empfand wirklich so für ihn; und daher rührte auch meine Weigerung, Mr. Sidmouth für schuldig zu halten. Man hatte ihm vieles vorgeworfen – doch ich konnte ihn dafür nicht gänzlich aus meinem Herzen verbannen. Sollte Mr. Crawford einem Mann wohlgesonnen sein, der als so skrupellos galt? Und wie stand es mit Seraphine? Es war offensichtlich, daß sie ihren Cousin für den Inbegriff des Guten hielt, ganz gleich welche Verleumdungen es über sie beide gab.

Wenn ich die widerstreitenden Gefühle in meinem Innersten beschwichtigen wollte – wenn Zweifel und Mißtrauen zerstreut werden sollten –, so mußte ich der Wahrheit auf die Spur kommen. Mr. Roy Cavendishs Plan bot dafür Gelegenheit wie jeder andere. Einzig durch die Beweiskraft meiner eigenen Augen könnten die gegensätzlichen Stimmen in meiner Brust zum Schweigen gebracht werden. Doch ich werde mich wohl um eine ausgewogene Balance zwischen meinem Wissensdurst und den Interessen der Krone bemühen müssen.

Ich hob den Kopf und sah den Zollbeamten ruhig an. »Ich werde tun, was Sie wünschen, Mr. Cavendish. Unter einer Bedingung.«

»Die da wäre?«

»Daß ich über meine Schritte selbst entscheide. Ihr Vorhaben ist von meiner Diskretion abhängig. Würden wir in aller Öffentlichkeit davon sprechen, würden jene Gerüchte genährt werden, die wir unterbinden wollen.«

Er senkte den Blick.

Und was wäre, wenn ich entdecken müßte, daß Mr. Sidmouth wirklich zu allem fähig war? Wie sollte ich mich verhalten, wenn ich dahinterkäme? Sofort verbannte ich diesen quälenden Gedanken aus meinem Kopf – sollte ich ihn mir doch ein andermal darüber zerbrechen.

»Noch eines, Mr. Cavendish.« Ich stand auf, um ihm zu verstehen zu geben, daß unser Gespräch beendet war.

»Miss Austen?«

»Wenn Ihnen mein guter Ruf als Dame etwas bedeutet, dann dürfen Sie nie die Quelle Ihrer Informationen preisgeben, falls ich etwas erfahren sollte.« Ich durchschaute mich sogleich und kam mir feige vor. Denn wenn ich mich in dieses Unternehmen stürzte, in High Down Grange herumspionierte und womöglich Mr. Sidmouths Schuld aufdeckte, würde ich ihn den Werten zuliebe, die ich an der Gesellschaft schätzte, an den Galgen liefern. Und wenn er von meinem Verrat erfahren würde, brächte ich es nicht fertig, ihm in seiner letzten Stunde gegenüberzutreten.

Kapitel 11

Unterhaltung mit einem Engel

19. September 1804

Den ganzen letzten Tag über tobte der Wind um Wings Cottage – rüttelte an den Fensterflügeln, heulte um die Ecken und erschütterte sogar die Türrahmen –, dazu trommelte der Regen aufs Dach, und große Gischtkaskaden ergossen sich über die Cobb. Ich habe nie erlebt, wie es auf See ist, und auch nicht gespürt, wie ein zerbrechliches Boot in einem Gewittersturm hin und her geworfen wird. Angesichts der schäumenden Wellenflut so dicht vor meiner Haustür bin ich froh, daß ich solche Abenteuer meinen zäheren Brüdern überlassen darf. Der einzige Trost bei schlechtem Wetter ist, die Tür gut zu verschließen und sich mit einer Tasse Tee und einem guten Buch am Kaminfeuer niederzulassen – und zu hoffen, daß der Koch ein behagliches Mahl zubereiten wird, wenn der Tag zur Neige geht.

Hat man das Essen erst einmal zu sich genommen, dann stellt es sich als der Höhepunkt eines unendlich langweiligen Tages heraus, und man muß beim langsamen Erklimmen der Stufen zum Schlafgemach mit einer in der zugigen Luft flackernden Kerze in der Hand kurz innehalten, um den Stimmen im Wind zu lauschen. Sicherlich war mein Schlaf vom unaufhörlichen Heulen jener Stimmen erfüllt – auch wenn ich erst lange keine Ruhe finden konnte, mich in den Laken hin und her warf und es so den wild geschüttelten Bäumen unter meinem Fenster nachtat. Grausige Gedanken wühlten mich auf – von Mord und Verrat und von einem heimtückisch lächelnden Frosch –, sie wollten nicht weichen und gingen mir die ganze Nacht über durch den Kopf. Knapp eine Stunde nach dem Morgengrauen wachte ich aus einem unruhigen Traum auf und entdeckte, daß es an dem hellen Himmel ruhig geworden war, nur hier und da hingen noch ein paar schwarze Wolken am Horizont. Von der steilen Hauptstraße Lymes rannen kleine Bäche hinab in die ruhigere Bucht, und die ersten Fuhrwerke, die zum Markt unterwegs waren, rollten über die Pflastersteine. Friede nach dem Sturm, und damit auch eine Ordnung der Sinne. Ich sollte Mr. Sidmouths Umhang zurückbringen, den er mir vor mehr als zehn Tagen über die Schultern gelegt hatte und der seitdem ganz vergessen in meinem Kleiderschrank hing. Noch an diesem Morgen wollte ich die wenigen Meilen zum Gutshof spazieren.

Wie gänzlich anders waren meine Gefühle nun, da ich mich dem alten Fachwerkhaus hoch über den Hügeln näherte, als in der Nacht des Unfalls meiner Schwester! Damals hatte ich Angst um jemand anderen; doch jetzt kam sie zu meiner Erschütterung allein wegen mir auf. Verrat war mir schon immer fremd gewesen, ebenso war mir das Erfinden von Kriegslisten und auch Verstellung verhaßt; aber Wahrheit und Offenheit würden in diesem Falle nichts helfen, wo beide bereits der Ehrlosigkeit zum Opfer gefallen waren.

So packte ich mit noch größerer Entschlossenheit Mr. Sidmouths Umhang, überquerte den bekannten Hof und erwartete jederzeit, daß mich die Hunde angreifen würden oder der Stallknecht mit seiner Donnerbüchse auftauchte, doch diesmal konnte ich unbehelligt weitergehen, was ich für ein gutes Omen hielt. Auf dem Hof standen Wagen und Pferdegeschirre kreuz und quer. Sie waren zwar beiseite gestellt, aber nicht an ihren gehörigen Platz geräumt worden. Mit einem plötzlichen Schauder erinnerte ich mich an Roy Cavendishs Worte. Der Zollbeamte hatte gesagt, daß man sicher davon ausgehen konnte, daß die Schmuggler es vorzogen, ihre Waren bei übelstem Wetter an Land zu schaffen, um so den Dragonern der Krone besser zu entgehen. Letzte Nacht war gewiß für jede Art von Gaunerei äußerst günstig gewesen. Wie ich bekennen muß, verließ mich bei diesem neuen Anzeichen von Sidmouths Neigungen der Mut. Da eine Umkehr wenig Sinn hatte, entschloß ich mich trotz meiner Ungewißheit weiterzugehen.

Als ich die Tür erreichte, erschauerte ich aufs neue – denn welche Worte sollte ich finden, wenn mir der Herr von High Down Grange am Eingang begegnete, obschon ich doch versprochen hatte, seine Cousine zu besuchen? Allein der bloße Anblick von Sidmouth würde mich in ein peinliches Ringen um Worte versetzen, solch gegensätzliche Gefühle hegte ich für ihn. Doch selbst *diese* Prüfung blieb mir erspart. Nach einer Weile, als ich mir schon sicher war, daß sich niemand im Haus befand, antwortete das Hausmädchen Mary auf mein Läuten und ließ mich eintreten, um Mademoiselle LeFevre zu suchen.

Ich folgte ihr den kühlen, steinernen Flur entlang durch eine am Ende gelegene Tür hinaus auf einen langen Pfad, der zu den Küchen führte – die zum Schutz vor einem möglichen Brand in einem anderen Gebäude untergebracht waren. Dort entdeckte ich die drei Hunde – Jasper, Fang und Beelzebub, wenn ich mich recht erinnerte –, die träge vor der Küchentür lauerten. Aus dem Inneren ertönte Gesang. Sicher war es Seraphine, die da sang. Sie hatte ihren Kopf über einen Knöchel gebeugt, der in ihrem Schoß lag. Wäre ich nicht davon überzeugt gewesen, daß der Fuß viel zu klein war, um zu Sidmouth zu gehören, hätte ich kehrtgemacht und wäre stehenden Fußes geflohen.

Ich mußte ein Geräusch verursacht haben, denn Seraphines blonder Kopf blickte auf. Sie war einen kurzen Moment verwirrt, doch dann erkannte sie mich und lächelte. »Miss Austen«, sagte Seraphine ruhig und legte die Schere aus der Hand, »was für eine Überraschung. Und Freude. Bitte«, damit winkte sie mich in die Küche, »suchen Sie sich doch freundlicherweise einen Platz. Ich bin mit meiner Arbeit gleich fertig.«

Ich trat ein und sah, daß es sich um Tobys Knöchel handelte und daß er im Gesicht und an den Armen blaue Flecke trug. »Was ist denn mit dem Jungen geschehen?« rief ich und empfing als Antwort einen düsteren Blick von ihm.

»Er ist gestürzt«, sagte Seraphine ruhig.

»Vom Heuboden«, fügte Toby hinzu und sah schnell seine Pflegerin an. »Hab im Dunkeln die Leiterstufe nicht getroffen, die Laterne war nämlich beim Gewittersturm ausgegangen. Bin ziemlich böse gefallen und hab nun ein lahmes Bein.«

Fürwahr, vom Heuboden. Bei der Höhe der Scheune auf dem Hof hätte solch ein Sturz mindestens zu einem Genickbruch führen müssen. Vielmehr schien mir, daß er in der nächtlichen Dunkelheit und in dem Drunter und Drüber beim Gewitter auf den Klippen gestürzt war.

»Ich hoffe, der Fuß ist nicht gebrochen?«

Seraphine schüttelte den Kopf und klopfte gegen den Verband, den sie soeben angelegt hatte. »Unser guter Mr. Dagliesh war hier und ist schon wieder fort, hat uns aber versichert, daß Toby schon bald wieder laufen kann. Doch bis dahin, junger Mann«, sagte sie abschließend etwas strenger, »wirst du auf Mr. Dagliesh hören. Ausruhen und sitzen, oder der Zustand deines Beins wird sich noch verschlimmern.«

Mit einem grimmigen Blick etwas vor sich hin murmelnd, schwang Toby das Bein von Seraphines Schoß und trat auf, ohne das Wimmern dabei zu verbergen. In diesem Moment fiel ein Schatten durch die Tür. Ich wandte mich um und sah Geoffrey Sidmouth hinter mir stehen, der seine Augen eindringlich auf mein Gesicht gerichtet hatte. In seinen Händen hielt er zwei frischgeschnitzte Krücken.

»Mr. Sidmouth«, sagte ich in der Hoffnung, daß ich so gelassen wie immer wirkte, und nickte kurz. »Ich kann Ihnen endlich den Umhang zurückgeben, besten Dank. Ich habe mich so viele Tage lang für Ihre Freundlichkeit nicht erkenntlich gezeigt und kann mich nur mit den Vergnügungen entschuldigen, denen eine Dame in einem Badeort gewöhnlich nachgeht.«

»Es besteht keine Veranlassung, sich zu entschuldigen, Miss Austen – ich hätte einen Diener schicken können, wenn ich den Umhang benötigt hätte –, doch wir dürfen Ihre beträchtlichen Strapazen, ihn zurückzubringen, nicht übersehen.« Damit verbeugte er sich, auch wenn ein Anflug von Spott in der Geste lag, der ihr etwas die Förmlichkeit nahm. Dann streckte er seine Hand aus, um mich von dem Umhang zu befreien. Ich übergab Mr. Sidmouth das Bündel und bemerkte, daß er seine Aufmerksamkeit nun schon dem Stalljungen zugewandt hatte.

»Komm schon, Junge«, sagte er und legte seine Hand auf Tobys Kopf. »Mit diesen Krücken wirst du bald gut laufen können. Miss Austen, ich erinnere mich noch gut an meine eigenen verstauchten Knöchel, wenn ich vom Baum gefallen war«, fügte er hinzu und sah mich an, »und wenn ich in Fuchsbaue trat. Das gehörte zu meiner Kindheit so wie der Wechsel der Jahreszeiten. Und zum Glück weiß ich noch genau, wie man eine Krücke schnitzt, wenn eine gebraucht wird.«

Wie freundlich er war, als er dem Jungen auf die Füße half! Er war um das Wohlergehen eines Stalljungen so besorgt, daß er sogar eigenhändig Krücken schnitzte! Wie liebevoll er Toby nachblickte, als dieser durch die Tür hinkte und den Hof zur Scheune überquerte! Sollte neben den bösartigsten Absichten solche Güte existieren? Unmöglich! Doch wie sollte man sich dann die Fuhrwerke im Hof erklären, denen das hastige Treiben in der Nacht noch anzusehen war?

Meine Gedanken wurden von einem plötzlichen Geräusch über mir unterbrochen; es klang, als sei etwas in die Ecke der Dachstube gerollt. Rasch blickte ich nach oben, und ich könnte schwören, daß ich hörte, wie sich jemand auf Knien über die bloßen Dielen schleppte. Dann folgte totale Stille, als hielte jemand den Atem an. Ich sah Seraphine fragend an, doch sie beugte sich eifrig über einen großen Kessel, der über dem Herd hing. Ihre Wangen waren zwar etwas gerötet, doch das hätte auch gut von dem Küchenfeuer herrühren können. Sidmouth schien ebenso die geheimnisvollen Geräusche über ihm nicht wahrgenommen zu haben, war er doch damit beschäftigt, den Stoff zusammenzulegen, den Seraphine für Tobys Verband verwendet hatte. Doch ich müßte mich für äußerst dumm halten, wenn ich nicht glauben würde, daß beide für ihr scheinheiliges Schweigen einen Grund hatten.

Ich blickte mich in der Küche um und entdeckte in der Ecke eine Tür – hinter der sich möglicherweise eine Treppe verbarg, die zu den oberen Räumen führte, wo gerade jetzt die Männer des Reverends in ihrem Treiben innehalten mußten, da sich unten ein Besucher aufhielt. Mit aller Macht tauchte vor mir das Bild von Davy Forelys verzerrtem Gesicht auf, das ich vor einer Woche gesehen hatte, als er auf Sidmouths Pferd vor den Dragonern geflohen war. Erholte sich der Anlandungsaufseher in seinem Versteck auf High Down Grange von seinen Wunden? Aber wozu nur? Hatte nicht Captain Fielding geäußert, daß man gegen die Männer nichts in der Hand hatte, da sie nur eine Fracht Bier verluden? Doch oben mußte sich ganz gewiß jemand aufhalten und verbergen. Bei meiner Ankunft hatte Seraphine meinen Namen deutlich hörbar ausgesprochen, ebenso Mr. Sidmouth – vielleicht ein Signal, damit auf dem Dachboden Stille einkehrte. Ich wollte sehen, was ich mit einer offenherzigen Frage vielleicht enthüllen konnte.

»Wie ich feststelle, haben Sie Gäste, Mr. Sidmouth«, sagte ich und wartete auf seine Antwort.

Geschmeidig bewegte er sich zur Tür und blickte hinaus in den Sonnenschein, als erwarte er eine Kutsche. »Ich glaube, Sie haben sich geirrt, Miss Austen. Heute vormittag sind wir einzig durch Ihren Besuch beehrt worden.«

Ich ließ nur einen Anflug von Verwirrung über mein Gesicht huschen. »Doch weshalb stehen auf dem Hof so viele

Wagen herum? Ich hatte bei meinem Eintreffen eine ganze Gesellschaft von Vergnügungssuchenden hier erwartet – und jetzt kann ich keine Menschenseele entdecken!«

»Wir waren gestern mit der Heumahd beschäftigt«, sagte Sidmouth ruhig und sah Seraphine an, »bis uns das Gewitter überraschte. Toby war zu nichts zu gebrauchen, sonst wären die Wagen gewiß nicht stehengeblieben. Doch da er sich verletzte und ich dringende Geschäfte zu erledigen hatte, konnten wir uns nicht weiter darum kümmern.«

Er konnte natürlich nicht wissen, daß Toby seine Verletzung einem nächtlichen Unfall zugeschrieben hatte – bis zu diesem Zeitpunkt hätten die Wagen schon untergestellt sein müssen.

»Ich hoffe, daß wir Ihre Erwartungen nicht völlig enttäuschen, Miss Austen, wenn wir hier so ganz allein sind. Wir leben nämlich auf High Down Grange so zurückgezogen, daß schon die Gesellschaft *eines* Gastes für unseren Kreis etwas höchst Ungewöhnliches ist. Wir stehen, wie Sie bemerken werden, für diesen Besuch in Ihrer Schuld.«

»Und ich ganz besonders«, sagte Seraphine und wandte sich vom Feuer ab, »denn Sie müssen wissen, daß ich sonst fast niemanden sehe. Ich frage mich, Miss Austen, ob Sie gern einen Spaziergang die Klippen entlang unternehmen wollen – wo das Wetter doch so herrlich ist? Wir könnten uns eine Weile an der frischen Luft unterhalten; und da es in den nächsten Monaten kaum noch solch schöne Tage geben wird, sollten wir den heutigen, wenn es geht, nutzen.«

Auch wenn ich gerade erst die zweieinhalb Meilen von Lyme hierher mühsam bergauf gewandert war – ich vermutete, daß Seraphine meine Gesellschaft suchte, wenn es nicht gar ihre Absicht war, mich rasch aus der Nähe des Dachbodens fortzubringen. So hatte ich gegen einen Spaziergang nichts einzuwenden. Da vom Meer her ein frischer Wind blies, holte die Dame noch ihren Umhang.

Ich setzte ich mich unterdessen auf einen leeren Stuhl und war nun eine beängstigende Zeit lang mit Mr. Sidmouth allein.

»Ich will mich wiederholen, Miss Austen, um Ihnen meine Dankbarkeit noch besser auszudrücken, auch wenn ich damit riskiere, Sie zu langweilen«, fing er an. In dem Gesicht mit den rauhen Zügen leuchteten die braunen Augen voller Wärme. »Ich bin Ihnen für Ihren Besuch sehr verbunden. Ich weiß sehr wohl, daß Sie sich auf meinen ausdrücklichen Wunsch hin, den ich vor wenigen Abenden geäußert habe, auf den Weg gemacht haben – rückblickend war es ein melancholischer Abend, wenn man an die Ereignisse denkt, die sich an unseren vergnüglichen Besuch auf Darby anschlossen.«

Ich wußte einen Augenblick lang nicht, was ich antworten sollte, denn ich war überrascht, daß er, wenn auch indirekt, auf Captain Fieldings Tod anspielte.

»Wie ich hörte, wird es im ›Goldenen Löwen‹ eine gerichtliche Untersuchung geben«, sagte ich schließlich.

»Dabei wird nichts herauskommen«, meinte Sidmouth verbittert und warf sich auf den Stuhl, den Seraphine frei gemacht hatte. »Fieldings Mörder ist schon längst über alle Berge.«

»Schenken Sie also der Version Glauben, daß es ein Straßenräuber war? Meinen Sie, daß Captain Fieldings Tod nur ein unglücklicher Zufall war?«

»Gibt es eine andere Möglichkeit?« fragte er und zog die Brauen zusammen. »Es ist doch unwahrscheinlich, Miss Austen, daß sich der Captain selbst das Leben genommen und sich zuvor noch seiner Wertgegenstände entledigt hat.«

»Aber ein anderer hätte das ebenso aussehen lassen können.«

»Zu welchem Zwecke?« Mr. Sidmouths Stimme war so leise, daß man ihn kaum verstehen konnte. Seine Miene war unbeweglich und verschlossen.

»Um einem *vorsätzlichen* Mord den Anschein zu geben, daß es sich nur um einen Kampf mit einem Straßenräuber handelte – um so jeglichen Verdacht von sich abzulenken und alle Hoffnungen auf die Festnahme des Mörders zu zerstreuen.«

»Warum sollte jemand darauf aus sein, mit Fieldings Leben auf so schreckliche Weise sein Spiel zu treiben?«

»Nun kommen Sie schon, Mr. Sidmouth!« rief ich. »*Sie* sind doch ein Mann von Welt. *Sie* wissen doch, wie es ist, sich Feinde zu machen und feindselige Beziehungen zu anderen zu pflegen. Sicher könnten *Sie* für solch ein ungewöhnliches Verhalten eine Reihe von Gründen anführen. Sie empfanden viel zu wenig freundschaftliche Gefühle für den Captain, um ihm nicht jenes Unglück zu wünschen, von dem er heimgesucht worden ist.«

»Wollen Sie etwa andeuten, daß ich seinen Tod herbeisehnte, Miss Austen? Oder schlimmer noch, daß ich Vorkehrungen traf, um dieses Ziel zu erreichen?« Mr. Sidmouth erhob sich und ging auf meinen Platz zu. Aus seiner mächtigen Gestalt sprach nun höchste Empörung. Plötzlich kam mir der Gedanke, wie es wohl wäre, wenn man mit ihm über eine ihm wichtige Sache in Streit geriet, und ich mußte kräftig schlucken, um meine Furcht zu überwinden.

»Ich will gar nichts andeuten«, erwiderte ich.

»Miss Jane Austen aus Bath sagt nie etwas ohne einen Hintergedanken.« Er betrachtete mich eingehend. »Sie halten mich wirklich der üblen Tat fähig, deren Opfer Fielding wurde! Sehe ich denn so aus, als ob ich zu Gewalttätigkeiten neige, ganz gleich wie gerechtfertigt sie sind? Aber nein ...«, sagte er und drehte sich herum, »... es ist nicht klug, eine Dame so eindringlich zu befragen, in deren Gesicht solch starke Zweifel stehen. Die Antworten würden mir wohl wenig gefallen.«

»Mr. Sidmouth ...«

»Sagen Sie nichts, Miss Austen, ob nun Gutes oder Schlechtes«, entgegnete er schroff, »Sie können nicht ahnen, welche Wirkung Ihre Worte haben. Im Moment kann ich meine Gefühle zu wenig beherrschen, um Ihrer Verachtung oder Besorgnis die gehörige Aufmerksamkeit zu schenken.«

Mit diesen Worten verließ er mich, und ich war so verwirrt, daß ich vor Seraphine, die ein paar Augenblicke später, zum Aufbruch bereit, eintraf, kaum meine Empfindungen verbergen konnte.

»Miss Austen, ich muß Ihnen sagen, daß Geoffrey Sie sehr schätzt. Es ist sein dringendster Wunsch, daß wir uns besser kennenlernen. Und ich selbst sehne mich in meiner Einsamkeit so sehr nach Gesellschaft, daß ich ihm für seine Absicht und für das, was sich an Wohlwollen daraus ergab, ganz dankbar bin. Es ist so gütig von Ihnen, sich zu unserem Hof bemüht zu haben.«

Neugierig studierte ich Seraphines wunderschönes Profil. Sie sprach sehr offenherzig über ihre Abgeschiedenheit von der Gesellschaft, ganz, als hätte es das Urteil eines gnadenlosen Gerichts so bestimmt. So ging ich davon aus, daß sie für ein paar vorsichtige Fragen zugänglich sein würde.

»Ich würde gern von Ihnen wissen wollen, Mademoiselle – wie kommt es, daß Sie hier sind, so weit weg von Ihrer Heimat und fast ohne Freunde?«

»Meine Heimat liegt nur über den Kanal, Miss Austen, und Geoffrey ist der beste Freund, den ich je hatte«, erwiderte sie ruhig. »Doch ich weiß, worauf Sie hinauswollen. Was meine Hoffnungen auf Rückkehr betrifft – Hoffnung oder Sehnsucht, beides hat meine traurige Vergangenheit ausgelöscht –, so könnte Frankreich ebensogut am Ende der Welt liegen. Ich bin nun schon fast zehn Jahre in England, seit ich mit fünfzehn vor den Schrecken der Guillotine floh.«

»Hat Ihre Familie in der Revolution viel Leid erlitten?«

»Leid!« Ihre Lippen zogen sich vielsagend zusammen, und sie wandte sich zum Meer, um einen Moment hinauszublicken. Dann setzten wir unseren Spaziergang entlang der Klippen fort. »Ich habe gesehen, wie man meine Mutter mit dem Karren abholte, meinen Vater, meine drei Tanten, zwei meiner Onkel und meinen ältesten Bruder – alle starben durch die Höllenmaschine.«

»Mein Gott!« rief ich.

»Worte können den Blutdurst, die wahnsinnigen Rachegelüste und den sinnlosen Haß nicht beschreiben, die die Menschen in jenen Tagen antrieben. Nur selten wurden vernünftige Wesen Zeugen eines solch rasenden Wahnsinns – Gott sei Dank!

»Doch wie ist es Ihnen gelungen zu entkommen?«

Sie zuckte die Schultern und blickte weg. »Meine englischen Verwandten setzten sich voll und ganz für uns ein – Sie sollten wissen, daß Mr. Sidmouth der Sohn der Schwester meiner Mutter ist –, und einmal hatten sie auch Erfolg. Wir wurden unter einer Ladung Abfall aus dem Gefängnis geschmuggelt und rasch in die Boulogne befördert, wo wir an Bord eines Schiffes gingen, das diese Küste ansteuerte. Seitdem bin ich hier, wandere die Klippen entlang, damit ich nach Frankreich blicken kann, und ich gedenke jener, die nicht entfliehen konnten.«

»Sie sprechen im Plural, Mademoiselle«, sagte ich zaghaft. »Gab es noch *andere*, die mit Ihnen geflohen sind?«

»Mein jüngster Bruder Philippe. Damals war er gerade erst zehn Jahre alt.«

»Ein Bruder! Wie schön, daß Sie inmitten der Tragödie nicht ganz ohne Halt waren – einen Vertrauten im Leid hatten! Doch wo befindet sich Ihr Bruder zur Zeit, Mademoiselle? Geht er vielleicht irgendwo zur Schule?«

Zu meiner Überraschung zuckte sie die Schultern, und ein leicht angedeutetes Lächeln stand auf ihren Lippen. »Philippe ist nach Frankreich zurückgekehrt. Er ist jetzt in Napoleons Armee.«

»Bei Bonaparte?« Ich konnte meine Ungläubigkeit nicht unterdrücken. »Aber wie ist denn das möglich?«

»Sie meinen, wie kann ein Opfer der Revolution seine

Stärke und seinen Eifer nun für den größten Opportunisten einsetzen?« stieß Seraphine hervor und hob leicht eine Augenbraue. »Die Frage ist durchaus berechtigt. Mein Cousin und ich, wir haben viele Stunden lang darüber nachgegrübelt.« Sie seufzte und zog den Kragen ihres roten Umhangs enger um den Hals. »Ich kann es nicht genau sagen. Ich hatte Philippe beinah so in mein Herz geschlossen wie einen Sohn. Ich mochte seine jungenhafte Entschlossenheit und seinen unbezähmbaren Charakter – bis zu dem Moment, als er des Nachts verschwand. Nur ein paar Habseligkeiten nahm er mit und hinterließ nur wenige Zeilen. Vielleicht habe ich ihn nie verstanden und auch nicht, was es bedeutete, als vertriebenes Kind ohne Besitz aufzuwachsen, wenn man die prächtige Vergangenheit der Familie und ihren grausamen Untergang kannte.«

»Vielleicht können Frauen die Launen des Schicksals besser ertragen«, sagte ich nachdenklich. »Wir sitzen zu Hause und trauern vor uns hin und können unsere ruhelosen Rachegelüste nicht befriedigen. Es ist ganz verständlich, daß ein junger Mann den Wunsch hat, seinen Weg im Leben zu gehen und den Ruhm seines Namens mit allen sich bietenden Mitteln wiederherzustellen. Wir können uns kein richtiges Urteil erlauben, ohne in seiner Haut zu stecken und die Last der empörten Jugend zu empfinden.«

»Aber Sie vergessen, Miss Austen«, entgegnete Seraphine, »ich habe in seiner Haut gesteckt. Mich erfüllt jene Empörung. Ich zürne der Grausamkeit Fortunas und erhebe jeden Morgen meine Faust gegen den Sonnenstrahl, der wieder auf die Kinder der Revolution fällt. Und ich hasse Napoleon wegen seines steten Aufstiegs. Er klettert auf dem Rücken der alten Aristokratie in die Höhe – der Aristokratie, die von jenen Männern hingemetzelt wurde, von denen er nie abgerückt ist, ganz gleich, wie wenig er mit ihren Unternehmungen zu tun hatte –, und er verheiratet seine Generäle mit den Waisentöchtern des Hochadels. Doch ich hoffe, Miss Austen, daß er den Gipfel der Macht erreicht und dann erkennt, daß er einen Galgen erklommen hat, dessen Schlinge er nicht entkommen wird.«

Ich muß gestehen, daß ich über ihren gefühllosen Ton und ihre versteinerten Gesichtszüge erstaunt war. Seraphine wirkte nicht mehr wie ein Himmelsengel, sondern wie eine Frau in stählerner Rüstung, die durch den vom Meer reflektierten Sonnenschein in Glanz erstrahlte.

»Vielleicht wäre es gerecht«, bemerkte ich, »wenn Napoleon so schnell stürzen würde, wie er aufgestiegen ist, doch ich halte das für unwahrscheinlich. Es wird noch viele Jahre Blutvergießen und Hoffnungslosigkeit geben, fürchte ich, ehe es zur Vergeltung kommt.«

Seraphine blickte abwägend in mein Gesicht. »Das mag schon sein, Miss Austen, vielleicht aber auch nicht. Die Zeit wird es zeigen.«

»Sicher«, sagte ich etwas verwirrt. Sprach sie doch mit einem viel tieferen Einblick in die Dinge, als ich von ihr, die so weitab vom Geschehen lebte, vermutet hätte.

Am Rande der Klippen wandten wir uns um und spazierten einige Schritte still nebeneinanderher, wobei wir unsere Köpfe gegen die frische Meeresbrise senkten. Diese Pause in unserer Unterhaltung gab mir Gelegenheit, mir meine eigentliche Absicht, nämlich ihr Vertrauen zu erlangen, wieder ins Gedächtnis zu rufen. Schon nach einigen Schritten hatte ich all meinen Mut zusammengenommen. Wir konnten nicht länger schweigend weiterlaufen, denn sonst wäre unser Spaziergang vielleicht vorschnell beendet worden. So zwang ich mich, etwas zur Sprache zu bringen, was dem Mädchen nur unliebsam sein konnte.

»Wie friedlich das Meer aussieht!« bemerkte ich unbekümmert. »Ganz anders als an dem Nachmittag, an dem Captain Fielding und ich unweit der Cobb einen Schmugglerkutter entdeckten, der seine Ladung ins Meer warf. Damals war die See recht stürmisch, und das Schiff der Marine, das dem Kutter auf den Fersen war, kam kaum hinterher. Es traf dann viel zu spät dort ein.«

Ein heikles Schweigen trat ein. Mademoiselle bemühte sich, wie ich meinte, ihre Fassung zu bewahren, und fragte: »Kannten Sie Captain Fielding näher?«

»Nur ein wenig. Und Sie?«

»So wie Sie – nur ein wenig«, sagte sie und lächelte rasch, doch das Lächeln verflüchtigte sich ebenso schnell, wie es gekommen war.

»Es scheint, daß man allerorts seinen Charakter bewunderte.«

»Ja, das stimmt.«

Wieder ein paar Schritte Schweigen, und ich unternahm einen neuen Versuch. »Ganz gleich, wie wenig Sie Ihrer Meinung nach mit Captain Fielding bekannt waren, so war der Gentleman offensichtlich sehr um Ihr Wohl und Glück besorgt. Bei mehreren Gelegenheiten konnte ich mit anhören, wie gut er über Sie sprach und Befürchtungen hinsichtlich Ihrer ... Situation auf dem Hof Ausdruck verlieh.«

»Ich zweifle nicht daran, daß er meine Situation erwähnte, wie Sie es auszudrücken belieben«, sagte Seraphine und ließ ungehindert ihre Verachtung aufflackern. »Captain Fielding war ein aufdringlicher und arroganter Mann, der sich kaum darum scherte, was seine *Besorgnis* für Schaden anrichten könnte.«

»Dann empfanden Sie sein Interesse als Belästigung?« fragte ich rasch.

Sie drehte sich um und betrachtete spöttisch mein Gesicht, während ich versuchte, so unschuldig zu wirken, wie es mir mein schlechtes Gewissen erlaubte.

»Hätten *Sie* sich nicht ebenso verhalten, Miss Austen, wenn man Ihrem Cousin, der Ihnen so teuer wie ein Bruder ist, aufgrund der Einmischung eines Gentlemans in fremde Angelegenheiten die schlimmste aller Verleumdungen und dazu höchst unsägliche Lügen anhängt? Doch wie kommt es, daß Sie sich so für die Belange von Leuten interessieren, von denen Sie so wenig wissen?«

Das kam in der Tat völlig unerwartet. Wie einen Peitschenhieb spürte ich die ernüchternde Kraft ihrer Worte. Nach einer Rechtfertigung suchend, kam ich auf die Ereignisse zu sprechen.

»Es ist nur, daß der tragische Tod des Captain, Mademoiselle, Zweifel hinsichtlich seines ganzen Lebens aufwirft – meinen Sie nicht auch?« Ich deutete auf die nun menschenleere Straße, die man hinter uns am Fuße der Hügel gerade sehen konnte. »Es ist ein eigenartiger Gedanke, daß der Captain nicht mehr die Charmouth Road benutzen wird, wo ich doch gerade erst vor einer Woche in seinem Landauer neben ihm gesessen habe. Es ist unerklärlich, wieso sich so plötzlich alles verändert hat. Und der Verstand sucht doch nach einer Erklärung.«

Diese Ausflüchte brachten mir jedoch nichts ein. Seraphine war neben mir erstarrt und für mich so unerreichbar wie eine Statue aus Marmor – ausdruckslos, undurchsichtig und zweifellos kühl, wenn man sie berührte. Ich hätte ebensogut schweigen können.

Doch mir blieb nichts anderes übrig, als weiter beharrlich in sie einzudringen. »Die Nachricht war für uns alle äußerst schockierend, nicht wahr?«

Schließlich rührte sie sich, verriet aber nichts von ihren wahren Gefühlen.

»Die Nachricht vom Tod des Captain? Ja, das nehme ich an. Sicher hatte ich das nicht erwartet.«

»Aber war es für Sie denn nicht unfaßbar?«

»Für mich war es ein Zeichen der Gerechtigkeit, Miss Austen, ganz gleich, auf welch merkwürdige Weise sie sich zeigte«, rief sie etwas aufgebracht.

Was immer ich erwartet hatte, damit hatte ich kaum gerechnet – ein Geständnis über alles und nichts zugleich.

»Ich glaube kaum, daß ich Sie verstehe, Mademoiselle. Hat sich der Captain irgendwie niederträchtig verhalten, etwas getan, von dem ich nichts weiß?«

Mehrere Herzschläge lang beobachtete sie das Meer, so

als hätte ich nichts gesagt. Ich riet mir, Ruhe zu bewahren, stand regungslos an meinem Fleck und dachte daran, daß sie sich mir schon offenbaren würde, wenn ich nur vorsichtig genug wäre. Doch dann entdeckte ich zu meinem Entsetzen, daß ihr in aller Stille Tränen die Wangen hinunterrannen. Vielleicht war es noch erschreckender, daß sie nicht dagegen ankämpfte oder sie verbarg, so sehr war sie in Gedanken versunken.

»Mademoiselle LeFevre«, sagte ich und legte eine Hand auf ihren Arm unter dem roten Umhang, »was ist mit Ihnen? Was hat er Ihnen nur angetan?«

Sie schüttelte den Kopf und wandte mir, die ich höchst beunruhigt war, ihr verweintes Gesicht zu. »Schon gut, Miss Austen. Was immer es auch gewesen ist, es ist nicht mehr gutzumachen oder zu vergeben. Was *le Chevalier* getan hat, tat er aus Leidenschaft, und so nahm auch sein Leben ein Ende. Es lohnt sich nicht, weitere Fragen zu stellen.«

Le Chevalier. Wieder dieser Name, doch nun mit einer tiefen Verbitterung gesprochen, so daß er ironisch klang. Bei der natürlichen Verschwiegenheit der jungen Frau wäre es höchst unschicklich und gegen meine Art gewesen, weiter bohrende Fragen zu stellen. Meine vornehme Erziehung hielt mich davon ab, den Anstand so sehr zu verletzen, selbst wenn es mir darum ging, jemandes Unschuld zu beweisen. Es gab andere – sofort fiel mir Mrs. Barnewall ein –, die etwas Licht in die Angelegenheit bringen konnten. Deshalb konnte ich nur mitfühlend Seraphines Arm drücken und schweigend dastehen. Und so verließ ich sie. Sie wollte mich nicht zum Hof zurückbegleiten, vielleicht fühlte sie sich den prüfenden Blicken ihres Cousins nicht gewachsen. Mag sein, daß sie darin Trost fand, aufs Meer hinauszuschauen, nach Frankreich und in die turbulente Vergangenheit. In meiner Erinnerung sehe ich immer noch ihre Gestalt mit dem roten, im Wind wehenden Umhang vor mir, die am Klippenrand so ruhig wie ein Turm dastand.

Kaum hatte ich den Hof vor High Down Grange erreicht, denn ich wollte mich heimlich nach Wings Cottage zurückbegeben, da entdeckte ich eine eigenartige Kutsche, die vor der Tür des Hauses vorgefahren war. Ein Mann, dessen Verhalten einen Gentleman verriet, stand mit grimmiger Miene abseits bei den Köpfen der Pferde. Kurz darauf wurde die Tür aufgestoßen. Eine Gruppe von Männern trat heraus, in deren Mitte sich Sidmouth befand. Wut stand ihm im Gesicht, und seinen Gebärden entnahm ich, daß man seine Würde verletzt hatte. Hätte mich das allein nicht überzeugt, daß etwas gegen seinen Willen geschah, so offenbarte es sich mir zumindest an den vier stämmigen Männern an seiner Seite, die ihn an Handgelenken und Armen festhielten. Dieser grimmigen, vorwärtsdrängenden Gruppe folgte Mary, das Hausmädchen, die vor Sorge ihre Schürze krampfhaft wrang.

»Mr. Sidmouth!« rief ich entsetzt.

Er blickte mich so beschämt und entrüstet an, daß es einem die Sprache hätte verschlagen können.

»Was ist geschehen?« fragte ich den an der Kutsche abseits stehenden Mann. Mit widerwilligem Interesse glitten seine Augen an mir herab, doch er zögerte mit seiner Antwort.

»Ich bin Miss Jane Austen aus Bath, eine Freundin von Mr. Sidmouths Cousine, Mademoiselle LeFevre.«

Die Augen des Mannes waren nun auf einen Punkt hinter mir gerichtet. Ich drehte mich um und entdeckte Seraphine, die mit einem Ausdruck des Entsetzens Sidmouth ansah.

»Geoffrey!« rief sie. »*Qu'est-ce que c'est tout cela?*«

Bei ihrem Erscheinen trat der Herr vor und verbeugte sich. »Ich vermute, Mademoiselle LeFevre.«

Seraphine schaute ihn mit wildem Blick an und sprang rasch auf Sidmouth zu, wurde aber von seinen eifrigen Häschern ferngehalten.

»Um Gottes willen, ich bitte um Aufklärung«, sagte ich aufgebracht.

»Mr. Dobbin zu Ihren Diensten, Madam.« Der Herr zog schwungvoll seinen Hut. »Ich bin der Richter von Lyme und in dieser Eigenschaft hier auf High Down Grange.«

»Was können Sie wohl mit meinem Cousin zu schaffen haben?« warf Seraphine wütend ein.

»Mr. Sidmouth wurde unter dem Verdacht des Mordes an Captain Percival Fielding festgenommen und wird bis zur Untersuchung am nächsten Freitag ins Gefängnis von Lyme gebracht.«

Mademoiselle LeFevre stieß einen Laut des Entsetzens aus; mit verzweifeltem Mitgefühl schaute sie Sidmouth an. Ich hatte beinah den Eindruck, daß sie auf einen kurzen Blick zu ihm hin spürte, daß er ihn um ihretwillen getötet haben *könnte*. Ich merkte, wie sehr sie sich schuldig fühlte und alles bedauerte. Ich befürchtete sehr, daß auch Mr. Dobbin aus ihren aufschlußreiche Gebärden gleichfalls etwas ablas. Doch ihr Cousin bewahrte seinen überlegenen Ernst, der nichts verriet – weder seine Gefühle gegenüber Seraphines Ängsten noch ein Eingeständnis seiner Schuld.

»Und auf welcher Grundlage nehmen Sie ihn fest?« erkundigte ich mich forsch bei Mr. Dobbin. Da ich mit der Tatsache vertraut war, daß man auch Unschuldige verhaftete – wie erst kürzlich auf Scargrave Manor –, faßte ich den Mut, dem Gesetz auf den Grund zu gehen.

Das Gesicht des Richters zog sich zusammen. »Ich empfehle Ihnen, Madam, der Untersuchung beizuwohnen, damit Sie Ihre Neugier besser befriedigen können. Und jetzt muß ich mich leider verabschieden. Der Lauf des Gesetzes kann weder verzögert noch aufgehalten werden.«

»Unsinn«, murmelte ich vor mich hin und schaute Seraphine an. Sie war ganz von dem Geschehen um ihren Cousin gefangen, der in Begleitung von zwei Männern in die Kutsche geschafft wurde. Die beiden anderen sprangen hinten auf. Als man seinen Kopf in das Innere des Wagens zwang, warf mir der Herr von High Down Grange einen Blick zu. Darin lag eine Entschlossenheit, die Bände sprach. Ich sollte mich während Sidmouths Abwesenheit, so gut ich konnte, um Seraphine kümmern. Ich war mir so sicher, daß er mich dazu aufforderte, als sei es sein letzter Wunsch.

Der Kutscher schnalzte seinen Pferden zu, und ich nahm Seraphine am Arm und spürte, daß sie starr vor Entsetzen und Hilflosigkeit war.

»Nur Mut, meine Teure«, sagte ich mit gespielter Zuversicht. »Ihr Cousin hat viele Freunde. Der erste ist Mr. Crawford. Und auch wenn Richter Dobbin den inständigen Bitten von ein paar Frauen nur wenig Beachtung schenken mag, so kann er nicht den ersten Gentleman dieser Stadt ignorieren. Wir werden so bald wie möglich Mr. Crawford aufsuchen.«

Kapitel 12
Ein Signal in der Nacht

19. September 1804, Forts.

»Ich fürchte, Miss Austen, daß die Dinge für Mr. Sidmouth sehr schlecht stehen.« Mit nüchternem Blick wandte sich Mr. Crawford von seiner Rotweinkaraffe ab. »Sind Sie sicher, daß Sie nichts davon wollen? Ein so exzellenter Wein wird Sie gewiß erquicken. Selbst meine Schwester schätzt seine hervorragende Wirkung auf die Gesundheit. Und Sie haben schon so viel Aufregungen durchmachen müssen ...«

»Vielen Dank, nein. Ich bin äußerst erschöpft und fürchte, daß ich dann noch mehr ermüde. Sie wissen also, aufgrund welcher Beweise Mr. Sidmouth angeklagt wird?«

Crawford senkte seinen Kopf und zögerte einen Moment, ehe er antwortete. »Es beschämt mich, sagen zu müssen, daß ich es weiß.«

»Beschämt Sie?« Ich blickte mich schnell zu Seraphine um, die mit bleichem Gesicht auf dem kleinen Sofa in Crawfords Empfangszimmer saß. Uns war es erspart geblieben, Miss Crawfords kaum zurückgehaltenen Triumph über uns ergehen zu lassen. Sie hatte sich bei unserer Ankunft gerade zu einem Besuch aufmachen wollen und war nur so lange geblieben, um Mademoiselle LeFevre auf höchst unerträgliche Art ihrer Sympathie zu versichern.

»Beschämt, sehr wohl – denn auf meine Mitteilung hin wurde Mr. Sidmouth verhaftet.«

»Wie bitte?« Seraphine sprang mit glühenden Augen wütend auf. Wenn ich nicht eingeschritten wäre, wäre sie auf Crawfords Gesicht losgegangen und hätte ihm die Augen ausgekratzt. Doch auch während sie sich gegen mich wehrte, wobei ihre goldenen Haare hin und her flogen, sprach sie ungehindert weiter. »*Sie*, sein bester Freund, Sie haben ihn so arg hintergangen? Zeigen Sie sich auf diese Weise für all seine Freundlichkeiten – all die Tage ihrer herzlichen Bekanntschaft hindurch – erkenntlich? Welche abgrundtiefe Böswilligkeit hat Ihre Gefühle für meinem Cousin derart ins Gegenteil kehren können?«

»Keine Böswilligkeit, meine Teure«, protestierte Mr. Crawford, wobei er tief errötete. »Nur mein Pflichtbewußtsein als Engländer. Denn einzig die Pflicht – und mein Respekt für alles, wofür das Recht steht – hätte in einem Wettstreit mit der Treue Ihrem Cousin gegenüber die Oberhand gewinnen können. Wäre er von einem andern aufgrund falscher Tatsachen beschuldigt worden, dann hätte ich ihn standhaft bis zum letzten verteidigt. Doch das, was ich mit eigenen Augen sah, ließ mich an der Art des Todes des unglücklichen Captain zweifeln. Und wo meine Augen Zeugen waren, kann meine Zunge nicht schweigen.«

»Bitte drücken Sie sich deutlicher aus, Mr. Crawford«, sagte ich ruhig, während ich Seraphine wieder auf ihren Platz half. Vom Streit war ihr zarter Körper völlig geschwächt, so daß sie nur noch verzweifelt war und zitterte.

Crawford stürzte sein Glas Wein hinunter und seufzte tief; er hielt inne, um seine Gedanken zu sammeln. Da wußte ich, was ihn seine Aussage gekostet hatte.

»Miss Austen, Sie werden sich erinnern, als Sie und Mademoiselle LeFevre uns letzten Samstag mit Ihrer Gesellschaft beim Dinner beehrten, da entzündete sich zwischen Mr. Sidmouth und dem Ehrenwerten Mathew Barnewall eine lebhafte Debatte.«

Ich war ganz verwirrt und fand Seraphine ähnlich verblüfft. »Aber natürlich, Mr. Crawford. Mr. Barnewall wollte Sidmouths Pferd erwerben.«

»Eben jenen Satan. Das wollte er. Barnewall ging so weit, zu scherzen, daß ihm nichts anderes übrigbleiben würde, als in die Stallungen des Gutshofs einzubrechen, sollte Sidmouth das Pferd nicht herausgeben.«

»Und Sidmouth entgegnete, daß es ihm nichts helfen würde, da die Hufe der Pferde seine Initialen trügen.«

»Nein, Miss Austen. Ich fürchte, daß ich diese Äußerung machte. Sie werden sicher bemerkt haben, daß ich sehr wohl wußte, wie sich Sidmouth um seine Stallungen kümmerte und wieviel ihm sein Pferd Satan bedeutete. Ich war es, der auf die Tatsache hinwies, daß die Hufe mit einem *GS* versehen werden, und unterstrich, daß derjenige, der ein Tier aus dem Stall entwendete, eine für jeden sichtbare Spur hinterließe.«

Langsam dämmerte es mir. Plötzlich müde, schloß ich die Augen – vielleicht weil nun all meine Hoffnungen dahin waren.

»Was hat das für den vorliegenden Fall für eine Bedeutung, Mr. Crawford?« fragte Seraphine.

»Könnten Sie sich das Durcheinander meiner Gefühle vorstellen, Mademoiselle, den quälenden Zweifel, der mich kurz nach dem Tod des Captain in meinem Studierzimmer heimsuchte, dann würden sie nicht so streng über einen alten Freund urteilen.« Mr. Crawford ließ sich auf einen bequemen Sessel fallen, streckte die kurzen Beine vor sich aus und legte die Hände auf seinen wohlgerundeten Bauch. In seinem Bemühen, uns alle Einzelheiten mitzuteilen, waren auf seine Glatze kleine, glänzende Schweißperlen getreten. Miss Crawford hatte gesagt, daß sich ihr Bruder am Tag nach der Entdeckung von Fieldings Leiche in seinem Studierzimmer eingeschlossen und einzig eine Flasche Rotwein als Trostspender bei sich hatte. Jetzt verstand ich den Grund dafür. Da Sidmouth erst zwei Tage nach dem Tod des Captain festgenommen worden war, mußte Crawford lange Zeit mit sich gerungen haben, ehe er sein Wissen an den Richter von Lyme weitergegeben hatte.

»Ich war der erste, den der Junge, der Fieldings Leiche gefunden hatte, zum Tatort rief«, fuhr Mr. Crawford fort, »und für Sidmouth hätte es keinen schlimmeren Zufall geben können. Mir fielen nämlich sofort die Hufabdrücke um den starren Körper des Captain auf, trotz der Spuren, die Fieldings eigenes Pferd hinterlassen hatte, als es von dort floh. Und jene Initialen – tief in den Schlamm eingedrückt, in dem Fieldings Kopf lag – waren noch vielsagender als das Blut auf dem Boden oder die Lilie, die auf seiner Brust lag.«

»Eine Lilie?« rief ich ganz erschrocken. Die gleiche Blume, die man am Fuße von Bill Tibbits Galgen gefunden hatte, am Ende der Cobb. Bei Mr. Crawfords Gesichtsausdruck hegte ich kaum Zweifel, daß er ähnliche Befürchtungen hatte. Sollte Sidmouth beide umgebracht und die Lilien als unergründbares Zeichen hinterlassen haben?

»Das ist absurd«, fauchte Seraphine verächtlich. »Geoffrey ist der letzte, der einen anderen auf so brutale Art umbringen würde. Mr. Crawford, Sie wurden getäuscht – und haben nun das Leben meines Cousins in Gefahr gebracht.«

»Meine teure Mademoiselle«, sagte Mr. Crawford mit mitfühlenden Augen, »wer sonst außer Sidmouth hätte solch ein Pferd reiten können?«

»Jeder«, warf ich ein, »der ihn belasten will.«

Crawfords Gesicht zeugte nun von großer Verwirrung. »Um den Verdacht vom tatsächlichen Mörder abzulenken, wollen Sie also sagen?«

»Natürlich. Wenn Sie Captain Fielding getötet hätten, Mr. Crawford, hätten Sie nicht das gleiche getan?«

Ein leichtes Lächeln zog über das Antlitz des Mannes, und er nickte zustimmend. »Miss Austen, vielleicht – obgleich ich nicht meinen teuersten Freund beschuldigen würde.«

»Sicherlich nicht. Man würde seinen ärgsten Feind dafür wählen. Und man sollte vermuten, daß Fieldings Mörder eben das getan hat.« Ich stand auf, um vor dem Kamin im Empfangszimmer auf und ab zu gehen. Mir war bewußt, daß sich auf Mademoiselle LeFevres Gesicht eine schwache Hoffnung abzeichnete. »Ich bin mehr denn je dieser Auffassung, so erkläre ich – denn *hätte* Sidmouth Captain Fielding umbringen wollen, dann wäre er wohl kaum auf Satan zum Tatort geritten, aus Furcht, man würde die Hufe des Pferdes identifizieren.«

»Aber natürlich!« rief Seraphine ermuntert.

»Sie mögen gut recht haben, Miss Austen«, sagte Mr. Crawford mit zweifelndem Unterton in der Stimme, »und doch ziehen Sie nicht die Glut der Leidenschaft in Betracht. Ihre Behauptung kann nur von Bedeutung sein, wenn der Mörder des Captain die Tat im voraus *geplant* hat. Doch wenn den Captain ein unerwartetes Ende getroffen hat – zum Beispiel mitten in einem plötzlich entfachten Streit zwischen zwei Hitzköpfen –, dann hätte der Mörder sehr wohl nicht an die Spuren gedacht, die sein Pferd hinterlassen würde.«

Mit einem Mal war Seraphine wieder völlig niedergeschlagen – möglicherweise aus jäher Überzeugung, daß sich die Sache so verhielt, wie Crawford sie schilderte. Ich stellte mir vor, daß man Geoffrey Sidmouth die Rolle des spontanen Täters ganz glaubhaft zuschieben konnte, wenn man nur sein Temperament bedachte.

»Doch würde ein Mann, der solch einen unerwarteten tödlichen Schlag erteilt, eine Lilie bei sich führen und sie als Zeichen seiner Sünden beim Captain ablegen?« rief ich. »Verlassen Sie sich darauf, Mr. Crawford. Wir werden alle aufs äußerste getäuscht. Hinter der Sache steckt mehr, als wir bisher ahnen können.«

»Sie werden vielleicht recht bekommen, Miss Austen«, entgegnete Mr. Crawford, aus dessen mutloser Haltung große Zweifel sprachen, »doch der Captain kann unmöglich *zwei* Männer gekannt haben, die ihm so feind waren wie Sidmouth, nach allem was wir wissen.«

Ich konnte Mr. Crawford nicht vorwerfen, seinen Freund hintergangen zu haben, so wie es Seraphine getan hatte. Er sprach nur das aus, was Mr. Dobbin und der Coroner in der Beweisführung zu Fieldings Fall auch tun mußten; und um überhaupt etwas Licht in die Sache zu bringen, müßte man selbst die unangenehmste Möglichkeit miteinbeziehen. Um Fieldings Mörder zu finden, blieb nichts anderes übrig, als die dunkelsten Vorgänge zwischen den beiden Männern offenzulegen.

»Mademoiselle LeFevre«, sagte ich zögernd und blickte mich zu der armen Seraphine um, die ihr Gesicht ganz im Taschentuch verborgen hatte, »ich möchte Ihren Kummer nicht noch steigern, nur um meine bloße Neugier zu befriedigen, doch es scheint, daß ein besseres Verständnis der Beziehungen zwischen Ihrem Cousin und Captain Fielding Mr. Sidmouths Lage erheblich verbessern könnte. Möchten Sie uns den Grund für seine tiefe Abneigung erklären?«

Sie richtete ihren engelsgleichen Kopf auf. Voller Qualen schaute sie mir in die Augen. »Ich weiß nicht – ich bin mir nicht sicher, was ich getrost sagen darf. Ich muß erst mit Geoffrey sprechen.«

»Das hängt mit dem Spitznamen des Captain zusammen, nicht wahr?« fragte Mr. Crawford sanft nach. »*Le Chevalier*. Wie ich erfuhr, hat er ihn erhalten, weil er Ihnen einen gewissen Dienst erwies.«

»Dienst? Einen *Dienst*? So nennen Sie das also?« Bitter lachend warf Seraphine ihren Kopf zurück. »Die Engländer haben eine merkwürdige Art sich auszudrücken, nicht wahr? Mr. Crawford spricht von Pflicht, wenn er Betrug sagen sollte, und Captain Fielding – Captain Fielding redete, wenn ein Mann von Ehre hätte schweigen sollen. Die *Dienste* unserer Freunde haben mich und meinen Cousin nur ins Elend gestürzt.« Mit einer raschen Bewegung erhob sie sich, schwang ihren roten Umhang um und wandte Mr. Crawford ein Gesicht zu, als stammte sie aus dem Jenseits.

»Vielen Dank, Mr. Crawford, daß Sie uns Ihre Zeit geopfert haben, doch ich fürchte, daß ich nun nach High Down Grange zurückkehren muß. Es ist noch so viel zu tun, und nun fehlt noch ein Paar Hände. Mir liegen die Angelegenheiten meines Cousins so sehr am Herzen, daß ich sie in seiner Abwesenheit nicht vernachlässigen will. Sie werden mir verzeihen.«

Mr. Crawford räusperte sich und stützte sein Kinn auf sein Halstuch. Scheinbar fehlten ihm die Worte.

»Darf ich Ihnen meine Gesellschaft anbieten, Mademoiselle, und meine Hilfe?« fragte ich.

Seraphine schüttelte nur den Kopf. »Sie sind die Freundlichkeit selbst, Miss Austen, aber ich möchte im Augenblick lieber allein sein. Wir werden uns, wie ich hoffe, in ein paar Tagen wiedersehen.«

Ich zweifelte kaum daran, daß sie dabei an eine Begegnung im »Goldenen Löwen« dachte, aus Anlaß von Sidmouths Verhör. Ich hatte eine böse Ahnung. Ein Blick auf Mr. Crawford machte mir deutlich, daß seine Gedanken in die gleiche Richtung gingen. Doch er sammelte sich und rief seine Kutsche. Für sein zuvorkommendes Verhalten war ich ihm sehr dankbar, da ich doch für diesen Tag schon mein Pensum Bewegung in den Hügeln von Dorset hinter mir hatte.

Die kurze Fahrt war wenig ermunternd, herrschte doch Schweigen, bis Seraphine an dem Tor zum Gutshaus abgesetzt wurde. Als der Kutscher die Pferde wendete, konnte ich sie noch einmal sehen – blaß, aufrecht und in Feuer gehüllt, so schleppte sie sich einsam über den Hof.

20. September 1804,
in den frühen Morgenstunden

Heute nacht konnte ich keinen Schlaf finden, ich warf mich mit quälenden Gedanken hin und her – alles, was ich an jenem Tag beobachtet und gesehen hatte, ging mir durch den Kopf. Tausende Mienen und Gebärden zogen an meinen müden Augen vorüber – Mr.Sidmouths Herzlichkeit, als er dem Stalljungen die Krücken überreichte; Seraphines

Gesicht, als sie über das sonnenbeschienene Meer nach Frankreich blickte; die Tränen, als sie an Captain Fieldings mysteriöses Verhalten ihr gegenüber dachte; und ihre Wut, als sie Sidmouths Festnahme mit ansehen mußte. Auch ging mir Mr. Crawford nicht aus dem Sinn, trug er doch eine schwere Last – nämlich innerlich abzuwägen, ob sein Freund schuldig oder unschuldig war!

Zuzuschieben war meine Schlaflosigkeit jedoch vor allem einer Sache – meiner eigenen Unschlüssigkeit hinsichtlich Sidmouths. In Wahrheit wußte ich nicht, was ich von den belastenden Hufspuren halten sollte. Es wäre ebensogut plausibel, daß ein anderer ein Pferd aus dem Stall des Hofs entwendet, sich als Sidmouth verkleidet und dann den Captain aus dem Weg geräumt hatte. Doch ich spürte, daß Mr. Crawfords Vermutung richtig war – daß niemand dem Captain so feind war wie der Herr von High Down Grange.

Oder vielleicht niemand außer den Schmugglern und ihrem Anführer, die gegenüber dem Captain zweifellos einen tödlichen Haß hegten, da er alles unternahm, um ihren Schleichhandel zu behindern – doch da alle Welt bereit war, Geoffrey Sidmouth für ebenjenen Reverend zu halten, würde mich auch diese Überlegung nicht weiterbringen.

Oder etwa doch?

Von einem Gedanken gefesselt, richtete ich mich auf.

Captain Fielding hatte gemeint, daß Seraphine dem Reverend als lebendes Signal diente, wenn sie in ihrem weiten roten Umhang über die Klippen streifte. Er hatte die Ansicht geäußert, daß in der Nacht nach einem solchen Spaziergang Schmuggler anlegen würden. Heute vormittag war ich nun selbst mit Mademoiselle spazieren gewesen und hatte beobachtet, wie sie lange Zeit über wie versteinert auf den Klippen am Meer stand. Es ist wahr, ich hatte kein Schiff bemerkt; doch ich war viel zu sehr mit meinen eigenen ungeklärten Fragen beschäftigt gewesen und hatte überlegt, welche Wirkung diese auf die Dame hätten.

Ich warf das Bettzeug zurück und griff nach meinen Stiefeln.

Die Mutmaßungen eines fiebernden Gehirns, die mangels Schlaf noch unvernünftiger ausfallen, haben für den Mutmaßenden selbst das ganze Gewicht rationalen Denkens, so lächerlich sie sich auch, bei Tage besehen, ausnehmen. Ich habe schon so manchen Gedanken, den ich um Mitternacht bereitwillig hochhielt, bei der Schokolade zum Frühstück als höchst verworren wieder verworfen. Doch heute nacht war ich viel zu ungeduldig, um die Morgendämmerung abzuwarten. Ich hatte das Gefühl, daß ich in Erfahrung bringen *mußte*, ob Sidmouth der Reverend war oder nicht, und ich wußte mit mitternächtlicher Sicherheit, daß ich die Antwort am Strand unterhalb von High Down Grange finden würde. Ich war mir darüber im klaren, daß die meisten Damen mit vornehmer Erziehung und guten Umgangsformen eher sterben würden, als sich allein in die Dunkelheit zu wagen; aber das zählte nicht. Schließlich gehörte ich ja nicht zu den *meisten Damen*.

Ein Blick durch die Vorhänge, und ich erspähte den abnehmenden Mond, der in ein paar Stunden verschwunden wäre. Ich war voller Hoffnung, daß eine Schmugglerbande, die ihren Brandy wert war, wohl darauf warten würde, daß es zum Anlegen dunkler war. Dann würde mir gerade noch genügend Zeit bleiben.

So kleidete ich mich mit äußerster Behutsamkeit an und warf mir mein ältestes Kleid über. Es war aus solidem braunem Wollstoff, der mich vor der nächtlichen Septemberkälte und den Unbilden der Hügel schützen würde. Dann stahl ich mich so leise wie nur möglich aus Wings Cottage davon.

Für die Entfernung, die man bei Tage rasch bewältigen konnte, benötigte man bei Dunkelheit und der Verstohlenheit, mit der ich mich fortbewegen mußte, doppelt soviel Zeit. Und ehe ich das Ufer von Charmouth erreichte, war der Mond tatsächlich schon gesunken. So mußte ich mich die verbliebene Strecke vorwärtstasten. Ich ging an Mr. Crawfords Fossiliengruben vorbei und war dankbar dafür, daß dort Werkzeuge und Steine, nun in Leinwand eingeschlagen, auf vertraute Weise herumlagen. Überquerte auch den Weg, der von der oberhalb liegenden Straße kam, wo Mr. Sidmouth Crawfords Landauer eingeholt hatte – jener Tag lag scheinbar so weit zurück, als hätte ich ihn in einem anderen Leben erlebt.

Ich kletterte einen kleinen Felsen über dem Sand hinauf, um das Gestrüpp um die Ausgrabungen zu betrachten. Da erinnerte ich mich an den Ammoniten, den mir Mr. Sidmouth in die Hand gedrückt hatte – so kalt und glatt wie seine starken Finger. Ich wandte mich dem Meer zu und blickte auf das endlose Schwarz hinaus, das so ungeheuer leer wie die Ewigkeit selbst schien. Nie zuvor hatte ich nachts die kleinen Wellen der Brandung am Strand gesehen und war erstaunt darüber, daß das Wasser weißlich-grün schimmerte, so als leuchtete aus der Tiefe des Meeres ein Licht, das die Wellen zum Ufer führte. An meinem braunen Wollkleid zerrte der frische Wind, und ich erschauerte vor Kälte – oder zitterte ich, weil ich den Elementen preisgegeben war, die Nacht so einsam war und die Möglichkeit bestand, daß mich das Schicksal des Captain ereilte. Welch beunruhigende Abgeschiedenheit! Verflucht sei die Macht mitternächtlicher Gedanken, die mich zu einem solch närrischen Unternehmen verlockt hat!

Ich wandte mich wieder den Klippen zu und blickte hinauf, suchte das Licht jenes abgelegenen Gutshauses oder eines Nebengebäudes, das mir anzeigte, wie ich nach High Down Grange vorankam. Doch die hochaufragenden Kreidefelsen nahmen mir die Sicht und ließen am oberen Rand keine Anzeichen von Zivilisation erkennen. Ich trat einen Schritt zurück und noch einen, bis meine Stiefel im feuchten Ufersand versanken. Nun stellte ich mich auf die Zehenspitzen.

Dann sah ich es – das kurze Blinken eines Lichts, das gleich darauf wieder verlosch. Mir kam sofort Seraphines eigenartige Laterne in den Sinn – mit der langen, zylindrischen Tülle an der Seite und der beweglichen Platte aus Zinnblech, mit der man offensichtlich Signale geben konnte. *Jemand* dort oben war mit einem Schiff auf See in Verbindung getreten. Ich drehte mich rasch um und bemühte mich, im Dunkel der Nacht etwas zu erkennen – und entdeckte tatsächlich das Signallicht, das Antwort gab.

Nicht eine Sekunde hatte ich zu verlieren, denn bald würde man am Strand eintreffen. Doch wo konnte ich mich verstecken?

Es hätte beinah Elizas Stimme sein können, denn die Worte, die sie damals auf einem fröhlichen Spaziergang vor zwei Wochen gesagt hat, klangen mir nun mit der ihr eigenen Frivolität in den Ohren: *Eine so muffig riechende und dumpfige Höhle wie von Mrs. Radcliffe ...! Sollten wir uns etwa unter Lebensgefahr dort hineinbegeben?*

Ich eilte zur Klippenwand zurück und versuchte, mich an die genaue Lage der kleinen Öffnung im Felsen zu erinnern. Befand sie sich vor oder hinter Crawfords Fundstätten? Oder weiter hinten am Strand von Charmouth, fast am Ende? Ohne das Mondlicht konnte ich die Vorsprünge und den gewundenen Verlauf der Kreidefelsen nicht ausmachen. Wo Bedachtsamkeit und Ruhe erforderlich gewesen wären, war ich von einer nicht zu leugnenden verwirrenden Eile besessen. So muß ich wohl eine ganze Weile vorwärtsgestolpert sein, als mir plötzlich der kleine Steinhaufen einfiel, den ich vor vielen Tagen, als ich mit Eliza am Höhleneingang vorbeiging, entdeckt hatte. Einen kurzen Moment konnte ich ihn ausmachen. Die Höhle erreicht zu haben und in das schützende Dunkel zu schlüpfen war eine Erleichterung, die kaum geringer war, als meine Verzweiflung zuvor.

Im Eingang mußte ich innehalten. Ich spürte den eisigen Hauch von Feuchtigkeit in meinem Nacken; doch wenn ich auch vom Höhleninneren kaum etwas erkennen konnte, so nahm ich doch wahr, daß der sandige Boden der Höhle ausreichend trocken war. Die Dunkelheit, die einen schon im Freien erschauern ließ, war nichts im Vergleich zu dem Dunkel in der Höhle. Wie eine Blinde, der man den Krückstock gestohlen hatte, tastete ich mich vorwärts. Zaghaft ging ich weiter, immer die Arme nach vorn ausgestreckt. Ich wollte nur einen geeigneten Platz finden, von dem aus ich den Strand im Auge hatte, ohne daß mich die anderen dabei entdeckten. Links vom Höhleneingang fand ich einen großen Felsblock, hinter dem ich mich in meinem arg mitgenommenen braunen Wollkleid niederlassen konnte und der kommenden Dinge harren wollte.

Zu meinem Entsetzen schreckte ich irgendwann später mit einem lauten Prusten auf und hatte nicht die geringste Ahnung, wie lange ich wohl geschlummert hatte. Etwas beunruhigt stand ich schnell auf. Da drang das leise Geräusch von Bootsriemen an mein Ohr, die sich knarrend in ihren Dollen bewegten, so daß ich am Eingang der Höhle stehenblieb. Mit größter Vorsicht hielt ich den Atem an und spähte in die Nacht hinaus.

Zwei Gestalten kauerten am Strand und blickten angestrengt auf das Meer hinaus, wo sich etwas vorwärtsbewegte. Bei der Gestalt mit dem langen, dunklen Umhang mußte es sich wohl um Seraphine handeln. Die zweite war anscheindend Toby, der sich auf seine Krücken stützte. Die rechte Hand von Mademoiselle lag schützend auf der Schulter des Jungen, während an der anderen ein unkenntlicher Gegenstand hing – aller Wahrscheinlichkeit nach die Laterne. Ich suchte auf dem Meer, wonach sie wie gebannt Ausschau hielten. Ich konnte gerade noch ein kleines Boot ausmachen, das weit vom Ufer entfernt gegen die Brandung ankämpfte, dort, wo sich eine Sandbank im nächtlichen Wasser verbarg. Von dort kam das Knarren der Ruder.

Ich stand so still, wie die Vorsicht nur gebieten konnte, und sah, wie sich das Boot immer mehr näherte. Wenige Augenblicke später nahm ich vier Gestalten wahr – zwei an den Rudern und zwei, die sich über die Ladung beugten. Waren es Brandyfässer? Oder Kisten mit Gütern, die so vielfältig waren wie die Völker des Kontinents?

Das Boot glitt auf den Strand; die Ruderer sprangen ins Wasser und schoben es weit in den Sand hinauf. Zu meiner Überraschung stieß Seraphine einen leisen Schrei aus, stürzte auf den Bootsrand zu und hielt sich vor Entsetzen eine Hand vor den Mund.

Zur gleichen Zeit eilte vom Fuße der Klippen her eine Gruppe von Männern über den Strand, die sich auf das Boot warf. Mit klopfendem Herzen meinte ich zuerst, es seien Dragoner, die einen der Anführer des Reverends angreifen wollten. Doch es zeigte sich, daß die Ruderer sie kannten, und bei genauerem Hinsehen waren es Leute, wie einfache Fischer gekleidet, die sich die Gesichter mit Ruß geschwärzt hatten, um nicht erkannt zu werden. Zu meiner großen Überraschung entdeckte ich unter ihnen Mr. Dagliesh, den schüchternen jungen Arzt, der nun neben Mademoiselle stand. Unterdessen tauschten seine Kumpane mit den Ruderern die Plätze und kehrten das Boot wieder zur See. Was hatte das nur zu bedeuten?

Das Ablegen des Bootes konnte ich jedoch nicht weiter verfolgen, da meine ganze Aufmerksamkeit auf Seraphine gerichtet war, die in ihrem roten Umhang über der an Land gebrachten Bootsfracht kauerte. Dabei handelte es sich offenbar nicht um Fässer oder Kisten, sondern um einen Mann, der seiner Haltung nach nicht bei Bewußtsein war. Das Zittern ihrer Schultern verriet, daß sie leise weinte. Meine Neugier war ebenso groß wie das Mitleid, das ihre kummervolle Gestalt in mir wachrief. Dagliesh kniete sich an ihrer Seite nieder und kümmerte sich rasch um den Mann; der Stallbursche lehnte sich auf die Krücken und sah dem Ganzen mit gesenktem Kopf schweigend zu. Seine

Herrin schaute auf und stellte Dagliesh eine kurze Frage, die ebenso knapp und leise beantwortet wurde. Wenn ich meinen Ohren trauen konnte, so hatten beide französisch gesprochen.

Soviel stand fest, der Schmuggelbande mußte ein schweres Unglück zugestoßen sein und ein Verwundeter, vielleicht ein Toter, war ans Ufer gebracht worden. Eine weitere Schar Männer war zur Ablösung losgeschickt worden. Hatte man das Boot über den Kanal hinweg verfolgt? War es unter Beschuß geraten, und hatte es nur so kurz angelegt, um die Verletzten in englische Obhut zu geben? Entsetzt schüttelte ich den Kopf. Solche Dinge waren jenseits meines Vorstellungsvermögens.

Plötzlich löste sich die Gruppe um den leblosen Körper auf. Seraphine rang verzweifelt die Hände und begab sich wieder auf den Weg die Klippen hinauf, Toby folgte ihr humpelnd. Mit einem Stöhnen hoben die Ruderer ihre Last hoch, schwangen den unbekannten Mann auf ihre Schultern und verschwanden in der Nacht. Bis auf Seraphines Laterne gab es kein Licht. Hätte man das Boot wirklich verfolgt, dann hätten sie wohl auf jeglichen Lichtschein verzichtet und in der Dunkelheit Schutz gesucht. Welch ein mühseliger Marsch stand ihnen noch bis High Down Grange bevor! Und noch entmutigender war wohl die Nachtwache am Lager eines Mannes, in dem wahrscheinlich kaum noch Leben war!

Fest entschlossen, versteckt zu bleiben, bis die Geräusche der Schmuggler verebbt waren, ging ich ins Höhleninnere, obschon ich mich selbst so niedergeschlagen und kraftlos fühlte, daß ich liebend gern nach Hause gelaufen wäre, um die eigenartigen Vorkommnisse der Nacht rasch hinter mir zu lassen. Doch ich wollte auf keinen Fall entdeckt werden und zwang mich zu größerer Geduld. So ignorierte ich die Kälte, die unter mein Kleid kroch, und schlang die Arme eng um mich. Ich beneidete Seraphine um ihren nützlichen dicken Umhang und stellte fest, daß ich über mitternächtliche Schurkereien noch viel zu lernen hatte.

Vielleicht war eine Viertelstunde vergangen. Nun wähnte ich mich allein und war gerade mit vor Kälte schmerzenden Gliedern aufgestanden und hatte mich zur Öffnung der Höhle begeben, als ich Gelächter hörte und mich der Lärm stolpernder Füße erstarren ließ. Zu Tode erschrocken, holte ich tief Luft und fand schließlich den Mut, noch einmal in die Nacht hinauszuspähen.

Weder Seraphine noch Toby, auch keiner der Bootsleute war am Strand zu sehen, sondern *zwei* Männer, ziemlich rauhe Gestalten und mir gänzlich unbekannt. Ich bemerkte, wie einer eine Flasche an die Lippen führte und rückwärts wankte – entweder weil er vom Alkohol benebelt war oder weil er den Abhang des Strandes unterschätzt hatte oder aus beiden Gründen. Der andere stieß ein heiseres Lachen hervor und krächzte eine Zeile aus einem Seemannslied. Verstört blickte ich mich um und spürte allzu rasch, in was für einer dummen Lage ich mich befand – ich hatte es darauf angelegt, allein zu sein, und so würde mir ein Hilfeschrei vom hoch oben gelegenen Gehöft kaum Beistand bringen. Ich verfluchte meine übertriebene Neugier und war mir sicher, daß meine Aktivitäten über kurz oder lang mein Tod sein würden.

Schnell zog ich mich tiefer in die Höhle zurück und wartete mit angehaltenem Atem, daß die beiden Männer am Kiesstrand weiterlaufen würden. Unwillkürlich preßte ich mich an die Felswand hinter mir. Mit lautem Getrampel näherten sich die Stimmen. Ihre Absicht war klar, und nichts konnte sie mehr daran hindern, auch wenn ihr Verstand benebelt war. Ich streckte die Hände nach hinten, um einen möglichen Sturz abzufangen, und bewegte mich lautlos Schritt für Schritt weiter in die Höhle hinein. Denn ich wußte mit Bestimmtheit, daß die Männer es auf mein Versteck abgesehen hatten – und daß eine Flucht nach vorn nun unmöglich war.

Kapitel 13

Von Spielkarten, Tee und Perlen

20. September 1804, Forts.

Am Eingang der Höhle flackerte ein Lichtschein. Kaum Luft holend, ertastete ich mir weiter den Weg ins Innere. Einer der Männer – jener, der zuvor die Flasche hervorgeholt hatte – hatte beim Näherkommen eine Laterne angezündet, die nun ihren Lichtschimmer immer dichter auf meine Füße zu schwang. Ich machte noch einen Schritt zurück und spürte, daß der Absatz meines Stiefels gegen etwas Hartes stieß – Gott sei Dank war es nicht die Hinterwand der Höhle, sondern ein kalter, feuchter, großer Felsblock. Vorsichtig schlich ich gebückt um ihn herum und fand dahinter eine schmale Spalte, in die ich mich gerade hineinzwängen konnte. Die Vorsehung hatte mich noch nicht ganz aufgegeben.

»Reich uns die Flasche rüber, Dickie, Alter«, sagte eine hohe, spöttische Stimme. Heiser fluchend kam sein Kumpan der Aufforderung nach. Ich hörte Glas klirren, als die Flasche beim Herüberreichen gegen das Metall der Laterne stieß, und dann das verächtliche Glucksen, als die Flüssigkeit einen vulgären Hals hinuntergekippt wurde. »Hasse allein den Anblick von so ´nem dumpfen und widerlichen Ort, wirklich. Ich sag immer noch, hättn wir lieber die Hauptstraße genommen. Is so schrecklich finster und feucht hier drinne.«

Das Licht der Laterne schwankte an der gegenüberliegenden Felswand wild hin und her, und ich nahm an, daß Dickie seinem Freund eins auf den Kopf gegeben hatte – was mir gleich darauf bestätigt wurde, denn der andere heulte vor Schmerz laut auf.

»He, wofür is das nu?«

»Hab dir vorhin gesagt, sollst's Maul halten, Eb. Jetzt halt's Maul, sag ich. Habn oben ein wichtiges Geschäft zu erledigen, und wenn der Reverend was davon erfährt, kann's uns sogar den Hals kosten.«

»Wird nichts erfahrn«, entgegnete der Mann verletzt, der Eb genannt wurde, »sei denn, du erzählst ihm was, und das wird nich passiern. Wir sind saubere Burschen, und machn alles richtig. Noch 'n Schluck?«

»Pack's weg und hör schon mit deinem Geschwätz auf.« Der Lichtschein fiel nun in meine Richtung, und ich vernahm, wie sich Schritte näherten. Ich fürchtete, daß ich für die beiden ein beträchtliches Risiko darstellte, sollten sie mich entdecken, und duckte mich noch tiefer. Als der größere der beiden Kerle, jener, der Dick hieß, nur wenige Zentimeter vor meinem Gesicht vorbeitappte, schloß ich mit der Gewißheit die Augen, daß man mich entdeckt hatte. Doch er mußte weder nach links noch nach rechts geblickt haben, und schließlich verklangen die Schritte. Ich öffnete die Augen, rührte mich aber nicht vom Fleck. Dann spitzte ich die Ohren, um auch das kleinste Geräusch wahrzunehmen.

Ich hörte, wie etwas Metallisches auf einen Stein fiel, dann senkte sich das Licht; Dick hatte seine Laterne abgestellt. Eb stöhnte vor Anstrengung und murmelte einen Fluch vor sich hin, und darauf drang das Quietschen von schlecht geölten Scharnieren an mein Ohr – die Männer hatten eine Tür aufgestoßen! Es schien einen Weg zu geben, der durch ebenjenen Felsen gehauen war und weit in die Hügel hineinführte. Mein Herz schlug schneller, denn mir war klar, daß sich die Männer nun entfernten und die Höhle friedlich verlassen würden. Mein Rückzug in die Freiheit auf die Straße nach Lyme war gesichert.

Doch ich war mit mir ganz uneins über meine nächsten Schritte! Auch wenn eine Romanheldin von Mrs. Radcliffe oder Charlotte Smith fest entschlossen durch die Tür gegangen wäre und sich dem Schauder des dunklen Tunnels ohne einen Blick zurück ausgesetzt hätte, so muß ich bekennen, daß ich zuerst an mein leeres Bett mit der warmen Daunendecke in Wings Cottage und an die tröstliche Geborgenheit des Schlafs dachte. Ich wollte jene Erkundungen auf einen anderen Tag verschieben, wenn Dick und Eb nicht mehr in meinem Kopf herumspukten und wenn ich vor allem aus ihrer Reichweite wäre und die in das goldene Licht der Septembersonne getauchten Kreidefelsen von Charmouth einen erfreulicheren Anblick böten.

Geoffrey Sidmouth hingegen könnte sich nicht den Luxus leisten, unliebsame Verrichtungen aufzuschieben. Ihm blieben nur ein paar Tage, ehe der Coroner seine Anschuldigungen vortragen würde. Ich erinnerte mich wieder an den Zweck meines nächtlichen Spaziergangs zum Kiesstrand, nämlich die Absicht, etwas über den Reverend in Erfahrung zu bringen, hoffte ich doch verzweifelt, daß er und Sidmouth nicht ein und dieselbe Person waren. Doch diese Hoffnung war gänzlich zerschlagen worden – denn Dick hatte das Wort Reverend fallenlassen, und seine Vertrautheit mit diesem langen Gang, der sich am Fuß von High Down Grange befand, war eine höchst unerfreuliche Konstellation. Wenn ich also das Schlimmste erfahren sollte und allen Glauben an Sidmouth aufgeben mußte, so sollte es *hier und jetzt* geschehen. Mir blieb keine andere Wahl, als voranzugehen, auch wenn jeder Nerv in mir nach Umkehr schrie.

Mit angehaltenem Atem und großem Herzklopfen wagte ich, einen Fuß vor den schützenden Felsblock zu setzen, und bewegte mich vorsichtig weiter. Die Dunkelheit lichtete sich etwas, und ein Luftzug vor mir zeigte mir den Weg zum Kiesstrand und nach Hause. Doch mit einem Ruck riß ich mich vom Gedanken an eine Flucht los und ging auf die hintere Höhlenwand zu.

Ich konnte keinerlei Umrisse eines Eingangs erkennen. Mit zitternden Händen tastete ich die Oberfläche des Felsens ab und stieß auf etwas unangenehm Klebriges und

Feuchtes, so daß ich mich beinah selbst vergessen und laut aufgeschrien hätte, während ich meine Hände sofort zurückzog. Ein übler Geruch wie von verdorbenem Fisch stieg mir in die Nase. Da wußte ich, daß es sich lediglich um frischen Seetang vom Strand handelte, der durch die ständig von allen Felswänden herabtröpfelnde Feuchtigkeit naß gehalten wurde. Fürwahr eine gute Tarnung für einen Geheimgang, den niemand aufspüren sollte, würde doch der normale Betrachter sofort wegen des Gestanks und der Berührung mit dem Zeug von weiteren Nachforschungen absehen. Ich holte tief Luft, und das Pochen in meinen Adern ließ nach. Bald darauf hatte ich mich innerlich genug gewappnet, um das üble Gewächs anzufassen und dahinter nach dem rauhen Holz der Tür zu tasten. Dort befand sich der Schnappriegel, und da ich das Quietschen der Scharniere noch im Ohr hatte, das mich auf die Tür aufmerksam gemacht hatte, öffnete ich sie nur ein paar Zentimeter und schlüpfte hindurch.

Der winzige Lichtschimmer vor mir verriet mir, daß Dick und Eb bereits beträchtlich weit vorangekommen waren. Unverzüglich folgte ich ihnen und ließ in dem neuen wahnsinnigen Vorhaben all meine Ängste und Zweifel fallen. Der Boden des Tunnels war recht uneben, und eine plötzliche Vertiefung oder eine Spalte hätte mich zu Fall bringen können. Viel zu häufig knickte ich mit dem Fuß um, als daß ich darauf noch achtgeben konnte. Ich klammerte mich an die Wände zu beiden Seiten, da mir kein heller Lichtschein, wie er den beiden Raufbolden Mut einflößte, den Weg wies. Ein paar Augenblicke später wünschte ich mir selbst das noch so schwache winzige Licht zurück, das mir vorher geleuchtet hatte, denn nun hatte der Tunnel offenbar einen Biegung gemacht, so daß ich die Männer aus den Augen verlor.

Mühselig tapste ich voran, kletterte dann immer sicherer, bis ich zu grob herausgehauenen Treppenstufen gelangte; ungewiß, wie es mit dem Tunnel weiterging, wagte ich mich hinauf.

»He, Eb, bist mir auf 'n Fuß getreten«, brummte beinah vor mir eine schroffe Stimme. Ich duckte mich, so schnell ich konnte, klammerte mich dabei an die Stufe – denn am Ende der Treppe standen meine beiden Führer, und ihrem angestrengten Luftholen und mühseligen Keuchen entnahm ich, daß sie sich an einer weiteren Tür zu schaffen machten.

Nach einer Weile muß sie wohl aufgegangen sein. Die beiden Burschen waren hindurch, und mit einemmal herrschte wieder äußerste Finsternis, denn das tröstliche Licht war hinter der Tür verschwunden.

Leise schlich ich die Stufen bis nach oben, und mit ein paar Schritten war das Tunnelende erreicht. Wieder tastete ich die Fläche vor mir ab und stieß auf eine äußerst glatte Holzplatte. Meine Finger fuhren die Umrisse eines Pfostens entlang; doch es gab weder einen Riegel noch ein Schlüsselloch. Der Weg war mir versperrt.

Ich mußte schlucken und schaute mich verstört um. Ich gab mir Mühe, nicht an all die anderen Lebewesen zu denken, die sich gewöhnlich in einem unterirdischen Gang aufhielten – hastig vorbeihuschende Ratten und riesige dahinkriechende Spinnen, die zweifellos an den Wänden rechts und links von meinen Händen auf und ab liefen, oder solch namenlose Wesen, die einen vor Furcht erschauern lassen. So wünschte ich innigst, ich hätte mich für die andere Möglichkeit, den Weg der Feigheit entschieden – für mein Bett in Wings Cottage. Denn worin bestand der Sinn einer solch beklemmenden Unternehmung, wenn die Kerle nun entkommen waren und ich vor einer verschlossenen Tür stand?

»Hilf uns mal, Dick.« Ich war bis ins Mark erschrocken. Die hohe Stimme tönte ganz dicht an meinem Ohr. Mir mußte ein kurzer Schrei entfahren sein, denn hinter der Tür hörte das Treiben kurz auf, und in der Stimme des Mannes lag nun ein ängstliches Zittern.

»He, Dick – haste *das* gehört?«

»Was gehört?«

»Das. Irgendwas in der Wand. Kriegt man ja Gänsehaut, klang wie 'ne erwürgte Frau.«

»Eher wohl 'ne Ratte. Oder vielleicht ein Geist – wär das nich 'n Spaß, he?«

»Dick – du meinst doch nich, weil der Captain ...«

»Ah, um Gottes willen, Eb, komm her und hilf uns, ein oder zwei Fässer wegzuschieben. Schätze, uns bleibt nich mehr die ganze Nacht.«

Ich lehnte mich gegen die Tür, da ich annahm, daß sie sauberer war als die Felswände, und lauschte aufmerksam. Die Männer schienen eine Zeitlang schwer zu Werke zu gehen. Ich vermutete, sie stellten die Kisten um und brachen die Deckel der Fässer auf, da mir so war, als zersplitterte Holz. Ab und zu stießen sie Flüche aus, wenn ihr Schienbein etwas abbekam, und das war eine ganze Ewigkeit über meine einzige Unterhaltung. Als ich wieder Glas klirren hörte, wußte ich, daß erneut die Flasche von Mann zu Mann gereicht wurde, und ein tiefer Seufzer zeigte an, daß sie nun leer war. Dann ging die Suche – denn es handelte sich zweifellos um eine Suche – weiter.

Ich fragte mich, ob der unterirdische Gang wirklich bis zu den Türen von High Down Grange führte, wo sich die Bewohner des Hauses womöglich aufhielten. Jene kümmerten sich wohl inzwischen um den verwundeten Mann. Oder waren die Männer etwa bei den Stallungen angelangt, wo sie sich einzig unter den Augen der Tiere zu schaffen machten?

»Eb! He, Eb – wirf mal 'nen Blick hier rauf!« rief Dick nach einer Pause.

Schlurfende Schritte, ein leiser Pfiff, und daran schloß sich ein höchst abstoßendes, fröhliches Glucksen.

»Meinste, daß die feinen Pinkel wirklich mit so was Karten spieln? Unanständig is das. Nettes Bildchen die Herzdame, so nackt und ohne Kleider. Diese Franzmänner kriegn aber auch alles fertig.«

Das war nun also die Belohnung dafür, daß ich mir waghalsig die Nacht um die Ohren schlug! Erschöpft und wütend schloß ich die Augen. Ich hatte mir schon längst gedacht, daß die beiden Männer ein Lager mit Schmuggelware durchwühlten, doch nun fand ich mich bestätigt. Die Begeisterung für das Kartenspiel hatte in England die Nachfrage nach Spielkarten erheblich gesteigert, so daß die Krone eine Steuer für den wichtigsten Lieferanten – Frankreich – eingeführt hatte und das Spielen für die Geldbörsen der meisten Leute nicht mehr erschwinglich war. Also schmuggelte man französische Spielkarten ins Land. Allerdings hatte ich keine Ahnung gehabt, um welche Art es sich dabei handelte.

»Tja, bin ganz durcheinander«, sagte Dick. Ich hörte nun Holz knarren und wußte, daß er sich auf eine Kiste gesetzt hatte.

»Das Zeug vom Reverend is nich hier«, pflichtete ihm Eb bei.

Ich stellte mir vor, wie sich beide, noch ganz benebelt vom Alkohol, die Köpfe kratzten, und wünschte, sie hätten mehr vor sich hin gebrabbelt und nicht so artig geschwiegen. Hatte denn jemals ein heimlicher Lauscher so wenig wie ich in Erfahrung bringen können? Es war nicht zu ertragen.

»Was solln wir tun, Dick?« Trotz des Mutes, den er sich angetrunken hatte, schwang in Ebenezers Stimme ein wenig Furcht mit.

»Aus Lyme abhaun, solange noch Zeit is«, entgegnete der andere. »Jetzt, wo Sidmouth hinter Gittern is, haben wir etwas Zeit gewonnen – Seine Gnaden is zu beschäftigt mit dem Richter und so. Doch wir sollten besser verschwinden, ehe er rauskriegt, daß wir ihn hintergangen haben, sonst landen wir wie Bill Tibbit am Ende auf der Cobb.«

Der andere schluckte hörbar und fing zu meinem Entsetzen zu heulen an – ein furchtbares Gewimmer von einem erwachsenen Kerl, ganz gleich wie sehr er auch von

Schnaps und Angst gezeichnet sein mochte. Ich fühlte mich kaum besser – denn Dicks Worte legten eine schreckliche Möglichkeit nahe, und die Bedeutung der Worte konnte mir den letzten Mut nehmen. Doch in der Hoffnung, mehr in Erfahrung zu bringen, legte ich weiter mein Ohr an die Tür, um zu hören, was sie noch über ihre fragwürdige Zukunft verlauten ließen.

»Na, na, Eb – hab ich mich nich immer um dich gekümmert?« sagte Dick, um seinen Freund zu trösten. »Wir sind saubere Burschen, wie du sagst, und wir kommen schon aus der Klemme wieder raus. Gehn wir noch vor Tagesanbruch zum Strand zurück und fahrn mit dem Boot um die Pegwell-Bucht rum. Is nur noch 'n Katzensprung von da zur Straße nach London, dann sind wir nich mehr in Reichweite vom Reverend. Halt dich nur ran, Alter, und trau deinem alten Dick.«

»Wart noch 'ne Sekunde ...«

»He, was soll das?«

»Ich kann das nich alles hier so liegenlassen, du Dussel. Von dem Erlös könnten wir ein Jahr in London leben.«

»Leg sie zurück, Eb«, sagte Dick leicht drohend. »Ich will nich, daß uns das Gesetz und auch der Reverend verfolgen. Illegaler Freihandel is eine Sache. Stehlen 'ne andere. Hab immer Wert auf den Unterschied gelegt. Kann man an den Galgen kommen, für das, was du da nimmst.«

»Is doch kein Stehlen! Das is Schmuggelware ...«

»Aber nich unsre.«

»Ach, Dick ...«

Darauf folgte ein Hieb und ein Wimmern, und ich hörte, wie ein paar Gegenstände herunterfielen, und Eb war kirre gemacht.

Ich war so auf das Geschehen konzentriert, daß ich kaum bemerkte, wie sich schwere Tritte näherten, bis die Tür langsam von drin aufging. Ich preßte mich eng an die Wand und bemühte mich, den Atem anzuhalten, doch mein Herz raste wie wild in meiner Brust. Einen Augenblick später stieß die Tür gegen mich, und die beiden Männer stürzten heraus. Ihnen folgte eine schwere Schnapsfahne. Sie waren viel zu sehr mit sich beschäftigt und zu benebelt, um zu bemerken, daß die Tür nicht gegen die Felswand geschlagen war. Tatsächlich konnte man außerhalb des Lichtscheins, den ihre Laterne warf, kaum etwas erkennen. Als Ebenezer in sicherer Entfernung von mir war, gab ich der Tür einen sanften Stoß, worauf sie ins Schloß fiel. Dick blickte sich zufrieden noch einmal über die linke Schulter um. Da ich im Dunkeln zu seiner Rechten hinter ihm stand, konnte er mich nicht sehen. Nun befiel mich eine unbeschreibliche Angst, befanden wir uns doch alle drei auf dem gleichen engen Raum! Ich war überrascht, daß die anderen nicht einem alten animalischen Instinkt nach förmlich *spürten*, daß noch eine dritte Person anwesend war, zumal ich mir sicher war, daß mich schon mein Atem verriet.

Doch sie bemerkten nichts und waren rasch die düsteren Treppenstufen hinuntergestapft und weiter in den Tiefen des Ganges verschwunden – wobei sie wohl oder übel den tröstlichen Lichtstrahl mit sich nahmen. Bald darauf war wieder alles schwarz. Ich mußte mich nun entscheiden: sollte ich versuchen, den Geheimmechanismus der Tür herauszufinden, oder den Rückweg antreten – und den Tagesanbruch am Strand von Charmouth erleben? Letzteres wäre mir gewiß ein leichtes gewesen, doch jetzt war ich den Dingen schon so weit auf der Spur und wollte erst dann nach Lyme zurückkehren, wenn ich wüßte, *wem* das Lager gehörte, in das die beiden Räuber eingedrungen waren.

Ich glitt mit den Händen die Türoberfläche entlang und drückte dabei fest gegen das Holz; doch die Tür bewegte sich nicht. Verblüfft hielt ich inne, um nachzudenken. Weder Dick noch Eb schienen viel Kraft für das Öffnen aufgewendet zu haben; und keiner von beiden war so über alle Maßen schlau, um etwa ein Vexierschloß öffnen zu können. Daher ließ ich von der Holztür ab und tastete den Pfosten entlang, wo ich endlich auf einen kaum hervorstehenden, kleinen Knauf von ungefähr der Größe eines Shillings stieß. Ich drückte ihn hinein, doch es geschah nichts; ich zog ihn heraus, und die Tür öffnete sich.

Hinter der Schwelle herrschte große Finsternis. Nachdem ich aber so viele Stunden im Dunklen zugebracht hatte, hatten sich meine Augen daran gewöhnt. So konnte ich die Umrisse der Waren erkennen, die in großer Eile kreuz und quer abgestellt worden waren. Die Männer hatten sich nicht die Mühe gemacht, wieder Ordnung in das Durcheinander zu bringen, das sie angerichtet hatten. Als ich den Raum betrat, stießen meine Stiefel gegen abgesplittertes Holz. Ich schaute mich weiter neugierig um und war mir sicher, daß mich niemand überraschen würde, hatten doch die Männer zuvor auch unbemerkt alles durchstöbert.

Dieser Raum besaß keine Fenster; es mußte sich also um einen Keller handeln – vielleicht unter der Scheune des Gehöfts? Oder es war eine größere Höhle, vielleicht noch ein Geschoß unterhalb der Keller von High Down Grange gelegen? Ich mußte ganz vorsichtig zu Werke gehen, um herauszubekommen, auf wessen Anwesen ich mich befand. Doch was für Reichtümer lagerten hier!

Ich strengte mich an, genau festzustellen, um was für Gegenstände es sich bei der angehäuften Schmuggelware handelte, und stieß dabei auf eine solche Menge von Gütern, daß man mit ihnen gut einen König hätte freikaufen können. Es gab Dutzende von Brandyfässern, große Kisten mit wohlriechendem Tee – die besten Chinasorten, viel zu teuer für den bescheidenen Haushalt der Austens – und grobe Säcke mit Kaffeebohnen und Berge von Schokolade. Dann fand ich exotische Gewürze aus Malabar und von den Kanaren, die feinste spanische Spitze, eine unglaubliche Menge an Schnupftabak, Kohle, Sargnägel, Haarpuder und Siegellack; und in einer ungewöhnlichen Truhe, die bei der Unordnung in der Nähe des Eingangs stand, lagerte eine Unzahl frisch aufgereihter Perlenstränge. Als ich sie berührte, wirkten sie wunderbar kühl und seidig glatt, und nun verstand ich, daß Eb nicht ohne sie verschwinden wollte. Ich empfand daher eine eigenartige Achtung vor Dick, der einen Diebstahl eisern abgelehnt hatte. Die Moral der Herren der Nacht war wirklich merkwürdig.

Ich stand auf und ließ die Perlen in die Truhe zurückgleiten, wobei ich leicht verwirrt die Stirn zusammenzog. Etwas fehlte noch. Was konnte es nur sein? Was hatten die beiden berauschten Burschen gesucht und nicht gefunden?

Seide.

Aber natürlich. Seide, die für die Garderobe einer schönen Dame unbedingt notwendig war, diktierten das doch Eitelkeit und Mode. Seide, die die prächtigsten Auslagen der atemberaubendsten Straßen in den großen Städten des Landes zierte. Das kostbarste Gewebe, von unnachahmlichem Glanz und von brillanter Farbe, das mit seiner Geschmeidigkeit das Königreich von Norden nach Süden einhüllte – *Seide*. Sie wurde vornehmlich auf dem Kontinent gesponnen, vor allem im Süden Frankreichs, und beinah so hoch geschätzt wie das Leben selbst, und damit stellte sie für die Schmuggler ein Vermögen dar. Bisher hatte ich in meinem ganzen Leben nur *ein* einziges Seidenkleid besessen; und ich verschmähte den wunderbar fließenden Stoff keineswegs.

Also war der Reverend ein Seidenhändler. Und meine gute Eliza hatte erklärt, daß Sidmouth häufig nach Frankreich reiste, wo ihm seine Cousine Seraphine von großem Nutzen sein mußte, da sie ja die Sprache perfekt beherrschte. Ich zweifelte kaum daran, daß sie trotz ihres ausdrücklichen Hasses gegenüber Bonaparte und des großen Leids, das ihr in der Vergangenheit die Revolution zugefügt hatte, nicht abgeneigt war, im Interesse Sidmouths den Kanal zu überqueren – zumal ihr Bruder dort einen guten Posten in der napoleonischen Armee inne hatte. Von Roy Cavendish hatte ich erfahren, daß der Reverend Agenten für sich arbeiten ließ – wer eignete sich besser dazu als Seraphine? War darin auch die Quelle der Feindschaft zwischen Captain Fielding und High Down Grange zu finden? Hatte er entdeckt, daß Mademoiselle LeFevre nur eine Schachfigur im Spiel ihres Cousins darstellte, und sich bemüht, sie von ihm zu trennen, damit sie ihre Freiheit wiedererlangte?

Ich ließ mich auf einem Faß nieder und stützte den Kopf in beide Hände. Die Dinge, die ich in dieser Nacht erfahren hatte, lasteten schwer auf mir, und ich hatte viel Schlaf eingebüßt. Ich konnte nichts weiter tun, als mich umsehen und meine Rückkehr antreten – über die Straße, wenn noch alle Bewohner von High Down Grange schliefen, oder wenn es sein mußte auch durch den unterirdischen Gang.

Am anderen Ende des Raumes entdeckte ich eine Treppe, zu der ich mich schleunigst begab. Ich stieg sie hinauf und drehte mit größter Vorsicht beklommen am Türknauf. Ich erwartete, daß mich nun sofort Sidmouths Hunde anspringen würden, doch alles blieb still. Ein zarter Lichtschimmer fiel über die Schwelle, als ich die Tür weiter aufstieß – es dämmerte schon an den Klippen über dem Meer. Ich wartete einen Moment und lauschte auf mögliche Geräusche in der Stille, dann trat ich ins aufkommende Tageslicht hinaus und blickte mich um. Ungläubig mußte ich blinzeln.

Denn ich war aus einem Gerätehäuschen aufgetaucht und befand mich nun in einer Ruinenanlage, einem hübschen Plätzchen, das von Rosenbüschen umgeben war, die schon nicht mehr blühten. Die gewundenen Gestalten von Waldnymphen, die für immer in festen Marmor gehauen waren, bewachten diesen Ort.

Es war Captain Fieldings Gartentempel. *

* Jane Austens Beschreibung des Tunnels entspricht den unterirdischen Gängen, die man in den letzten Jahren in den Küstenorten der an den Kanal grenzenden Grafschaften gefunden hat. Einige führten von den Kellern der Gastwirtschaften, wo sich die Schmuggler hauptsächlich trafen und ihre Ware lagerten, zu Anlegestellen am Meer. Andere zogen sich von Herrenhäusern auf den Klippen bis zur See hin; andere wiederum gingen von den Familiengruften der Krypta einer Kirche aus – wo man anstelle der Gebeine der Vorfahren zweifellos Brandyfässer aufbewahrte. – *Die Herausgeberin.*

Kapitel 14
Die nächsten Schritte

20. September 1804, Forts.

»Es ist höchst ungeheuerlich von Mr. Sidmouth, sich festnehmen zu lassen«, sagte meine Mutter etwas pikiert, als ich die Stufen zum Frühstückszimmer hinablief. »Denn er wird gewiß gehängt werden, wie mir Miss Crawford sagte, auch wenn er von unserer teuren Jane ganz hingerissen schien. Ich muß gestehen, Mr. Austen, daß ich noch nie von jemand eine so vielversprechende Zuneigung gegenüber unserer Tochter bemerkt habe – außer vielleicht der seitens Captain Fieldings –, aber daraus ist nichts geworden, und Miss Crawford versichert mir, daß er auf jeden Fall um ihre Nichte anhalten wollte. Doch, da haben wir es – der arme Mann starb, ehe er den Mund auftun konnte, und Miss Armstrong darf nun nicht einmal um einen offiziellen Verlobten trauern.«

»Sehr wahr«, antwortete mein Vater trocken. »Wenn man um einen Gentleman trauert, den man nur seinen Bekannten nennen darf, dann werden diese Gefühle für unglaubwürdig gehalten.«

»Eine höchst traurige Angelegenheit das Ganze«, fuhr meine Mutter fort, die, wie man meinen könnte, zwar den Sinn der Worte ihres Gatten verstanden hatte, deren spöttischer Unterton ihr aber entgangen war. »Ich werde kein Wort mehr über Mr. Sidmouth sagen, wie ich erst gestern Miss Crawford mitteilte. Er ist ein höchst unwürdiger junger Mann, und seine fehlende Rücksicht auf die Gefühle anderer ist wahrlich abscheulich. Ich vermute, Jane hat *nun* nicht mehr die geringste Chance, ihn zu kriegen. Ach, meine Liebe, da bist du ja endlich!«

Als ich am Tisch meinen Platz einnahm, blickte mich

mein Vater über den Rand seiner Brille an und äußerte sich über meine Müdigkeit.

»Du liegst doch nicht etwa nachts wach und denkst über Sidmouths Schicksal nach, meine Liebe?« fragte er und lächelte kurz. »Es ist in der Tat nicht ganz ohne, wenn sich ein Mädchen nach einem Gentleman im Gefängnis sehnt. Das verleiht ihr einen gewissen Stil und macht sie unter ihren Freundinnen zu etwas Besonderem. Doch ich hoffe, daß die zarteren Gefühle meiner tapferen Jane nicht über Gebühr verletzt sind.«

»Nein, Vater«, entgegnete ich und wußte nicht, wo ich hinschauen sollte.

»Mr. Sidmouth ist einer der unwürdigsten jungen Männer im ganzen Königreich«, sagte er mit einem Anflug offensichtlicher Erheiterung, »jedenfalls versichert mir das deine Mutter. Der schlimmste Mann, den es gibt, wie ich verstanden habe, weil er den galanten Captain erschossen hat – oder weil er nicht *zuvor* um deine Hand angehalten hat –, ich weiß nicht genau, weswegen nun eigentlich. Doch es ist anzunehmen, daß er für beide seiner leichtfertigen Taten einen Grund gehabt hat.«

»Ich kann nicht glauben, daß ein Mann *grundlos* zu solchen Dingen fähig ist«, erwiderte ich.

»Ah, dann willst du jetzt also philosophisch werden, meine Gute – dabei widme ich mich vor dem Frühstück nie der Philosophie. Es ist dennoch höchst bedauerlich. Ich kenne niemanden in der Stadt, der Sidmouth für unschuldig hält. Also wird er sehr wahrscheinlich hängen; und doch, ich habe den Mann gemocht. Er besitzt einen gesunden Verstand, ein freimütiges Wesen und in seiner Entschlossenheit eine Würde, die ihm gut zu Gesichte steht. Jane«, unterbrach sich mein Vater, »ich bin sicher, daß du unpäßlich bist. Dafür, daß du so lange im Bett gelegen hast, wirkst du außerordentlich müde.«

Ich war bestrebt, ihm rasch zuzustimmen und die Aufmerksamkeit meiner Mutter davon abzulenken, und meinte, daß wohl eine Erkältung im Anzug sei (nichts Ungewöhnliches, wenn ich bedenke, unter welchen Umständen ich fast die ganze letzte Nacht verbracht hatte). So riet man mir folglich, das Zimmer zu hüten und öfter eine heiße Zitrone zu trinken. Dagegen hatte ich nichts einzuwenden, weil ich so ungestört nachdenken konnte; und ich hatte über vieles nachzudenken. Also tauschten wir bei heißer Schokolade und Brötchen noch ein paar Nettigkeiten aus, und meine Mutter bat mich um meine Meinung zu dem Putz des Hutes, den sie gestern für Cassandra erstanden hatte, und nach kurzer Zeit war ich wieder allein und ungestört und saß mit der Feder in der Hand über meinem Tagebuch.

Es ist vielleicht untertrieben, wenn ich sage, daß ich überrascht war, mich im Garten des Captain wiederzufinden. Äußerst fassungslos war ich, als meine Augen die vertraute Umgebung sahen, mein Verstand sträubte sich gegen die Tatsachen, die er selbst wahrnehmen konnte, und so suchte ich verwirrten Sinnes nach einer Erklärung! Jede Annahme, die zuvor noch unverrückbar erschienen war, zerrann mir nun wie Sand zwischen den Fingern. All die großartigen Vorstellungen von mir als beflissene Beobachterin der Beschaffenheit des menschlichen Charakters mußte ich energisch aufgeben. Sie sind das Produkt der Eitelkeit und verdienen als solche, daß sie unverzüglich abgelegt werden.

Das, was mir der Gartentempel da enthüllte, zwang mich geradezu, alle Angelegenheiten um Captain Fielding, ebenso alle Schlußfolgerungen, die ich aus seinen Worten und Handlungen gezogen hatte und ziehen wollte, neu zu überdenken. Innerhalb des äußerst kurzen Zeitraums, seit er sich hier angesiedelt hatte, waren umfassende Gartenarbeiten vorgenommen worden – was um so verständlicher wird, wenn man an den Aufwand denkt, der für das Graben des Tunnels und der Lagerräume betrieben werden mußte, und betrachtet, wie gut diese Vorhaben hinter einem grünen Pflanzendickicht verborgen werden konnten. (Ich mußte mich bemühen, die Arbeiter zu finden, denn der Captain hat das sicher nicht allein bewältigt.) Ebenso mußte ich rückwirkend sein Verhalten, als ich zum erstenmal den Gartentempel sah, anders bewerten, denn nun könnte sich herausstellen, daß seine Besorgnis nicht Cassandras Zustand, sondern der Geheimhaltung des Verstecks galt. Ich erinnere mich noch ganz deutlich daran, wie eilig er die Damen davon abbringen wollte, an ihrem Rastplatz länger auszuharren, und wie er die Tür mit den dahinter herumstehenden Geräten verschloß, noch ehe er sich nach dem Ergehen meiner Schwester erkundigte. Ich wunderte mich nur, daß ich mich nicht schon eher gefragt hatte, warum ein durch ein Holzbein behinderter Gentleman nur, um die Tür zu einem Gerätehäuschen zu verschließen, die Strapaze auf sich nahm, bis zu dem kleinen Pavillon zu gehen.

Doch was genau hatte er zu verbergen?

Lagern dort unter dem Tempel nur Güter der Krone, Belege der von der Zollbehörde beschlagnahmten Schmuggelware? Oder wurde hier ein noch übleres Spiel getrieben, waren es gar die Früchte von *Captain Fieldings* eigenem Schleichhandel, die er sich unter dem Anstrich der Heiligkeit aneignete, mit der er sich gebrüstet hatte wie mit einem Orden der Marine? Träfe ersteres zu, dann müßte sicher Roy Cavendish, der höhere Zollbeamte Seiner Majestät, von den Waren wissen, und ich brauchte den Gentleman nur um eine ausführliche Erklärung zu bitten. Diese Vorstellung war mir jedoch nicht ganz geheuer, denn beförderte man die Schmuggelware nicht sofort ins Zollhaus von Lyme und von da nach London? Welchen Grund sollte es dafür geben, daß man die Waren in einem Versteck lagerte?

Bei dem Gedanken an Roy Cavendishs unsägliche Miene, an seine schmierige Art und sein Bestreben, all meine Gefühle und Verpflichtungen seinen Zwecken dienlich zu machen, konnte ich mir keineswegs sicher sein. Denn meinen Kenntnissen nach hätte er ebensogut auch mit dem Captain unter einer Decke stecken können. Vielleicht waren sie zusammen auf ein gewinnbringendes Geschäft aus gewesen und hatten ohne Wissen der Krone die Güter, die andere schwer errungen hatten, an sich gebracht. Vielleicht riefen *sie* immer die Dragoner und nahmen dann ohne eine andere Bemerkung als dem Fluch der Schmuggler die Kisten und Fässer an sich, und niemand in Lyme war sich darüber im klaren. Mr. Cavendish würde ich ein solch ruchloses Verhalten zutrauen, obschon ich ihn nicht kannte. Seine Art ist nicht gerade vertrauenerweckend.

Vorerst werde ich meine Erwägungen für mich behalten, bis ich sicher weiß, was man seinen Ohren anvertrauen darf.

Doch was war mit Captain Fielding? Konnte ein so edler Gentleman so prinzipienlos sein?

Seine Kenntnis von den Unternehmungen der Schmuggler muß gegen ihn sprechen. Er hatte von den Aufgaben der Kapitäne und Anlandungsaufseher gewußt und erkannt, welche Küstenstriche und welches Wetter sie bevorzugten. Da sein eigenes Haus auf einer Anhöhe lag, war es zur Beobachtung ihres Treibens bestens geeignet. Ich nahm an, daß er – wie womöglich jeder, der bei der Marine gewesen war – ein gutes Fernglas besaß und den Horizont damit absuchte. Und sein Aussichtspunkt war besser als so manch anderer, um die Manöver der Königlichen Marine vorauszuberechnen und die Stärke der Schiffe abzuschätzen, die das Überqueren des Kanals vereiteln sollten. Sicher wertvolle Informationen, wenn man sie richtig verwertete. Doch welches Motiv könnte den Captain veranlaßt haben, das Vertrauen, das er bei anderen genoß, so zu mißbrauchen?

Ich erinnerte mich an sein vom Wetter gegerbtes Gesicht – an die hellen blauen Augen, den jungenhaften Haarschopf. Nirgendwo gab es ein Zeichen böser Absichten. Doch als ich wieder an seine geschwächte Gesundheit dachte – sein demütigendes Gebrechen, die Abhängigkeit von einem Krückstock –, da durchströmte ein ganz anderes Gefühl mein Herz. Captain Fielding hatte im Zenit seiner Kräfte große Opfer gebracht und mußte dann erleben, daß alle Hoffnungen im Keim erstickt wurden. Ihm waren Beförderung, Ruhm und das Leben verwehrt, für das er als junger Mann alle Strapazen auf sich genommen hatte und wofür er dann wahrscheinlich nur sehr wenig Dankbarkeit und eine geringe Pension erhalten hatte. Wäre er vor der Küste Maltas zu Tode gekommen, so hätte er in der Geschichte einen ruhmreichen Platz erobern können und wäre von seinen Kameraden für seinen Heldenmut und seine Beispielhaftigkeit mit einem Salut verabschiedet worden. Doch so litt er unter seinem angeblich unehrenhaften Rückzug aus der Marine und blickte einer Zukunft voller Versäumnisse und vereitelter Ziele entgegen. Um sich von einem mutigen Offizier der Schiffe Seiner Majestät in einen geldgierigen Schurken zu verwandeln, mag schon jene schreckliche Verbitterung ausgereicht haben, die sich, als er die beträchtlichen Gewinne des illegalen Freihandels beobachtete, noch mit einem überdrüssigen Zynismus paarte.

Schließlich mußte ich bedenken, was er sich selbst eingestanden hatte – daß nämlich die Fähigkeiten der Schmuggelkapitäne so überaus groß waren, angesichts ihrer Vertrautheit mit den unwirtlichsten Küsten bei den ungünstigsten Wetterlagen, daß sie in den Augen der Königlichen Marine viele ihrer eigenen angesehenen Veteranen übertrafen. Warum sollte Fielding also seine Talente ungenutzt lassen? Seinem Kommando war kein Schiff der Marine anvertraut worden. Doch warum sollte er sich nicht heimlich selbst ein anderes Schiff beschaffen und sein Können mit dem Besten, was die Marine bieten konnte, messen? Dafür hätte er Roy Cavendish nicht benötigt, es sei denn, der Captain hätte die Hoffnung gehegt, keinen Verdacht zu erwecken, wenn er Cavendish ins Vertrauen gezogen und für ihn gearbeitet hätte.

Bei dieser Vorstellung mußte ich an Geoffrey Sidmouth denken und hatte wieder völlig verworrene Empfindungen. Wenn ich dem Captain eine solche Falschheit zutraute – ihn für so gerissen hielt, wie er zur Erreichung seiner Ziele auch sein mußte –, dann fehlte nur wenig, um ihm die Erfindung eines Konkurrenten zuzutrauen, den Cavendish verfolgen konnte, damit er selbst frei von Verdächtigungen blieb. Warum sollte er nicht einen Mann, den er haßte, zum Sündenbock machen und ihn zum berüchtigten Reverend stempeln?

War Fielding selbst dann also der Reverend?

Das schien mir angesichts der Konterbande unter dem Gerätehäuschen unwahrscheinlich. Ich ging davon aus, daß der Anführer mit Seide Geschäfte machte, von der in jenem Lager keine Spur zu finden war. Dick und Ebenezer, meine beiden finsteren nächtlichen Gefährten, hatten sich über den Schmuggler so geäußert, daß er immer noch lebte und daß Sidmouths Geschick nun von allem ablenkte. War Sidmouth also der Reverend? Oder gab es eine weitere Person, die Fielding nicht entdeckt hatte und die nach wie vor ihren Handel mit über den Kanal geschmuggelter Seide fortsetzte?

An dieser Stelle warf ich meine Feder hin und schritt völlig verwirrt und mit hoffnungslosen Gedanken durchs Zimmer – denn mein Verstand war so verworren wie ein Wollknäuel, mit dem kleine Kätzchen gespielt hatten. Was ich über meine Vermutungen und Befürchtungen niederschrieb, soll vorerst ausreichen. Ebenso die Feststellung, was ich nicht unternehmen werde, und das Eingeständnis, noch sehr weit von der Wahrheit entfernt zu sein. Ehe ich mich festlege, sollte ich nicht so viel nachdenken und dafür mehr Erkundigungen einziehen.

Den größten Teil der letzten Stunde habe ich damit verbracht, jene Eintragungen im Tagebuch noch einmal durchzulesen, in denen ich den Captain und Sidmouth erwähnt habe. Dabei entdeckte ich ein paar wertvolle Dinge, die mein künftiges Vorgehen beeinflussen könnten. Ich muß ein wenig Licht in die Angelegenheit um den *Chevalier* bringen, wenn ich Fieldings feindselige Gefühle gegenüber Sidmouth verstehen will, und da mir Mademoiselle Seraphine wohl kaum behilflich sein wird, muß ich mich nach anderen Personen umsehen, die meine Nachforschungen vorantreiben könnten. Da Mr. Crawford Mademoiselle LeFevre kürzlich selbst aushorchen wollte, nehme ich an, daß er in dieser Sache ähnlich im dunkeln tappt. Also werde ich keine Zeit bei den Crawfords auf Darby verschwenden. Mrs. Barnewall – die mir gegenüber als erste den Namen *Chevalier* in den Mund nahm – wird mir vielleicht besser Auskunft geben können.

Wichtiger ist wohl noch, daß mir bei der Lektüre meiner Aufzeichnungen wieder Bill Tibbit eingefallen war, der unglückliche Mann, der am Ende der Cobb gehängt wurde. Nach wie vor glaube ich, daß sein Tod kein bloßer Zufall gewesen ist – und daß die gleiche Hand, die seinen Galgen errichten ließ, auch den tödlichen Schuß auf den Captain abfeuerte. Will man den Mord des einen aufklären, muß man den anderen genauer unter die Lupe nehmen. Schon die Tatsache, daß neben beiden Toten eine weiße Lilie lag, spricht dafür, daß es zwischen den Morden eine Verbindung gibt und daß sich die beiden Männer sicherlich kannten. Auf dem Ball in Lyme, am Abend nach Tibbits Tod am Galgen, wo mir Captain Fielding vorgestellt wurde, hatte ich von ihm persönlich erfahren, daß der Tote in seinen Diensten gestanden und Gelegenheitsarbeiten für ihn verrichtet hatte. Lag denn die Vermutung so fern, daß Tibbit mit anderen (Dick und Ebenezer fielen mir da ein) beim Tunnelausschachten beschäftigt war und bei nächster Gelegenheit vielleicht vorhatte, auszuplaudern, daß er den

Verwendungszweck des unterirdischen Ganges kannte? Hatte er etwa sogar den Captain erpreßt und dadurch letztlich sein eigenes Ende herbeigeführt?

Dick und Eb waren zweifellos schon ein gutes Stück in Richtung London unterwegs, wenn sie nicht von ihrem im Suff gefaßten Vorsatz der vergangenen Nacht abgekommen waren. Ich würde sowieso nicht wissen, wo ich sie suchen sollte, selbst wenn ich mein Schweigen brechen und verraten wollte, was ich über ihre Unternehmungen wußte. Doch Bill Tibbit hatte, wenn sich Captain Fielding nicht irrte, eine Witwe hinterlassen; und eine Frau, die ihren Mann verloren hat, besitzt meist eine lockere Zunge. Sobald ich herausgefunden habe, wo sie wohnt, heißt es, auf zur Witwe Tibbit.

Ein Blick aus dem Fenster verriet mir, daß ein wundervoller Tag angebrochen war. In den Stunden des Nachdenkens war ich rasch wieder zu Kräften gekommen, und meine Lebensgeister waren zurückgekehrt. Offenbar war ich nicht Opfer einer ungehörigen Erkältung geworden. Mein braunes Wollkleid hatte mir wie schon zuvor auch in dieser Hinsicht gute Dienste geleistet. Da ich im unteren Geschoß des Hauses keine Geräusche vernahm, vermutete ich, daß meine Eltern mich im Bett glaubten und selbst ausgegangen waren. Ich konnte mich also unbemerkt davonstehlen. So griff ich meinen Strohhut, schlang mir wegen des spätsemptemberlichen Windes ein Wolltuch um die Schultern und lief, so flink es ging, die Treppe hinunter.

Im Wohnzimmer traf ich auf den armen James, der damit beschäftigt war, über die Fenster zur Broad Street hinaus mächtige Bretter zu nageln. Mitfühlend wartete ich einen Moment, während er vor Anstregung vor sich hin stöhnte und ächzte. Das Gesicht des jungen Mannes war tiefrot, und auf seiner Haut glänzten große Schweißperlen, denn er mußte die Bretter mit einer Hand halten und sie mit der anderen festnageln, und das war ein höchst schwieriges Unterfangen. Ich überlegte, ob er nicht besser nach Jenny um Hilfe rufen sollte. Doch da ich ihn nicht beleidigen wollte, indem ich seine Kräfte und Energien als Mann in Frage stellte, stand ich freundlich neben ihm, bis er mit der Arbeit fertig war.

»So, Miss«, sagte er und richtete sich in voller Größe auf, wobei er die mächtigen Schultern entspannte, »das sollte der Ma'am gefallen.«

»Sehr wohl«, sagte ich, »so wie all die freundlichen Dinge, die du für uns erledigt hast. Wir haben dir sehr viel zu verdanken, James, all die Arbeiten, die du freiweg und mit so viel guter Laune übernommen hast.«

Da errötete er heftig und senkte die Augen auf den Teppich. Offensichtlich fühlte er sich durch mein Lob in seiner Haut nicht wohl, so daß ich rasch das Thema wechselte.

»James, ich frage mich, ob du die Witwe Tibbit kennst.«

»Old Maggie?« stieß er etwas überrascht hervor. »Was wolln Sie denn von Maggie Tibbit?« Woraufhin er erneut errötete, weil ihm vielleicht seine Stellung als Diener eingefallen war. »Nun, geht mich nichts an, verzeihn Sie, Miss. Sie werdn schon Ihre Gründe haben, nehme ich an, von den brauch ich nichts wissen.«

»Aber du kennst Mrs. Tibbit?«

»Ganz Lyme kennt Maggie«, sagte er mit einem Lächeln. »Sie lebt unten im Hull Cottage am Fluß.«

»Am Buddle*?«

Er nickte und blickte mich neugierig an. Die Gegend am Buddle ist in Lyme berühmt, und das nicht nur aus wohltätigen Zwecken.

»Miss Crawford war so gut, an die Tibbit-Kinder zu denken«, sagte ich beiläufig, »und hat unter ihren Pächtern einige Kleider gesammelt. Ich bot ihr an, die Sachen der

* Man nannte die Mündung des Lym-Flusses, nach dem die Stadt Lyme benannt war, Buddle. – *Die Herausgeberin.*

Witwe zu bringen und unser Beileid und Mitgefühl zu übermitteln.«

»Dann denken Sie an Old Maggie mehr als die halbe Stadt«, erklärte James, »doch das is eben Ihre Art, Miss, wenn ich so sagen darf. Beispielhaft für alle, hat Jenny gesagt; und das meine ich auch.«

Wahrlich beispielhaft.

Kapitel 15

An den lauten Ufern des Buddle

20. September 1804, Forts.

Der Fluß Buddle – den ich eher als Bach bezeichnen sollte – entspringt in den lieblichen Wiesen der Hügel oberhalb von Up Lyme und mündet in den salzigen, frischen Gewässern vor der Cobb. An den dicht einander gegenüberliegenden Ufern haben sich eine Reihe von Hütten angesiedelt, und diese Gegend genießt einen äußerst schlechten Ruf. So viel hatte ich schon gewußt, aber Miss Crawford teilte mir noch unschicklichere Einzelheiten mit. Ich suchte sie nämlich unter dem Deckmantel der Wohltätigkeit auf, angeblich um Kleider für die Hinterbliebenen von Bill Tibbit zu sammeln. Damit mein Besuch bei der Witwe nicht zu Spekulationen in der Nachbarschaft führte, war mir daran gelegen, in jener Gegend mit einem klaren Anliegen aufzutreten.

»Maggie Tibbit?« sagte Miss Crawford im Empfangszimmer von Darby und spähte mich über ihre Brille hinweg an. »Hätte diese Frau jemals einen Funken Verstand besessen, dann hätte sie jeden anderen Mann als diesen geheiratet. Und wenn sie schon diese Dummheit beging, so hätte sie weniger Kinder austragen sollen. Nicht weniger als *fünf* hat sie, verstehen Sie, und alle äußerst häßlich.«

»Aber sie entbehren nun der Unterstützung durch einen Vater«, entgegnete ich freundlich. »Der Winter steht vor der Tür, Miss Crawford, und die barmherzigen Damen von St. Michael's könnten mit ihrer Arbeit kein besseres Ziel verfolgen. Bedenken Sie, welche Sorgen Mrs. Tibbit haben muß – und welch geringe Mittel die arme Frau wohl hat bei den vielen bemitleidenswerten Mäulern, die gestopft werden wollen!«

»Ach, Maggies Mittel sind gerade ausreichend«, erwiderte Miss Crawford, verächtlich prustend. »Ein Unterhalt ist ihr sicher, wie Sie gewiß bemerken werden, sollten Sie auf ihrem närrischen Vorhaben bestehen.«

Ich antwortete nicht, wartete jedoch darauf, daß sich Miss Crawford gnädig erweisen würde. Und kurz darauf hatte sie entschlossen ihre Nadelarbeit beiseite geräumt und bedachte mich mit einem weiteren vernichtenden Blick.

»Ich werde Ihnen einen Teil der Kleider geben, die wir für so bemitleidenswerte Fälle im Lager haben. Ich selbst kann sie jedoch nicht aufsuchen, Miss Austen«, sagte sie mir in ernstem Ton. »Das kann ich wirklich nicht. Das würde bedeuten, daß man ein solches Verhalten wie das von Mrs. Tibbit mit der Zustimmung der Kirche unterstützt. Bald werden alle gesunkenen Frauen von Lyme an unsere Tür klopfen.«

»Sehr wahr«, entgegnete ich mit einem sittsamen Blick, wobei ich innerlich jedoch hocherfreut war, da ich weder Wert auf Miss Crawfords Begleitung noch auf ihre neugierigen Ohren legte. So brauchte ich nur ihrem raschelnden schwarzen Gewand in die Wirtschaftsräume von Darby zu folgen und abzuwarten, wie sie sich durch Unmengen von sauberem Leinen bewegte, das höchst pflichtbewußt von der höchst pflichtbewußten Lucy Armstrong gestopft worden war (die inzwischen in Begleitung ihrer Eltern nach Bath zurückgekehrt war), und Miss Crawford nach dem ungefähren Alter und dem Geschlecht der Tibbit-Nachkommen zu befragen. Trotz ihrer Abneigung, sich mit Maggie Tibbits Angelegenheiten zu befassen, schien die wohltätige Dame sehr gut mit ihnen bekannt zu sein. Ohne Zögern gab sie mir die Informationen, um die ich gebeten hatte. Ich hielt kurz inne und fragte mich, was sie insgeheim alles über mein Leben in Erfahrung gebracht hatte. Mit überschwenglichem Dank und einem Bündel Kleidungsstücke wurde ich dann zu meiner Mietkutsche geführt und fuhr schleunigst davon.

Noch ehe ich die baufälligen Hütten am Buddle sehen konnte, empfing mich schon der Gestank des Flusses, der nichts weiter als eine offene Kloake ist, die sämtliche Sorten von Abfall und menschlichen Ausscheidungen zum Strand und ins Meer führt. Bei stockender Sommerhitze müssen die Gerüche, die an seinen Ufern aufsteigen, überwältigend sein. Da es recht windig war, und ich mir ein in Lavendelwasser getränktes Taschentuch vor die Nase hielt, blieben mir diese höchst ungesunden Ausdünstungen weitgehend erspart. Klugerweise hatte ich mir ein einfaches und widerstandsfähiges Kleid angezogen – mein altes graues Musselinkleid im militärischem Schnitt mit der schwarzen Borte. Mein braunes Wollkleid war durch mein Abenteuer in Charmouth am Saum recht schmutzig geworden. Außerdem wies es auf der Rückseite einen großen Riß auf, den ich mir bei meiner mitternächtlichen Wanderung eingehandelt haben mußte. Auf den Strohhut hatte ich auch verzichtet, da er für ein wohltätiges Anliegen viel zu modisch und frivol gewirkt hätte. Statt dessen hatte ich eine schlicht geschlossene Haube gewählt, unter der ich zudem noch mein Gesicht verbergen konnte.

Die Straße war nur mit wenigen Pflastersteinen bestückt und zeigte große Löcher. Ich entdeckte am Straßenrand eine Furche, die das Gewitter der letzten Woche hinterlassen hatte; vielerorts war die Erde weggespült worden. Deshalb setzte ich die Füße vorsichtig voreinander und hätte gern einen freundlich blickenden Menschen angesprochen, um mich nach dem Weg zu erkundigen. Doch von den in den Hauseingängen herumlungernden Gestalten nahm ich rasch Abstand, da sie mir zu furchteinflößend aussahen oder viel zu betrunken schienen, um mir eine vernünftige Auskunft zu geben. Schließlich entdeckte ich eine ältere Frau mit einem Einkaufskorb am Arm und einer Haube auf dem Kopf. Trotz der verwahrlosten Umgebung trug sie eine saubere weiße Schürze. So nahm ich an, daß sie mir den Weg beschreiben könnte.

»Verzeihen Sie«, sagte ich und verbeugte mich gleichzeitig würdevoll und herablassend, wie es meiner Rolle entsprach, »könnten Sie mir bitte das Haus von Mrs. Tibbit zeigen?«

Die Frau hielt inne und starrte mich empört an. Dann spuckte sie auf die Steine zu meinen Füßen und setzte mit rauschenden Kleidern ihren Weg fort.

Völlig erstaunt blickte ich ihr nach, dann schaute ich mich rasch auf der Straße um. Zweifellos hatte man uns beobachtet; und doch schien sich auf den Gesichtern der Anwohner des Flusses eine sorgfältig bewahrte Gleichgültigkeit abzuzeichnen. Was hatte dieses Verhalten nur zu bedeuten? Und wie konnte ich Maggie finden, wenn ihre Nachbarn sich so verschlossen und feindlich zeigten?

»Wenn Se zu den Tibbits wolln, dann müssen Se nich weit, Miss«, hieß es zu meinen Füßen, und mit einiger Überraschung blickte ich auf den gekrümmten Rücken eines Krüppels herab, der sich wohl erst in den mittleren Jahren befinden konnte, aber durch sein rauhes Aussehen und seine Krankheit so alt wie ein Relikt aus Shakespeares Zeiten wirkte. Er schielte lüstern zu mir auf, verbog dabei linkisch den Kopf und hielt mit seinen schwieligen Fingern einen Stock fest. Unwillkürlich machte ich einen Schritt zurück und umklammerte den Korb mit den Kleidern fester. Mich sollte kein Straßenräuber nichtsahnend überfallen, der plötzlich seine märtyrerhafte Haltung ablegte und mir eins mit seinem Knüppel über den Kopf gab.

Doch ich erhielt keinen Schlag – nur ein gackerndes Lachen war zu vernehmen und ein Rasseln, das er beim Luftholen machte. »Der alte Sam hat schon lange aufgehört, solche wie Sie zu verfolgen, Miss. Ihn hat's Rheuma gepackt. Nich daß Se nich 'n guter Fang mit den Sachn wärn, und richtig, daß Se gut aufpassn.»

»Die Tibbits?« konnte ich als Frage gerade noch hervorbringen.

Die Gestalt zeigte mit dem Kopf die Straße weiter hinunter. »Das rote Haus, mit den zwei Fenstern zur Straße hin. Bin sicher, Sie findn's. Is 'n totes Hühnchen an die Tür genagelt.«

Ich hätte mich gern so schnell, wie mich meine Beine trugen, entfernt, doch er schlurfte auf mich zu und streckte mir eine verrunzelte Hand entgegen. Dabei grinste er abstoßend und zeigte seine verfaulten Zahnstümpfe. Ich war gerade noch in der Lage, meine Geldbörse zu finden und ihm eine Münze vor die Füße zu werfen. Rasch hatte er sie aufgehoben. Sein Gelächter verfolgte mich noch die ganze schmale Straße hinunter.

So fand ich das Haus der Tibbits und meinte, daß jemand anwesend sei, da ich von drinnen das Gekreische und die Schreie von Kindern vernahm, die in kurzen Abständen von Schlägen und bald darauf folgendem Gewimmere unterbrochen wurden. Es handelte sich um ein ziemlich dürftiges Anwesen, das aus allerlei Holzteilen zusammengezimmert worden war. Das Dach hätte dringend geteert werden müssen, und die Fassade verlangte nach neuer Farbe. Überhaupt wirkte das Gebälk, als stürze es bei nächster Gelegenheit zusammen. Mir schien, daß es nach hinten in den Fluß abzurutschen drohte, und ich ahnte, welch böse Folgen ein weiteres Unwetter für die verwitterten Grundmauern haben würde. Hier war der Bach so schmal, daß sich die Häuser auf dem gegenüberliegenden Ufer buchstäblich nur einen Katzensprung entfernt befanden. Die dichte Besiedlung erinnerte eher an die Londoner Elendsviertel als an die hübschen Häuser von Lyme.*

* Die Autorin nennt hier offensichtlich bewußt diese Eigentümlichkeit der Gegend um den Buddle. Geoffrey Morley schreibt in seinem Buch *Smuggling in Hampshire and Dorset, 1700-1850* [Das Schmuggelgeschäft in Hampshire und Dorset] (Newbury, Berkshire, Countryside Books, überarbeitete Auflage, 1994), daß es sich dabei um das traditionelle Schmugglerviertel von Lyme handelte und daß die dichte Bebauung bei der Flucht der Männer von großem Vorteil war. Wurde ein Schmuggler in seinem Haus gesucht, so floh er meist

Zu meinem Entsetzen war tatsächlich an der Tür der Tibbits ein Huhn befestigt – und das schon seit geraumer Zeit, denn es war bereits verwest, und fauliger Geruch stieg mir aus dem Aas entgegen. An der Tür entdeckte ich auch Spuren von verrottetem Gemüse und fragte mich, welcher Tyrannei die Tibbits wohl ausgesetzt waren. War nicht der Verlust des Vaters, der in aller Öffentlichkeit auf so schreckliche Weise sein Ende gefunden hatte, allein tragisch genug?

Da ich leichten Ekel bei dem Gedanken empfand, an diese Tür zu klopfen, ging ich zu einem Fenster, konnte aber durch den Wachstuchvorhang nichts erkennen. So mußte ich mich nach einigem Zögern durch Rufe bemerkbar machen.

»Witwe Tibbit! Bitte treten Sie heraus! Ich möchte Sie gern einen Moment sprechen!«

Daraufhin folgte eine plötzliche Stille – ich war mir sicher, daß man drinnen lauschte –, und dann hörte ich, wie ein Stuhl vom Tisch weggeschoben wurde und jemand heiser flüsterte: »Du, Tom, wirf mal 'nen Blick durchs Fenster und sag uns, wer da is. Wenn's dieses Flittchen Sue Watkins is, dann schmeiß ihr diese Kartoffel an den Kopf!«

Bei diesen letzten Worten war mir ziemlich mulmig zumute, und da ich kleine Jungen und ihre Vorliebe kannte, sich bei jeder Gelegenheit zu prügeln, wollte ich auf den gegenüberliegenden Türabsatz zurücktreten. Doch ehe ich dazu kam, war jener Tom schon am Fenster erschienen.

»Is se nich«, berichtete er nach hinten; und ich holte erleichtert Luft. »Is 'ne Dame.«

»Eine *Dame*? Was, ohne Kutsche?«

Dann ging jemand rasch auf die Tür zu und zog den Türriegel heftig zur Seite, so daß das gekreuzigte Huhn hin und her schwang. Eilig wurde ich von einer Frau, die ver-

durch das Hinterfenster zu den Häusern am anderen Flußufer und nahm seine Schmuggelgüter mit. – *Die Herausgeberin.*

mutlich ebenjene Maggie sein mußte, die ich suchte, nach innen gewunken. Ohne weiter nachzudenken, stieg ich die beiden Stufen hoch und folgte ihr. Ich blinzelte mit den Augen, da ich mich erst an die Dunkelheit in dem Häuschen gewöhnen mußte.

»Maggie Tibbit zu Ihren Diensten«, sagte die Frau und knickste.

»Miss Austen«, erwiderte ich, worauf mich fünf äußerst schmutzige Kinder ängstlich anstarrten. Eines hatte die Hand im Mund, ein anderes zog ständig an seiner Hose, und das Jüngste warf einen Blick auf mich und brach in Tränen aus.

»Schon gut, Jackie«, sagte Maggie plötzlich, hob das weinende Kind hoch und gab ihm ohne weitere Anstalten die Brust, »die Lady wird dich schon nich beißen.«

Die Witwe war eine äußerst schlampige Person, so wie ich es nach Miss Crawfords abwertenden Worten in gewissem Sinne erwartet hatte. Dunkle, ungekämmte Locken hingen ihr ins Gesicht, und obwohl der Tag schon ziemlich vorangeschritten war, hatte sie einen schmutzigen Morgenmantel aus Seide an. Sie hatte Rouge aufgelegt, obwohl die Wangen wie überhaupt alles an ihr eher einer Waschung bedurft hätten. Von ihrem Gesicht tropfte eine dunkle Masse herunter; ich vermutete, daß es Schnupftabak war – auch wenn ich keine Ahnung hatte, wofür eine Frau Schnupftabak benötigte. Sie trug Satinpantoffel, die einst rot und sehr teuer gewesen waren, und der Mundgeruch, den sie in meine Richtung hauchte, verriet mir, daß sie ausgiebig Brandy getrunken hatte.

Diese Frau war eine wandelnde Werbung für das Schmuggelgeschäft. Schnell vermutete ich, daß es in ihrem Speiseschrank wohl eher exzellenten, obgleich geschmuggelten Tee gab als eine Unze Hafer für den Kinderbrei.

»Mrs. Tibbit ...«, fing ich an.

»Einfach Maggie, das reicht, jetzt wo Bill weg is«, antwortete sie, nahm das Kind von ihrer Brust und gab ihm einen beiläufigen Klaps, wodurch es sofort zu heulen anfing. »Was bringt Se zu mir?«

Ich stellte den Korb mit den Kleidern ab und öffnete den Deckel. »Ich dachte, daß Ihren Kindern etwas von den Sachen zugute kommen könnte, die die Frauen von St. Michael's gesammelt haben.«

»Hat Se etwa dieses Hexenluder Crawford geschickt?« Maggies Gesicht verfärbte sich. Streitsüchtig ging sie auf mich zu, wobei sich hinter ihrer vorstehenden Unterlippe ziemlich erbärmliche Zähne zeigten. »Nehme an, daß sie in ihrem schwarzen Gefieder ängstlich rumkrakeelt, jetzt wo die alte Maggie auf die Straße geht.«

Etwas aus der Fassung tat ich einen Schritt zurück und faltete meine behandschuhten Hände. »Sicher habe ich diese Kleider von Miss Crawford erhalten, da sie ja die wohltätigen Sammlungen von St. Michael's leitet – doch ich selbst wollte Sie aufsuchen und diese Spenden an Ihre Kinder austeilen, das möchte ich betonen, Mrs. Tibbit.«

Die Witwe wühlte die Sachen durch und verstreute verschiedene Hemden achtlos auf dem schmutzigen Boden. Doch in Anbetracht des Drecks, der an den Kindern klebte, wurde mir klar, daß das Leinen sowieso nicht mehr lange so sauber sein würde, und so unterdrückte ich meine Entrüstung. Die auf den Boden geworfenen Sachen verschwanden sofort unter einem Gewühl von Kinderbeinen und –armen, als würden sich hungrige Wölfe um ein Stück Fleisch reißen. »He!« rief der Älteste, der Tom hieß, wie ich mich erinnerte. »Sie hab'n uns keine Schuhe mitgebracht!« Darauf verzog er sein Gesicht auf so angewiderte Weise, als erblicke er das verweste Huhn an der Haustür. Und tatsächlich, sein abgetragener Lederstiefel, den er nun hochhielt, verbreitete einen bestialischen Gestank. Doch Tom hätte sich keine Sorgen zu machen brauchen – kurz darauf wurde ihm der Schuh von einem anderen Balg undefinierbaren Geschlechts aus den Händen gerissen. Jenes Kind trug eine Fischerhose, die ihm etliche Nummern zu groß war; mit triumphierendem Spektakel schleppte es den Schuh aus dem Haus fort. Tom jagte ihm auf die Straße nach, wobei aus seinem kindlichen Mund ein furchterregender Fluch drang. Die Mutter griff indes nach einer Flasche, die auf einer alten Eichenbank gestanden hatte, und nahm einen langen Schluck. Zu meiner Erleichterung bot sie mir etwa aus Gastfreundschaft die Flasche nicht an.

»Die Sachen werdn reichn«, erklärte sie und warf den leeren Korb beiseite. »Was ich wissn will, Miss, is, warum Se hier sind – wo wir doch Fremde sind.«

»Wer könnte von solch einem Unglück, wie Sie es kürzlich erlitten haben, unberührt bleiben, Mrs. Tibbit?«

»Oh, der größte Teil von Lyme, das is ne Tatsache«, entgegnete sie hämisch. Sie nahm sich einen Moment Zeit, um den kleinen Jack auf den Boden zu setzen, und scheuchte die restlichen beiden Bälger zu den Geschwistern auf die Straße. Nach einigem Abwägen wandte sie sich an mich.

»Aber meine Sorgn können Ihn' doch egal sein, Miss. Was wolln Se also von mir?«

Jeder weitere Erklärungsversuch meinerseits wurde vereitelt, da plötzlich die Haustür aufgestoßen wurde und ein massiger Mann mit einem aggressiven Gesichtsausdruck auf der Schwelle stand. »He, Mag«, sagte er zur Begrüßung. »Hab dir was Nettes mitgebracht.«

»Jetzt nich, Joe. Bin nich allein.«

»Nich allein?« Diese Worte spuckte der Mann aus wie ein verwundetes Tier und schlüpfte unaufgefordert in den Raum. Der Besucher war ein sehr stämmiger und kräftiger Mann, ein Fischer, wie mir seine schwieligen Händen und sein Geruch verrieten. Er war sichtlich ganz außer sich vor Wut, da er wohl gewisse Befürchtungen hegte. Er wirkte so bedrohlich, daß es schon meine ganze Kraft erforderte, nicht durch die offene Tür Reißaus zu nehmen. Ich zwang mich, an Ort und Stelle stehenzubleiben, da ich das Gefühl hatte, Maggie Tibbit mit solch einem Kerl nicht allein lassen zu können.

»Fährt dir etwa dieser Matt Hurley wieder unter den Rock, wo Bill doch erst zwei Wochen tot is?« Joe trat näher und preßte dabei krampfhaft die breiten Hände ineinander.

»Hast selbst kaum abgewartet, was soll also dein Gerede. Jetzt verzieh dich. Hab 'ne *Dame* zu Besuch.«

Als hätte er mich soeben erst bemerkt – wie er den eigenartigen Umstand, daß sich inmitten des verwahrlosten Zimmers eine saubere Gestalt befand, übersehen konnte, ist mir schleierhaft –, wandte Joe nun seinen Kopf um und blickte mir in die Augen. Einen Moment war er verärgert, nahm dann aber seinen Hut ab und trat unbehaglich von einem Fuß auf den anderen. Nun errötete er und ging zur Tür zurück.

»Dann geh ich, Mags, bis sich 'ne beßre Gelegenheit bietet, verzeihn Se, Miss«, sagte er und tastete nach dem Türriegel hinter sich.

»Du wirst überhaupt nich mehr herkommen, Joe Smollet – und Gott sei Dank, daß ich dich los bin«, erwiderte Maggie und hob ihr Jüngstes, den kleinen Jack, hoch. »Ich kann die Tage gar nich mehr zählen, die du mir das Stück Seide versprochn hast, das ich, wie du weißt, brauche, und wie ich mich hab von dir angrapschen lassen ...«

»Die Seide is draußen, in Papier eingewickelt«, beteuerte Joe, der schon halb auf der Straße war.

Ein berechnender Blick huschte über das Gesicht der erbärmlichen Frau. »Nun, Joe, nich so eilig«, rief sie ihm hinterher. »Laß das Päckchen einfach da, es verschwindet nich gleich mit dem erstbesten Hehler, der vorbeikommt. Später werd ich mich schon richtig um dich kümmern, ich versprech's.«

Joe schaute mich verlegen an, konnte aber Maggies Reizen nicht widerstehen. Er bückte sich und kam noch einmal ins Haus, um am Eingang ein Päckchen in braunem Packpapier abzulegen. »Bis bald, Mags«, sagte er, nickte mir schüchtern zu und zog glücklicherweise die Haustür hinter sich zu.

»Is kein schlechter Kerl, der Joe.« Maggie fegte auf das Päckchen zu und schob es unter ein ungemachtes Bett, das sich nach einer Seite neigte. »Frauen müssen leben, nich wahr, und wo so viele Mäuler zu stopfen sind?«

»Sehr richtig«, sagte ich. »Mit einer Bahn Seide könnten die Mägen Ihrer Kinder eine ganze Weile gefüllt werden.«

»Is nich so, daß ich die tragen werde.« Sie richtete sich wieder auf, ihr Gesicht war ganz finster vor Mißtrauen.

»Also verkaufen Sie den Stoff?« fragte ich plötzlich, als dämmerte es mir.

»Habn Se Interesse?«

Das war der Weg, sie zum Sprechen zu bringen. Ich musterte das Gesicht der Witwe und wog ab, wie weit ich gehen konnte. »Ich würde gern Ihre Seide sehen wollen, Mrs. Tibbit.«

Schnell wurde das Päckchen wieder hervorgeholt, das bereits von seinem kurzzeitigen Aufenthalt unter dem Bett Staub angesetzt hatte. Rasch lockerte sie für mich die Schnüre. Dann holte sie ein großes Stück prächtigen Stoffs heraus, pfirsichfarben, ganz wie Elizas Seidenkleid. Es fehlte nur noch ein Turban mit Feder, und die Garderobe wäre vollkommen. Mein Herz pochte – wie es wohl wäre, ein solches Kleid zu besitzen!

»Und wie hoch ist gewöhnlich der Preis für Mr. Smollets Ware ...?« erkundigte ich mich.

Maggie lächelte und hielt sich dann, als fielen ihr die schlechten Zähne ein, eine Hand vor die Lippen. »Das kriegt man nich alle Tage.«

»Das könnte ich auch in den Geschäften auf der Pound Street bekommen.«

»Nich für meinen Preis.«

»Der da wäre?« Ich sah sie über eine Stoffecke an.

»Fünf Guineen.«

Ich warf ihr den Stoff in die Arme und nahm meinen Beutel auf. »Lächerlich. Ich bin keine Närrin, Mrs. Tibbit, und würde nicht auch noch etwas dafür bezahlen, mich wie eine zu verhalten.«

»Dann drei, mein letztes Angebot«, sagte Maggie, ohne weiter zu überlegen.

Ich maß die Seide mit meiner Armspanne nach und stellte fest, daß es reichlich dreizehn Meter waren, genügend Stoff für ein Kleid mit einer entzückenden Schleppe, dem absoluten Inbegriff eleganten Aussehens. Mit Elizas Ratschlägen zu Schnitt und Mode würde es für meine Winterbälle genau das richtige sein – und ich wußte ebensogut wie Maggie, daß drei Guineen nur ein Bruchteil des Preises waren, den ich bei Mr. Milsop für ein Stück ehrlich erworbener Seide zu zahlen hätte. Wenn ich bei diesem Gedanken ein schlechtes Gewissen spürte, so tröstete ich mich mit einer anderen Vorstellung – drei Guineen könnten den kleinen Tibbits für beträchtliche Zeit die Mäuler stopfen, wenn von dem Geld bei der Vorliebe der Mutter für die Flasche noch etwas übrigbleiben sollte.

»Abgemacht, drei Guineen«, sagte ich und legte die Seide vorsichtig zusammen, »wenn Sie mir sagen, wie Sie an den Stoff gekommen sind.«

Da verdrehte sie die Augen und holte sich die Seide zurück. »Hab's von Joe, den, den Se selbst gesehn habn.«

»Und er hat den Stoff für Dienste erhalten, die er vermutlich dem Reverend geleistet hat.«

Meine Worte hatten eine ungewöhnliche und für mich ganz unerwartete Wirkung. Maggie Tibbit brach auf dem Bett fast zusammen, zerknüllte meine kostbare pfirsichfarbene Seide zwischen ihren Fingern und begann auf bedrohliche Weise zu zittern.

»Mrs. Tibbit!« rief ich. »Ich fürchte, Ihnen ist nicht wohl!«

Sie zeigte verzweifelt hinter mich, konnte aber kein Wort hervorbringen.

Ich drehte mich schnell um, entdeckte die Flasche

Brandy auf der Bank und reichte sie ihr hinüber. Die Frau nahm mehrere Schlucke, bis sie wieder zur Besinnung kam und ihre haßerfüllten Augen auf mich richtete. Dann sagte sie recht bestimmt: »In diesem Haus wird nie nich der Name vom Reverend genannt.«

»Kennen Sie ihn denn?« Ich kauerte mich zu ihren Füßen, um ihr besser in die Augen blicken zu können.

»Hah!« stieß sie hervor. »Als ob jemand wie Maggie Tibbit den Reverend kennen würde. *Niemand* weiß, wer er is, *ich* schon gar nich. Mein Bill kannte ihn«, fügte sie düster hinzu. »Schätze, mein armer Bill hat sein Gesicht gesehn, kurz bevor er starb.«

»Dann machen Sie den Reverend für den Tod Ihres Mannes am Galgen verantwortlich?«

Sie nickte und sah nun ganz melancholisch aus.

Ich zögerte, war ich mir doch im klaren darüber, wie wenig ich wußte. »Mrs. Tibbit, verzeihen Sie, aber hat der Coroner Mr. Carpenter kürzlich den Tod Ihres Mannes untersucht?«

Ihr Kopf fuhr hoch, und ihre Augen leuchteten voller Rachegefühl. »Unglücksfall mit tödlichem Ausgang«, sagte sie. »Als ob ich nich wüßte, was das heißt. Das heißt, daß se nich weiter nachforschen, und niemand wird je was verraten. Gibt für solche wie uns keine Gerechtigkeit, Miss. So macht das Ihr schöner Coroner!« Und sie spuckte in eine Zimmerecke.

»Doch weshalb glauben Sie, daß Ihr Mann Opfer des Reverend wurde?« hakte ich nach einer peinlichen Pause weiter nach.

»Ich weiß, daß er's war. Alles wegen dem Schiff, das letztes Frühjahr auf Grund gelaufen is. Bill war seitdem nich mehr der gleiche.«

»Auf Grund gelaufen?« Bei diesen Worten mußte ich meine Überraschung nicht vortäuschen. »Eines der Schiffe vom Reverend?«

Die Witwe nickte. »Es war die *Royal Belle*. Bill hat als

Beobachter gearbeitet, verstehn Se, oben auf dem Aussichtsstand drüben auf dem Weg nach Puncknowle*. Er sollte in jener Nacht die Signale gebn, und es war mächtig neblig. Irgendwas muß schiefgelaufn sein, weil er nie aus den ›Drei Bechern‹ rauskam. Die *Belle* strandete, und alle an Bord warn verloren. Unter der Mannschaft waren ein paar hiesige Männer, und ’n paar Franzosen, wie man an ihren Kleidern sehn konnte, als sie an den Strand von Chesnil geschwemmt wurdn. Der Reverend verzieh es meinem Bill nie, daß er beim Bier hängengeblieben war, und wollte dafür sein Blut fließn sehn.«

Ich griff nach dem einzigen guten Stuhl, den das Zimmer zu bieten hatte, und untersuchte flüchtig, wie dreckig er war. Dabei mußte ich einsehen, daß ich dem Schmutz nicht ausweichen konnte, stieß einen leisen Seufzer aus und nahm neben dem Fenster in der Nähe der Witwe Platz. »Was geschah in der Nacht, als das Boot strandete, Mrs. Tibbit?«

Sie zuckte mit den Schultern und fuhr mit gespreizten Fingern durch ihre herabhängenden Haare. Nun wich ihre Streitlust einer großen Erschöpfung. Ich wußte, daß Maggie Tibbit trotz ihres großspurigen Auftretens immer noch um ihren ermordeten Gatten trauerte. Schweigend drückte ich ihre Hand.

»Bill hat nie davon gesprochn«, sagte sie. »Egal, wieviel ich ihn gefragt hab. Hat geschworn, daß er ’nen Fehler ge-

* Maggie Tibbit meint vermutlich den zweigeschossigen Aussichtspunkt auf einem Hügel zwischen West Bexington und Puncknowle. Er war als Signalturm für die Küstenlandwehr gebaut worden, die man gegen eine Invasion Napoleons vom Meer her aufgestellt hatte. Von da hatte man einen Blick über Portland und Weymouth hinaus in Richtung Osten und ganze sieben Meilen weit über Bridport nach Lyme Regis und zur Lyme Bay. Dort wurden Signalfeuer angezündet, um vor feindlichen Schiffen zu warnen, die sich dem Ufer näherten. Die Küste nahm hier einen geraden und übersichtlichen Verlauf und war für ein einfaches Landemanöver wie geschaffen. – *Die Herausgeberin*.

macht hat, wie jeder andere auch mal, nichts weiter, und daß Jammern nichts ungeschehn machen könnte.«

»Hat er denn gewußt, daß er in jener Nacht bei Punck-nowle Signale geben sollte? War er etwa absichtlich in den ›Drei Bechern‹ geblieben, oder war das nur ein Versehen?«

»Die Leute hier meinen, daß er es für Zaster getan hat«, sagte Maggie.

»Für Zaster?«

»Geld. Moneten. Daß er bezahlt worden war, damit die *Belle* auf Grund lief«, erklärte mir die Frau geduldig. »Aber das hat mein Bill nie getan. Er hatte auf dem Kutter Freunde, sind nie wieder heimgekommen. Sagn Se *das* Nancy Harding.«

»Verzeihen Sie, Mrs. Tibbit, aber ich ...«

»Nancy is das Luder, das das Huhn an die Tür genagelt hat. Würde ihr nie die Freude machn und es abnehmen, nie. Kann ruhig da hängen bleibn und bald so blöd aussehn wie Nancy selber.«

Völlig ratlos setzte ich mich zurück. »Und warum sollte die Frau so etwas tun?«

»Ihr Sohn Bob war auf dem Kutter. Gerade fünfzehn war er. Ich sag nich, daß sie nich das Recht hätte zu trauern, so wie alle von denen – aber ein *Huhn*?«

»Der Vorfall ereignete sich letztes Frühjahr, wie Sie sagten, und Ihr Mann wurde erst vor zwei Wochen gehängt. Wie erklären Sie sich das?«

Sie zuckte die Schultern und stand auf, wobei der schmutzige Morgenrock nun um ihre Hüften hing. »Is gut möglich, daß sie erst mal all ihren Mut zusammennehmen mußten. Bei Nancy Harding war es ganz sicher so – hat ja lange genug gewartet, meinen Bill als Memme hinzustelln. Erst eine Nacht, bevor man ihn wegholte, hat sie das Huhn dort angebracht.«

»Als eine Art Zeichen?« fragte ich, einer plötzlichen Eingebung folgend.

»Weiß nich.«

Ich dachte einen Moment nach, um mir über alles klarzuwerden. »Sie sagen, daß man Ihren Mann weggeholt hat. Sind die Mörder durch diese Tür gekommen?«

Sie schüttelte den Kopf. Ihr standen Tränen in den Augen. »Er saß in den ›Drei Bechern‹, so wie immer, nur daß er in dieser Nacht nicht heimgekommen is. Ich schätze, sie habn ihn auf der Straße überrascht, als er sich nich mehr wehren konnte, und habn ihn dort aufgehängt, als niemand das sehn konnte.«

Ich erinnerte mich an jenen verhängnisvollen Morgen – die Gischt schlug weiß schäumend über den Galgen und der schrecklichen Last daran. Unwillkürlich zitterte ich. Was für ein entsetzliches Ende, von seinen Nachbarn umgebracht zu werden und zu wissen, daß jeder Hilferuf zwecklos war, da ihn die Gemeinde schon längst zum Tode verurteilt hat! Ich verstand nun, warum man den Galgen am Ende der Cobb aufgestellt hatte – Bill Tibbit war mitten in dem tobenden Gewässer hingerichtet worden, dort, wo jene anderen durch sein Verschulden umgekommen waren.

»Wer könnte über Ihren Mann so grausam zu Gericht gesessen haben, Mrs. Tibbit?«

Vorsichtig blickte sie mich über den Hals ihrer Brandyflasche an, die sich nun rasch leerte. »Warum wolln Se das alles wissn? Was geht Se mein Bill an?«

Ich zögerte, als schätzte ich ihre Vertrauenswürdigkeit ein, dann beugte ich mich näher zu ihr. »Sie haben vielleicht von Captain Percival Fielding gehört«, setzte ich an.

Ihre Augen leuchteten auf, und begierig leckte sie ihre Lippen. »Von dem, der auf der Charmouth Road umgelegt wurde.«

»Genau.«

»Und?« Ungeduldig erwartete sie meine Erklärung.

»Ich war mit dem Captain näher bekannt.« Ich senkte meinen Blick, um anzudeuten, daß ich ihm weit mehr als nur als Bekannte verbunden war, was meiner Gesprächspartnerin auch nicht entging.

»Wohl verliebt in ihn, was? Und nun wolln Se 'ne Antwort?« Maggie klatschte sich vergnügt auf die Schenkel. »Tut mir leid, aber bei Bill werdn Se die nich finden.«

»Ihr Mann hat Captain Fielding wohl nie kennengelernt?«

»Nich das ich wüßte.«

Hierauf zeigte ich offen meine Enttäuschung. »Ich hätte gedacht, daß Ihr Mann möglicherweise für den Captain gearbeitet hat ...«

»Und wenn's so wäre?« erwiderte Maggie und verschränkte die Arme vor ihrer breiten Brust. »Immer noch kein Grund, ihn umzubringn.«

»Hat Ihr Mann also vielleicht für Captain Fielding gearbeitet – eventuell in seinem Garten?«

Voller Verachtung zuckte sie die Schultern. »Spielt keine Rolle. Mein Bill hat das versoffen, was ihm sein bißchen Arbeit einbrachte, und ich weiß nichts davon.«

Ich suchte nach einem anderen Weg. »Hat Ihr Mann behauptet, daß er mit einigen Leuten hier aus der Gegend besonders eng befreundet war, Mrs. Tibbit?«

»Mit ein paar, ja«, antwortete sie. »Zumindest bis die *Royal Belle* unterging.«

»Hat er vielleicht mit ihnen zusammen gearbeitet?«

»Wobei?«

»Sind sie vielleicht zusammen zur Arbeit gegangen?«

Plötzlich klärte sich ihr verwirrter Gesichtsausdruck. »Matt Hurley«, verkündete sie.

»Der Mann, der ...«, ich zögerte, bis ich die passenden Worte fand. »Der Mann, gegen den Mr. Smollet Einwände hatte?«

»Genau der«, entgegnete sie und blickte mich befriedigt an. »Trifft man selten so einen wie Matty. Spielt gern den Aufseher der Mannschaften, die montags auf der Broad Street stehen und auf Angebote warten.«

Diese Mitteilung mußte ich erst entschlüsseln. »Die Einheimischen warten montags in Gruppen auf der Broad Street darauf, daß man ihre Dienste in Anspruch nimmt?«

»So is es. Matty stellt sich als Anführer einer Rotte hin, jawohl.«

Solche Männergruppen hatte ich in der Tat an den Straßenecken herumlungern sehen und gedacht, daß es einfach nur Müßiggänger waren. Es stand ihnen ja nicht auf der Stirn geschrieben, daß sich hinter ihrem Tun auch ein Zweck verbarg.

An diesem interessanten Punkt der Unterhaltung klopfte es leider an die Tür, und hinter dem Wachstuchvorhang des Fensters zeigte sich ein dunkler Schatten. Joe Smollet, nahm ich an. Maggie würde ihn wohl kaum noch einmal abweisen. Nun gut – so mußte ich aufbrechen. Doch ein paar Fragen blieben noch offen.

»Wo kann ich wohl Matthew Hurley finden?« erkundigte ich mich.

»In den ›Drei Bechern‹«, sagte die Witwe mit einem zweideutigen Blick; »nich daß 'ne Dame wie Sie noch nachts in eine Schenke gehn soll.« Sie lief zum Fenster hinüber und spähte durch die trübe Scheibe. Dabei bewegten sich ihre Finger hin und her. »Bin Ihnen für die Kindersachen sehr dankbar, Miss, hab aber nu was Dringendes zu erledigen.«

»Ich verstehe.« Ich erhob mich und klopfte geistesabwesend meine Kleider aus. »Haben Sie eine Ahnung, Mrs. Tibbit, warum man eine weiße Blume neben den Galgen Ihres Mannes gelegt hat?«

»Eine weiße Blume«, sagte sie und starrte nach vorn. »Was für 'ne weiße Blume?«

»Eine Lilie, glaube ich. Davon haben Sie nichts gewußt?«

»Nich die Bohne. Puh, das is eigenartig. Warum legt jemand 'ne Blume neben meinen Bill hin?«

»Das weiß ich nicht«, erwiderte ich, »aber es hat einen höchst melancholischen Anstrich.«

Maggie griff nach dem Türriegel und zog ihn bedeutungsvoll zur Seite. Vermutlich wollte sie mir damit andeuten, daß unser Gespräch beendet war. Ich machte einen großen Schritt über den kleinen Jack hinweg, der sich mit einem grimmigen Kater im Schmutz rollte, und öffnete meine Geldbörse.

»Das Geld für Ihre Seide, Mrs. Tibbit«, sagte ich.

Mit Bedauern überreichte sie mir den pfirsichfarbenen Stoff, hielt meine drei Guineen dann aber für einen mehr als ausreichenden Trost. Beiderseits über unseren Handel erfreut, trennten wir uns. Blieb mir nur noch, an einem anderen Tag den vielversprechenden Mr. Matt Hurley aufzusuchen.

Das Merkwürdigste an jenem Vormittag ereignete sich aber, als ich die Gegend am Buddle verlassen wollte. Ich beobachtete das Näherkommen einer Kutsche mit einem vertrauten Wappen am Wagenschlag. In ihrem Inneren verbarg sie eine Dame mit stark verschleiertem Gesicht. Als diese jedoch aus dem Fenster lehnte, um ihrem livrierten Groom etwas zuzurufen, erkannte ich sie. Es war Mrs. Barnewall, wenn ich mich nicht sehr täuschte, deren Kutsche vor Maggie Tibbits Tür hielt.

Kapitel 16

Die fragliche Nacht

Freitag, 21. September 1804

»Meine Liebe«, sagte mir meine Mutter ins Ohr, als wir unter der besseren Gesellschaft Lymes im Saal des »Goldenen Löwen« saßen und auf den Beginn der Untersuchung des Todes von Percival Fielding warteten, »in dem schwarzen Seidenkleid und dem zarten Tüllschleier sieht Miss Crawford wirklich sehr gut aus. Ich glaube nicht, daß sie weder den einen noch den anderen Stoff bei Mr. Milsop erworben hat – auch wenn er selbst so vornehm tut, aber seinem Geschäft fehlt einfach die wahre Eleganz. Ich wünschte, daß unsere Cassandra das sehen könnte. Miss Crawfords Schleier, meine ich. Nun, sie kann ja aber durch die Londoner Geschäfte wandeln, wie sie will – jetzt meine ich Cassandra. Dr. Farquhar hat nämlich geäußert, daß sie sich gut erholt hat, und ich wünschte wirklich, daß sie uns über die Ärmelmode schriebe, ob sie diese Saison lang oder kurz sein werden. Doch das wird sie nicht tun, da sie viel zu beschäftigt ist mit Elizas Leihbücherei. Ich verstehe nicht, wie sie dieser wichtigen Sache gegenüber so gleichgültig sein kann ...«

»Mutter«, unterbrach ich diesen Redefluß, als die gute Frau eine Pause einlegte, um Luft zu holen, »ich frage mich, ob Miss Crawford nicht etwa vom Coroner aufgerufen wird. Denn bei der Sorgfalt, die sie auf ihre Garderobe verwendet hat, möchte man meinen, daß sie heute ihren Auftritt hat.«

»Sehr wahr«, entgegnete meine Mutter und legte aufgeregt eine Hand auf die meine. »Dabei waren *wir* mit Captain Fielding ebensogut bekannt – auch wenn Miss Crawford meint, daß er um Miss Armstrongs Hand und nicht um die deine, wie ich glaubte, anhalten wollte. Warum werden *wir* nicht aufgerufen?«

»Ich glaube, daß wir dem Coroner keine besonderen Informationen geben könnten«, erwiderte ich ruhig und klopfte meiner Mutter leicht auf die kalten Finger. Mein Vater räusperte sich und tadelte so unser Geschnatter. In diesem Moment erschien Mr. Carpenter – Coroner und Wundarzt von Lyme und der Vorgesetzte unseres Freundes Mr. Dagliesh – und schritt gewichtig den Gang entlang. Um ihm den gebührenden Respekt zu erweisen, erhoben sich alle von ihren Plätzen.

Joshua Carpenter war ein wohlbeleibter Gentleman mit jovialem Gesicht und einer schweren Perücke, die schon etwas aus der Mode gekommen war. Er war ganz in schäbiges Schwarz gehüllt – schäbig, da die Kleider abgetragen und vernachlässigt aussahen –, der Kragen hing schlaff um den Hals, die Ärmel waren verschlissen und die Revers seines Rocks trugen Spuren des kürzlich eingenommenen Mittagsmahls. Als er sich umdrehte und die ihm zugewandten, erhobenen Gesichter der Menge betrachtete, entdeckte ich jedoch in seinen Augen ein Funken von Erheiterung und um seine Lippen einen verächtlichen Zug, als sei er sich dessen wohl bewußt, daß sich der Großteil der Leute hier eher wegen des *Klatsches* als wegen der Gerechtigkeit eingefunden hatte. Er blickte die zwölf Geschworenen an, die mir alle unbekannt waren und anscheinend aus der hiesigen Bevölkerung stammten. Sie saßen ruhig und schüchtern auf zwei langen Bänken des Gasthauses. Dann nickte er dem zum Sprecher ernannten Mann zu.

Die Szene, die ich vor zwei Jahren in einer Gastwirtschaft in Hertfordshire miterlebte, ähnelte dieser sehr. Damals war ein anderer Mann ebenso unverhofft umgekommen! Während ich meine Umgebung betrachtete, wurden unweigerlich wieder jene schmerzhaften Erinnerungen wach. Doch Mr. Carpenter war eine völlig andere Sorte von Coroner, auch die Atmosphäre, die von der Menge ausging, und das Interesse an dem Untersuchungsergebnis waren gänzlich anders. Obgleich ich um Geoffrey Sidmouth äußerst besorgt war und mein Herz bei dem Gedanken, noch einmal sein rauhes und grüblerisches Gesicht zu sehen, wie wild schlug, wußte ich doch diesmal viel eher, was ich zu erwarten hatte. Damals, als meine teure Freundin Isobel, Countess von Scargrave, des Mordes an ihrem Gatten beschuldigt wurde, war ich noch einfältig gewesen und hatte Gerechtigkeit erhofft. Heute würde ich nicht so zuversichtlich sein. Die scheinbaren Tatsachen sprachen gegen den Herrn von High Down Grange, und ich zweifelte kaum daran, daß er bei einem raschen Abschluß der Untersuchung bis zur nächsten Sitzung der hiesigen Assisen* in Haft bleiben würde und daß ihm dann in London wegen Mordes an Captain Percival Fielding der Prozeß gemacht werden würde.

Es sei denn, daß ich inzwischen etwas zu seiner Entlastung entdecke.

Mr. Carpenter rief zur Ruhe auf, und gleich darauf war ein Rascheln und Geflüster aus dem hinteren Teil des Saals zu hören. Als ich mich umwandte, sah ich Mr. Dobbin, den Richter von Lyme, und dessen kräftige Männer, die Geoffrey Sidmouth in den Versammlungsraum führten. Ihnen folgten erhobenen Hauptes Seraphine in ihrem roten Umhang und dahinter Toby auf seinen Krücken. Das Gemurmel schwoll nun zu lautem Tumult an. Wie mir in jenen Minuten Mademoiselle leid tat! Was für eine Mischung aus Stolz und Verzweiflung auf ihrem Gesicht! In diesem Moment mußten sie die verwirrendsten Gefühle aufwühlen.

* Die Assisen waren dem Prozeß vorausgehende Geschworenengerichte, die in allen Orten des britischen Königreichs abgehalten wurden. Dabei wurde ein Verdächtiger beschuldigt, öffentlich angeklagt und bis zum Prozeß in Untersuchungshaft gehalten. Zu Jane Austens Zeiten fanden diese Sitzungen vierteljährlich statt. – *Die Herausgeberin.*

»Die Untersuchung ist hiermit eröffnet«, erkläte Mr. Carpenter mit sonorer, tiefer Stimme, als sich die Leute von High Down Grange hinsetzten. Zuerst rief er einen jungen Burschen namens Ted Nesbitt auf, der von der Smallwood Farm unweit der Charmouth Road stammte. Jener Nesbitt – vielleicht gerade fünfzehn Jahre alt – hatte Captain Fieldings Leiche entdeckt. Mit vielen verlegenen Pausen erzählte Ted zur Erbauung der Versammelten, wie er beinah darüber gestolpert wäre, wobei er sich ständig am Kopf kratzte.

»An der einen Straßenseite, da lag der tote Herr, und war fast völlig vom Gras verborgen, weil das Feld noch nicht abgemäht worden war. Ich wär auch an ihm vorbei, wenn das Pferd nicht gescheut hätte, und selbst da hielt ich ihn nur für einen Haufen weggeworfener Lumpen.«

»Und was haben Sie dann getan, Mr. Nesbitt?« fragte der Coroner.

»Festgestellt, daß er tot ist, was er auch war, und ich bin nach Darby gefegt, als wär der Teufel hinter mir her.«

»Kannten Sie den Herrn?«

»Es war Captain Fielding«, sagte der Junge beherzt. »Hab ihn schon in meiner Gegend gesehn, sind ja so 'ne Art Nachbarn. Doch meine Leute und so einer von den Höheren wie er, die kommen nich zusammen, Sir, und ich kann wohl sagen, daß wir uns nich mehr als guten Tag zugerufen haben.«

Dann erschien Mr. Crawford. In seiner inneren Unruhe waren ihm Schweißperlen auf die Glatze getreten, und sein Gesicht wirkte starr und verstört. Er sagte kaum mehr, als nötig war, um seine düsteren Mitteilungen zu machen – nämlich, daß er Nesbitt zur Leiche begleitet hatte und zu seinem Schrecken feststellen mußte, daß der Tote Percival Fielding war und daß er sicherlich umgebracht worden war. Danach hatte er Mr. Carpenter und dessen rechte Hand, William Dagliesh, geholt, ebenso den Richter von Lyme, Mr. Elliot Dobbin.

»Haben Sie an der Leiche oder an dem Tatort etwas bemerkt, was dieser Untersuchung dienen könnte, Mr. Crawford?« fragte der Coroner etwas gefälliger.

Darauf folgte ein quälendes Schweigen. Ich beobachtete, wie Mr. Crawfords Augen zu Geoffrey Sidmouth schweiften, der sich im hinteren Teil des Saals befand. »Ja, Sir«, erwiderte er, worauf sich sein Mund fest verchloß. »Im Schlamm um die Leiche herum befanden sich unzählige Hufabdrücke.«

»Dann können wir also annehmen, daß der Tote zur Zeit seines Todes oder kurz davor beritten war.«

Mr. Crawford nickte und zögerte, ehe er widerstrebend hinzufügte: »Das ist nicht alles, was wir annehmen können, Mr. Carpenter.«

»Ich verstehe«, entgegnete der Coroner langsam mit sanfter Stimme. »Dann können Sie uns vielleicht aufklären, Mr. Crawford. Warum sollten uns diese Hufspuren interessieren?«

»Solche Abdrücke gibt es nur einmal. Sie trugen die Initialen *GS*, die deutlich zu lesen waren.«

»*GS*?« Jetzt zeigten sich leichte Falten auf der Stirn des Gentlemans. »Und können Sie über die Bedeutung dieser Buchstaben Mutmaßungen anstellen, Mr. Crawford?«

Der arme Crawford schien mit sich selbst zu ringen. »Ich nahm an, daß das Pferd einem Gentleman aus meinem Bekanntenkreis gehört.«

»Vermutlich einem Gentleman, dessen Initialen GS sind?« meinte Mr. Carpenter.

»Ja.« Nun folgte eine kurze Pause, da der Coroner die Spitzenaufschläge seiner Ärmel zurechtzog.

»Ich muß Sie fragen, Mr. Crawford, welcher Gentleman Ihres Bekanntenkreises diese Buchstaben für sich beanspruchen kann?«

»Geoffrey Sidmouth«, erwiderte Crawford kaum wahrnehmbar.

»Und warum sollte es so sein?« Der Coroner blickte sich

im Saal um, als hoffte er auf etwas Unterstützung. »Warum sollten diese Hufabdrücke und ihre erdrückenden Initialen nicht einer anderen Person zugehören?«

»Weil mir bekannt war, daß Mr. Sidmouth gewöhnlich diese Initialen vom Schmied in die Hufeisen seiner Pferde einkerben ließ.«

»Ich verstehe«, sagte Mr. Carpenter und rutschte auf seinem Stuhl zurück. Zweifellos war er vor der Verhandlung von dem beflissenen Mr. Dobbin davon in Kenntnis gesetzt worden. Und ich verstand sehr gut, daß sein Gebaren allein auf Wirkung abzielte. Sicher hat dieser Mann seine wahre Berufung verpaßt – er hätte besser in der Verkleidung eines Falstaffs auf der Bühne von Drury Lane auftreten sollen. Ich erwartete, daß er nun unverzüglich Sidmouth aufrufen und das traurige Geschäft zu Ende bringen würde. Doch Mr. Carpenter war an erster Stelle ein Mann der Gründlichkeit. Der Coroner hatte diesen Nachmittag einzig für die Untersuchung von Percival Fieldings Tod vorgesehen, und er würde seine ruhmreiche Bühne nicht vor dem Dinner verlassen. Nun forderte er Mr. Crawford auf abzutreten und rief Mr. William Dagliesh nach vorn.

Der arme Dagliesh nahm zur Rechten des Mannes Platz, bei dem er angestellt war, und wurde vereidigt. Er schaute überallhin, nur nicht in die Augen seines Freundes am Ende des Raumes. Seine Qualen sollten nur von kurzer Dauer sein. Der junge Arzt erklärte das, was Mr. Carpenter schon wußte – daß der Captain bereits einige Stunden tot war, als man sie rief, den Leichnam zu untersuchen. Außerdem, daß Fielding durch die Wunde in seinem Herzen eine große Menge Blut verloren hatte und daß er bezeugen konnte, daß Mr. Carpenter aus der Wunde eine Kugel entfernte, die seiner Meinung nach dem Geschoß einer solchen Pistole entsprach, wie sie gewöhnlich ein Gentleman bei sich trug.

»Und konnten Sie den ungefähren Zeitpunkt des Todes des Captain ermitteln?«

»In Anbetracht des Zustands des Körpers waren wir übereingekommen, daß der Tod am Abend zuvor eingetreten sein mußte.«

»Aber Sie können nicht genau sagen, wann.«

»Das kann ich nicht.«

»Haben Sie sonst noch etwas zu sagen?«

Mr. Dagliesh zögerte und blickte schließlich zu Sidmouth. Als hätte sein Freund ihn ermutigt, setzte er nun ein ernsteres Gesicht auf. »Sir, ich möchte einfach nur hinzufügen, daß ich für das Verhalten von Mr. Geoffrey Sidmouth bürgen kann«, sagte er mit einer Stimme, die jetzt vor Entschlossenheit so kräftig tönte, daß sie den Raum zu erfüllen schien. »Ich halte ihn einer solch verabscheuenswerten Tat, wie sie die Hufabdrücke nahelegen wollen, für unfähig. Außerdem gebe ich freimütig zu, daß ich in der fraglichen Nacht immer in seiner Gesellschaft war und mich erst gegen Morgengrauen von ihm trennte, als Captain Fielding schon mehrere Stunden lang tot gewesen sein muß.«

Als er mit dieser Rede fertig war, betrachtete Mr. Carpenter mit unergründlicher Miene das Gesicht seines Assistenten. »Sie sind mit Mr. Sidmouth näher befreundet, Mr. Dagliesh?« fragte er.

»Das bin ich.«

»Dann sind Sie also daran interessiert, diesen Mann zu schützen?«

»Würde ich mich seinen Freund nennen, wenn es sich nicht so verhielte?«

»Und haben Sie einen anderen Zeugen, der für den Aufenthalt des Gentlemans bürgen könnte?«

»Genügt denn nicht mein Wort?« rief Mr. Dagliesh, dessen Gesicht nun vor Empörung rot anlief. Ich schloß bei diesem Anblick die Augen, da ich mich daran erinnerte, wie vergeblich ich vor zwei Jahren auf Aufrichtigkeit und Rechtschaffenheit gehofft hatte, als über Isobels Leben entschieden wurde.

Der Coroner lächelte. »Was mich betrifft, vielleicht«, sagte er, »doch ich fürchte, daß die Geschworenen einen weiteren Beweis verlangen. Könnten Sie uns nacheinander darlegen, was Sie in der fraglichen Nacht getan haben?«

Mr. Dagliesh errötete noch mehr, wenn das überhaupt möglich war. Erneut waren seine Augen auf den Freund gerichtet. Ich drehte mich um und studierte Mr. Sidmouths Miene, in der für mich etwas Warnendes lag.

»Das verbietet mir meine Ehre«, antwortete schließlich der junge Arzt, »aber ich darf Ihnen vielleicht versichern, Sir, unsere Unternehmungen waren solcher Art, daß sie einem Gentleman keine Schande bereiten.«

Auf diesen unglücklichen Versuch hin kam leises Gelächter auf. Zwei Geschworene blickten sich vielsagend an, wie ich bemerkte. Ich fand, daß Mr. Daglieshs Bemühungen seinem Freund eher geschadet als geholfen hatten. Man würde seine Worte als die Lügen eines verzweifelten Augenblicks abtun, und Mr. Sidmouths Schicksal wäre besiegelt. Doch ich folgerte aus dem Blickwechsel der beiden Freunde, der soeben stattgefunden hatte, daß Dagliesh nicht etwa die Mittel zur Verteidigung seines Freundes fehlten, sondern eher, daß ihm das Einschreiten *verboten* worden war.

Mr. Carpenter entließ seinen unglücklichen Angestellten, und Dagliesh floh erleichtert, wenn auch in seiner Würde leicht verletzt. Als er den Gang entlangeilte, warf er mir einen flehenden Blick zu, der trotz seines Schweigens höchst vielsagend war. Ich spürte, daß er darum bat, ihm Glauben zu schenken, auch wenn er kaum Beweise anführen konnte. Ich für meinen Teil wünschte ihm von ganzem Herzen, daß man seiner Bitte Folge leisten würde. Doch nun rief der Coroner Mr. Dobbin auf, und so konzentrierte ich mich ganz auf den Richter.

Mr. Dobbin berichtete knapp und unbefangen, als würde er über das Wetter reden, wie Captain Fieldings Körper auf der Charmouth Road gelegen hatte und daß sein Pferd wahrscheinlich davongaloppiert war. Er bestätigte, daß den Captain eine Kugel mitten ins Herz getroffen hatte und daß er die bereits erwähnten Hufabdrücke gesehen hatte. Mr. Dobbin fügte noch hinzu, daß man die Geldbörse des Captain gestohlen und daß im Gras neben der Leiche eine weiße Lilie gelegen hatte – und das zweifellos nicht rein zufällig.

Bei diesen Worten beobachtete der Coroner Mr. Dobbin scharf.

»Hat man eine solche Blume nicht erst kürzlich neben der Leiche eines *anderen* entdeckt?«

»Sehr wohl, Sir, neben dem toten William Tibbit, der am Donnerstag vor zwei Wochen an der Cobb erhängt aufgefunden wurde.«

»Und meinen Sie, daß diese zwei Morde in Zusammenhang stehen?«

»Das weiß ich nicht, Sir.«

»Ich verstehe.« Es folgte eine Pause, und er blickte zu den Geschworenen, von denen die meisten den Anschein erwecken wollten, daß sie die Bedeutung der Worte des Coroners verstanden hätten, was jedoch nicht der Fall war.

»Sie haben die Hufspuren neben der Leiche bemerkt, Mr. Dobbin.«

»Ja, Sir.«

»Und hatten die für Sie die gleiche Bedeutung wie für Mr. – äh – Mr. Crawford?«

»Mr. Crawford ist durch eigenen Augenschein zu seinen Überzeugungen und Ahnungen gelangt.«

»Ja, ja. Und was taten Sie anschließend?«

»In einer Angelegenheit von solchem Gewicht wollte ich nicht voreilig erscheinen«, fing Mr. Dobbin ruhig an, »deshalb stellte ich zuerst bei den hiesigen Hufschmieden, drei an der Zahl, Erkundigungen an und entdeckte, daß sie für niemanden solche Hufeisen angefertigt haben. Außer für Mr. Geoffrey Sidmouth.«

Mr. Carpenter fuhr mit einer Hand an seine füllige Wange und streichelte sie nachdenklich. »Und dann?«

»Ich kam zu dem Schluß, daß zumindest Sidmouths Pferd an Ort und Stelle gewesen sein mußte, und hielt es daher für angebracht, seinen Stalljungen zu befragen, ob in der fraglichen Nacht ein Pferd nicht im Stall gestanden hatte. Er versicherte mir etwas trotzig« – bei diesen Worten sah ich Toby an, der sich von seinem Platz erhob und bei dem Versuch, sein Gewicht auf das kranke Bein zu verlagern, vor Schmerzen stöhnte –, »daß alle Pferde die ganze Nacht über bewacht im Stall gestanden haben.« Mr. Dobbin hielt inne, so daß seine Worte die volle Wirkung entfalten konnten. »Alle Pferde, bis auf das *spezielle* Pferd von Mr. Sidmouth – einen schwarzen Hengst namens Satan. Es sieht so aus, als habe Mr. Sidmouth nach dem Dinner High Down Grange auf dem Rücken des Pferdes verlassen – so gegen acht Uhr – und sei erst bei Tagesanbruch wieder zurückgekehrt. Der Stalljunge wollte oder konnte nicht sagen, wo sein Herr gewesen war.«

Diese Enthüllung rief beträchtliches Aufsehen hervor, auch wenn ich annehmen konnte, daß die Leute schon lange vor der Untersuchung von diesen Einzelheiten gewußt und sie beim Putzmacher oder im Wirthaus erfahren hatten. Ich schaute mich nach Sidmouth um und sah, daß er ungebeugt zwischen seinen beiden Wärtern ausharrte. Seraphine hingegen, die auf dem Stuhl hinter Mr. Dobbins Männern saß, schien sich höchst unwohl zu fühlen. Der goldene Schimmer, der von ihr ausging, war verblaßt, und ihr Blick wirkte wie abwesend – die Engelsflügel waren wie die eines gefangenen Schwans gestutzt.

Als sich das allgemeine Gemurmel gelegt hatte, fuhr der Coroner fort. »Und auf diese Auskünfte hin, Mr. Dobbin«, sagte er, »haben Sie Mr. Geoffrey Sidmouth in Haft genommen, bis die Geschworenen zu einem Urteil gelangen?«

»Ja, so ist es.«

»Sie dürfen sich setzen.«

»Ich möchte vorschlagen, Sir«, wandte der Richter ein,

»daß man Miss Augusta Crawford zu einer Aussage aufruft. Sie verfügt über Informationen, von denen ich erst kürzlich erfahren habe.«

Mr. Carpenter zog eine Augenbraue hoch. »Tatsächlich? Dann soll Miss Augusta Crawford aufgerufen werden. Miss Augusta Crawford!«

Es war, wie ich erwartet hatte. Miss Crawford hatte inmitten der Verhandlung endlich für ihre Zunge eine Bühne gefunden und schien mit den Früchten ihrer Genialität höchst zufrieden zu sein, als sie in ihrem rauschenden schwarzen Seidengewand auf die Geschworenen zuging. Sie hatte hohe, kantige Wangenknochen, und ihr Mund wirkte ernst, doch ich meinte, daß in ihren Augen ein Funke Boshaftigkeit aufleuchtete, als sie sich neben dem Coroner in Positur gebracht hatte, wobei sie den Blick ganz auf Mademoiselle LeFevre richtete.

»Sind Sie Miss Augusta Crawford, die Schwester von Mr. Cholmondeley Crawford auf Darby?« fing der Coroner an.

»Ja.«

»Und was haben Sie zu berichten, daß dieser Verhandlung dienlich sein könnte?«

»Ich kann einen Bericht von den Ereignissen geben, die sich auf Darby an dem Abend vor jenem zugetragen haben, an dem Mr. Sidmouth Captain Fielding ermordet hat«, erwiderte Miss Crawford mit bedeutungsschwerer Gestik.

»Madam!« stieß Mr. Carpenter hervor. »Mr. Sidmouths Schuld ist noch nicht erwiesen.« Er wandte sich an den Sprecher der Geschworenen. »Bitte beachten Sie diese Worte der Dame nicht weiter. Madam?«

»Mr. Crawford und ich hatten an jenem Abend mehrere Gäste zu einem Dinner ...«

»Das war am letzten Samstag?«

»Am letzten Samstag; und darunter befanden sich Captain Fielding, Mr. Sidmouth und seine Cousine, Mademoiselle LeFevre.« Als Miss Crawford Seraphines Namen erwähnte, konnte sie ihren lebhaften Spott nicht unterdrücken. Und das hätte, wenn ich Coroner gewesen wäre, in mir gewiß Zweifel an ihrer Mitteilung geweckt. Doch Mr. Carpenter verzog keine Miene.

»Unterhielten der Verstorbene und Mr. Sidmouth so gute Beziehungen, daß solche Geselligkeiten üblich waren?« erkundigte er sich.

»So nahmen es mein Bruder und ich zumindest an«, entgegnete Miss Crawford, »schließlich hatte der Captain Mademoiselle vor einem gefährlichen Abenteuer bewahrt, und man müßte meinen, daß jeder, dem ihr Wohlergehen am Herzen lag, ihm deshalb zu großem Dank verpflichtet sein müsse. Doch stellen Sie sich nur unsere Überraschung vor, als Mr. Sidmouth sich über die Anwesenheit des Captain alles andere als erfreut zeigte. Er ging sogar so weit, meinen Bruder zu fragen, warum er sie beide eingeladen hatte!«

»Miss Crawford«, befragte der Coroner sie weiter und schien leicht gereizt zu sein, »was wollen Sie den Geschworenen damit sagen?«

Mit offenem Mund starrte ihn die Lady an, als sei sie verblüfft darüber, daß der Mann so begriffsstutzig sein sollte. »Nun, mein verehrter Sir!« erwiderte sie. »Ist das nicht offensichtlich? Mr. Sidmouth hegte einen großen Groll gegen den Captain! Die Mademoiselle behandelte ihren Cousin mit äußerster Kälte – die Folge des Unheils, wie ich meinte, das er ihr angetan hat und bei dem der Captain einschreiten mußte, jedenfalls entnahm ich das einer Bemerkung, die der Captain einmal fallenließ. Ihn hat so enorm wütend gemacht, daß sie Captain Fielding ihm *vorzog*. Die Folge davon erlebten wir zuerst in unserem Empfangszimmer und keine zwei Tage darauf auf der Charmouth Road!«

»Und wie würden Sie die Tatsache erklären, daß man den Toten um die Geldbörse erleichterte? Sie wollen doch sicher nicht sagen, daß ein Verbrechen aus Leidenschaft zugleich auch mit solch einer Berechnung einhergeht?«

»Ich nehme an, daß Mr. Sidmouth seine Spuren verwischen und den Verdacht erwecken wollte, daß ein gewöhnlicher Straßenräuber den Captain getötet hat.«

»Aber, meine gute Dame«, sagte Mr. Carpenter gelassen, »es sieht doch eher so aus, als hätte Mr. Sidmouth seine Spuren gerade nicht verwischt.« Er hielt einen Augenblick inne, damit man seinen kleinen Scherz voll genießen konnte, und griff dann mit leicht abweisender Geste nach seiner Feder. »Ich fürchte, das sind alles nur Mutmaßungen, Miss Crawford. Das kann unsere Untersuchungen nicht weiterbringen.«

»Das ist ja lächerlich, Sir!« rief die Dame. »Begreifen Sie denn nicht, daß Fielding in einem Duell um die Ehre der Mademoiselle getötet wurde?«

»Sie dürfen Platz nehmen, Madam«, entgegnete der Coroner abweisend. »Mr. Geoffrey Sidmouth!«

Miss Crawford zischte vor sich hin und war hellauf empört. Aber sie wurde vom Richtertisch fortgeführt, und als sie sich gezwungen sah, ziemlich dicht an ebenjenem Mr. Sidmouth vorbeizugehen, den sie soeben verleumdet hatte, schien sie beinah all ihren Mut zu verlieren. Er blickte sie weder an, noch sagte er etwas. Inmitten des Gemurmels, das seinen Weg nach vorn begleitete, schien er entschlossen zu sein, seinen Ernst nicht abzustreifen. In all dem Gerede um mich herum konnte ich jedoch keinen Hinweis darauf entdecken, daß die Versammelten dem Gentleman trotz der erdrückenden Beweislast übel gesonnen waren. Über alle Maßen erstaunte mich, daß Geoffrey Sidmouth unter den einfachen Leuten von Lyme sein Ansehen bewahrt hatte, ja daß sie ihm in gewissem Grade dankbar verbunden waren, ganz gleich, wie gräßlich seine Vergehen waren. Eine merkwürdiges Volk, das eine Maggie Tibbit mit so viel Verachtung und einen Geoffrey Sidmouth mit unbeugsamer Toleranz behandelte.

Mr. Carpenter warf dem Mann zu seiner Rechten flüchtig einen weder strengen noch freundlichen Blick zu. »Sie sind Mr. Geoffrey Sidmouth von High Down Grange, nicht wahr?«

»Richtig.«

»Und was können Sie auf die soeben von Miss Augusta Crawford vorgetragenen Mutmaßungen sagen?«

»Ich schlage vor, daß sich die Lady besser um ihre eigenen Angelegenheiten kümmern sollte und weniger um die ihrer Nachbarn, sonst werden ihr noch die Dinnergäste davonlaufen«, erwiderte er sanft, worauf Gelächter aufkam. Doch da ich Sidmouth ein wenig kannte, wußte ich, daß er seine wahren Gefühle nur schwer unter Kontrolle hatte. Beunruhigenderweise hatte seine Schläfe ganz unwillkürlich zu pochen begonnen.

»Und hegten Sie, Sir, einen Groll gegen jenen Captain Fielding?«

»Sicher habe ich ihn nur sehr wenig gemocht.«

»Das sind sehr offene Worte von einem Mann, gegen den die Umstände sprechen«, sagte Mr. Carpenter etwas überrascht.

»Ich habe es mir angewöhnt, Sir, wenn es möglich ist, ehrlich zu sein.«

»Wenn es *möglich* ist – aber nicht, wie Sie uns wohl damit zu verstehen geben, bei jeder Gelegenheit?«

»Kann sich irgendein Mensch solcher Beständigkeit rühmen?«

»Nun, im allgemeinen beteuern das alle.«

»Aber seine Ehrlichkeit zu beteuern und diese auch wirklich zu zeigen, das sind zwei völlig verschiedene Dinge. Man trifft nur selten einen Gentleman, der beides in sich vereint.«

Mein Vater beugte sich nach vorn und kniff ein Auge zusammen. »Ein Punkt für meinen Philosophen«, bemerkte er leise.

»Also können wir davon ausgehen, daß Sie für den Captain eine gesunde Abneigung empfanden. Worauf war diese zurückzuführen?«

»Auf persönliche Angelegenheiten.«
»Die in Zusammenhang stehen mit Mademoiselle ...«
»... LeFevre.«
»LeFevre. Und könnten Sie das genau erläutern, Mr. Sidmouth?«
»Wie ich schon sagte, so waren es persönliche Angelegenheiten. Ich würde jeden Begriff von Ehre verletzen, wenn ich diese Dinge vor dem gewöhnlichen Publikum ausbreitete.«
»Ich verstehe.« Doch dem Anschein nach verstand Mr. Carpenter nicht. »Und wollen Sie bitte darlegen, was Sie während des letzten Sonntagabends getan haben?«
»Ich war nicht daheim.«
»Darüber sind sich die Geschworenen im klaren. Sind Sie zu der fraglichen Zeit auf Ihrem schwarzen Hengst ausgeritten?« Bei dieser Frage schaute der Coroner mit zusammengekniffenen Augen auf seine Akten. »Auf diesem zu allem Unglück auch noch Satan genannten Pferd?«
»So ist es.« Man konnte Mr. Sidmouth ansehen, daß es ihn quälte, selbst einen so kurzen Satz von sich zu geben.
»In Begleitung des Assistenzarztes Mr. William Dagliesh?«
»Jawohl.«
»Mr. Sidmouth«, stieß der Coroner sichtlich wütend hervor, »wenn wir auch nur die kleinste Aussicht haben sollen, Ihre Schuld in Frage zu stellen, dann müssen Sie uns von jenen Dingen in Kenntnis setzen, die Sie entlasten könnten! Wollen Sie uns nicht darlegen, was Sie in jener fraglichen Nacht getan haben?«
Nun folgte einen Augenblick Schweigen, und Sidmouth sah mich plötzlich mit funkelnden Augen an, so daß mein Herz wild zu schlagen anfing. Seine Augen wanderten nun weiter an mir vorbei in den hinteren Teil des Saals. Ich wußte, wen er anblickte, und doch mußte ich mich umdrehen, um mich zu vergewissern.

Seraphine war aufgestanden wie ein sich langsam aus dem Grab erhebender Geist. »Erzähle es Ihnen, Geoffrey«, sagte sie, wobei sie die Worte fast verschluckte, so daß er sie kaum hören konnte. »Sag es ihnen«, rief sie etwas entschlossener und hielt sich an einem Stuhl fest.

»Du weißt, daß ich das nicht kann«, antwortete er. Seine Stimme war unendlich sanft – die Ruhe der Verzweiflung, dachte ich. »Setz dich, meine Liebe, ehe du noch umfällst.«

»Gibt es etwas, daß Sie den Geschworenen mitteilen wollen, Madam?« fragte der Coroner und stand auf, um die Mademoiselle anzusehen. Unfähig, ihren Cousin anzublicken, nickte sie kurz.

»Schweig, Seraphine!« fuhr Sidmouth nun heftig dazwischen. »Für solch ein Opfer hast du keinen Grund. Ich werde es nicht zulassen. Schweig – ich bitte dich –, damit du es nicht in den kommenden Jahren bereust!«

»Oh, Geoffrey ...«, rief sie nun wehklagend und schwankte, als ich hinschaute. Sofort war Sidmouth aufgesprungen und den Gang hinuntergeeilt, um sie zu stützen. Doch Dobbins Männer waren schneller und versperrten ihm den Weg, da sie meinten, daß er fliehen wolle. Dann ergriffen sie ihn, und ihn packte eine wahnsinnige Wut, während Seraphine ohnmächtig zu Boden sank. Sofort herrschte im Saal großer Aufruhr. Sidmouth versuchte sich von seinen Häschern zu befreien, und die Menge um ihn herum schrie so wild durcheinander, daß selbst Mr. Carpenters Hammerschläge in dem Tumult untergingen.

Schließlich konnte man den Gentleman bezwingen, und die Lady wurde aus dem Saal hinaus ins Freie getragen, wo man sie besser wieder zu sich bringen konnte. Die Geschworenen wurden entlassen, um über den Fall zu beraten. Mit hängenden Köpfen waren sie nach wenigen Minuten zurückgekehrt und erklärten nun, daß Captain Fielding ihrer Ansicht nach von Geoffrey Sidmouth umgebracht worden war. Und so führte man den Herrn von High Down Grange ab, der vollkommen außer sich vor

Sorge über den Zustand seiner Cousine war, und warf ihn wieder in das kleine stinkende Gefängnis von Lyme.

Als die versammelte Menge aus dem Saal ging, zeigte nur Miss Crawford eine triumphierendes Miene. Doch man beglückwünschte sie nicht; es war eher so, daß die meisten Persönlichkeiten von Lyme sie mieden wie die leibhaftige Pest. Sie aber hatte genug gesehen, um ihre schlimmsten Mutmaßungen bestätigt zu finden. Konnte man bei Seraphines Verhalten noch daran zweifeln, daß sie der Grund für das Unglück des Captain war? Oder daß ihr Cousin sie so sehr liebte, daß er dafür auch morden würde?

Kapitel 17
Mit Samtpfötchen

21. September 1804, Forts.

Aufgrund der gegen Sidmouth vorliegenden Beweise konnte man keinen Zweifel an seiner Schuld hegen. Ich hätte jedoch das Gewicht jener Verdächtigungen weit schwerer empfunden, hätte ich nicht gespürt, daß Sidmouth und seine Freunde durch einen anderen Grund zum Schweigen verurteilt waren und daß er während der Verhandlung vor allem darauf bedacht gewesen war, eine andere Sache *nicht* ans Licht treten zu lassen, auch wenn sie ihn gewiß vom Vorwurf des Mordes befreit hätte. Aber rätselhafterweise wollte er das um den Preis des eigenen Lebens nicht dulden. Seine Unschuld durch die Aufdeckung anderer Umstände zu beweisen war also hier nicht möglich. Daher mußte die Schuld eines anderen bewiesen werden. Ich fragte mich unaufhörlich, warum ausgerechnet ich mich dafür verantwortlich hielt, jene Spur aufzunehmen und zu verfolgen. Doch mir blieb bei dieser Sache keine Wahl. Jemand hatte Percival Fielding aus mir unbekannten Gründen umgebracht; und jemand wollte die Welt glauben machen, daß Sidmouth die Tat an seiner Statt begangen hatte. Konnte man in einem solchen Fall nur dastehen und zusehen, wie die Ungerechtigkeit den Sieg davontrug? Ich gehörte sicher nicht zu den Menschen, die das vermochten. Doch was war nun also zu tun? Zu meinen Füßen öffnete sich ein verschlungenes Netz von Pfaden, wie in einem grünen Irrgarten. Wie sollte ich auf die richtige Fährte gelangen?

»Nun«, erklärte mein Vater, als er sich in dem sich rasch leerenden Saal umschaute, »nun gut. Es wäre vielleicht ratsam – du wirst mir sicher zustimmen, meine liebe Jane –, daß wir der Mademoiselle, so gut es geht, unsere Hilfe anbieten, da sie zur Zeit ganz ohne Beistand ist. Angesichts ihres Kummers könnte schon ein wenig christliche Nächstenliebe wie Balsam wirken.«

»Du bist so gütig, Vater«, sagte ich etwas in Gedanken. Denn innerlich war ich gerade mit anderen Dingen beschäftigt, gegenüber denen Mademoiselle LeFevres Befinden von geringerer Bedeutung war. Zu einem so entscheidenden Zeitpunkt, wo jede Stunde über Sidmouths Schicksal entscheiden konnte, war es unbedingt notwendig, keine falschen Schritte zu unternehmen. So schob ich alle unwesentlichen Mutmaßungen beiseite und konzentrierte mich noch einmal voll und ganz auf die vorliegenden Tatsachen.

Wir hatten sowohl von dem jungen Arzt Dagliesh als auch von dem Stalljungen erfahren, daß Geoffrey Sidmouth in der fraglichen Nacht unterwegs gewesen war und seinen Hengst Satan geritten hatte. Deutlich hatte man die Spuren der Hufabdrücke mit seinen Initialen im Schlamm neben Fieldings Leichnam gefunden. Wenn es also denkbar wäre, daß Sidmouth nicht Fieldings Mörder war, dann mußte ich jemand anderen finden, der das Pferd in jener Nacht, als Sidmouth anderweitig beschäftigt war, gestohlen hatte. Oder jemanden, der entgegen der Aussage des Stalljungen vom Hof geritten war. Oder daß ein anderes, in gleicher Weise beschlagenes Pferd zur Mordtat geritten worden war. Mr. Dobbin hatte folgendes ermittelt: sämtlichen Hufschmieden der Stadt war nichts anzulasten, und es entsprach der Wahrheit, daß sie einzig für Sidmouth jene Hufeisen anfertigten, doch ich war da nicht so zuversichtlich. Unabhängig von den einzelnen Motiven und Hinweisen – dem rätselhaften Vorfall zwischen dem Captain und Seraphine, den weißen Blumen bei den beiden Toten und der Identität des Reverends – waren die Hufeisen der springende Punkt in dieser Sache.

»Willst du uns begleiten, Jane?«

Ich blickte auf und sah, daß mein Vater sich bereits erhoben hatte, meine Mutter stand neben ihm, und beide strahlten jene Ruhe aus, die einem nur die Gewißheit, Gutes zu verrichten, geben konnte. Mich erinnerten ihre entschlossenen Mienen daran, daß Seraphine vor ihrer Ohnmacht kurz davor gewesen war, den Grund ihres Kummers zu enthüllen, und daß man die ganze Sache bald aufklären konnte, wenn man sie *nun* zum Sprechen brächte. Schweigend stand ich auf und folgte rasch meinem Vater.

Die arme Seraphine lag erschöpft im »Löwen« in einer Kammer im ersten Stock. Ihre wallende Haarpracht hing auf die Strohmatratze herab, auf dem Kopf befand sich eine Kompresse. Eines der Mädchen-für-alles der Gastwirtschaft lehnte mißtrauisch in der offenen Tür und war zwischen ihrer Neugier auf Klatsch und den Erfordernissen der aufgetragenen Verrichtungen hin und her gerissen. Doch man hätte denken können, daß das Objekt ihrer bösartigen Betrachtung ebensogut ein Stein hätte sein können, da Mademoiselle LeFevre von dem Geschehen um sie herum nichts wahrnahm. Sie starrte an die Decke über ihrem Kopf, wobei ihre Lippen ständig etwas vor sich hin murmelten. Es mochte ein Gebet sein – doch da ich Seraphine ein wenig kannte, meinte ich eher, daß es sich um einen Fluch handelte. Es wäre schrecklich, den Haß, den sie für Sidmouths Feinde empfand, oder ihren rasenden Durst nach Rache wahrzunehmen. Ich schätzte sie dafür, wie ich mich zugleich auch vor ihr fürchtete. Ich legte keinen Wert darauf, zu ihren Feinden zu gehören.

»Verzeihen Sie, Mademoiselle«, sagte mein Vater freundlich, als er auf die Tür zuging, »doch wir wollten Ihnen in Ihrem Kummer ein wenig Trost spenden. Gibt es etwas, das Ihnen in Ihrer seelischen Erschütterung Linderung verschaffen könnte? Kann man Ihnen etwas zu essen kommen lassen? Oder wollen Sie heim nach High Down Grange gebracht werden?«

»Mr. Austen!« rief meine Mutter. »Das arme Ding kann

in solch einem Haus nicht auf sich allein gestellt bleiben! Es liegt so einsam dort, mitten in den Hügeln, und welche Melancholie jetzt davon ausgeht! Das muß sie doch erdrücken! Ich bin sicher, Mademoiselle, daß Sie besser zu uns kommen sollten. Wir könnten unsere Jenny zum Gutshaus schicken und Ihre Sachen holen lassen, damit Sie es so angenehm wie möglich haben.« Meine Mutter schien mit ihrer Rede höchst zufrieden, bis sie nach einigem Überdenken doch etwas besorgt wirkte.

»Gesetzt den Fall«, fügte sie hinzu, »daß es Ihnen nichts ausmacht, das Zimmer mit Jane zu teilen. Denn wie Sie verstehen werden, wir verfügen nur über zwei Schlafzimmer. Wir könnten uns auf diese bescheidene Weise Ihrer Familie erkenntlich zeigen, wo Sie uns doch erst vor ein paar Wochen nach unserem eigenen schrecklichen Mißgeschick aufgenommen haben – auch wenn ich damit nicht andeuten möchte, daß das Umkippen der Kutsche und eine Mordanklage das gleiche sind.«

»Sie sind zu gut, Madame Austen«, antwortete Seraphine, die nach wie vor auf den blassen Stuck über sich schaute, »aber es liegt nicht in meiner Macht, Ihre Einladung anzunehmen.«

»Nicht in Ihrer *Macht*? Aber, meine Liebe, wieso denn nicht?«

»Mutter ...«, schritt ich ein, »Mademomiselle LeFevre möchte vielleicht nachdenken, was zur Zeit äußerst notwendig ist, und benötigt dafür äußerste Zurückgezogenheit.«

»Sehr richtig, Madame, ich habe Verpflichtungen, denen ich nachkommen *muß* – dulden doch die Verrichtungen eines Gutshofs keinen Aufschub –, und obwohl ich Ihre Freundlichkeit und Fürsorge schätze«, bei diesen Worten wanderten die Engelsaugen hinab zu uns, »muß ich Ihre freundliche Aufforderung ausschlagen.«

»Gut!« erklärte meine Mutter verblüfft.

Dann erinnerte ich mich an die mitternächtliche Ankunft des Schmuggelboots und an das eingehüllte Bündel, das man die Klippen hinauf zu Seraphine getragen hatte. Sollte sich etwa gerade jetzt ein Unbekannter unter den Dächern von High Down Grange von seinen Wunden erholen? Konnte Seraphine deshalb bei Sidmouths Abwesenheit ihren Posten nicht verlassen?

»Wie Sie wünschen, meine Liebe«, sagte mein Vater und nickte ihr sanft zu, »doch können wir Ihnen auf andere Weise behilflich sein?«

»Beten Sie für mich, guter Herr«, entgegnete Seraphine, »und für meinen Cousin, Mr. Sidmouth. Ich fürchte, daß keiner von uns beiden noch lange unter den Lebenden weilen wird.«

Ich blickte meinen Vater an und schickte das Mädchen von der Tür fort: »Hol eine Tasse Tee für die Mademoiselle, und zwar rasch«, sagte ich. »Wie lange soll die Dame noch ohne einen stärkenden Trank hier liegen? Ich kann es nicht fassen, daß du nicht eher daran gedacht hast.«

»Gibt keinen Tee«, sagte das Mädchen, ohne sich von der Stelle zu rühren. »Wir hatten in den letzten drei Tagen nur noch wenig Tee im Haus, und mit der Untersuchung heute wurde der letzte aufgebraucht.«

»Dann lauf in ein Geschäft und hole welchen, du dummes Ding«, sagte ich scharf und gab ihr ein paar Shilling. »Nun fort.«

Das Luder knickste und eilte mit saurer Miene davon. Ich nahm die Gelegenheit wahr, die Kammertür nun, wo sie fort war, fest hinter uns zu verschließen. Ich wollte nicht, daß ganz Lyme meiner Unterhaltung mit der Mademoiselle lauschte.

»Es steht um Ihren Cousin äußerst schlecht«, bemühte ich mich höflich und wandte mich wieder dem Bett zu. Schließlich war ich äußerst gespannt, ob meine scheinbare Gleichgültigkeit die Dame nicht doch zum Sprechen bringen und welche Wendung unsere Unterhaltung wohl nehmen könnte. »Ich wundere mich, daß sich Mr. Sidmouth überhaupt die Mühe macht, seine Schuld zu leugnen, wo doch so viele Beweise gegen ihn sind.« Und ohne eine Antwort abzuwarten, schaute ich meinen Vater an. »Wann, sagtest du, tagt das nächste Assisengericht?«

»Ich kann mich nicht entsinnen, derartiges gesagt zu haben«, erwiderte der arme Mann etwas überrascht, »aber ich glaube gehört zu haben, daß es in zehn Tagen in Dorchester tagt.«

»Also wird Sidmouth noch weitere zehn Tage im Gefängnis von Lyme schmachten«, fuhr ich nachdenklich fort. »Es sei denn, eine andere Person meldet sich und gibt zu, bei der Ermordung des Captain eine Rolle gespielt zu haben. Doch wer kann sonst noch einen Grund gehabt haben, diesen Mann umzubringen? Das ist wohl sehr unwahrscheinlich. Also müssen wir davon ausgehen, daß Sidmouth nur noch wenige Wochen zu leben hat, denn wenn die Assisen erst einmal tagen, kommt es schnell zum Prozeß und zur Hinrichtung. Ihr wißt doch, daß man die Gefangenen in Newgate gewöhnlich schon ein oder zwei Tage nach ihrer Verurteilung hängt.«

»Jane!« rief meine Mutter. »Besinn dich darauf, wo du dich befindest, mein Mädchen. Hast du den Verstand verloren?«

Doch damit hatte ich Seraphines Aufmerksamkeit gewonnen – ihr Ausdruck verriet nunmehr Schmerz, und sie wirkte nicht mehr so fern –, und so hatte ich mein grausames Ziel erreicht. Ihr fortwährend blasses Gesicht schimmerte jetzt beinah durchsichtig, und in ihrer Erschütterung waren die Augen ganz glasig geworden.

»Gehen Sie hinaus«, sagte sie und klammerte sich am Bettlaken fest. »Gehen Sie hinaus, ehe ich zur Gewalt greifen muß.«

»So wie Sie es mit Captain Fielding gemacht haben?« erwiderte ich, zog einen Stuhl vor und setzte mich freundlich an ihre Seite. Dabei gerieten meine Eltern ganz aus der Fassung. »War auch diese Idee nur der Laune eines Moments entsprungen – oder haben Sie den Überfall auf den Captain *geplant?*«

In Seraphines wunderschönem Gesicht rangen nun Empörung und Verwirrung miteinander, und ich fuhr rasch fort, um diese Gelegenheit zu nutzen.

»Ich kann es mir sehr gut vorstellen«, sagte ich. »Sie auf einem Pferd, vielleicht um einen Arzt für die Schmuggler zu holen, die Sie auf dem Dachboden verbergen – Sie werden sich daran erinnern, daß ich deren Schritte hörte, als ich Sie an jenem Tag genau zu dem Zeitpunkt auf dem Hof besuchte, da Ihr Cousin von Mr. Dobbin festgenommen wurde.« Nun standen auf ihrem Gesicht eine noch größere Bestürzung und wohl auch Angst. (Ich sah keinen Grund, den verwundeten Mann zu erwähnen, den man in der Nacht von Sidmouths Festnahme am Strand geborgen hatte, denn er war erst nach Fieldings Tod aufgetaucht. Ich hätte dann erklären müssen, wieso ich von ihm wußte. Es reichte aus, sie darauf aufmerksam zu machen, daß mir über die Nutzung des Dachbodens nichts verborgen geblieben war.)

»Sie jagen die Charmouth Road hinunter, nur Ihr Ziel vor Augen, mit einem Ohr jedoch immer auf Geräusche aus dem Unterholz lauschend – denn Sie, als Frau allein an einem einsamen Ort unterwegs, würden nicht gern von einem Straßenräuber überrascht werden wollen. Deshalb auch trugen Sie eine der Pistolen vom Hof bei sich, versteckt unter Ihrem Umhang. Stellen Sie es sich vor«, sagte ich verträumt und blickte Seraphine ins Gesicht. »Der abnehmende Mond, der immer noch ausreichend Licht wirft, so wie in der Nacht zuvor, als wir alle zusammen auf Darby beim Dinner saßen – und dann taucht plötzlich am Eingang zu Fieldings Einfahrt sein Pferd auf. Es ist ein weißes Pferd, nicht wahr? Er ritt es, als er uns einmal in Wings Cottage besuchte, und er sah von oben bis unten wie ein echter *Chevalier* aus.« Bei diesen Worten konnte Seraphine einen Schauder nicht unterdrücken. »Das Pferd und der Reiter müssen wie eine Geistererscheinung gewirkt haben.

Hat er Sie begrüßt, und wollte er sich mit Ihnen unterhalten, was Sie ihm ja den Abend zuvor verwehrten? Haben Sie erschrocken angehalten? Und in welchem Augenblick haben Sie die Kugel abgefeuert, mitten in sein Herz? Als er sich vorbeugte, um Sie zu küssen?«

»Das ist verrückt«, zischte Seraphine. »Sie wissen, daß es verrückt ist.«

»Weiß ich das?« erwiderte ich und sah meinen Vater an. »Ich weiß nur, daß Geoffrey Sidmouth eher sterben würde, als preiszugeben, was seinen Namen reinwaschen würde – außer Ihnen, Mademoiselle, fällt mir niemand anderes ein, für den er ein solches Opfer bringen würde. Wer sonst als Sie hätte das Pferd aus den Stallungen des Hofs nehmen und mit der Verschwiegenheit des Stalljungen rechnen können – denn Toby verehrt Sie, das ist nur allzu offensichtlich. Selbst jetzt mag er noch denken, daß Sie, wie beabsichtigt, nur den Arzt holen wollten – und das taten Sie zweifellos auch, nachdem der Captain tot auf der Straße lag und sein Pferd nach Hause zurückgetrabt war. Also sagte Toby auch dem Richter Mr. Dobbin nichts von Ihrem nächtlichen Ausflug – denn die Tatsache, daß sich auf ihrem Dachboden Männer befinden, die muß doch geheimgehalten werden. Nicht wahr?«

»Wie ich sehe, wissen Sie bereits viel zuviel über unsere Angelegenheiten, Miss Austen«, entgegnete Seraphine. Sie hatte sich auf den Kissen aufgerichtet und sah mich nun ohne Feindseligkeit und Zorn direkt an. »Aber trotzdem wissen Sie noch nicht genug. Sie springen, ohne zu wissen, wie weit Sie springen müssen. Und so stürzen Sie in den Abgrund.«

»Jane war schon immer ein närrisches und phantasiereiches Kind«, fuhr meine Mutter dazwischen. »Und diese Phantasien schreibt sie schon seit eh und je in ein kleines Notizbuch und versteckt es unter dem Tischtuch, wenn ich ihr Zimmer betrete. Man darf sie nicht ernst nehmen, Mademoiselle, das versichere ich Ihnen, also schenken Sie ihr keine Beachtung.«

»Ich fürchte, daß ich das tun muß«, sagte Seraphine und lächelte plötzlich meine Mutter an. »Man könnte die Phantasien Ihrer Tochter für wahr halten, wenn ich sie nicht richtigstelle. Und deshalb, guter Herr und gnädige Madame, wären Sie so freundlich, uns einen Augenblick allein zu lassen? Es ist am besten, wenn wir eine Unterredung unter vier Augen führen.«

Mit einem Ohr lauschte ich auf die Geräusche auf dem Korridor und schaute dann meinen Vater an. »Wenn ich mich nicht täusche«, sagte ich, »dann ist das Mädchen mit dem grünen Tee, den sie kaufen sollte, wieder zurückgekehrt. Teurer Vater, geh und trink etwas Tee mit meiner Mutter. Ich werde euch nicht länger als eine Viertelstunde aufhalten.«

»Nun gut«, sagte meine Mutter widerwillig. »Ich kann nicht leugnen, daß ich eine kleine Erfrischung vertragen könnte. Doch, Jane«, flüsterte sie mir im Vorbeigehen leise ins Ohr, »sei nur vorsichtig. Schließlich ist sie eine Französin und könnte gut die Mörderin sein, und sie muß über Künste verfügen, von denen du keine Ahnung hast.«

»Ich werde Sie nicht länger als jene Viertelstunde in Anspruch nehmen«, fing Seraphine an, ohne mich anzuschauen. »Ihre Gesellschaft ist für mich nicht so erfreulich, als daß ich sie noch verlängern wollte.«

»Unser Tête-à-tête könnte sofort beendet sein. Bereits ein Wort genügt. Seraphine, haben Sie Captain Fielding ermordet?«

Sie stieß ein kurzes Lachen hervor. Es hatte einen kalten, herzzerreißenden Klang. »Und was soll ich darauf antworten? Wenn ich *nein* sage, dann schenken Sie mir keinen Glauben; sage ich *ja*, dann werde ich mir selbst nicht glauben. Doch ich kann weder das eine noch das andere vermeiden.

Also muß ich *nein* sagen, Miss Austen. Ich habe den Captain nicht umgebracht.« Nun erwartete ich, daß sie mich ansehen würde, um mir zu zeigen, daß die Worte aufrichtig gemeint waren. Doch sie tat es nicht. Allein der Blick in mein Gesicht mußte ihr verhaßt sein. »Ich hatte Grund, ihm in der Vergangenheit den Tod zu wünschen; und ich gestehe, daß mich sein Tod nicht schmerzlich berührt hat ... Bis mein Cousin dafür festgenommen wurde.«

»Und warum sollte ich Ihnen glauben?« fragte ich freundlich.

Sie zuckte die Schultern. »Warum sollten Sie etwas anderes glauben?«

»Weil ich nur der Wahrheit Glauben schenken will«, erwiderte ich, »und jede mögliche Alternative bedenken muß. Ich werde nichts unversucht lassen, um hinter das Geheimnis von Fieldings Tod zu kommen und um zu erfahren, ob Ihr Cousin schuldig ist oder nicht. Mein Herz sagt mir leise, daß er es nicht ist; bei all seinen Beteuerungen gegenüber dem Coroner erkannte ich keinen Anschein absichtlicher Falschheit. Er machte eher den Eindruck, als würde er sich bewußt zurückhalten.«

»Und deshalb wollen Sie mich nun anklagen.« Ihr erheiterter Gesichtsausdruck war verletzend. »Ich würde es gern an seiner Statt auf mich nehmen, wenn er mich nur lassen würde. Ich würde mein Leben für Geoffrey geben, Miss Austen!« rief sie mit leidenschaftlichen Augen. »Selbst Sie, die Sie ihm wohl etwas Liebe entgegenbringen, Sie könnten das nicht von sich sagen.«

»Ich? *Liebe*? Das ist ja absurd«, erwiderte ich äußerst gereizt. »Ich bin einfach nur eine Engländerin, die der Gerechtigkeit höchsten Respekt zollt. Ich würde es nicht zulassen, daß man Ihren Cousin fälschlicherweise anklagt und für ein Verbrechen hängt, das er nicht begangen hat.«

»Edle Worte«, sagte Seraphine mit etwas Hohn, »doch trotzdem falsche Worte. Ihr Engländerinnen seid alle gleich – kalt und abgeneigt, sich im Geiste einzugestehen, was das Herz für wahr hält. Nun, Miss Austen, ich bin Französin. Und ich sage, daß sie in meinen Cousin verliebt sind. Ich habe keine Angst, der Wahrheit ins Gesicht zu sehen. Aber dafür hasse ich Sie.«

»Hassen Sie mich, wenn Sie wollen, Mademoiselle. Glauben Sie, was Sie wollen. Das interessiert mich nicht«, erwiderte ich und bemühte mich, die Ruhe zu bewahren. »Mich interessieren nur die Fakten. Befanden Sie sich in der Nacht von Fieldings Ermordung innerhalb der Mauern von High Down Grange?«

»Warum sollte ich Ihnen antworten?«

»Weil ich, je mehr Kenntnis ich von allem habe, die Wahrheit eher herausfinden kann. Und das kann uns allen helfen. Selbst wenn ich beweisen könnte, daß Ihr Cousin schuldig ist, könnten wir Trost in der Gewißheit haben, daß dies der Wahrheit entspricht. Würden Sie denn lieber weiterhin den Kopf in den Sand stecken und damit den Ausgang der Dinge dem puren Zufall überlassen?«

»Nein«, sagte sie widerstrebend. »Auch wenn Sie begreifen werden, daß mir die Wahrheit gleichgültig ist. Die Gerechtigkeit interessiert mich nicht. Mich interessiert einzig und allein Geoffrey. Doch wenn die Welt ihn für schuldig hält, wird er sicher sterben. Ich bin nicht so halsstarrig, um die Gefahr nicht zu erkennen.«

»Werden Sie mir also antworten?«

Ihr Gesicht zeigte, daß sie zwischen dem Verlangen nach Hoffnung und dem Wunsch, meine Pläne zu vereiteln, hin und her gerissen war. »Ich war die ganze Nacht auf dem Hof. Ich habe das Anwesen nicht verlassen, wie die Haushälterin, Mary, bezeugen kann. Sie hatten recht, als Sie sagten, daß wir im oberen Stockwerk Gäste beherbergen. Sie und ich waren damit beschäftigt, sie zu versorgen.«

»Eine Bande Schmuggler?«

Sie zuckte die Schultern. »Vielleicht. Sie haben selbst gesehen, daß mein Cousin ihnen freundschaftlich gesonnen ist.«

»Als ein Freund? Nicht als ihr Anführer?«

Sie gab keine Antwort.

»Mademoiselle, wie viele Pferde sind in dem Hof untergestellt?«

»Acht«, antwortete sie ohne Zögern. »Ein Paar für die Karriole, natürlich Satan, vier Zugpferde für die Farm und mein eigenes Pferd.«

»Und tragen alle die gleichen Hufeisen?«

»Sie meinen die mit den Initialen von Geoffrey versehenen? Natürlich. Jedes Pferd hätte diese Abdrücke hinterlassen können.«

»Jedes, das die gleiche Größe hat und das gleiche Gewicht trug«, entgegnete ich nachdenklich, »denn erst die Höhe eines Pferdes und das Gewicht samt Reiter ergeben einen bestimmten Abdruck.«

»Das ist richtig!« rief sie. »Geoffrey ist groß, ein gutgebauter Bursche, und Satan auch. Nicht jedes Pferd kann einen solchen Abdruck wie dieser Hengst hinterlassen, wenn Geoffrey ihn reitet.«

»Sie zum Beispiel nicht.«

»Nein«, erwiderte sie mit einem bitteren Lächeln. »Meine Elfe ist eine zierliche Dame. Nur die Zugpferde mit einem Reiter könnten es schaffen.«

»Außerdem gibt es da noch die merkwürdige Sache mit der weißen Lilie.«

»Ja«, murmelte sie und schaute beiseite. »Sehr merkwürdig.«

»Haben Sie eine Vorstellung, was das bedeuten könnte?«

»Ich fürchte nicht. Bei all den verwirrenden Dingen ist das nur noch ein weiterer undurchsichtiger Umstand.«

»Ich habe mich gefragt, ob das nicht mit dem Namen des Captain zusammenhängt?«

»Mit seinem Namen?«

»Ja. *Le Chevalier*. Den Titel, den sich Fielding durch einen Dienst an Ihnen erworben hat.«

Sie zuckte zusammen. »Ich glaube nicht, daß ich Sie verstehe, Miss Austen.«

»Eine französische Blume für einen französischen Ritter«, sagte ich geduldig. »Ist die Fleur-de-lys nicht eine weiße Lilie?« Ein Symbol für die geschundene Größe eines Landes, wie der absurde Titel, den Fielding trug. Doch was hatte dann die Blume neben dem Gehängten Bill Tibbit zu bedeuten?

»Ich frage mich, Miss Austen, ob Sie meinen, auf diese Weise etwas bewirken zu können«, sagte Seraphine, meine Gedanken erratend. »Denn was kann eine Frau schon gegen eine Welt ausrichten, die von Männern beherrscht wird? Kann Geoffrey sein Schicksal nicht besser bestimmen in einer Welt, in der er, im Gegensatz zu uns, zumindest die gleichen Rechte genießt?« Da sie mich weiterhin düster anblickte, hätte ich beinah meinen können, daß sie sich über mich lustig machte.

»Ich war nie dazu bereit, mich dieser Ungleichheit zu fügen«, sagte ich ihr. »Den größten Teil meines Lebens habe ich versucht, jenen Mißstand zu beseitigen. Doch das hat nichts zu sagen. Wenn nur alle ihre Anstrengungen darauf richten würden, die Schuld oder Unschuld Ihres Cousins zu beweisen, dann könnte es bald eine Lösung geben. Ich meinerseits leiste meinen Anteil, so wie sicher auch Mr. Crawford und selbst Mr. Dagliesh.«

»Ich habe heute schon genug von den beiden gesehen.«

»Ihnen waren die Hände gebunden.«

»Dann kann ich auf sie in dieser Angelegenheit verzichten«, erwiderte sie feindselig.

»Nun gut«, sagte ich. »Aber das darf Sie nicht davon abhalten, *mir* jene Dinge mitzuteilen, in die Sie eingeweiht sind. Ich kann nicht genug betonen, Mademoiselle, daß ein Teil der Gründe für den Verdacht gegen Ihren Cousin in der allgemeinen Überzeugung liegt, daß er Captain Fielding gehaßt hat. Was kann ihn nur dazu veranlaßt haben?«

Angesichts ihres verächtlichen Blicks stellte ich mir vor, daß ihre nun schon vor langer Zeit verschiedene Mutter gegenüber der Guillotine die gleiche Verachtung gezeigt haben mußte. »Ich habe nicht die Absicht, Ihnen das auf die Nase zu binden, Miss Austen, und schon gar nicht ohne Geoffreys Zustimmung. Das wäre ein großer Vertrauensbruch.«

»Und wenn Ihr Cousin infolge Ihres Schweigens stirbt, Sie närrisches Mädchen?« rief ich.

»Das wird er nicht.«

»Natürlich wird er das!«

Sie zuckte die Schultern, eine wahrlich französische Geste, und starrte in die Ferne. Ich bemerkte, daß ich den wenigen Einfluß, den ich auf sie hatte, nun im Begriff war zu verlieren.

»Heute nachmittag zeigten Sie sich aber äußerst bereit dazu, vor dem Coroner zu reden«, stieß ich in einem letzten Versuch hervor. »Um Ihren Cousin vor dem Galgen zu bewahren, hätten Sie beinah preisgegeben, was die Sache mit Ihnen zu tun hat.«

»Doch wie Sie erlebt haben, Miss Austen«, entgegnete sie mit eiskalter Ruhe, »hat mein Cousin das nicht gestattet. Seine Worte haben mir vor Mr. Carpenter den Mund verschlossen, und Sie werden ihn sicher nicht öffnen.«

»Auch wenn Sie damit Gefahr laufen, seine Schuld zu besiegeln?«

»Selbst dann. Ich muß Geoffrey und seinem Gespür für die richtige Entscheidung vertrauen. Weiteres Bedrängen ist zwecklos. Ich muß Sie nun bitten zu gehen. Wir haben uns lange genug unterhalten.«

Ich erkannte an ihrer Miene, daß es ihr ernst war, und so erhob ich mich mit einem Seufzer und wandte mich zur Tür.

»Sie werden nur ein paar Tage Zeit haben, um über das Schicksal Ihres Cousins nachzudenken«, sagte ich, »und jede Stunde ist kostbar. Sie sollen wissen, daß ich Ihnen, wann immer Sie meinen sollten, die Hilfe eines anderen zu benötigen, weil Sie die Last Ihres Schweigens erdrückt, stets zur Verfügung stehe.«

»Und wenn Sie, Miss Austen, jemals zugeben sollten, was Sie für Geoffrey empfinden«, antwortete sie, »dann wissen wir beide, wo wir stehen. Doch bis dahin, glaube ich, benötige ich keinen Rat von Ihnen.«

»Und ich werde meinem Weg folgen«, sagte ich ein wenig streng. »Denn die Sache der Gerechtigkeit duldet keine Gleichgültigkeit, Mademoiselle.«

»Gerechtigkeit, Miss Austen?« sagte sie belustigt und wandte ihren Kopf ab. Doch ihr Lachen folgte mir noch den ganzen Korridor entlang, und ich gestehe, daß es mich mehr beunruhigte, als mir lieb war. Es lag einfach zuviel von Elizas Schläue darin.

Kapitel 18
Väterlicher Scharfsinn

21. September 1804, Forts.

In einer dunklen Ecke des »Löwen« versteckt, fand ich meinen Vater mit einem Buch auf seinem Schoß. Meine Mutter war schon vor längerem zu einem Besuch bei einer Bekannten aus dem Gasthof aufgebrochen – eine Nachricht, die ich ein wenig mit Erleichterung aufnahm, da ich befürchtet hatte, sie könnte allzu eifrig über Seraphine LeFevres Angelegenheiten an einem so öffentlichen Ort wie diesem plaudern. Jetzt konnte ich den Rat meines Vater einholen, ohne Angst zu haben, daß wir ständig unterbrochen wurden. Als er also seine Sachen zusammenpackte, schlug ich einen Spaziergang auf der Cobb vor. Ein fragwürdiges Unterfangen für jemanden, der so schlecht zu Fuß war wie mein Vater. Doch es war ein so schöner Tag, und es wehte kein übermäßig starker Wind. Er schien überrascht, doch er war gern bereit, sich etwas Bewegung zu verschaffen. So gingen wir traulich Arm in Arm los.

»Nun, Jane, was hältst du von Sidmouths traurigem Fall? Ich würde gern wissen, wie du darüber denkst, wo du doch durch deine Bekannten unter den höherstehenden Persönlichkeiten so einiges über Skandale und Gewalt erfahren hast«, fing mein Vater an. Ich begriff sofort, daß er auf Isobel Payne und ihren Neffen Fitzroy anspielte (die gerade jetzt davor standen, erneut die Titel der Countess und des Earl von Scargrave aufeinander zu vereinen).

»Ich fürchte, daß mich meine einzigartigen Erfahrungen vor zwei Jahren auf nichts in diesem Fall vorbereitet haben – außer daß ich eher geneigt bin, die Wahrheit all jener Dinge, die ich höre, anzuzweifeln und zu vermuten, daß die Personen, die das Gesetz hüten sollen, kaum einen prüfenden Blick hinter den Verlauf der Ereignisse werfen, der ihnen von vornherein klar zu sein scheint«, erwiderte ich. »Doch ich werde dir gern meine Erkenntnisse mitteilen, Vater, wenn du mir im Gegenzug versprichst, deinen Scharfblick walten zu lassen.«

Während wir also die Mole entlangspazierten, erzählte ich meinem Vater alles, was ich über den berüchtigten Reverend und Mr. Sidmouth in Erfahrung gebracht hatte – die ein und dieselbe Person sein mochten oder auch nicht. Ich vergaß dabei nicht, meinen fragwürdigen Auftrag von Roy Cavendish zu erwähnen, ebenso die merkwürdigen Abläufe in der Dachstube von High Down Grange. Ich verschwieg auch nicht mein mitternächtliches Abenteuer im Tunnel und die Unterhaltung mit Maggie Tibbit. Als ich damit fertig war, hing der arme Mann einige Minuten schweigend seinen Gedanken nach. Und als er sich davon losmachte, um seiner Begleiterin wieder mehr Aufmerksamkeit zu schenken, wandte er sich mit einem fragenden Gesichtsausdruck und – ich wage zu behaupten – Respekt an mich.

»Meine liebe Jane«, sagte er. »Meine *liebe* Jane. Ich habe dich für eine intelligente und mutige Dame gehalten, doch ich habe nicht damit gerechnet, daß du solch ein Gespür in deinen Ermittlungen und solch einen Tatendrang entwickelst. Verzeih mir, wenn ich bemerken muß, daß das doch eher zu einem deiner Brüder und nicht zu einer Vertreterin des schwachen Geschlechts passen würde. Ich bin mir nicht *völlig* sicher, ob sowohl die Angelegenheiten von Mr. Sidmouth als auch die des Captain so *viel* aktive Zuwendung deinerseits bedürfen – und das unter Einsatz deines Lebens –, doch ich werde dich nicht mit Mutmaßungen über deine Motive quälen. Sag mir nur, Jane«, und hier zögerte er, »bist du von Sidmouths Unschuld am Tode des Captain völlig überzeugt? Denn ich möchte nicht, daß du unter deinen etwaigen Entdeckungen womöglich leiden mußt.«

»Verehrter Sir, ich bin von gar nichts überzeugt«, antwortete ich, »und ich glaube nicht, für den besagten Gentleman solch zärtliche Gefühle zu hegen, daß meine Nerven völlig zerrüttet wären, wenn sich bei meinen Bemühungen nichts anderes als seine Schuld herausstellte. Ich darf mich dann glücklich schätzen, seinen wahren Charakter endlich erkannt zu haben. Sidmouth ist sehr offen, aber auch selbstsüchtig; er ist denen treu, die er schätzt, aber gleichgültig den allgemeineren Bedürfnissen der Gesellschaft gegenüber. Es fällt ihm schwer, sein Temperament zu zügeln, auch wenn ich ihm keine ungewöhnliche Niederträchtigkeit unterstellen kann. Obwohl ich keine wahrhaft böse Seite an ihm kenne, kann ich seinen Motiven oder Absichten doch nicht blindlings vertrauen. Ich höre solch gegensätzliche Meinungen über ihn, die einen Verstand, noch feinsinniger als den meinen, verwirren würden. Nun – konnte ich deine Besorgnisse aus dem Weg räumen?«

»Im Augenblick ja«, antwortete mein Vater. »Aber sag mir, Jane, könntest du jemals einen Mann lieben, dem du so zwiespältig gegenüberstehst?«

»Muß denn Liebe deiner Meinung nach *blind* sein?«

»Blind nicht, aber vorzugsweise ungetrübt und am besten einem würdigen Menschen vorbehalten.«

Ehe ich ihm antwortete, zögerte ich, denn an dem freundlichen Ton seiner Worte erkannte ich, daß meinem Vater das Thema sehr am Herzen lag. »Vater, zur Zeit bin ich nicht in Mr. Sidmouth verliebt«, sagte ich mit bemerkenswerter Festigkeit, »und ich glaube nicht, daß es jemals der Fall sein könnte oder daß die Frage jemals zur Debatte stünde, falls er mir ein solches Gefühl entgegenbrächte. Und da der Herr wohl *gehängt* wird, noch ehe er Zeit für eine zärtliche Liebelei hat, kannst du also ganz beruhigt sein.«

»Jane! Diese Sache ist nicht zum Spaßen!«

»Die Dinge haben eine solche Wendung genommen, verehrter Sir, daß ich kaum etwas anderes tun kann. Aber ich will ernst sein. Ich werde dir versprechen, in dieser Sache so vorsichtig wie möglich zu sein. Ich werde mich nicht rückhaltlos in eine Sache stürzen, aus der nur Schaden erwachsen könnte, ohne mir vorher alles gut überlegt zu haben.«

»Das habe ich nicht anders von dir erwartet, meine Teure«, erwiderte mein Vater und klopfte mir auf die Hand, die er fest in seiner Armbeuge hielt. »Du warst schon immer ein Mädchen, dessen Herz vom Verstand regiert wird.«

Tatsächlich? dachte ich flüchtig, *und das soll besser sein, als ein Verstand, der vom Herzen regiert wird? Da bin ich mir nicht so sicher.*

»Vater ...«, sagte ich, denn ich wollte unbedingt das Thema wechseln, »was sollte denn wohl mein nächster Schritt sein? So vieles muß noch ans Licht gebracht werden, daß ich mir über den richtigen Weg nicht im klaren bin.«

Nun hatten wir das Ende der Cobb erreicht und blieben stehen, um die frische Gischt zu spüren. Etwas bedrückt wurde mir klar, daß sich der Herbst dem Ende zuneigte und der Winter vor der Tür stand. Die Meeresluft war kälter als vor ein paar Wochen, und als ich mein Tuch enger um das dünne Musselinkleid schlang, zitterte ich ein wenig. Von unserem Aufenthalt in Lyme war das Ende abzusehen. Doch Geoffrey Sidmouth blieben noch weniger Tage. Es galt, keine Zeit zu verlieren.

»Du hast erklärt, daß die Hufeisen den entscheidenden Punkt der Sache bilden«, sagte mein Vater nachdenklich. »Und da du mit Ermittlungen, bei denen Mr. Dobbin bereits scheiterte, kaum selbst Erfolg haben wirst, rate ich dir ab, die Hufschmiede von Lyme aufzusuchen, das wäre sinnlos. Tauchst du dort wegen irgendwelcher Informationen auf, würdest du nur Verdacht erwecken und die Aufmerksamkeit auf dich ziehen.«

»Sehr richtig.«

»Meine liebe Jane, laß uns mal überlegen, ob jemand von

den Leuten hier statt der Handwerker aus Lyme lieber einen eigenen Schmied für seine Tiere einstellen würde.«

»Niemand aus unserer Bekanntschaft würde solche Dienste benötigen«, wandte ich ein. »Selbst Mr. Crawford hat nur einen bescheidenen Stall, wie wir vor ein paar Tagen sahen.«

»Aber die Ehrenwerten Barnewalls beschäftigen sich doch in größerem Umfang mit Pferden, nicht wahr?«

»Vielleicht in Irland«, sagte ich zweifelnd, doch mein Vater begegnete meinem Zögern erstaunlich energisch.

»Verzeih, Jane, wenn ich mir erlaube, aus größerer Erfahrung zu sprechen«, sagte er. »Zu meiner Zeit kannte ich ein paar Leute, die ganz verrückt auf Pferderennen waren. Wenn sie die Möglichkeit hatten, hielten sie sich immer in der Nähe von Pferden auf. Und dem, was Barnewall vor ein paar Tagen auf Darby von sich gab, entnehme ich, daß er ständig fieberhaft darauf aus ist, das eine oder andere Pferd zu erwerben. Du wirst dich daran erinnern, daß er Sidmouths Satan kaufen wollte. Und zweifellos hat er ein oder zwei Pferde oder gar zehn während seines Besuchs in Lyme aufgetrieben. Jane, hast du Mrs. Barnewall schon einmal einen Besuch abgestattet?«

»Nein«, entgegnete ich voller Bewunderung für den Gedankengang meines Vater.

»Das ist sehr nachlässig von dir, wenn man die Aufmerksamkeiten bedenkt, die sie dir erwiesen hat. Ich hätte nicht gedacht, daß du so unhöflich sein kannst.«

»Richtig. Und betreffs meines neuen Seidenstoffs könnte ich ihren hervorragenden Geschmack zu Rate ziehen – denn Mrs. Barnewall ist der Inbegriff der Mode und bestimmt mit Maggie Tibbits Ware vertraut.«

»Und vielleicht sogar mit der Art und Weise, wie diese in deren Besitz gelangt«, ergänzte mein Vater ruhig. »Ich würde meinen, daß ein Besuch bei den Ehrenwerten Barnewalls höchst aufschlußreich sein könnte.«

Nur ungern wandten wir uns von dem lebendigen Anblick der Bucht ab und begaben uns nun mit dem Wind im Rücken nach Hause. Trotzdem kamen wir recht langsam voran und redeten nur gelegentlich über Nebensächliches, denn mein Vater war sehr erschöpft. Und ich war viel zu sehr mit seiner Sicht auf die Dinge beschäftigt, um noch an etwas anderes zu denken. Die Ehrenwerten Barnewalls hatten in dieser Angelegenheit überall ihre Finger drin. Ich fragte mich, warum mir das nicht eher aufgefallen war. *Sie* war es gewesen, die mir zuerst den *Chevalier* vorgestellt hatte, und *er* war es gewesen, der die wertvolle Information herausgefordert hatte, daß Sidmouth die Hufeisen seiner Pferde mit Buchstaben markierte. Ein eigener Schmied könnte ein Pferd von Barnewall in wenigen Stunden mit den gleichen Hufeisen versehen. Und der Ehrenwerte Mathew hatte, nachdem er von den Hufzeichen von High Down Granges erfahren hatte, bis zur Ermordung von Captain Fielding einen ganzen Tag Zeit gehabt. Kann er sich Satan so dringend gewünscht haben, daß er einen Diebstahl beging und dafür mordete? Das schien unvorstellbar. Oder gab es noch einen anderen Grund, aus welchem der Tod Captain Fieldings und die Verurteilung Geoffrey Sidmouths sehr gelegen kämen?

Mrs. Barnewall kannte sich zumindest in der Gegend um den Buddle aus und auch mit dem Haushalt der Tibbits. Offensichtlich gab sie ein Vermögen für Kleider aus und ihr Gatte ein Vermögen für Pferde; und doch lebten sie weiterhin in einem Wohlstand, der ein beträchtliches Einkommen vermuten ließ. Konnte es sein, daß Mathew Barnewall – der dümmliche, vulgäre, höchst uninteressante Mathew Barnewall – selbst der Reverend war?

Auch wenn meine Neugier auf die Geschäfte der Barnewalls durch die Betrachtungen meines Vaters erheblich gesteigert worden war, mußte die Antwort noch einen Tag warten. Es war nämlich schon recht spät am Nachmittag, und mein Vater wollte sein Dinner einnehmen. Ich selbst mußte mir eingestehen, daß ich sehr müde war und mich nach der Ruhe von Wings Cottage und den schon seit langem vernachlässigten *Watsons* sehnte. In den letzten Tagen hatte ich mich Emma nur sporadisch zuwenden können, und so hatte ich meine Heldin inmitten eines ziemlich langweiligen Balls allein gelassen – dabei war es nach ihrem Umzug ihr erster Ball –, wo sie sich der Gnade eines kleinen Jungen ausgeliefert sah, der mit ihr schon weitaus länger als notwendig getanzt hatte, dank meines zerstreuten Gemüts. Nachdem ich die Küche durchquert hatte, weil die Tür zum Flur nun durch den riesigen Eichensekretär versperrt war, ließ ich mich vor dem Kamin in dem kleinen Wohnzimmer nieder und wandte mich mit den besten Vorsätzen, fleißig weiterzuschreiben, erneut meinem Roman zu.

Doch es sollte nicht lange währen, denn schon nach kurzer Zeit schweiften meine Gedanken von dem abscheulichen Lord Osborne, dem faden Mr. Howard und dem noch weniger unterhaltsamen Tom Musgrave ab, waren sie doch alle nur ein blasser Ersatz für Geoffrey Sidmouth, und ich war mir innerlich ganz der Gefahren bewußt, die über ihm schwebten und denen ich so gut wie machtlos gegenüberstand. Er war plötzlich weitaus wirklicher und interessanter, als alles, was meine Phantasie hervorbringen mochte – und demzufolge für mich ein einzigartiger Mensch, hatte ich doch bisher die Schöpfungen meiner Feder als viel gefälliger empfunden und sie für die weitaus bessere Gesellschaft gehalten als die meisten jener Männer, die mir begegneten.

Mit einem Seufzer schloß ich das Tintenfäßchen und schob meine kleinen Blätter zusammen. Daraufhin warf mir mein Vater einen fragenden Blick zu. »Jane, du kannst dich wohl nicht richtig in deine Arbeit vertiefen?«

»Nein, Vater. Heute abend fließen die Worte nur schwer aus der Feder.«

»Dann meine ich, daß du am besten zu Bett gehen solltest.«

»Ich glaube, ich werde mich zurückziehen, wenn ihr nichts dagegen habt.«

Mein Vater blickte in das sorgenfreie Gesicht meiner Mutter, auf dem sich ein leichtes Lächeln andeutete, während sie an einem Kinderunterhemd nähte (das zweifellos dem Damenhilfskomitee von St. Michael's zugedacht war, bei dem sie zeitweilig Mitglied geworden war). Dann nickte er. »Ich glaube, daß du heute nacht wirklich bestrebt sein solltest, zu schlafen«, sagte er mit einem leicht warnenden Unterton in der Stimme. Ich wußte, daß er an meine nächtlichen Wanderungen entlang der Charmouth Road und an die dort lauernden tödlichen Gefahren dachte.

»Aber natürlich«, erwiderte ich, so unschuldig ich nur konnte, und ging durch die Küche zurück.

Als ich den Flur erreichte und mich zur Treppe begab, traf ich auf unseren unersetzlichen James. Er war gerade dabei, die Laterne anzuzünden, die sich in einer Nische im Hauseingang befand. Trotz all unserer Bemühungen rußte sie ziemlich, so daß wir alle Hoffnung aufgegeben hatten, daß sie noch zu etwas nütze sei. Wir wollten sie schon gegen eine andere, weitaus modernere Laterne auswechseln, da stellte ich erfreut fest, daß James mit seinem Geschick doch erfolgreich gewesen war, wo weniger begabte Hände zuvor versagt hatten. In allen Dingen des Haushalts ist er ein wahrer Zauberer. Als er mich sah, richtete er sich auf und drehte sich voller Hochachtung zu mir um. Solch eine Möglichkeit zu einem vertraulichen Gespräch – ohne daß meine Mutter lauschte – würde sich nur selten noch einmal bieten. Also ergriff ich die Gelegenheit beim Schopfe.

»James«, flüsterte ich kaum hörbar und blickte zur versperrten Wohnzimmertür. »Ich würde dich gern unter vier Augen sprechen.«

Er blickte über seine Schulter zurück, als könnten die Augen meiner Eltern durch den Eichensekretär hindurchschauen. Dann nickte er verschwörerisch. Ich ging in die Küche zurück – doch jener Ort war dem Koch und Jenny vorbehalten, die die Knochen von der Abendmahlzeit aufs Feuer setzten –, und so befand ich mich in einer verzwickten Lage. Würde ich das Haus durch die Vordertür verlassen, würde es mein Vater bemerken und denken, daß ich mich wieder zu einem mysteriösen Unternehmen aufmache. Ich würde es ihm sogar zutrauen, mir zu folgen und meine Mutter in einiger Verwirrung allein zurückzulassen.

»Der hintere Garten, Miss?« flüstere James. Genau das war das richtige. Ich schlüpfte an ihm vorbei und ging die Treppen hoch. Er folgte mir später nach – und das war gut so, denn er bediente meinen Vater abends und war normalerweise zu jener Stunde damit beschäftigt, dessen Nachtkleider zurechtzulegen und den Waschtisch mit allem Nötigen vorzubereiten.

Wings Cottage hat einen besonderen Reiz, da es in den Hang hineingebaut ist, so daß das erste Stockwerk quasi als ein weiteres Untergeschoß gelten könnte. Nur vom ersten Stockwerk aus betritt man also den hinteren Garten, der damit den Damen vorbehalten ist, deren Schlafzimmer und Ankleideraum aufs Grüne hinausgehen. So hatten dort meine Mutter und Cassandra während ihrer Genesung ein oder zwei Vormittage in der Sonne gesessen und den sanften Wind und die letzten Sommerblumen genossen, die am Hang hin und her wippten. Ich hatte bisher kaum Zeit gehabt, mich dem Garten zu widmen, doch ich freute mich sehr, noch die beiden Holzstühle vorzufinden, die trotz der Gewitter der letzten Wochen im Gras stehengeblieben waren und die Sonne und Wind wieder völlig getrocknet hatten. Schnell griff ich mir einen Stuhl und blickte zum Himmel hinauf; schon waren die ersten Sterne aufgetaucht, obwohl es immer noch relativ hell war. Wir Austens sind recht altmodisch und speisen früh zu abend. So war die Sonne gerade erst untergangen, obwohl wir uns bereits vor mehreren Stunden vom Tisch erhoben hatten.

»Wie kann ich Ihnen zu Diensten sein, Miss?« fragte James und schielte etwas verlegen über die Schulter, ob wir von irgendwoher beobachtet würden. Er stand vor mir und schien unser Treffen als recht peinlich zu empfinden. In der Tat gab es ein leises Getuschel über unsere heimliche Begegnung im Garten. Ich wollte es ihm jedoch so leicht wie möglich machen und entbot ihm den seiner Stellung entsprechenden Respekt.

»Ich werde dich nicht lange abhalten«, begann ich mit leiser Stimme. »James, bist du zufällig mit einem Mann namens Matthew Hurley bekannt?«

»Was – mit Matty, dem feinen Pinkel?« erwiderte er und zeigte ein breites Lächeln. »Den Matty kennt jeder. Gibt nichts, was der nich regeln oder finden könnte, zu 'nem bestimmten Preis – der immer zu hoch is. Miss, was wolln Sie denn mit Matty? Wenn meine Frage nich zu unverschämt is ...«, fügte er befangen hinzu.

»Du wirst dich erinnern, daß ich etwas bei Mrs. Tibbit zu erledigen hatte.« Ich beugte mich zu ihm hinüber, um vertrauenerweckend zu erscheinen. »Wegen der Kleider für die Tibbit-Kinder.«

»Das is richtig, Miss.«

»Mrs. Tibbit nimmt offenbar an, ihr verstorbener Mann hat von Matthew Hurley für einen Auftrag, den er vor kurzem mit ihm gemeinsam ausgeführt hat, noch etwas Geld zu bekommen. Auch wenn die Art seines Todes auf all seine früheren Tätigkeiten, ganz zu schweigen von seinen Helfershelfern, ein fragwürdiges Licht wirft, so halte ich es für meine christliche Pflicht, in ihrem Namen der Sache nachzugehen.«

»Bill bekommt von ihm noch Geld?« schnaubte James ungläubig. »Schätze, es is eher umgekehrt. Doch Sie wolln wahrscheinlich wissen, wo Sie Matt Hurley finden können, nich wahr?«

»Um ehrlich zu sein, James«, sagte ich mit einem mitleiderregenden Gesichtsausdruck, der ihm verraten sollte, daß ich auf ihn angewiesen war, »so habe ich gehört, daß der Mann sich in solch schlechter Gesellschaft herumtreibt, daß es für jede Dame eine Zumutung wäre, ihn aufzusuchen. Ich hatte eher gehofft, daß *du* von Mr. Hurley die Einzelheiten seines Geschäfts mit Mr. Tibbit in Erfahrung bringen könntest. Der würde doch einem Bekannten und Einheimischen gegenüber, den er seit Jahren kennt, weit mehr erzählen als gegenüber einer fremden Dame.«

James zuckte die Achseln. »Wenn's wichtig für Sie is, Miss, dann werd ich's gern tun. Doch ich kann nich begreifn, warum Sie sich um Maggie Tibbit kümmern. Sie sagt so wenig die Wahrheit, wie sie noch Zähne im Mund hat, verzeihn Sie, Miss, und so wie Bill Tibbit umgekommen is, schätze ich, daß er gekriegt hat, was er verdient hat.«

»Ich habe hoch und heilig beteuert, mich darum zu kümmern, denn die Frau schien in der Sache recht beunruhigt zu sein – und sie hat wahrlich viele Mäuler zu stopfen und ist gewiß auf jeden einzelnen Penny angewiesen.« Ich zögerte und überlegte, wie offen ich James' Erkundigungen in die richtige Richtung lenken konnte. »Ich hörte, daß es dabei um Erdarbeiten für den verstorbenen Captain Fielding ging – und daß Maggie Tibbit selbst zum Captain gegangen wäre, wenn er nicht ein so plötzliches Ende gefunden hätte.«

Eine Weile antwortete James nicht und kniff die Augen listig zusammen. »Ich meine, daß es 'ne ganze Reihe von plötzlichen Todesfällen gegebn hat«, sagte er schließlich nachdenklich, »und keiner is richtig aufgeklärt worden. Ich werd sehn, was sich bei Matty Hurley machen läßt. Überlassen Sie das nur mir, Miss, dann brauchen Sie sich nich weiter drum zu kümmern.«

Ich dankte ihm und drückte ihm ein paar Pence in die Hand. Er errötete und nahm sie erst nach reichlichem Bitten an. Dann schickte ich ihn fort. Als ich ihm hinterherblickte, dankte ich insgeheim den Jameses dieser Welt, die so leicht Zutritt zu Orten hatten, vor denen sich eine Dame hüten sollte. Da er von Natur aus nicht mißtrauisch ist und kein Talent besitzt, komplizierte Dinge zu durchschauen, mag er sehr wohl seine Schlüsse ziehen, doch er wird kaum hinter meine wahren Absichten kommen. Ich habe festgestellt, daß sich Männer gern in dem Glauben wiegen, sie erweisen einer Dame einen Dienst, wo sie sich sträuben würden, nur als Werkzeug benutzt zu werden. Und das letztere trifft eben sehr häufig zu.

Bei diesem Gedanken tauchte unwillkürlich das Gesicht von Seraphine LeFevre vor mir auf. All die Zweideutigkeiten des Nachmittags lasteten mir auf der Seele. Ich konnte mir keine rechte Meinung von ihrem Charakter bilden; ich mißtraute ihren Motiven, und ihre Absichten waren mir unklar. Versorgte sie heute abend die Verwundeten auf dem Hof, wenn die Sterne an dem immer dunkler werdenden Himmel leuchteten? Oder hatte sie wegen meiner Verdächtigungen den Mut verloren, war sie an den Strand zu einem dunkelgrünen Boot gegangen, um sich gegen die starke Flut zu einem Kutter rudern zu lassen, der nach Frankreich fuhr – und ließ sie etwa Sidmouth in dem schrecklichen Gefängnis allein?

Kapitel 19

Ein Tête-à-tête in Wootton Fitzpaine

22. September 1804

Auf die verheißungsvollen gestrigen Abendsterne war ebensowenig Verlaß wie auf die gegensätzlichen Berichte über Sidmouths Charakter; denn der heutige Tag begann ruhig und regnerisch, und ein dichter Nebel wälzte sich vom Hafen herauf. Das anschwellende Treiben und die Geschäftigkeit der Stadt wurden von dem undurchdringlichen Dunst gedämpft. Mit Unbehagen blickte ich auf das düstere Wetter, denn sollte es an der Unglücksstelle von Captain Fielding noch Hufspuren gegeben haben, so hatte sie der Regen gänzlich verwischt, und sie würden mir kaum etwas über Größe und Gewicht des Mörders verraten. Dieser Fährte konnte ich nicht mehr folgen, doch vielleicht eröffneten sich mir andere.

Dies war ein Tag, der sich ganz und gar nicht für das Abstatten von Besuchen anbot. Da meine Mutter ständig den schlechten Zustand des Wetters hervorhob und erklärte, daß man sich nur daheim an einem behaglichen Feuer aufhalten könne, sah ich mich gezwungen, ihr gegenüber meinen festen Vorsatz zu verkünden, am Nachmittag die Barnewalls zu besuchen. Da nun das Wetter offensichtlich herbstlicher wurde und die schönen sonnigen Spätseptembertage bald vorbei waren, begann sie tatsächlich dauernd von einem vorzeitigen Aufbruch aus Lyme zu reden. Diese Stimmung machte ich mir zunutze und erklärte, ich sei den Barnewalls meine Aufwartung schuldig, denn sonst wären wir fort und hätten sie gröblich vernachlässigt. An dieser Stelle war ich gezwungen, mit der Aufmerksamkeit, die mir jene Dame erwiesen hatte, etwas zu übertreiben, da ich nur so die Ernsthaftigkeit meiner

Absichten rechtfertigen konnte. Schließlich setzte ich mich durch. Es wurde eine Mietkutsche gerufen, und mein Vater half mir augenzwinkernd hinein. Schneller, als ich gedacht hatte, war ich auf dem Weg zum Anwesen der Barnewalls. Wegen des Nebels konnten wir nur langsam fahren, was dem Kutscher ein vielfaches Murren und Fluchen entlockte. Doch mir kamen die Einsamkeit und Ruhe nur gelegen, da ich den Zweck meines Besuchs noch einmal überdenken konnte.

Den Gerüchten und einer Äußerung von Mrs. Barnewall hatte ich entnommen, daß sie ein paar Meilen außerhalb von Lyme, in einem Dorf namens Wootton Fitzpaine*, ein recht großes Anwesen gemietet hatten. Es handelt sich um einen kleinen Ort in einem Tal zwischen zwei Hügeln, wobei sich auf dem einen eine alte Ruine und auf dem anderen ein reizendes Wäldchen befinden. Das Dorf wurde von ein oder zwei gut geführten Gutshöfen und einer kreuzförmigen Kirche gebildet, die dringend der Instandsetzung bedurfte. Als ich ihren Glockenturm sah, fiel mir auf, daß man von dort ausgezeichnet Signale geben könnte, falls jemand mit Schiffen auf dem Meer in Verbindung treten wollte. Doch blieb mir weder die Zeit, noch hatte ich die Absicht, den Nutzen des Turms zu erkunden. Mein Ziel war das einzige wirklich schöne Haus in Wootton Fitzpaine, und ich nahm nur flüchtig die verstreut liegenden Häuser der Ansiedlung wahr, die man von dort aus sehen konnte.

Es stellte sich heraus, daß Wootton House ein ungewöhnlich modernes Anwesen war, dessen Kalksteinmauern höchstens aus der Mitte des letzten Jahrhunderts stammten. Seine Besitzer, die sich zur Zeit in London aufhielten, hatten es vorzüglich eingerichtet und durch ihre Makler in

* Wootton Fitzpaine ist ein kleines Dorf dreieinhalb Meilen nordöstlich von Lyme, zwischen Wootton Hill und Coney's Castle Hill gelegen, auf dem sich Ruinen einer Siedlung aus der Eisenzeit befinden. – *Die Herausgeberin*.

Dorset an die Barnewalls verpachtet – so ähnlich teilte mir Mrs. Barnewall wenige Minuten nach meiner Ankunft alles an ihrer Tür mit, nachdem ich den pelzbesetzten Mantel und meinen Hut abgelegt hatte. Dann führte sie mich mit gebührender Höflichkeit durch das Haus. Sollte mein Besuch eine Überraschung gewesen sein, so blieb sie gelassen und schrieb ihn wohl dem schlechten Wetter zu, bei dem sich selbst die einfallsreichsten Menschen bald äußerst stupide gebärden, wenn sie sich zu lange innerhalb ihrer vier Wände aufhalten. Das waren zumindest ihre Worte, denn ich hatte bemerkt, daß sie bei meinem Eintreten ein Buch und eine behagliche Decke beiseite gelegt hatte, und mir war klar, daß ich meine Gastgeberin mit meinem Auftauchen etwas in Verlegenheit gebracht hatte.

Heute trug sie ein bemerkenswert zurückhaltendes Kleid aus blauer französischer Wolle mit geschlossenem Oberteil, langen Ärmeln und nur wenig Verzierungen. Ich war erstaunt, daß es nicht wie viele ihrer Kleider nach der Mode einer alten Kultur geschnitten war. Es erschien eher wie eine Mönchskutte, und ihre schräggestellten Augen, das blasse Gesicht und die dunklen, schwungvollen Locken wirkten bei dieser strengen Schlichtheit noch interessanter. So vermutete ich, daß sie ganz den Eindruck einer klösterlichen Atmosphäre erwecken wollte, was der Stimmung draußen auch angemessen war, und kam zu dem Schluß, daß ihr Auftreten heute ebenso wie in ihren römischen und ägyptischen Gewändern nichts weiter als eine Art trügerische Verkleidung war.

Zuerst schritten wir durch die Hauptzimmer des Hauses, die allesamt sehr schön und äußerst geschmackvoll eingerichtet waren. An den Wänden befand sich Seidentapete, und die Möbel waren aus Mahagoni – merkwürdig feierlich für Lyme, so daß ich zu der Auffassung gelangte, daß sich die derzeitigen Eigentümer nur sehr selten hier aufhielten und den sonst gewohnten Wohnstil der Stadt einfach auf ihr Landhaus übertragen hatten. Während unseres

Rundgangs unterrichtete mich Mrs. Barnewall darüber, daß sie das Haus schon ganze sechs Monate bewohnten und daß sie zwar in wenigen Wochen wieder nach Irland zurückkehren wollten, aber ihr Mann gedachte, die Pacht für das nächste Frühjahr zu erneuern und den Sommer vorwiegend in Dorset zu verbringen.

»Ich bin zutiefst enttäuscht«, erklärte sie, »denn ich habe mich sehr nach der Londoner Saison gesehnt oder wenigstens nach einer Reise in die Alpen – obgleich die neuerlich aufgeflackerten Feindseligkeiten zwischen England und Frankreich eine solche Reise erschweren. Ich hätte mich sehr über einen Aufenthalt zu Ostern in Bath gefreut, und gern die Monate Mai und Juni in London verbracht, wo ich täglich auf der Rotten Row ausgeritten und all mein Trachten auf die Verpflichtung einer Legion von Schneidern ausgerichtet gewesen wäre. Die Monate August und September hätte ich mich dann auf das Jagdschloß irgendeines Bekannten zurückgezogen. Doch es soll nicht sein. Mr. Barnewall duldet keine Widerrede. So werden wir nach Dorset zurückkehren. Ich hoffe, daß wir dann auch Sie wieder hier antreffen werden, Miss Austen – denn ich bin in dieser Abgeschiedenheit auf gute Gesellschaft förmlich *angewiesen*. Sie werden doch hoffentlich kommen?«

»Das kann ich noch nicht sagen«, erwiderte ich, »meine Eltern verfügen ganz über meine Zeit, fürchte ich, und ich gehe und komme dorthin, wohin sie mich schicken. Doch ich wundere mich darüber, Mrs. Barnewall, daß Sie sich so lange in einer Stadt aufhalten und mit einer Gesellschaft vorliebnehmen, der Sie so wenig zugeneigt sind. Was vermag nur das Interesse Ihres Gatten so an diesen Ort fesseln?«

Die Dame brach in Gelächter aus. »Das ist sehr offen gesprochen, Miss Austen! Mögen Sie Lyme nun inzwischen weniger, wo Sie es schon so lange hier aushalten?« Sie hakte sich bei mir unter und führte mich durch eine blaßgelb gestrichene Galerie, deren Wände in der besten Manier der Architekten und Möbelgestalter Gebrüder Adam mit

Figuren und Blumengirlanden aus Gips geschmückt waren, geschaffen für eine Reihe Porträts von Personen, die meiner Gastgeberin völlig fremd waren. Sie schien sich keine Gedanken darüber zu machen, daß sie mitten unter den Ahnen einer fremden Familie lebte, obgleich ich das höchst merkwürdig gefunden hätte. Die ernsten Ölgesichter hätten angesichts der Beachtung, die sie ihnen schenkte, ebensogut beliebige Kunstobjekte an der Wand eines Ladenbesitzers sein können. »Ich denke, wir sind öfter einer Meinung als uneins. Denn wenn Sie sich auch zu den üblichen Anstandsnormen bekennen und darauf bedacht sind, das sittsame Gesicht einer Fünfzehnjährigen aufzusetzen, so entweichen Ihrem Mund doch die köstlichsten Ungereimtheiten, wann immer Sie ihn öffnen!«

Ich dachte, daß ich nur ihre Gedanken wiedergegeben hatte, und sagte ihr das.

»Aber das ist ja gerade das Überraschende! Kann es denn sein, daß Sie nicht bemerkt haben sollten, wie die Mehrheit der Damen meinen offensichtlichen Abscheu vor dieser Gegend einfach ignorierte, immer wieder Allgemeinplätze des Lobes über diesen häßlichen Ort von sich gab und versicherte, daß es für sie ein Segen sei, genau hier zu weilen? Doch Verstellung und Heuchelei sind nichts für Miss Austen. Sie sind wahrlich eine wertvolle Bekanntschaft. Und für Ihre Freunde müssen Sie unersetzbar sein.«

Wir hatten eine Treppe erreicht und stiegen sie bis zu einem breiten Absatz hinauf mit einem über mehrere Stockwerke reichenden Fenster im Stile Palladios.

»Das muß bei schönem Wetter ganz wunderbar sein«, äußerte ich.

»Ja, so ist es. Von hier aus kann man die ganze Rückseite des Anwesens überblicken und den von Mauern umgebenen Garten. Und rechter Hand, etwas weiter abseits, befinden sich Mr. Barnewalls Stallungen, oder besser, die Stallungen des *Eigentümers*, die Mr. Barnewall weit mehr nutzt, als sie sonst in Anspruch genommen werden.«

Das erinnerte mich unversehens an den Zweck meines Besuchs, dessen eigentliches Ziel von einem erstaunlich hohen Maß an Liebenswürdigkeit ins Abseits gedrängt worden war, womit ich in jenem Hause überhaupt nicht gerechnet hatte. So hatte ich das Thema wegen meiner so überaus herzlichen Gesellschaft noch nicht vorbringen können. Doch ich ließ nun alle Höflichkeiten beiseite und wandte mich einer interessanteren Sache als meiner Offenheit und meinem Wert als Bekannte zu, auch wenn jene Bemerkungen recht schmeichelhaft gewesen waren.

»Mr. Barnewall ist, wie ich höre, ein leidenschaftlicher Pferdenarr.«

»Oh! Das Wort ›leidenschaftlich‹ ist noch ein zu schwacher Ausdruck, das versichere ich Ihnen. Ich lernte meinen Ehemann bei einem Pferderennen kennen; und dort machte er mir auch einen Heiratsantrag; und fast wären wir bei einem Rennen getraut worden – denn Mr. Barnewall hatte an jenem Vormittag, als er in der Kirche sein sollte, ein Pferd in einem Rennen, und war ganz versessen darauf, den Ausgang des Wettbewerbs zu erfahren. Unsere Hochzeitsreise glich eher einer Fahrt zu den wichtigsten Gestüten Europas, und anstelle von Sèvres-Porzellan oder einer Truhe voller Kleider kehrte ich von der dreimonatigen Reise mit mehreren niedlichen, kleinen Stuten zurück. In Irland sind wir alle rechte Pferdenarren, das muß ich Ihnen sagen, und wenn wir in Dorset sind, müssen wir an den Nachmittagen meistenteils ausreiten, um die eine oder andere Pferdezucht aufzusuchen. Wenn ich das nächste Mal nach London kommen sollte, dann werde ich mich sicher auf mancherlei Art amüsieren, während Mr. Barnewall bei Tattersall's* ißt, trinkt und schläft.«

* Tattersall's war zu Jane Austens Zeiten das berühmteste Pferdeauktionshaus in London. Es war auch für sein Wettbuch bekannt, das in einem Vorzimmer aufbewahrt wurde. Das Wetten war für die Gentlemen, die diesen Ort besuchten, die zweitwichtigste Beschäftigung. – *Die Herausgeberin.*

Als ich durch das Fenster sah, hinter dem ich an einem schönen Tag wohl vieles zu meiner Erbauung wahrgenommen hätte, konnte ich nichts erkennen. Es könnte hier Dutzende von Hufschmieden geben, die eine ganze Koppel von Pferden beschlugen, doch die Stallungen von Barnewall waren vollkommen in Nebel getaucht und zeigten mir nichts davon.

»Solch ein Zeitvertreib erfordert ein beträchtliches Gefolge an Leuten, wenn man ihn pflegt, nicht wahr?« sagte ich vorsichtig.

»Und er kostet ein Vermögen«, erwiderte meine Gastgeberin und blickte mich vielsagend an. »Ich bin sicher, daß Sie viel zu vornehm sind, um so einen Gedanken offen zu äußern, aber es ist trotzdem wahr.«

»Wie viele Tiere halten Sie hier?«

»Ungefähr dreißig Stuten und zwei oder drei Hengste und ein oder zwei Fohlen. Doch das ist, fürchte ich, nichts im Vergleich zu der Zahl, die wir in Irland haben.«

»Das ist allerhand! Und was geschieht mit den Pferden, wenn Sie wieder nach Irland zurückkehren?«

Mrs. Barnewall zuckte die Schultern. »Da wir die Pacht von Wootton House erneuern wollen, werden die Pferde wohl hierbleiben und die Stalljungen ebenso. Unser Vorsteher, Mr. Farnsworth, ist ein richtiges Juwel, wie mein Mann sagt. Er wird in unserer Abwesenheit dafür sorgen, daß alles Notwendige zum Wohl der Tiere getan wird.«

»Doch was muß man nicht alles bei der Pferdehaltung bedenken!« rief ich. »Die Unmengen an Futter, die Pflege des Sattelzeugs und die endlosen Gänge zum Hufschmied!«

»Was den Hufschmied betrifft, so kommt er zu uns, meine Teure«, entgegnete Mrs. Barnewall leicht belustigt. »Und hier gibt es eine eigene Schmiede. Doch genug von Pferden, oder wollen Sie etwa noch den Stallungen einen Besuch abstatten? Ich muß gestehen, daß meine Schuhe für die Witterung nicht geeignet sind. Ein andermal können Sie Ihre Ungeduld, was die Tiere angeht, sicher befriedigen.«

Es machte mir nur wenig aus, daß ich die Stallungen nicht aufsuchen konnte. Ich hatte zumindest erfahren, daß es auf dem Anwesen die Möglichkeit gab, Hufeisen zu schmieden, und daß Mathew Barnewall tatsächlich dem Pferdegeruch völlig verfallen war. Doch nach wie vor konnte ich mir nicht vorstellen, daß er, um ein Pferd zu besitzen, ganz gleich, wie wichtig es ihm war, einen Mord beging. Sollte man Geoffrey Sidmouth für einen Mord verurteilen, den Barnewall begangen hatte, würde man sein Hab und Gut verpfänden und Satan verkaufen, doch schien mir dieser Weg, sich des Pferdes zu bemächtigen, ziemlich umständlich zu sein.

Wenn bei dem Mord ein Pferd von Wootton House benutzt worden wäre, dann müßte das Motiv weitaus ernster und in der Tat folgenreicher sein. Nichts Geringeres als die ganze Lebensweise der Barnewalls müßte dann auf dem Spiel gestanden haben – und wenn er wirklich der Reverend war, mußte ich einen Grund für die Ermordung Captain Fieldings aufspüren.

»Nun, Miss Austen, wollen Sie im Damenzimmer eine Erfrischung zu sich nehmen? Auch wenn es einen dort, wie ich bekennen muß, bei diesem frischen Wetter frösteln wird.«

Schnell stimmte ich ihrem Vorschlag zu und schritt hinter Mrs. Barnewall die Treppe hinab. Nachdem wir die zentrale Halle durchquert hatten, von der mehrere Flure ausgingen, bogen wir in einen dieser Flure ein, schritten an den geöffneten Türen verschiedener Empfangs- und Speisezimmer vorbei und gelangten zum Damenzimmer. Es war ein heiterer Ort, hellgrün gestrichen und mit Blümchenvorhängen in ähnlicher Farbe versehen. Auf dem Stucksims des Raumes befanden sich verschiedene Engelsfiguren, die alle mit höchst koboldhaften Gesichtern auf uns herabblickten. Der Raum wirkte viel intimer und weniger offiziell als der Teil des Hauses, in dem ich empfangen worden war. Hier tätigte also Mrs. Barnewall ihre Korrespondenz und trank ihre zweite Tasse Frühstücksschokolade, hieß die Vorschläge des Kochs für das Dinner gut oder lehnte sie ab und widmete sich je nach Lust einer Handarbeit oder einem Zeichenblock. An einem Ende stand vor einem hohen Spiegel ein Pianoforte, so daß der Musikausübende wenigstens sich selbst als Publikum hatte. Als ich das Instrument entdeckte, mußte ich unwillkürlich meinem Erstaunen Ausdruck geben, war mir doch auf unseren Reisen das Spielen immer verwehrt. Meine Gastgeberin nahm meine Begeisterung durchaus wahr.

»Ich vermute, daß Sie eine wahre Meisterin sind?«

Ich schüttelte voller Bedauern den Kopf. »Nur eine Anwärterin auf diesen Titel und traurigerweise ohne Übung, da ich einen ganzen Sommer lang nicht spielen konnte.«

»Ich bitte Sie, erfreuen Sie mich mit Ihrem Können, Miss Austen. Musik ist meine Lieblingsbeschäftigung.«

»Dann sollte ich eher von Ihnen etwas hören und mich nicht einer peinlichen Situation aussetzen.«

»Oh! Ich habe nie Unterricht genossen, fürchte ich – und könnte kaum Ihren Vortrag kritisieren.«

Nach einigem Zögern zog ich meine Handschuhe aus, setzte mich an das Piano und versuchte mich an einem der schlichten Lieder, die ich so gern für meine Schwester spielte; es erinnerte mich an jene stillen Morgen in Steventon, vor vielen, vielen Jahren.

»Das ist aber eine traurige Melodie«, bemerkte Mrs. Barnewall, als ich fertig war, »doch vielleicht geben Sie damit nur das Wetter wieder.«

»Vielleicht«, sagte ich lächelnd und stand von dem Instrument auf. »Ich muß gestehen, daß ich mich nach meiner Schwester sehne, die mir das liebste Wesen auf der Welt ist und von der ich durch die Mißgeschicke, von denen Sie meines Wissens gehört haben, getrennt wurde.«

»Ja, wirklich!« rief Mrs. Barnewall, als sie sich sorglos auf ein kleines Sofa warf. »Die berühmte umgestürzte Kutsche. Ein Ereignis, das fast so ausgiebig wie Mademoiselle LeFevres unglückliches Mißgeschick wenige Wochen zuvor von den feinen Leuten Lymes erörtert wurde.«

»Ihr unglückliches Mißgeschick?« erwiderte ich und gab mich besonders verblüfft. »Um was für ein Unglück handelte es sich denn?«

»Aber, meine Teure, Sie müssen doch davon gehört haben – die Misses Schuyler haben während ihres Aufenthaltes kaum über etwas anderes gesprochen. Es ist wahr, sie verfügen nicht über die Gabe, sich die Zeit vergnüglich zu vertreiben – für ihre Erbauung und Erheiterung waren sie vor allem auf die Angelegenheiten anderer Leute angewiesen. Doch ich entsinne mich. Ihr Unfall mit der Kutsche und der Gehängte auf der Cobb haben uns lange Zeit von der Mademoiselle und Captain Fielding abgelenkt.«

»War es der Captain, der Mademoiselle LeFevres Mißgeschick hervorgerufen hat?«

»Aber nein – er hat sie gerettet. Seit diesem Vorfall trägt er den liebevollen Namen *le Chevalier*.« Meine vertrauliche Gesprächspartnerin griff nach einer bildschönen Porzellandose, die auf einem Klapptisch neben ihrem Sofa stand, und entnahm ihr zu meiner Verwunderung auf der Spitze des Zeigefinger eine Prise Pulver, das sie so elegant, wie es nur ging, hochzog. Da ich meine Überraschung nicht verbergen konnte, zeigte sie ein diabolisches Grinsen. »Darf ich Ihnen etwas Schnupftabak anbieten, Miss Austen? Oder ist das der Tochter eines Geistlichen ebenso fremd wie viele andere Laster auch?«

»Ich glaube nicht, das ich das angenehm finden könnte.« Selbst mir kam meine Stimme besserwisserisch vor. »Wie können Sie das nur mögen?«

»Es klärt so wunderbar den Verstand«, sagte sie und nieste.

»Tatsächlich?« Ich muß gestehen, daß mir die Erfahrung

damit fehlte. Obgleich meine Brüder James und Edward beide begeistert Tonpfeife rauchen, so sind sie ihrer Leidenschaft nie Zuhause nachgegangen, und da mein Vater die Ansicht vertritt, daß das Tabakrauchen eine gefährliche Sucht sei, war ich meine Kindheit über dem Rauchen äußerst selten ausgesetzt. Selbst Henry – der bezaubernde, närrische, fröhliche Henry – hat sich nicht der Mode des Schnupfens gebeugt. Auch wenn einige Männer schon seit Jahren dieser Vorliebe frönten, so ist es doch erst seit kurzem zu einer wahren Manie geworden, kleine Dosen bei sich zu führen und je nach Verwendung zwischen Dosen für den Hausgebrauch oder für die Gesellschaft, für den Vormittag oder Abend zu wählen. Eine Frau hatte ich noch nie schnupfen gesehen – selbst meine extravagante Schwester Eliza tat es nicht.*

»Bisher habe ich die Bedeutung des Namens *le Chevalier* noch nicht verstanden«, sagte ich und wollte Mitgefühl in ihr erwecken. »Ich fürchte, daß ich nicht über Ihren Scharfsinn verfüge, und der Captain schien diese Angelegenheit nicht erörtern zu wollen.«

»Das entspricht ganz seiner natürlichen Zurückhaltung«, antwortete sie leise und seufzte, wobei ihre Augen ein wenig trübsinnig wirkten. Nie hatte ich bedacht, daß die Dame sich als in Trauer befindlich betrachtete. Solche Unachtsamkeit ist kaum verzeihlich, aber ich war davon ausgegangen, daß Mrs. Barnewall in ihren Gefühlen viel zu oberflächlich war, um für den armen Captain gewisse zärt-

* Damals gab es eine Reihe von Schnupftabaksorten, so etwa wie die Auswahl bei den heutigen Teesorten. Je nach Stimmung oder Tageszeit wählte man eine bestimmte Mischung. Der Prince of Wales sammelte in seinem Schnupftabakkeller Sorten aus der ganzen Welt, obwohl er das Schnupfen nicht mochte, und ganz gleich, wie häufig er am Tag das Ritual vollzog, brachte er es fertig, niemals etwas davon richtig zu inhalieren. Seine Mutter, Queen Charlotte, bevorzugte seit ihrem siebzehnten Lebensjahr nur eine Sorte – eine Mischung aus Tabak, Ambra, Rosenölessenz und Bittermandel. – *Die Herausgeberin*.

liche Gefühle aufzubringen. Doch ich bin in der Beurteilung von Charakteren und den Motiven anderer viel zu voreilig; man könnte sagen, daß dies mein größter Fehler ist.

»Die Geschichte macht ihm doch keine Schande, hoffe ich?«

»Kaum.« Sie legte sich ein Kissen unter den Ellbogen und machte es sich für ein längeres Gespräch bequem. »Es war eine Woche vor Ihrer Ankunft, Miss Austen, ungefähr Mitte August, würde ich sagen. Wir alle befanden uns auf der Donnerstagabendgesellschaft, wenn sie auch nur schlecht besucht war, da viele zu ihren Landhäusern im Norden aufgebrochen waren. Wenn ich mich recht entsinne, so schien in jener Nacht kein Mond, und jenen, die mit der Kutsche in die Stadt gekommen waren, stand eine langsame Heimreise bevor. Captain Fielding war nicht auf dem Ball gewesen – ja, ich meinte, daß er in Geschäften unterwegs war –, und durch seine Abwesenheit ist dem Abend eine ganze Menge Fröhlichkeit entgangen.

Da Mr. Barnewall und ich uns nicht so früh zurückziehen wollten – der Ball war schon eine Stunde vor der üblichen Zeit um zwei Uhr morgens zu Ende gegangen –, hatten wir die Einladung Mr. Crawfords angenommen, hinterher auf ein spätes Abendbrot nach Darby zu fahren und ein bißchen Karten zu spielen. So zuckelten unsere Kutschen hintereinander die Charmouth Road zum Anwesen von Mr. Crawford – bis mit einem ›Brrr!‹ der Wagen vor uns anhielt. Einen Moment später war Mr. Crawford ausgestiegen, und da mein Gatte wissen wollte, um was es ging, standen wir mitten in der Nacht auf der Straße. Wir verfügten nur über eine Laterne, die uns etwas Licht spendete. Das war ein Anblick!«

»Mademoiselle LeFevre?«

Sie schüttelte den Kopf. »Captain Fielding ohne Pferd und mit der vollkommen bewußtlosen Dame auf den Armen. Ein unglaubliches Bild! Ihr langer roter Umhang, der von ihren schlaffen Gliedern hing, und ihr ungewöhnliches Haar, das über seinen Arm fiel. Sein Gesicht war übel zugerichtet, und er sah erschöpft aus und stand da auf einem Holzbein und wollte sie ohne Hilfe und ohne Pferd nach Hause tragen! Wären wir nicht zu so später Stunde dort eingetroffen, dann weiß ich nicht, wie sich die Dinge noch entwickelt hätten. Doch wir waren zur Stelle. Wir lobten ihn für seine Ritterlichkeit und geleiteten beide in ihre Häuser zurück.«

»Doch was war geschehen?« rief ich ein wenig aufgebracht.

»Wir erfuhren vom Captain – den wir nach Hause brachten, während sich die Crawfords der Mademoiselle annahmen –, daß die Dame zu Pferde unterwegs gewesen war, weit nach Mitternacht, und daß sie, man stelle sich das nur vor, einen Auftrag für ihren Cousin, Mr. Sidmouth, ausführen wollte. Ihr Pferd hatte gescheut, war durchgegangen und hatte sie abgeworfen. Sie hatte Glück, daß sich der Captain auf dem Rückweg von seinen Geschäften in Dorchester auch auf der Straße befand. Man denke nur! Wenn er nicht als Retter aufgetaucht wäre, hätten wir sie in der Dunkelheit mit der Kutsche womöglich noch überfahren, lag sie doch bewußtlos auf dem Boden!«

»Gott bewahre!« sagte ich mit angemessener Heftigkeit. »Doch wieso war der Captain denn ohne sein Pferd?«

Mrs. Barnewall beugte sich mir entgegen, und ihre Augen funkelten wieder lebhaft. »Ich hörte von Fielding, daß er aus dem Sattel geworfen wurde, als das Pferd auf die Mademoiselle stieß und einen Satz über den leblosen Körper machte. Erst so bemerkte er sie überhaupt.«

»Ich vermute, Mr. Sidmouth war sehr dankbar«, äußerte ich absichtlich etwas dümmlich, »daß man seine Cousine so sicher nach Hause geleitete.«

»Mr. Sidmouth schien eher nur deswegen verzweifelt zu sein, weil seine Besorgungen nun fehlgeschlagen waren«, antwortete Mrs. Barnewall, »doch das paßt zu ihm. Er ließe eher die ganze Welt untergehen, als seine eigenen Geschäfte zu unterbrechen. Und die arme kleine Französin ist nur ein winziges Rädchen in dem Getriebe seiner Angelegenheiten. Sie ist vermutlich sehr tüchtig und pflichtbewußt in ihren Bemühungen, doch damit endet ihr Nutzen. Davon erfuhren wir aber erst später, als sich herausstellte, daß Sidmouth einen Groll auf den Captain hatte – dessen Ergebnis wir ja unglücklicherweise alle gesehen haben.«

»Und worin bestehen Ihrer Ansicht nach Sidmouths Machenschaften?« fragte ich zaghaft. »Wie ich höre, hält er sich viel im Ausland auf, in Frankreich – auch wenn das in letzter Zeit nicht mehr so oft der Fall sein mag.«

»Sie meinen wegen des Krieges?« Sie lehnte sich nun in die Kissen zurück und hob dabei den zarten Zeigefinger an ihre gerötete Nase. »Ach, das ist fürs Geschäft äußerst schlecht, da bin ich mir sicher. Ich selbst wollte ein schönes Stück Seide erwerben, das mir einer der hiesigen Freihändler zugesagt hatte, doch es war nicht zu bekommen. In den Häfen sind die Kontrollen verschärft worden, wie ich höre, und die Königliche Marine scheint nicht mehr so leicht ein Auge zuzudrücken, ganz gleich, wieviel Brandy man ihnen unter die Nase hält.«

»Wovon sprechen Sie da, Mrs. Barnewall?« Ich runzelte die Stirn und machte einen völlig verwirrten Eindruck.

»Nun, von den Herren der Nacht, natürlich! Von den Männern des Reverends, die uns alle mit Seide und Schnupftabak, mit Spielkarten und Siegellack versorgen. Sie müssen doch vom Reverend gehört haben – ich entsinne mich, daß wir auf Ihrem ersten Ball über seine Taten redeten.«

Eingehend betrachtete ich das Gesicht meiner Bekannten – die blinzelnden Augen, die vor Freude funkelten – oder war es aus Berechnung? –, das entschlossene Lächeln, hinter dem sich auch Neugier darauf verbergen mochte, wieviel ich von ihren Geschäften wußte, die undurchdringliche

Fassade einer sich bewußt gelassen gebenden Frau, die nichts von ihren wahren Gedanken verriet. Sie hatte mir eingestanden, daß sie mit den Gewohnheiten der Schmuggler vertraut war, daß sie bei ihnen Kundin war, und sie hatte auf Maggie Tibbits Seide angespielt. Man könnte beinah meinen, daß sie von meinem Besuch bei der Frau wußte und von meinem Stoffkauf – vielleicht war dem tatsächlich so. Zum erstenmal hatte ich in ihrer Gegenwart Angst, denn mir war klar, daß ich mich auf sehr glatten Boden vorgewagt hatte.

»Ich hätte nicht gedacht, daß Personen meines Bekanntenkreises von dem Schleichhandel wissen«, sagte ich langsam.

»Davon wissen? Aber, meine Gute, sie *betreiben* ihn doch«, erwiderte sie etwas belustigt. »Was meinen Sie, womit sich Sidmouth beschäftigt? Welche Aufträge er für die kleine LeFevre hat? Woher der Groll gegenüber dem Captain kommt, von dem wir alle wissen, daß er gegen den Handel war? Verlassen Sie sich darauf, Miss Austen, bei dem Tod des Captain – mag man ihn auch bequemerweise einer *affaire de cœur* mit der *petite mademoiselle* zuschreiben – ging es nur ums Geschäft. Und wenn ich Sidmouth richtig einschätze, dann wird er der Anklage des Coroners auf ähnliche Weise entgehen. Ganz plötzlich wird er aus dem Gefängnis in Lyme verschwinden und ein schnelles Schiff nach Frankreich nehmen, wo man ihn für tot erklären wird. Doch nach einer kleinen Weile wird der Reverend in einer anderen Stadt an einem anderen Küstenstrich wieder auftauchen.«

»Sie sind mit den Geschäften des Mannes sehr vertraut, Mrs. Barnewall«, sagte ich.

»Wirklich?« Sie lachte höhnisch und griff mit einem höchst durchtriebenen Blick nach ihrer Schnupftabakdose. »Ich muß gestehen, daß ich den Mann unwiderstehlich finde. Doch das tun wohl die meisten Frauen, nicht wahr, Miss Austen? Ich wage zu behaupten, daß auch Sie

Sidmouth bei ein oder zwei Gelegenheiten zum Opfer gefallen sind.«

»Sollte ich das sein, so wäre ich die letzte, die es zugäbe«, sagte ich entschlossen und erhob mich, um mich zu verabschieden. »Es war ein höchst vergnüglicher Nachmittag, Mrs. Barnewall. Ich bedaure sehr, daß ich Wootton House erst gegen Ende Ihres Aufenthalts hier besucht habe. Ich hätte es gern bei schönerem Wetter erlebt.«

»Dann kommen Sie nur wieder, solange wir noch beide in Lyme weilen«, entgegnete sie möglicherweise mit dem ähnlichen Maß an Unaufrichtigkeit. So trennten wir uns – zwei Frauen mit dem Bestreben nach Unabhängigkeit, die kaum dazu neigen, sich weiblicher Gesellschaft anzuschließen, die jedoch das beiderseitige Bedürfnis, Geheimnisse in Erfahrung zu bringen, zusammengeführt hatte. Ich hatte Mrs. Barnewall in der Absicht aufgesucht, Informationen zu erhalten; doch erst bei unserer Verabschiedung wurde mir klar, daß sie mich mit dem gleichen Ziel empfangen hatte. Ich spürte, daß ich von ihr schon seit meinen ersten Schritten in ihrer Empfangshalle behutsam gelenkt worden war. Doch der Grund dafür blieb mir noch verschlossen.

Kapitel 20
Ein Spion auf meinen Fersen

Sonntag, 23. September 1804

Als ich gestern nachmittag von Wootton Fitzpaine nach Wings Cottage zurückkehrte, war es schon beinah an der Zeit, zu Abend zu essen. Doch da der Nebel in einer leichten Brise gewichen war und das Wetter Besserung versprach, nutzte ich ein paar Augenblicke, in denen ich nicht benötigt wurde, um die Pound Street zum Stoffhändler hinunterzulaufen, weil ich mir Mr. Milsops neueste Zeichnungen für Abendkleider ansehen wollte, was für ein reichliches Stück pfirsichfarbener Seide höchst wichtig war. Außerdem wollte ich mir darüber klarwerden, ob ein Halbturban* oder eine Feder als Kopfschmuck in Frage käme. Und mit solch heiteren Bildern vor den Augen, die all meine Gedanken an Schmuggler, ihre Frauen und das Blutvergießen vertrieben, wäre ich beinah mit dem armen Mr. Dagliesh zusammengestoßen, der sich, keine fünf Schritte von Mr. Milsops Laden entfernt, mit einer rundlichen Dame mittleren Alters unterhielt.

»Miss Jane Austen!« rief er, seinen Hut schwenkend, und verbeugte sich hastig. »Ich hoffe, Sie befinden sich wohlauf?«

»Aber ja, Mr. Dagliesh«, erwiderte ich und nickte seiner Begleitung zu, die auf diese Förmlichkeiten keinen Wert legte und sich schwerfälligen Schrittes die Straße weiterschleppte. So konnte sich der Gentleman völlig mir wid-

* Dabei handelt es sich weniger um einen Turban, als um ein langes Stück Stoff – meist aus Spitze –, das um den Kopf geschlungen und, türkischer Mode ähnlich, an einer Seite verknotet wurde. – *Die Herausgeberin.*

men. »Ich bin erleichtert, Sie in ausgezeichneter Verfassung anzutreffen.«

»Hatten Sie einen Grund zur Besorgnis?« fragte er.

»Oh! Nein, eigentlich nicht – nur meinte ich, Sie werden so häufig gerufen, und noch dazu mitten in der Nacht, und haben am Strand und in den Hügeln alle möglichen Wunden zu versorgen, die jenen armen Opfern plötzlich zugefügt wurden, die das Tageslicht scheuen müssen –, daß ich in der Tat glaubte, Sie wären bald am Ende Ihrer Kräfte.«

Er zuckte zusammen und betrachtete mich eingehend. Dann erklärte er mir mit einem albernen Lächeln, daß die Inanspruchnahme eines Landarztes manchmal alle seine Kräfte übersteige.

»Insbesondere wenn man verpflichtet ist, sich um Freunde zu kümmern«, fuhr ich fort. »Die Inanspruchnahme durch einen Fremden könnte man einen Tag aufschieben, aber es ist unausweichlich, einen guten Bekannten schnellstens zu behandeln. Und in dieser Hinsicht gab es in letzter Zeit in Lyme sehr viel zu tun! Eine aus dem Sattel geworfene Dame hier, ein Schuß in den Rücken da und ein Gefecht am Meer, das einen Mann an den Rand des Todes hätte bringen können – ich frage mich, ob Sie überhaupt Schlaf finden konnten, so oft wie Sie nach High Down Grange mußten.«

»Miss Austen ...«, fing er an und hielt verwirrt inne.

»Jetzt weiß ich, warum Sie in der Nacht, in der meiner Schwester das Unglück zustieß, nicht zur Verfügung stehen konnten – zweifellos waren Sie damit beschäftigt, eine Schmugglerbande tief in den Schluchten der Pinny oder in einer geeigneten Höhle zu versorgen. Und jetzt wird mir verständlich, wieso Sie sich am Morgen der Abreise meiner Schwester nicht von ihr verabschieden konnten. Denn es war der Vormittag, nachdem Mr. Sidmouth im Morgengrauen unterhalb der Cobb die Dragoner vertrieben hatte. Ich habe selbst beobachtet, wie Davy Forely, der Anlandungsaufseher, angeschossen wurde. Hat sich Mademoiselle

LeFevre in der Dachkammer über der Küche um ihn gekümmert, damit er nicht von den Zollbeamten des Küstenschutzes entdeckt wurde?«

»Das kann ich nicht sagen«, erwiderte der junge Arzt. »Ich habe ihn ganz sicher nicht dort versorgt. Doch sagen Sie mir, Miss Austen – wenn ein Arzt schnell zur Stelle sein kann, würden Sie einen Mann an einer Wunde sterben lassen, die er unverschuldet erhalten hat? Ist es denn Ihrer Meinung nach falsch, solch Unglücklichen zu helfen? Schließlich ist das Heilen mein Lebensauftrag.«

»Daran ist nichts falsch, Mr. Dagliesh – es sei denn, daß Sie Ihre Fürsorge für die hiesigen Verbrecher von der Behandlung jener Menschen abhält, die ihrer mehr wert wären. Wäre meine Schwester an ihren Verletzungen gestorben, dann würde ich über die Art, wie Sie Ihre Nächte verbringen, weniger freundlich denken.«

»Um Himmels willen!« rief er mit teilnahmsvollem Blick. »Und wie geht es Ihrer Schwester? Sie erholt sich doch wohl gut?«

»So rasch, wie wir nur hoffen konnten – ihr Londoner Arzt widmet seine Zeit und Aufmerksamkeit nämlich keiner anderen, eventuell einträglicheren Aufgabe.«

»Sie sind sehr hart zu mir.« Er drehte den Hut ständig in seinen Händen und schaute besorgt auf den Hutrand. »Geld hat mich nie interessiert, auch wenn Sie meinen, daß ich nur aus finanziellen Beweggründen handele. Ich kann Ihnen sogar versichern, Miss Austen, daß weder mein Verhalten noch das jener, die ich versorgt habe, solch einen Tadel verdient. Allein die Ehre verbietet mir, mehr darüber zu sagen.« Als er aufblickte, lag in seinen Augen etwas Flehendes und eine fürsorgliche Umsicht, die ich Mr. Dagliesh nicht zugetraut hätte. »In den einfachsten Menschen, Miss Austen, steckt verborgene Größe, wenn sie gezwungen werden, nach ihren Prinzipien zu handeln. Und ich habe festgestellt, daß sich hinter dem äußerlich falsch Erscheinenden häufig etwas überaus Gutes verbirgt.«

»Ich bin sicher, daß genau das Gegenteil der Fall ist«, erwiderte ich etwas barsch, »denn alles Böse stellt sich als Umsicht und Anstand dar.«

»Das war schon immer so«, sagte er freundlicher. »Das Erstaunliche ist, daß wir unverändert darauf hereinfallen.« Und mit einer höflichen Verbeugung verließ er mich, und meine heiteren Vorhaben in bezug auf den pfirsichfarbenen Seidenstoff waren mir nun ein wenig verdorben.

Auf dem Rückweg von der Pound Street nach Wings Cottage bemerkte ich zum erstenmal, daß mir ein Mann folgte. Er schien sich immer dann angelegentlich den Schaufenstern zuzuwenden, wenn ich die Auslagen betrachtete. Und er ging in dem Moment wieder langsam hinter mir her, in dem ich mich zufrieden von den Schaufenstern abwandte und meinen Spaziergang fortsetzte. Als ich seiner gewahr wurde, war ich zuerst recht verwundert, dann zunehmend geängstigt, und schließlich mußte ich rasch abwägen, was weiter zu tun sei. Obschon ich mir halb vorgenommen hatte, ihn einfach überraschend anzusprechen, konnte ich die Möglichkeit nicht ausschließen, daß ich mir alles nur eingebildet hatte. So ging ich statt dessen auf ein Lebensmittelgeschäft zu, um mich dort scheinbar nach Tee zu erkundigen. Ich wußte, daß der Laden einen zweiten Ausgang besaß, der auf eine rückseitig gelegene Straße führte. Als man mir mitteilte, daß in ganz Lyme kein Tee zu haben sei – eine eigenartige Tatsache –, verließ ich das Geschäft durch die Hintertür. Man stelle sich nur meine Bestürzung vor, als ich jenen Mann wieder hinter mir bemerkte! Sicher war er mir in den Laden und von da auf die hintere Gasse gefolgt.

Ich wollte ihm auf keinen Fall zu verstehen geben, daß ich mir seiner Verfolgung bewußt war, indem ich weiter hartnäckig versuchte, ihn abzuschütteln. So lief ich mit gesenktem Kopf eiligen Schrittes nach Wings Cottage. Rasch ging ich in mein Zimmer hinauf, um mich zum Abendessen umzukleiden – und um zu beobachten, wie sich der Mann in der Straße unter meinem Fenster postierte. Ganz beiläufig stellte er sich in einen Türeingang, so daß er für Außenstehende wie einer von den Bummlern meines Bruders James wirkte.*

Ich fragte mich, was er wohl vorhatte. Hatte er die Absicht, den restlichen Abend dort zu verbringen? Und wer hatte ihn auf mich angesetzt – und aus welchem Grund? Gehörte er vielleicht zu den Männern von Roy Cavendish, der den Gang meiner Ermittlungen genau im Auge behalten wollte, wo ich doch die Unverschämtheit besessen hatte, einer weiteren Begegnung mit dem Zollbeamten ganz auszuweichen?

Das ganze Dinner über war ich unruhig und konnte auf die vielen Mutmaßungen meiner Mutter hinsichtlich Wootton Fitzpaine und auf die Bemerkungen meines Vaters über die Geschichte der Kirche des Ortes nur flüchtig antworten.

Und nun, wo ich wieder mit Feder und Papier im klaren Licht eines Sonntagvormittags allein bin und außer dem Verfassen eines schon längst fälligen Briefes an meine arme Cassandra nichts weiter zu tun beabsichtige, bin ich nicht in der Lage, dieses einfache Vorhaben auszuführen. Ständig muß ich, so verstohlen es geht, auf die Straße hinabblicken, um nach dem unbekannten Spion auszuschauen.

Montag, 24. September 1804

Kurz nach dem Frühstück, nachdem ich mich im Wohnzimmer niedergelassen hatte, um mein braunes Wollkleid zu stopfen und dabei über die verworrenen Vorfälle in

* Jane Austens Brüder James und Henry gründeten während ihres Studiums in Oxford die Literaturzeitschrift *The Loiterer* (Der Bummler), zu der die Autorin selbst gelegentlich einen Brief beigesteuert haben mag. – *Die Herausgeberin.*

Lyme nachzugrübeln, stieß ich in meinem Nähkorb überraschenderweise auf einen Zettel, dessen Kanten mit einem Tropfen Talgkerzenwachs versiegelt waren. Verwundert öffnete ich ihn und entdeckte eine Nachricht von unserem Diener James, die er mit einem Stück Blei auf seine Weise sorgfältig geschrieben hatte, was jedoch ein bißchen wie Gekritzel aussah.

Sehr geehrte Miss, hieß es, *da heut mein freier Tag is, werde ich Matty Hurley aufsuchen, wie Sie mich gebetn haben. Kommen Sie um drei Uhr zu St. Michael's. Ich hoffe, daß Ihnen das hilft. Ihr ergebenster James.*

Den Vormittag verbrachte ich dann mit allerlei kleinen nützlichen Verrichtungen und ließ manchmal dabei die Blicke aus dem Küchenfenster schweifen – wobei ich bemerkte, daß nirgendwo Spione in den Hauseingängen herumlungerten. So mußte ich mich doch fragen, ob nicht am Samstagabend die Phantasie mit mir durchgegangen war, die ja von allen möglichen widersinnigen Vorstellungen übersättigt war.

Zur St.-Michaels-Kirche gelangte man nach einem kurzen Spaziergang von der Broad Street zur Bridge Street und von da, nach einem kurzen Blick auf das Meer und Broad Ledge*, das nun bei Ebbe zu sehen war, die Church Street hinauf. So brauchte ich nicht weit zu gehen. Wenige Minuten vor drei Uhr machte ich mich auf den Weg, wobei ich ganz unauffällig gekleidet war, meine sittsame geschlossene Haube aufgesetzt hatte und einen Korb Sachen am Arm trug. Denn als meine Mutter hörte, daß ich die

* Broad Ledge gehörte ursprünglich zum eigentlichen Lyme – mittelalterliche Karten von der Gegend lassen vermuten, daß dort einst viele Häuser standen, doch nachdem es vom Meer überflutet wurde, ist es nun nur noch bei Ebbe sichtbar. Es mahnt einen fortwährend an die Unbeständigkeit der Küste Dorsets. – *Die Herausgeberin.*

Kirche besuchen wollte, beauftragte sie mich, ihre Spende für das Damenhilfskomitee mitzunehmen. Nur schwer konnte ich sie davon abbringen, mich zu begleiten.

St. Michael's ist kein schöner Bau. Das liegt möglicherweise daran, daß es sich um zwei Kirchen handelt – um eine spätnormannische Kirche und um das jetzige Gebäude, das aus dem sechzehnten Jahrhundert stammt. Es ragt erhaben über den Klippen auf und scheint dem Geist von Lyme mit all seinen Eigentümlichkeiten sehr zu entsprechen. Mir würde es nicht gefallen, wenn hier ein ebenmäßigeres Bauwerk stünde, scheint es doch wirklich schon immer Teil dieser Küste gewesen zu sein.

Einen Moment blieb ich auf der Kirchenschwelle stehen und blickte den Weg zurück, den ich gekommen war. Als ich meinte, hinter mir eine herumlungernde Gestalt zu erblicken, erfaßte mich ein Schauder. Doch es mußte sich wohl um eine Art Phantom handeln, das dem grellen Sonnenlicht zuzuschreiben war, denn als ich die Augen zusammenkniff und ein zweites Mal hinsah, war die Gestalt verschwunden. Ich stieß die schwere Eichentür auf und schritt in den kühlen, düsteren Vorraum.

Es herrschte große Stille, und die Besucher, die hier und da verstreut in den Bänken saßen, waren allzusehr in ihr Gebet vertieft, um mich zu bemerken. Ich schaute mich nach den breiten Schultern von James um, doch ich konnte ihn nicht entdecken. Nach einer Weile lief ich einen Seitengang entlang und nahm unter den Andächtigen Platz. Die Kirchenglocken läuteten die volle Stunde.

Nach etwa fünfzehn Minuten nachdenklichen Schweigens beschloß ich, vor der Kirche nach James zu suchen. So ging ich in die Eingangshalle zurück, wo ich auf Miss Crawford stieß, die so unerschütterlich wie ein Fels in der Brandung dastand. Sie befand sich an der Seite der Halle im Vorraum des Komitees und trug eine beeindruckende schwarze Haube, die mit Jett verziert war. Ihre Nasenlöcher waren ganz zusammengezogen, als schlüge ihr ein widerlicher Geruch entgegen, doch ihre knochigen Hände flogen geradezu durch die geordneten Stapel abgelegter Kleider. Als ich ein wenig zögernd auf der Türschwelle verharrte, schaute sie auf, und unter ihrem strengen Blick blieb mir nichts anderes übrig, als einen Knicks zu machen.

»Guten Tag, Miss Austen«, sagte die Lady kurz und schaute mich über ihre Brille an. »Wie ich hörte, waren Sie am Samstag in Wootton Fitzpaine. Sie hätten mich eher davon in Kenntnis setzen sollen, dann hätte ich Sie damit beauftragt, von Mrs. Barnewall in Erfahrung zu bringen, wann sie ihren Beitrag für das Damenhilfskomitee leisten will. Mein Bruder sagte mir, daß sie bald abreist, und es wäre recht schäbig von ihr, wenn sie bei all ihren Aufbruchsvorbereitungen ausgerechnet St. Michael's vergäße. Ich wußte nicht, daß Sie dort einen Besuch abstatten – noch dazu an solch einem nebligen Nachmittag! So werde ich mich wohl selbst auf den Weg machen müssen.«

»Verzeihen Sie, Miss Crawford. Ich hatte keine Ahnung, daß Sie etwas von dort wollten, und so konnte man von mir nicht erwarten, Sie von meinem Vorhaben zu unterrichten.«

»Erwarten können! Kaum. Von der Jugend wird nie erwartet, daß sie auf andere Rücksicht nimmt. Schon gut. Ich sehe, daß Sie die Spende Ihrer Mutter im Korb haben.«

»Ja, so ist es, und ich bringe sie mit den besten Empfehlungen meiner Mutter.«

Miss Crawford hielt inne, um ein kleines Nachthemd aus zartem Kambrik zu untersuchen, das meine Mutter aufs prächtigste mit einem Satinfaden bestickt hatte. Dann rümpfte sie die Nase. »Die Nähte hätten gerader sein können, nun ja, wenn es für die Armen ist, ist man nie so sorgfältig, als wäre es für einen selbst. Und ich nehme an, daß ihre Augen nicht mehr die besten sind, in ihrem Alter.«

»Ich werde ihr Ihre Dankesworte übermitteln«, sagte ich trocken und wandte mich zur Tür.

»Denken Sie daran, Miss Austen, Ihr von dem Damentee zu erzählen, der am Samstag auf Darby stattfindet«, rief mir Miss Crawford mit beißender Stimme hinterher. »Das soll ein Dank für die gutherzigen Frauen sein, die so viel für die Unglücklichen dieser Gemeinde tun. Sicher macht das sehr viel Mühe, doch für mich ist es nicht der Rede wert. Das ist das wenigste, was ich tun kann. Es wird gewiß eine schöne Teegesellschaft werden.«

»Auch wenn es vielleicht unweigerlich keinen Tee geben wird«, bemerkte ich.

»Was wollen Sie damit sagen, Miss Austen?«

»Ich habe erfahren, daß in der ganzen Stadt kein Tee zu bekommen ist.«

»Das kann aber kaum für Darby zutreffen, das kann ich Ihnen versichern.« Miss Crawford äußerte das mit einem Anflug von Selbstgefälligkeit. »Tee hat mein guter Bruder immer im Hause – nun, wir können annehmen, daß er Quellen hat, die einem bloßen Besucher der Stadt wie Ihnen verwehrt sind.«

»Davon können wir wohl ausgehen«, erwiderte ich etwas belustigt über ihre Eitelkeit. Und damit ließ ich Kirche und Miss Crawford hinter mir.

Ich lief zu dem kleinen Friedhof und stieß auf James, der mit dem Rücken gegen einen Grabstein lehnte. Ein stämmiger Mann, ziemlich schlecht rasiert, befand sich bei ihm. Letzterer spuckte einen Grashalm aus, den er zwischen den Zähnen zermalmt hatte, und erhob sich. Er trug keinen Hut, und so stand er mit leicht seitlich geneigtem Kopf da und wartete ab, daß ich ihn zur Kenntnis nahm – er besaß schütteres Haar, eine krumme Nase, ein ständiges Grübchen auf der Wange und eine rauhe Warmherzigkeit im Blick. Trotz seiner unterwürfigen Haltung strahlte er etwas Zuversichtliches aus, so als böte das Leben für ihn keine Rätsel.

»Miss Austen, Miss«, sagte James mit leicht besorgter Miene. »Wir dachten schon, Sie kämen nich.«

»Ich war sozusagen in kirchlichen Angelegenheiten aufgehalten worden«, erwiderte ich. »Ich nehme an, Sie sind Matthew Hurley?«

»Matty reicht, Miss.«

»Hab dem Matty erzählt, daß Maggie Tibbit meint, er schulde ihr Geld«, fing James an, »und Matty, nun, sag's Miss Austen selbst.«

»Ich schulde Bill Tibbit kein Geld, nich mal 'nen Fluch«, sagte der Bursche gelassen, »und das nich mehr, seit er die *Royal Belle* hat untergehn lassen.«

»Der Verlust des Schiffs scheint ganz Lyme gegen ihn aufgebracht zu haben«, äußerte ich.

»So is es. Er wurde dafür bezahlt, die *Belle* zu beseitigen, und drei anständige junge Männer der Stadt sind mit ihr versunken.« Mr. Hurley hielt einen Moment inne, um sich zu räuspern, und spuckte plötzlich auf die Erde.

Ich blickte in James' friedliches Gesicht und wandte mich dann seinem Begleiter zu. »Wie ich hörte, war es das Schiff vom Reverend.«

»Sieh an, wer hat Ihnen denn das erzählt?« sagte Matty Hurley und kniff ein Auge zusammen.

»Maggie Tibbit. Sie sagte, daß ihr Mann für die Schmugglermannschaften auf Wache war, aber dann zu lange über seinem Bier saß, wo er doch in Puncknowle beim Signalturm hätte sein wollen.«

»Schön bequem für sie, wenn sie das denkt«, antwortete der Mann, »aber das is nich die Wahrheit. Bill wurde bezahlt und is dafür umgekommen, so wie der Kerl, der ihn bezahlt hat.«

Langsam begreifend, schaute ich von einem zum anderen. »Sie wollen doch nicht behaupten – daß heißt – Mr. Hurley, meinen Sie, daß Captain Fielding den Mann bezahlt hat, um die *Belle* stranden zu lassen? Und daß es ihm deshalb an den Kragen ging?«

»Ich sag weder das eine noch das andere«, erklärte der Mann und ließ seine Augen umherschweifen. »Is 'n schwieriges Geschäft, mit dem sich eine Lady nich befassen sollte. Maggie Tibbit sollte es besser wissn.«

Jetzt mußte ich erst einmal innehalten. Der Captain muß also geglaubt haben, daß mit dem Schiff geschmuggelt wird, und hat daher versucht, auf grausame Weise, wenn man die Folgen bedenkt, dem Handel ein Ende zu setzen. Und doch, wenn das zum Untergang verurteilte Schiff nicht dem Reverend gehörte ...

»Woher wollen Sie so genau wissen, daß die *Belle* nicht dem Reverend gehörte, Mr. Hurley?«

»Ich sag nur noch, daß ich am Strand von Chesnil aufs Anlegen gewartet hab und die Leichen aus der Brandung ziehen mußte«, antwortete er düster. »Hoffe nur, daß ich nie wieder so was mit ansehn muß, so lange ich lebe. Es war schrecklich, und Nancy Hardings Junge war doch erst fünfzehn.«

»Doch was kann ein Schiff außer dem Schmuggel sonst so heimlich bei Nacht und Nebel zu erledigen haben?«

Matty Hurley zuckte die Achseln und blickte rasch zu James, der ihn verwirrt ansah. »Sie werden für Lyme und die Vorgänge hier immer 'ne Fremde bleibn, Miss«, sagte Matty nun. »Bin sicher, daß Sie das nich zu wissn brauchn. Nehmen Sie einfach hin, daß es 'ne Sache von einiger Wichtigkeit war, für die drei junge Männer und 'ne Handvoll Franzosen ihr Leben ließen, und daß es nichts mit Brandyfässern oder Schnupftabakkisten zu tun hatte. Bill Tibbit war kein guter Mann, er war ein Verräter, und es is gut, daß wir ihn los sind, was immer Maggie auch sagen mag. Das können Sie ihr von mir bestelln.« Er wandte sich ab, zweifellos überzeugt, daß unsere Unterhaltung beendet war. Durch meinen Kopf schossen höchst unvereinbare Gedanken. Eine Sache allerdings hatte ich begriffen. Der Mann hatte erklärt, daß das Schiff nicht dem Reverend gehörte. So hatte ich die Gewißheit, daß zumindest noch von einem anderen Haus aus häufig Signale aufs Meer hinaus gesandt wurden.

»Matty«, sagte ich und hielt ihn mit einer Hand zurück, »hat die *Royal Belle* Mr. Geoffrey Sidmouth gehört?«

Man hätte die Verwunderung sehen müssen, die sich nun über seine harten Züge legte und über die ich eigentlich hätte vor Vergnügen lachen müssen. Doch unterschwellig bemerkte ich seine Bestürzung darüber, daß er vielleicht zuviel verraten hatte. »Keine Angst«, versicherte ich ihm. »Ihr Geheimnis ist bei mir gut aufgehoben – auch wenn ich sagen muß, daß es Ihren Worten nach eher ein offenes Geheimnis ist, in das fast ganz Lyme eingeweiht zu sein scheint.«

»Nur die Leute aus der Buddle-Gegend«, sagte Matty widerwillig, »und nur die, denen man vertraun kann.«

»Also ist Mr. Sidmouths Schiff auf Grund gelaufen«, sagte ich nachdenklich, »weil Bill Tibbit unachtsam war oder es beabsichtigte. Und dafür ist Bill Tibbit gestorben, ebenso wie Captain Fielding. Das läßt Sidmouths Fall in einem ganz neuen Licht erscheinen. Denn nun werden seine Motive und seine natürliche Zurückhaltung in der Angelegenheit deutlich.«

»Ich dachte, daß sie wegen Maggie Tibbit hergekommen is«, protestierte Matty, der nun wütend James anblickte.

»So war's auch!« erwiderte der ahnungslose arme Mann bestürzt. »Miss Austen?«

»Das hat nichts zu sagen«, entgegnete ich. »Ich hätte besser jemand anderen fragen und Mr. Hurley nicht bedrängen sollen.« Ich drehte mich um, blickte zum Horizont und versuchte, die Uhrzeit zu schätzen – denn plötzlich war ich mir sicher, daß ich in den verbleibenden Stunden vor dem Dinner noch eine weitere Angelegenheit klären mußte. Es mußte wohl gegen halb vier sein. Gewöhnlich nahmen wir gegen fünf Uhr das Dinner ein. Das würde gerade genügen.

»Sie waren mir sehr behilflich, Mr. Hurley, und ich danke Ihnen – für das, was Sie nicht mitteilen wollten, und das, was Sie mir mitgeteilt haben.« Der bedauernswerte Mann trat von einem Fuß auf den anderen und wollte sich unbedingt aus dem Staub machen, da ihn nun seine angestammte Zuversicht verlassen hatte. Ich griff in mein Ridikül und nahm mehrere Münzen heraus, die ich den beiden Männern in die Hand drückte. Diese verneigten sich dankend, obgleich auch unsicher. Ich meinerseits wollte in die Kirche zurückkehren, um sie allein und unbehelligt ihren Tätigkeiten zu überlassen, so wie ich mich den meinen gern zuwenden wollte – denn ich hatte nicht den Wunsch, beobachtet zu werden, mußte ich mich doch nun zu jenem grausigen Steinverließ begeben, das als Gefängnis von Lyme diente.

Kapitel 21
Die letzte Beichte

24. September 1804, Forts.

Das Gefängnis von Lyme, in dem Mr. Sidmouth festgehalten wurde, befand sich nicht, wie man meinen könnte, auf einem einsamen Küstenabschnitt hoch über der stürmischen See, wo es ringsherum keine Menschenseele gab und einem der Trost menschlicher Nähe versagt blieb, sondern es stand mitten in der Stadt – mit dem Stock davor und einem kleinen Raum für den Gefängniswärter. Während ich auf diesen Ort zuging, wurde ich bestimmt von vielen wachsamen Auge beobachtet. Doch das war mir gleich, denn mein Vorhaben war so dringend, daß jegliche Empfindlichkeit unangebracht war. Ich wußte nicht, ob Mr. Sidmouth Besuch empfangen durfte, doch ich hielt es für möglich, daß mir ein paar Münzen dort, wo Überredungskraft nichts fruchtete, schnellen Zutritt verschaffen würden.

Der Wärter – ein kleiner Mann in rötlichgelber Baumwolluniform mit spitzer Nase und glasigen Augen, der die Angewohnheit hatte, fortwährend zu niesen – erhob sich so rasch wie ein Stehaufmännchen und verbeugte sich tänzelnd vor mir.

»Gordy Trimble zu Ihren Diensten, Madam, auch wenn ich nich wüßte, welchen Dienst Sie *hier* wohl benötigen«, sagte er als eine Art Begrüßung.

»Ich bin Miss Jane Austen«, sagte ich würdevoll, »und bin von der Kirche zu St. Michael's mit einem Korb Proviant geschickt worden – eine Geste der Barmherzigkeit gegenüber dem armen Mann, der in diesen Mauern festgehalten wird.« Nach meiner Trennung von James und Mr. Hurley hatte ich von Miss Crawford den Korb meiner Mutter zurückgeholt, denn ich meinte, daß das Damenhilfskomitee ihn wohl kaum so dringend benötigen würde wie ich. Auf dem Weg zum Gefängnis hatte ich mir die Zeit genommen, Brot, Käse und ein paar Äpfel zu kaufen, und alles im Korb verstaut.

»Armer Mann? Hätte nie gedacht, daß man Seine Gnaden arm nennt, Madam, Tatsache. Wo er sich so erhaben gibt. Ach, nun – in der Welt geht's drunter und drüber, und Gordy Trimble is nich derjenige, der sie in Ordnung bringt.« Dann legte er eine Hand auf den Griff des Korbs, und ich erkannte mit Erschrecken meinen Fehler.

»Ich würde gern selbst diese Sachen überbringen«, sagte ich entschlossen.

»He, meinen Sie etwa, daß ich ihm das alles wegesse?«

»Sicher nicht, daß heißt, ich würde gern einen Augenblick mit Mr. Sidmouth sprechen, da er bald nicht mehr hier sein wird«, stammelte ich.

Das Gesicht des kleinen Mannes verzog sich zu einem boshaften Lächeln. »Sind wohl verliebt in ihn, was? Halb Lyme ist im gleichen Zustand, oder ich bin nicht Gordy Trimble. Die Reihe der Damen, die durch die Tür gegangen sind, könnten einen Priester erröten lassen, ja, so is es. Von der Mademoiselle ganz zu schweigen. Sie verbringt beinah ganze Tage hier, wirklich – auch wenn ich sie nich lange bei ihm sitzen lasse. Steht an der Tür und schmachtet wie 'n krankes Kalb, bis die Sonne untergeht; dann läuft sie wieder nach High Down Grange, um beim Melken dabeizusein.«

»Ist denn die Mademoiselle gerade da?« fragte ich etwas besorgt. Als ich mir so überstürzt vorgenommen hatte, zum Gefängnis zu gehen, hatte ich nicht daran gedacht, daß ich Seraphine hier treffen könnte.

»Nee – Sie werden Ihre fünf Minuten alleine bekommen, schätze ich«, erwiderte der Wärter. »Aber nich länger.« Er blickte in den Korb und tastete mit einem Finger in dem Proviant herum. »Sie bringen meinem Gefangenen doch wohl nich 'n Messer oder 'ne Pistole, oder?«

»Mr. Trimble!« rief ich, »ich bin die Tochter eines Geistlichen.« Ich eilte an ihm vorbei zur Tür des kleinen Verlieses – ein rechteckiges, weißgetünchtes Gebäude mit dicken Mauern und strohgedecktem Dach – und wartete, während er mit den klappernden Schlüsseln hantierte. Mr. Trimble verfügte über eine Vielzahl von Schlüsseln, auch wenn es sich hier nur um einen Raum handelte und nur ein Gefangener zu bewachen war. Ich konnte leise Bewegungen hinter der Eichentür vernehmen und wie eine Stück Kette über den Boden gezogen wurde. Sidmouth hatte gemerkt, daß er Besuch bekam, und war wohl gerade im Begriff, aufzustehen.

Dann sprang die Tür auf. Von dem Heu, das auf dem Fußboden verstreut war, stieg eine Staubwolke auf. Ich mußte niesen und begriff nun auch, warum der Wärter so trändende Augen hatte. Wie konnte Sidmouth das nur aushalten? Doch darüber konnte ich nicht weiter nachdenken, denn die schwere Tür schloß sich hinter mir und ich fand mich mit dem Herrn in einer höchst verschwörerischen Dunkelheit allein. Die Luft war warm und stickig, und es roch leicht säuerlich nach menschlichen Ausdünstungen, saß Sidmouth doch schon eine Weile in dem dumpfen Verlies. Kein Wunder, wenn es einen zum Wahnsinn trieb, so viele Tage hintereinander dort eingesperrt zu sein.

Wenige Schritte vor mir raschelte das Heu. »Wer ist da?« fragte er etwas unsicher. Ich wußte, daß er mich nicht erkannt haben konnte, als ich mit dem Licht hinter mir in der offenen Tür stand. »Es ist nicht Seraphine, aber eine Frau.«

»Miss Austen«, erwiderte ich und war überrascht, daß meine Stimme so sicher und laut klang. Mein Herz schlug ganz aufgeregt, und meine Handflächen wurden feucht. Wie ängstlich ich war, bei einem so simplen Anlaß! Ich hatte schon einmal ein Gefängnis besucht, das weitaus schlimmer gewesen war als dieses, und Übeln böserer Natur gegenübergestanden. Und doch fühlte ich mich heute wie ein schwaches Kind und ebenso mangelhaft auf eine solche Begegnung vorbereitet.

Dann erscholl ein kurzes Lachen, das in der Stille sehr schrill klang und in dem etwas Belustigung mitschwang. »Miss Jane Austen aus Bath, ausgerechnet im Gefängnis von Lyme! Was haben doch die Dinge nur für eine Wendung genommen! Ich sollte mich erheben und Sie mit einer angemessenen Verbeugung begrüßen – doch zur Zeit gelingt mir das nicht. Ich hoffe, Sie werden mir verzeihen und die schlechten Manieren der wahren Ursache zuschreiben.«

Von einem Schlitz hoch oben in der Mauer hinter mir fiel ein dünner Sonnenstrahl herein. Als sich meine Augen an die Finsternis gewöhnt hatten, nahm ich an der rauhen Wand die dunklen Umrisse von Sidmouth wahr. Die Fußknöchel steckten in Fesseln, die in der Mauer verankert waren, so daß er sich kaum bewegen konnte. Einzig seine Arme waren frei. Ich ging einen Schritt auf ihn zu.

»Welchen Grund könnten Sie haben, sich dem Schimpf und Schmäh der Lymener Gesellschaft auszusetzen, indem Sie mich hier aufsuchen?« fuhr der Herr von High Down Grange ruhig fort.

»Ich habe Ihnen etwas zu essen mitgebracht«, sagte ich, setzte den Korb vor seinen Füßen ab und beugte mich hinunter. Ich wollte mich nicht setzen, da ich nicht wußte, ob das Stroh sauber war, aber ich kniete mich hin. »Doch ich will nicht verhehlen, daß diese Sachen nur dem Vorwand dienten, mir Zutritt zu verschaffen, um mit Ihnen zu sprechen. Ich bin in einer höchst dringenden Angelegenheit gekommen.«

»Eine willkommene Abwechslung«, erwiderte er trokken, »da meine Tage hier, wie ich fürchte, ganz ohne dringende Erledigungen sind. Ist es nicht ungewöhnlich, Miss Austen, wie sich unsere Auffassung von Zeit entsprechend dem Maß an Verpflichtungen verändert? Ich bin nun völlig untätig und habe so viel Zeit zur Verfügung, daß ich beinah eine Revolution der menschlichen Verhältnisse herbeiführen könnte, wenn ich nur in Freiheit wäre – denn mir kommt jeder Tag wie ein Jahr vor.«

»Und doch verstreichen die Tage schnell«, sagte ich gereizt, »und die Tage, die Ihnen noch verbleiben, nehmen stetig ab. Ich selbst habe nur fünf Minuten. Die dürfen wir nicht mit Philosophieren vergeuden, Sir. Doch Ihr Gerede von der Revolution bringt mich auf eine Idee – nicht auf Krieg oder Aufruhr, sondern auf das Gegenteil – eine Welt der Vernunft und der Ordnung, ganz gleich, wie unvollkommen sie gewesen sein mag. Mr. Sidmouth, ich habe viele gegensätzliche Gedanken in meinem Kopf gewälzt – denn ich hörte so viele unterschiedliche Berichte über Ihre Geschäfte, daß ich höchst verwirrt war. Einige nannten Sie einen Schmuggler, ebenjenen Reverend, andere nannten Sie einfach einen Schurken. Es hat mich viel Zeit und Überlegung gekostet, hinter die Bedeutung Ihres Tuns zu kommen. Doch ich glaube, daß ich es nun weiß.«

»So klären Sie mich bitte auf, Miss Austen, denn man sagte mir, daß ein paar Sätze genügen würden, um die ganze Sache zusammenzufassen.« Ich konnte sein Gesicht nicht erkennen, doch ich sah seine weißen Zähne aufblitzen und seine Augen leuchten und malte mir aus, daß er höhnisch lächelte. »Es sieht wohl so aus, als sei Captain Fielding in meine Cousine verliebt gewesen und ich wegen ihrer Gleichgültigkeit mir gegenüber so wütend geworden, daß ich den Mann umbrachte. Gibt es sonst eine bessere Schlußfolgerung?«

»Ich muß Ihnen ein Kompliment machen, Sir, denn ich glaube, daß Sie sich mehr beherrschen können, als diese Darstellung nahelegt. Diese Deutung der traurigen Angelegenheit geht jedoch nicht auf die weiße Blume neben Captain Fieldings Leiche ein – eine weiße Lilie, um genauer zu sein. Auch wird damit nicht der Tod von Bill Tibbit erklärt, der am Ende der Cobb gehängt wurde und zu dessen Füßen sich ebenfalls jene Blume befand. Als ich entdeckte, daß Tibbit ein Schiff auf Grund laufen ließ – und daß infolgedessen eine Reihe von Franzosen umkamen –, da war mir das Treiben auf High Down Grange plötzlich klar.«

Ich machte eine Pause, damit sich meine Worte setzen konnten. »Sie haben zwischen England und Frankreich Franzosen geschmuggelt, nicht wahr? Und zwar königstreue Franzosen, wie ich aufgrund des Namens Ihres untergegangenen Bootes und der symbolischen Bedeutung der Fleur-de-lys annehme. Doch solche Männer werden an ihrer heimatlichen Küste keinen schönen Empfang erwarten können, jetzt wo Bonaparte Kaiser ist. Ich kann mir wirklich nicht vorstellen, daß sie zurückkehren und nichts anderes als Napoleons Gesundheit und Sicherheit im Sinn haben. Mr. Sidmouth, handeln Sie mit Attentätern?«

Nun schwieg er vor Überraschung. Dann rasselten seine Ketten. Ich spürte, wie Geoffrey Sidmouths kalte Finger meine Hände berührten, und mußte erschrocken durchatmen.

»Woher wissen Sie so viel?« fragte er leise.

»Sie sind kaum so heimlich und vorsichtig vorgegangen, wie Sie vielleicht denken«, antwortete ich. »Der Ring am Ende der Cobb zum Festmachen der Boote trägt Spuren von grüner Farbe. Sie stammen von dem Ruderboot, das Sie am Strand von Charmouth liegen haben. Als man den Galgen errichtete, stieß das Boot gegen die Mauer und den Ring und hinterließ eine verräterische Spur. Außerdem bin ich mir der Sache so sicher, da ich das Boot auf einem späteren Spaziergang am Strand selbst gesehen habe.«

»Viele Leute besitzen ein solches Boot und könnten es grün streichen, und Spuren der Abnutzung kann jedes Boot auf seiner Oberfläche aufweisen.«

»Sie leugnen also, daß Sie ein solches Boot besitzen?«

Nach einem kurzen Grollen sagte er: »Nein, das tue ich nicht. Sie sind gut im Bilde, Miss Austen.«

Ich zuckte die Schultern. »Es ist wohl unmöglich, so viele Männer für ein so gewagtes Unternehmen zu gewinnen, ohne das jemand von ihnen etwas ausplaudert. Und als Ihr Schiff im letzten Frühjahr auf Grund lief – was Bill Tibbit meines Erachtens mit dem Leben bezahlte –, wandten sich alle Bewohner der Stadt von ihm ab und schienen aus Verletztheit und Stolz eher gewillt zu sein, ihren Verdruß laut werden zu lassen.«

»Die *Royal Belle* stellte einen schweren Verlust dar.« Sidmouth hielt inne, als sei er nicht sicher, wieviel er sagen sollte. »Wegen Tibbits Verrat mußten sieben Männer an Bord ihr Leben lassen, und alle waren aufrichtige und mutige Männer und meine teuersten Freunde.«

»Die fünf Tibbit-Kinder müssen ähnlich verzweifelt sein«, erwiderte ich.

Nun herrschte Schweigen zwischen uns, und in der Ferne hörte ich die Stimme von Gordy Trimble, der draußen in der Sonne seine Späße trieb. Ich sah auf meine Hand, auf deren Handschuh immer noch Sidmouths Finger ruhten. Und mich überkam eine eigenartige Schwere, da ich nun wußte, daß an seiner Schuld nicht mehr zu zweifeln war. Lange noch hatte ich an das Gute in Mr. Sidmouth geglaubt. Auch wenn ich wußte, daß Tibbits Ende am Galgen eine Art Vergeltungsakt war – *ein* Leben für das mehrerer zu Unrecht umgekommener Männer –, so konnte ich mich nicht eines Grausens erwehren, das von mir Besitz ergriffen hatte. Man mußte auch noch an Captain Fielding denken. Wie viele Tote waren nötig, um längst vergossenes Blut zu sühnen?

»Zumindest bin ich für diese Erkenntnis dankbar«, sagte ich mit bebender Stimme. »Ich dachte schon, daß man Sie zu Unrecht hängen würde – und diese Vorstellung hätte mich ein ganzes Leben lang verfolgt. Doch nun versöhnt es mich um so mehr, als Tibbits Blut wirklich an ihren Händen klebt – und an den Händen von Percival Fielding, da er den Mann bezahlte, um das Schiff stranden zu lassen. Doch ich verstehe nicht, was den Captain zu einer solch grausamen Tat veranlaßt haben könnte! Hat er gemeint, daß Sie nur Konterbande beförderten?«

»Das weiß ich nicht.« Sidmouths Stimme war schwer, und nun glitten seine Finger von meiner Hand. »Ich war mir nicht sicher, daß er Tibbit beauftragt hat – aber wenn Sie es sagen, dann besitzen Sie wohl mehr Informationen darüber.«

»Also haben Sie ihn umgebracht, obwohl Sie seine Mittäterschaft anzweifelten?« Ich war erschrocken und erstaunt zugleich. Meine Stimme muß vor Erschütterung gezittert haben.

»*Ich*, ich soll Percival Fielding umgebracht haben? Ich habe den Captain nicht getötet, ganz gleich, wie wenig ich den affektierten Halunken mochte!«

»Aber Sie müssen es doch gewesen sein!«

»Ich war es wirklich nicht!«

»Aber die Hufabdrücke ... die weiße Lilie ...«

»Ich muß Ihnen feierlich versichern, Miss Austen, daß ich die Nacht über sechs Meilen entfernt auf dem Berg von Puncknowle gestanden habe und nach dem Signal eines Schiffs Ausschau hielt, das sehnlichst erwartet wurde. Es traf jedoch nicht ein! Mr. Dagliesh war bei mir, denn er wurde dringend benötigt, und er wird meine Anwesenheit dort während der ganzen Nacht, als Captain Fielding umgebracht wurde, bezeugen.«

Vor meinen Augen tauchte nun die Szene am Strand von Charmouth auf, deren Zeuge ich in der Nacht *nach* Fieldings Tod wurde.

»Haben Sie auf das Boot gewartet, das in der Nacht darauf mit dem Verwundeten eintraf?«

»Woher wissen Sie das?«

»Ich habe gesehen, wie es anlandete.«

»Aber wie nur?« Sidmouths Stimme klang heiser.

»Sie müssen doch die Höhle kennen, am Strand von Charmouth. Ich hatte mich dort versteckt, um so ungestört die Vorgänge am Strand zu beobachten – denn nach ihrer Festnahme durch Mr. Dobbin an jenem Vormittag hatte ich das Gefühl, daß ich selbst überprüfen mußte, ob die Dinge der Wahrheit entsprachen, schien er doch das kaum selbst in die Hand nehmen zu wollen.«

»Die Höhle ...«, Sidmouth zögerte. »Haben Sie die ganze Höhle erkundet?«

»Meinen Sie den Tunnel? Dann wußten Sie also davon und auch davon, daß er in Captain Fieldings Garten endet?«

»Ja. Tatsächlich gab es den Tunnel schon, bevor der Captain das Haus pachtete, denn es war einst für einen anderen Gentleman gebaut worden, der mehr dem Schleichhandel zugeneigt war, aber inzwischen aus der Gegend geflohen ist, Miss Austen. Sie müssen wissen, daß die Herren der Nacht schon lange ihr Unwesen an dieser Küste treiben – seit ungefähr hundert Jahren –, und Fieldings Haus ist mindestens so alt. Er mag den Ort ein wenig durch seinen Gartentempel und alte Statuen verschönert haben, doch der unterirdische Gang durch die Klippen wurde nicht auf seine Veranlassung hin gegraben.«

»Jedoch«, überlegte ich, »er könnte ihn für solche heimlichen Zwecke benutzt haben. Ich entdeckte, daß der Lagerraum mit Waren gefüllt war, die offenbar aus dem Schmuggelgeschäft stammten, was mich äußerst verwunderte.«

Sidmouth lachte kurz auf. »Weil sich Fielding als Vertreter des Gesetzes gab, meinen Sie, und als enger Vertrauter des obersten Zollbeamten? Doch sagen Sie mir das eine, Miss Austen, wie hat Fielding Ihrer Meinung nach seinen Lebenstil aufrechterhalten können? Mit seiner Pension von der Marine?«

»Ich nahm an, daß er seinen Wohlstand der Eroberung einiger Schiffe verdankte*«, entgegnete ich. »Sie würden ihn dem Schmuggel zuschreiben?«

* Während der Napoleonischen Feldzüge machten Marineoffiziere – wenn sie überlebten – häufig mit dem Kapern feindlicher Schiffe und ihrer Ladung ein beträchtliches Vermögen. Jane Austens Brüder bei der Marine berichteten oft von solcher Beute, und sie beschreibt diese Art eines raschen Aufstiegs in ihrem Roman *Überredung*: Captain Wentworth beginnt seine Karriere 1802 ohne Vermögen und beschließt sie Jahre danach als reicher Mann. – *Die Herausgeberin*.

»Nicht dem Schmuggel. Nein. Ich glaube, daß Fielding seinen Wohlstand den Aufmerksamkeiten anderer zu verdanken hat, die sich ihm dankbar zeigten. Für gewisse Herren der Nacht schien ein kleiner Ausdruck des Dankes – eine Schachtel vom feinsten Darjeeling oder ein Faß französischen Brandys – für seine Verschwiegenheit und seine Bemühungen, ihre Entdeckung zu verhindern, ein angemessenes Geschenk zu sein.«

»Bestechung«, sagte ich langsam. »Das könnte zu ihm passen. Wir dürfen wohl annehmen, daß er jene Waren, die er nicht verwenden konnte, verkaufte und so sein Einkommen aufbesserte.«

Nun trat eine kleine Pause ein, da ich über die Falschheit des Captain nachgrübelte.

»Das mit der Höhle begreife ich, aber wie konnten Sie den Tunnel überhaupt entdecken?« fragte Sidmouth.

»Ich bin zwei Männern ins Höhleninnere gefolgt.« Bewußt drückte ich mich nicht genauer aus. Ich wollte Sidmouth gegenüber jetzt nicht zugeben, daß ich erwartet hatte, Dick und Eb machten sich nach High Down Grange auf. »Ich war mir sicher, daß ihr Treiben verdächtig war, und so wollte ich mehr herausfinden. Dabei stieß ich nur auf verwirrende Tatsachen. Heute kann ich daraus schließen, daß sie etwas von den Geschenken, mit denen man Fieldings Schweigen erkauft hatte, zurückholen wollten – denn sie durchsuchten den Lagerraum äußerst gründlich. Doch es war umsonst. Ziemlich enttäuscht verließen sie den Ort wieder.«

Der Herr von High Down Grange zeigte an dieser Stelle kein Zeichen von Erstaunen. Mit derartigen Gefühlsaufwallungen hatte er abgeschlossen. Es lag nicht in meiner Macht, ihn zu überraschen. »Haben die beiden Kerle gesehen, wie das Boot anlegte?« fragte er etwas beunruhigt.

Ich schüttelte den Kopf. »Sie tauchten erst nach Ihrem merkwürdigen Ruderboot auf.«

»Das war die *Gascogne*, das Boot, daß Sie bereits an jenem Strand gesehen hatten. An Bord war mein Cousin Philippe, Mademoiselle LeFevres Bruder.«

»Derselbe, der unter Napoleon dient?«

»Derselbe, der unter Napoleon *gedient hat* – als Spion für die Königstreuen – und dafür beinah mit seinem jungen Leben bezahlt hätte. Wenn es in diesen Zeiten noch etwas Tröstliches für mich gibt, so die Nachricht von Seraphine, daß der Junge überleben wird. Wäre er nicht in Boulogne stationiert gewesen, wo sich die Truppen auf die Invasion Napoleons in England vorbereiteten, dann hätte er nicht fliehen können, als man ihn schließlich entdeckte. Ihm gelang die Flucht, auch wenn er ernstlich verwundet wurde, und obwohl sich das Boot wegen des Unwetters verspätete, legte es einen Tag später sicher an – und zwar in Charmouth und nicht am Strand von Chesnil. Auch wenn ich nicht dabei sein konnte, so war Dagliesh zumindest anwesend.«

Ich mußte tief Luft holen. Was dieser Mann für ein stürmisch bewegtes Leben hatte! Mit solch einer Leidenschaft, und das ganz uneigennützig! Und nur um in der Schlinge zu enden – doch zweifellos hatte er solch eine Möglichkeit einkalkuliert, als er sich zum erstenmal mit dem Geschäft der Entthronung von Herrschern einließ, ganz gleich, wie rasch diese Emporkömmlinge auch an die Macht gespült wurden.

Ich hockte mich auf meine Fersen zurück. »Aber wenn Sie Captain Fielding nicht umgebracht haben, wer sonst hat den tödlichen Schuß abgegeben?«

Sidmouth schüttelte den Kopf. »Ich weiß es nicht. Ich habe schon reichlich darüber nachgegrübelt – denn der Mörder des Captain hat große Anstrengungen unternommen, mich massiv zu belasten. Daraus spricht eine gewisse Kenntnis meines Hauses und bestimmter meiner Gewohnheiten, was höchst beunruhigend ist, und auch der Wunsch, mir großen Schaden zuzufügen.«

Es klopfte an der Tür. »Aus den fünf Minuten wurden zehn, Miss Austen! Nun aber raus!«

»Ich bitte Sie, noch einen Moment, Mr. Trimble!« rief ich und wandte mich rasch zu Geoffrey Sidmouth um. »Es ist schmerzlich für mich, etwas so Persönliches anzuschneiden, das auch für Sie schmerzlich sein muß. Aber ich muß meine finstersten Gedanken äußern, so wie ich es bisher getan habe. Ist es möglich – halten Sie es nach Ihrem Gefühl für möglich –, daß Seraphine in Ihrer Abwesenheit den Mord begangen hat?«

»Seraphine? Das ist absurd!«

»Ich will damit nicht sagen, daß sie den Captain getötet hat, um Sie zu belasten«, fügte ich auf seinen Protest hin rasch hinzu. »Sie ist ihm vielleicht zufällig begegnet und fürchtete, daß sich jener Vorfall von vor wenigen Wochen, der sie so sehr ängstigte, wiederholen könnte. Und so zielte sie auf ihn, da sie meinte, sich verteidigen zu müssen, und verließ dann fluchtartig den Ort des Geschehens. In diesem Augenblick kann sie unmöglich an die Hufspuren gedacht haben.«

»Aber die Lilie«, erwiderte Sidmouth. »Wer führt schon um Mitternacht eine solche Blume bei sich?«

»Vielleicht hatte sie sie bei sich, weil sie bei einem Ihrer Royalisten, der sich draußen auf dem Lande versteckt hielt, etwas zu erledigen hatte, und legte die Blume dann in dem Glauben neben den Captain, daß er hinter dem Unglück mit der *Royal Belle* steckte.«

»Das könnte so gewesen sein«, sagte Sidmouth langsam. »Denn anders kann man sich die Hufspuren kaum erklären. Sie haben da etwas sehr Überzeugendes vorgebracht, Miss Austen.« Er hob den Kopf, und ich konnte wieder das Funkeln seiner Augen sehen. »Ich wünschte, das es nicht so wäre. Doch das hat keine Bedeutung. Ich habe die Last dieses Todes auf mich genommen. Und vielleicht ist es nur gerecht, daß ich an Stelle von Seraphine angeklagt werde, so wie zweifellos jemand anderes in der Sache Bill Tibbit für mich sterben mußte.«

»Über Bill Tibbits Tod wird nicht weiter nachgeforscht

werden«, sagte ich abwinkend. »Dieser Fall wird einer Fehde unter den Fischern zugeschrieben und ist ad acta gelegt. Mr. Dobbin, der Richter, wird sich nur Angelegenheiten von Standespersonen zuwenden – so wie dem Fall des Captain. Nun verstehe ich, warum Seraphine mitten in der Untersuchung so gelitten hat. Sie ahnten die Wahrheit und drängten sie deshalb zu schweigen, nicht wahr?«

»Davon hatte ich wirklich keine Ahnung. Ich wollte nur, daß sie nicht verriet, wo ich und Dagliesh in der Nacht des Mordes an Fielding gewesen waren, denn ich hatte die Befürchtung, all unsere Pläne würden sonst zunichte gemacht. Und nach einigem Überlegen scheint es mir nicht unwahrscheinlich, daß es sich so verhielt, wie Sie sagten. Seraphine hatte allen Grund, den Captain zu hassen und sich auf der einsamen Straße vor ihm zu fürchten.«

»Was war denn zwischen ihnen vorgefallen?« fragte ich neugierig.

Wieder klopfte Trimble an.

»Ich komme sofort! Ich warte nur noch auf meinen Korb!« rief ich.

»Ich sehe keinen Grund, Ihnen das zu verschweigen«, sagte Sidmouth, »denn ich weiß, daß ich mich auf Ihre Diskretion verlassen kann.«

»Mir hat man erzählt, daß Fielding die Dame rettete, als sie vom Pferd gefallen war, und daß er versuchte, sie nach High Down Grange zu tragen. Da kam Mr. Crawfords Kutsche vorbei.«

Ich sah seine Zähne blitzen, sicher lachte er verbittert.

»Er selbst hat sie mit einer irreführenden Nachricht auf die Straße hinausgelockt – mit einem angeblichen Hilferuf von einem unserer Royalisten, der sich in der Pinny versteckt hielt«, sagte Sidmouth. »Der Brief war mit dem Zeichen der weißen Lilie versehen. Sie sollte sich in den frühen Morgenstunden zu einem einsamem Ort unweit des Hofes begeben, wenn der Mond schon untergegangen war.« Er hielt inne, um tief Luft zu holen.

»Sie kennen die Straße zu nächtlicher Stunde; Sie wissen sehr gut, daß man dort kaum auf Hilfe hoffen kann, wenn einem etwas zustößt. Als Seraphine dort eintraf, war Fielding schon an Ort und Stelle. Sie wußte, daß er sie überführen wollte. Also floh sie und wäre beinahe entkommen, als sie von seinem Pferd überholt wurde. Er versetzte ihr mit seinem Peitschengriff einen so heftigen Schlag auf den Kopf, daß sie bewußtlos vom Pferd stürzte. Allein der Gnade Gottes ist es zu verdanken, daß sie keine schwerere Verletzung erlitt.«

»Doch mit welcher Absicht tat er das nur?« rief ich.

»Wir nehmen an, daß er sie für eine gewisse Zeit gefangenhalten wollte, um aus ihr jene Nachricht herauszupressen, die für unsere Sache vernichtend gewesen wäre.«

»Aber warum nur? Welchen Grund könnte Fielding gehabt haben, Ihre Unternehmungen zu behindern? Er war Offizier der Königlichen Marine. Sollte nicht der Sturz Napoleons im Interesse aller sein, die sich zu dieser ehrwürdigen Einrichtung zählen?«

»Allen, die zur Zeit nicht aus der Schatztruhe des Ungeheuers Napoleons leben«, erwiderte Sidmouth bitter. »Schon seit vielen Jahren habe ich Captain Fielding für einen Spion der Franzosen gehalten. Doch erst in den letzten Monaten hat er sein wahres Gesicht gezeigt, nämlich als er versuchte, meine Methoden zu erkunden. Er spielte den Helfer der Zollbehörde und sah zu, daß ganz Lyme ihn dafür hielt. Doch in seiner Niederträchtigkeit hatte er weit mehr als nur den illegalen Freihandel im Visier. Mit seinem Tod ist nun alles vorbei.«

Ich konnte Mr. Trimble nicht länger hinhalten. So tat ich, als ob ich aufbrechen wollte, doch meine Knöchel waren von meiner kauernden Haltung fast taub geworden. Unweigerlich kam mir der Gedanke, daß ich Geoffrey Sidmouth nie mehr wiedersehen würde, und eine tiefe Gemütsbewegung erfaßte mich. Schnell nahm ich Brot, Käse und Äpfel aus dem Korb und hing ihn mir über den Arm. Ich wollte mich schon umdrehen, da ich in meiner Verzweiflung nicht wußte, wie ich laut *adieu* sagen sollte, da griff Sidmouth meine Hand und drückte sie fest.

»Wenn Sie gehen, ohne ein Wort zu sagen, dann reißt es mir das Herz aus dem Leib«, sagte er barsch. »Wie wenig Sie auch meine Taten billigen können – sie mögen verachtenswert und unrecht erscheinen –, verwehren Sie mir nicht Ihren gütigen Trost! Ein Wort des Abschieds, ich flehe Sie an, zu einem Mann, dessen Schicksal so ungewiß ist!«

Schweigend starrte ich ihn an, beinahe ganz benommen. Einen Moment später hatte er mich zu sich gezogen und an sich gedrückt, was wegen seiner Ketten höchst beschwerlich war. Ich hatte das Gefühl, von Eisen umspannt zu sein, und schloß darauf die Augen, bis ich seine sanften Lippen auf den meinen spürte.

»Werden Sie denn wirklich sterben müssen?« fragte ich stockend.

»So sieht es wohl aus«, antwortete er etwas verbittert. »Es sei denn, daß auf der Welt plötzlich das Chaos hereinbricht und Feuer die Erde überzieht und diese Fesseln von mächtigeren Händen als den meinen gelöst werden. Aber weine nicht, liebe Jane! Vielleicht werden wir uns wiedersehen – auch wenn es nur im Jenseits ist!«

Ich spürte, wie mir Tränen in die Augen schossen, und so stand ich auf, da ich weder den Wunsch hatte noch dazu in der Lage war, länger zu verweilen. An der Tür zum Verlies drehte ich mich noch ein letztes Mal nach Geoffrey Sidmouth um.

»Es mag vielleicht Männer geben, die sich eines Ansehens rühmen können, das weniger beschadet ist«, sagte ich, »aber nicht größerer Tapferkeit. Zu wissen, daß ich Ihre Freundin bin, bedeutet mir wirklich sehr viel. Adieu, Mr. Sidmouth – nur Mut in dieser schrecklichen Stunde!«

So klopfte ich an die Tür und trat ins Tageslicht hinaus, wo ich von den neugierigen Augen von Gordy Trimble empfangen wurde. Mochte jener nur denken, was er wollte.

Eine Beschwörung des Feuers und eines hereinbrechenden Chaos. Das war eine nette Rede für einen Mann, der über sein Schicksal nachdachte. Ich schenkte diesen Worten nicht mehr Beachtung als einem Vers von William Cowper – sie waren sicherlich bewegend und wohl gewählt, doch als Prophezeiung kaum von Bedeutung. Langsam lief ich nach Hause, wo ich lustlos das Abendessen einnahm, da ich ohne Scham meinen Gedanken nachhing. Die wenigen Augenblicke, die ich in Sidmouths Armen gelegen hatte, mußten förmlich die Prinzipien einer Frau untergraben (ja, selbst die der Tochter eines Geistlichen), und bei dem Gedanken, daß ich ihn nie wiedersehen sollte, wurde ich ganz melancholisch. Aufmerksam beobachtete mich mein Vater, doch er hielt seine Fragen zurück. Selbst James – der den Grund meiner Bedrücktheit nicht kannte – klang etwas mitleidig, als er mir gute Nacht wünschte.

»Du bist also von deinem freien Tag zurück?« fragte ich und hielt mich dabei mit einer Hand am Treppengeländer fest. Meine Eltern waren vor mir zu Bett gegangen und hatten es mir überlassen, das Haus mit dem Diener abzuschließen, wobei uns nur eine dünne Talgkerze den Weg leuchtete. Sollte tatsächlich eine schmale Mondsichel am Himmel stehen, so war sie von dicken Wolken verdeckt, und jenseits der Fenster lauerte eine schwarze Nacht. »Ich hoffe nur, daß du deinen Tag nicht ganz in meine Dienste stellen mußtest.«

»Überhaupt nich, Miss – auch wenn es mir nichts ausmachen würde, wenn's so wäre.«

»Ich bin dir für deine Bemühungen und Mitteilungen sehr verbunden, James.«

Er lief rot an und wußte nicht, wo er hinschauen sollte. Plötzlich schien ihm etwas einzufallen, und er war erleichtert darüber, daß ihm das einen Grund zu sprechen gab. »Verzeihn Sie, Miss, aber wir habn vergessen, von einer Sache zu redn, mit Matty Hurley heute nachmittag.«

»Ach ja?«

»Sie haben sich gefragt, was er wohl für ’ne Aufgabe in den Banden hat, wenn ich mich recht erinnre.«

»Ja.«

»Und ob er jemals mit Bill Tibbit für den nun toten Captain gearbeitet hat.« Mit einem beruhigenden, dumpfen Geräusch schob James den Riegel der Vordertür des Hauses zu.

»Du brauchst weiter keine Erkundigungen von Mr. Hurley einzuholen, James«, fing ich an, »denn ich habe heute nachmittag etwas Wichtiges erfahren, womit sich alle Fragen über den Garten des Captain erübrigen.«

James zuckte die Achseln. »Weiter keine Erkundigungen einholen«, wiederholte er. »Ich und Matty habn schon darüber gesprochen. Hat nie mit Bill beim Captain gearbeitet, der hat sich seine eignen Leute gesucht, verschwiegene, und hat sie richtig bezahlt. Sieht so aus, als ob Bill drei oder vier Monate oben an der Charmouth Road zugebracht hat, als er nich zum Trinken in die ›Drei Becher‹ kam.«

Nun flackerte mein Interesse doch auf, auch wenn all meine Fragen hinsichtlich des Tunnels geklärt waren. »Und hat Captain Fielding nur den einen Mann eingestellt?«

James schüttelte den Kopf. »Es gab noch ein oder zwei andere. Dick Trevors und Martin Clive vielleicht und den alten Ebenezer Smoot, der mit der hohen Stimme und der weichen Birne.«

»Dick und ... Ebenezer?« Meine Stimme zitterte, wie ich bekennen muß.

James nickte und blieb am Fuße der Treppe stehen, da er mich zur Nacht verabschieden wollte. »Marty is letzten Mai an Fieber gestorbn, und Dick und Eb hab ich lange nich mehr gesehn.«

»Ich glaube, sie sind nach London gegangen«, sagte ich trocken und erinnerte mich an ihre Angst vor dem Reverend und an seinen verschwundenen Seidenstoff, »in ziemlich dringenden Angelegenheiten. Weil etwas Wertvolles von ihrem derzeitigen Auftraggeber nicht auffindbar war.«

»Sind sie etwa fort und haben von Mr. Crawford geklaut?« rief James überrascht aus.

»Von Mr. *Crawford*?«

»Ach. Die habn fast den ganzen Sommer über bei der Ausgrabung gearbeitet und in seiner kleinen Schmiede.« Verwundert kratzte sich der Diener am Kopf. »Dick und Eb mit Mr. Crawfords Besitz fort! Das is ja was. Was wolln die bloß mit 'n paar Steinbrocken?«

Kapitel 22

... und Absolution

25. September 1804

Mr. Crawford, der Dick und Ebenezer eingestellt hatte – Mr. Crawford, der durch seine Leidenschaft für Fossilien die Küste von Charmouth unbehelligt beobachten konnte und der tagtäglich mehrere Arbeiter an Ort und Stelle hatte und über eine höhlenartige Grube verfügt, in der er leicht einen geheimen Raum für die Lagerung von Schmuggelware hätte einrichten können – Mr. Crawford, dem sein Auftreten und Ansehen die Gewähr bot, daß man nie nach der Herkunft seiner Besitztümer fragte, so daß er ohne weiteres seinen ruchlosen Geschäften nachgehen konnte. Mr. Crawford, dem es nie an Tee oder den besten Brandysorten fehlte und dessen Schwester in die herrlichsten Kleider aus schwarzer Seide gehüllt war, von denen ein Schneider nur träumen konnte; Mr. Crawford, dessen Vermögen so reichlich bemessen schien, trotz seiner Großzügigkeit gegenüber Freunden und der Freigebigkeit, durch die sich andere ihm nur allzu oft verpflichtet fühlten – eine Verpflichtung, die vielleicht an Wohlwollen und Verschwiegenheit gebunden war, sollten jene Freunde je seine Tätigkeiten genauer erkunden wollen.

Mr. Crawford, der von Sidmouths Gewohnheit wußte, die Hufeisen seiner Pferde mit seinen Initialen zu markieren, und der bemüht war, all seine Dinnergäste davon zu unterrichten, nur einen Tag vor dem unerwarteten Tod Captain Fieldings. Mr. Crawford, der durch seine Freundschaft zu Sidmouth auch in die Sorgen des Mannes eingeweiht gewesen sein mag und dem die Bedeutung der weißen Lilie zu Füßen des Toten bekannt war und dessen

Betroffenheit angesichts der Hufspuren, die auf seinen Freund hindeuteten, ihn von jeglichem Verdacht befreite – besonders von dem Mr. Dobbins, des Richters, von dem nicht zu erwarten war, daß er jenen Herrn überhaupt mit einem Verbrechen aus Leidenschaft in Zusammenhang brachte. Mr. Crawford, dessen Schmiede bei den Gruben ihm leicht dazu gedient haben mag, ein gewisses Paar Hufeisen zu fertigen, ehe er jenen Mann ermordete, dessen Beziehungen zu Roy Cavendish, dem obersten Zollbeamten von Lyme, seinen lukrativen Handel beträchtlich gestört hatten.

Mr. Crawford, der Reverend! Und Percival Fieldings Mörder! Das überstieg selbst meine Veranlagung zu zynischen Vermutungen.

Erschüttert setzte ich mich auf die unterste Stufe. Wachs von der brennenden Kerze tropfte auf meine kraftlosen Finger. James konnte daraufhin einen besorgten Seufzer nicht unterdrücken und sank neben mir auf die Knie.

»Verehrte Miss!« rief er. »Fühln Sie sich nich wohl? Was mag ich nur gesagt haben?«

Ich reichte ihm meine zitternde Hand, um ihn zu beschwichtigen. »Es ist nichts, James, nichts, nur eine kleine Unpäßlichkeit. Mir wird es gleich wieder besser gehen.«

»Vielleicht ein Glas Wasser?« Er stürmte in die Küche, hantierte im Schrank herum und kehrte unverzüglich mit einer bis zum Rand gefüllten Tasse Tee zurück. »Trinken Sie das jetzt aus, Miss, und Sie werden sich besser fühln.«

Ich schob seinen Arm beiseite und stand auf. Meine Kräfte waren fast ganz dahin. »Ich muß sofort aufbrechen«, sagte ich. »Ich muß mit Mr. Dobbin sprechen!«

»Zu dieser Stunde?« James Stimme klang voller Zweifel, und ich sah an seinem Blick, daß er meinte, ich hätte den Verstand verloren. »Er wird sicher zu Bett sein oder kurz davor.«

»Das ist mir gleich. Der Mann muß aufgehalten werden.«

»Welcher Mann, Miss?«

Ich stieg, so schnell ich konnte, die Stufen hinauf, griff Haube und Umhang und beachtete kaum meinen Vater, der ganz verwundert in Nachtgewand und Schlafmütze aus seinem Schlafzimmer getreten war.

»Hast du die Absicht, jemandem einen Besuch abzustatten, meine Liebe? Und das mitten in der Nacht?«

»Es ist noch nicht nach zehn«, erwiderte ich verärgert und wandte mich eilig von ihm ab. »Ich gehe nur zu Mr. Dobbin und bin sofort wieder zurück.«

Mein Vater schien zu begreifen. »Aber kennst du denn den richtigen Weg? Sollte ich nicht besser mitgehen?«

Nun mußte ich innehalten, ich hatte nicht die geringste Ahnung, wo der Friedensrichter zu finden war. »Ich werde James bitten, mich zu begleiten«, sagte ich mit einer Entschlossenheit, die keine Widerrede duldete. »Er wird den Weg kennen und könnte mir mehr Schutz bieten als du, wenn ich welchen brauchen sollte. Beunruhige dich nicht, Vater, und sieh zu, daß Mutter nichts davon erfährt. Sag ihr, wenn es nicht anders geht, daß man mich zu einer kranken Freundin gerufen hat – zu Mrs. Barnewall –, auf ihren Wunsch hin.«

»Bist du sicher, Jane, daß du in deinem Wohlwollen so weit gehen mußt?«

»Die Gerechtigkeit verlangt es, Vater. Ich werde bald zurück sein.« Ich küßte ihn rasch, und er legte mir als Zeichen seines Segens eine Hand auf den Kopf. Dann entfernte ich mich eilig, wobei mein Wollkleid schwungvoll rauschte.

Als James und ich über die Schwelle von Wings Cottage traten und die Broad Street entlang auf das Stadtinnere zu liefen, staunten wir über den glühenden Schein am Horizont – der an einem so düsteren Himmel unerklärlich schien. Bestürzt blieben wir stehen und vergaßen angesichts des lodernden Leuchtens für einen Moment unser Vorhaben. Dann bemerkten wir im Wind den beißenden Geruch von verbranntem Holz und Teer.

»Feuer! Feuer!«

Es herrschte ein großes Durcheinander. Die alten Holzhäuser inmitten der Stadt standen in Flammen. Das Feuer züngelte an den gepflasterten Fußwegen entlang, konnte aber nicht übergreifen, und so verschlang es unter lautem Krachen und Funkengestöber gefräßig ein Strohdach nach dem anderen, so daß man meinen konnte, es finde eine wild ausgelassene Feier statt, als würde der Teufel selbst ein Fest abhalten. Mehrere größere Häuser der Silver Street standen in Flammen, und in einer langen Kette reichten sich Männer von der großen Zisterne der Stadt her Wassereimer zu. Doch das waren nur Tropfen auf den heißen Stein, das Wasser vermochte nicht, das Unheil aufzuhalten. Zumindest bot die – wenn auch vergebliche – Mühe, es einzudämmen, den Zuschauern einen tröstlichen Anblick.

»Wie hat es angefangen?« fragte James mit heiserer Stimme einen Mann, der gerade vorbeiging.

»Weiß nich«, antwortete der. »Spielt das 'ne Rolle?« und er drückte meinem Diener einen Leinensack und eine große Schaufel in die Hand. »Lauf zum Feuerschutz dort drüben und fang mit dem Schaufeln an. Kommen die Flammen zu nah, dann erstick sie mit dem Sack.«

James zögerte nicht. Unverzüglich verschwand er in einer dicken Rauchwolke und in der Menschenmenge, die sich vor dem Feuer versammelt hatte. So fand ich mich am Rande der Hölle allein.

Entsetzt blickte ich auf das Geschehen, denn ich erinnerte mich an die Worte, die Sidmouth erst vor ein paar Stunden gesprochen hatte – *es sei denn, daß auf der Welt plötzlich das Chaos hereinbricht und Feuer die Erde überzieht* – und das so rasch. Ich glaube, ich *wußte*, wie das Feuer ausgebrochen war, das jetzt die Leute ablenkte. Wenn die Einwohner in einer Stunde der echten Gefahr nun all ihre Anstrengungen auf das Feuer richteten, dann würden sie wohl kaum das Gefängnis im Auge behalten. Die Royalisten hatten ausgeführt, was ihr Anführer vorhergesagt hatte.

Feuer regnete vom Himmel, und es herrschte Chaos.* Und inmitten des Durcheinanders wußte ich, daß Sidmouth geflohen war.

Ich wandte mich von der Silver Street ab und tauchte in einer engen Gasse unter, die zu dem Gefängnis mit seinen weißgetünchten steinernen Mauern führte. Das Feuer befand sich noch weit genug entfernt und bedrohte eher eine Reihe wertvoller Geschäfte, so daß alle völlig darauf konzentriert waren. Nach wenigen Schritten befand ich mich schon vor Gordy Trimbles Unterkunft. Es war niemand da, die Tür stand sperrangelweit auf. Ich machte mir nicht die Mühe hineinzuschauen, denn ich wußte, daß die Eisenketten vom Hieb einer Axt gesprengt worden waren und der Gefangene ins Dunkel verschwunden war.

Etwas unentschlossen drehte ich mich um und wäre beinah mit einem Mann hinter mir zusammengestoßen.

»Miss Austen!« rief dieser und verneigte sich trotz des Tumults um uns herum.

»Mr. Crawford!« erwiderte ich mit bebender Stimme und wünschte mir plötzlich, James wäre an meiner Seite. »Wie ich sehe, hat Sie der Brand herausgelockt!«

»Warum auch nicht? Von Darbys höchstem Punkt aus habe ich den Flammenschein bemerkt, habe dann noch gewartet, bis Miss Crawford etwas Brot und Käse zusammengepackt hat, habe mich auf mein Pferd geschwungen und bin in die Stadt gestürmt. Sie können ja nicht wissen, daß wir hier entlang der Küste oft von Feuersbrünsten

* Die Beschreibung der Feuersbrunst in Lyme befindet sich in keinem der noch erhaltenen Briefe der Autorin an ihre Schwester Cassandra. Vermutlich stand sie in einem jener Briefe, die Cassandra vor ihrem Tode vernichtet hat, wie wir wissen, da sie zu viel über Janes persönliches Leben enthüllten. Brief #57 der Ausgabe *Jane Austen's Letters* von LeFaye spielt auf den Brand an. Nach LeFaye bezieht sich diese Stelle auf das in anderen Quellen belegte Feuer vom 5. November 1803. Der hier geschilderte Brand, der zehn Monate später auftrat, kann tatsächlich jener sein, auf den sich Jane in Brief #57 bezieht. – *Die Herausgeberin.*

heimgesucht werden. Ein ähnlicher Brand hat vor fast einem Jahr den unteren Teil der Stadt fast niedergebrannt. In solch einer Stunde muß jedermann zupacken.«

Während wir uns einige Straßen vom Feuer entfernt befanden, zu dessen Bekämpfung er von so weit herbeigeeilt war, wirkte sein ehrliches Gesicht unter dem schütteren Haar so heiter wie eh und je, und er verriet nicht die leiseste Spur seiner Neigung zum Bösen oder davon, daß unsere Bestrebungen höchst unvereinbar waren. Ich schlug ihm lieber nicht vor, doch näher zum Flammenherd vorzudringen, weil ich kein Mißtrauen erwecken wollte. Und so bemühte ich mich, ihn glauben zu machen, allein die Feuersnot sei Ursache meiner Besorgnis.

»Aber, Miss Austen, was tun Sie denn hier – fern von Zuhause und von den Flammen?« fragte er und beugte sich näher zu mir. Habe ich es mir nur eingebildet, oder schwang in seiner Stimme ein schärferer Unterton mit?

»Ich habe mir das Treiben zuerst aus der Nähe angesehen«, wagte ich nun zu sagen, »bin dann aber vor der Gluthitze und dem Lärm der Leute in diese Gegend geflüchtet, um Atem zu schöpfen. Ich weiß kaum, wo ich hier bin.«

»Ich glaube«, erwiderte Crawford, »daß Sie sich in allernächster Nähe zum Gefängnis von Lyme befinden.« Bei diesen Worten spähte er über meine Schulter in den Hof dahinter, und seine Augen weiteten sich. »Ich sehe, daß sich Sidmouths Freunde – falls er überhaupt noch welche haben sollte – den Tumult zunutze gemacht und seine Flucht bewerkstelligt haben. Mr. Dobbin muß informiert werden!«

Ich drehte mich um und tat so, als sei ich ebenso überrascht wie Mr. Crawford, auch wenn ich glaubte, daß keiner von uns etwas Unerwartetes sah. So konnte ich ihn einen kleinen Moment aufhalten, ehe ich ihn darin bestärkte, sich rasch zum Friedensrichter zu begeben.

»Beeilen Sie sich, Mr. Crawford, Sir, sonst wird der Schurke noch in dem allgemeinen Wirrwarr untertauchen!« rief ich mit jener Hitzigkeit, mit der ich den Mann loswerden wollte. »Da sich solche Verbrecher draußen herumtreiben, sollte ich lieber nach Wings Cottage zurückkehren und im Kreis meiner lieben Familie Schutz suchen, bis alles wieder seine Ordnung hat. Ich muß Ihnen sagen, daß ich von solch entsetzlichen Abenteuern – wie der äußersten Mißachtung des Anstands oder dem Hang zur Revolution – keine Ahnung hatte, als ich nach Lyme kam. Während unseres Aufenthalts hier waren wir einer Reihe von Anfechtungen ausgesetzt. Ich wundere mich, daß Sie wie auch Ihre gute Schwester es so lange an einem solchen Ort ausgehalten haben.«

»Es ist gut möglich«, erwiderte er, »daß wir demnächst fortziehen – denn ich muß zugeben, Miss Crawford hat ähnliche Ansichten wie Sie, Miss Austen. Doch ich kann Sie jetzt kaum allein gehen lassen – ich fürchte, ich muß Sie begleiten –, sonst könnte Ihrer zarten Person noch etwas zustoßen, wo doch auf den Straßen allgemein so eine Rücksichtslosigkeit herrscht.«

»Um alles in der Welt möchte ich jetzt nicht Ihr Vorhaben hinausschieben!« rief ich mit aller Bestimmtheit. »Bedenken Sie nur die Folgen!«

»Sehr wahr«, sagte er etwas zögernd. Ich merkte, daß er alles andere als das Haus des Richters im Sinn hatte. Er wollte einzig sichergehen, daß ich ihm nicht mehr im Weg stünde, damit er Sidmouth verfolgen konnte. Crawford hatte seine Pläne viel zu sorgfältig vorbereitet, als daß er sie so leicht vereiteln ließ. Sidmouth mußte als Sündenbock für die Verbrechen Crawfords herhalten. Sollte der Mann infolge des Feuers entkommen und nie wieder auftauchen, um so besser. Plötzlich wußte ich, was Crawford vorhatte. Er würde am Strand unterhalb von High Down Grange nach Sidmouth suchen. Dieser würde sicher auf ein Boot warten, das ihn fortbrachte. Sein Freund hatte keine Veranlassung, Crawford zu mißtrauen, und würde ihn mit offenen Armen empfangen, wenn dieser ihm angeblich zu Hilfe eilte. Dann fehlte nur ein Dolchstoß ins Herz oder die Übergabe in die Hände der Justiz, und seine Täuschung wäre perfekt.

Sidmouth mußte um jeden Preis gewarnt werden.

Ich knickste vor Crawford und setzte ein falsches Lächlen auf. »Mir wird schon nichts zustoßen, das versichere ich Ihnen«, sagte ich und wandte mich ab. »Ich könnte nicht mehr sorglos schlafen, Mr. Crawford, wenn Sie nicht umgehend zu Mr. Dobbin eilten. Gott verhüte, daß Jane Austen Ihrem Gang zum Richter im Wege stünde!«

Für den Fall, daß mir Mr. Crawford folgen sollte, wollte ich vorerst schleunigst nach Wings Cottage zurückkehren. Denn ich wußte nicht, inwieweit er mir auf die Schliche gekommen war und ob ihn mein Auftauchen in der Nähe des Gefängnisses mißtrauisch gestimmt hatte. Ich war sehr darauf bedacht, daß er glaubte, ich hielte Mr. Sidmouth für schuldig, und daß meine Pläne unentdeckt blieben. Doch ich wußte, daß Crawford keine Zeit verschwenden würde und schon zu Pferde saß. So verweilte ich nicht länger im Haus, als nötig war, um die hinderliche Haube und den Umhang abzulegen und meine dicken Stiefel anzuziehen. Dann stieg ich die Stufen zum hinteren Garten von Wings Cottage hinauf, wo ich noch einmal in der Nacht verschwand. Ich brauchte nur den Hang hinaufzuklettern und mich geduckt durch den nachbarlichen Garten zu schleichen, um zur Straße zu gelangen. Einen Augenblick später eilte ich mit einer Hand auf dem stechenden Schmerz in meiner Seite über Broad Ledge, das nun bei Ebbe freilag, hinunter zu der kleinen Höhle am Strand von Charmouth.

Die Roaylisten hätten nicht die ganze Stadt angezündet und Sidmouth aus seinen Ketten befreit, um ihn dann tagelang versteckt halten zu müssen – nein, dahinter verbarg sich ein Plan und eine bestimmte Absicht, und ich hegte wenig Zweifel, daß ich am Strand eine Gruppe Leute vorfinden würde, die dort auf die Ankunft eines Bootes warteten und nach einem Signal Ausschau hielten, das man bei dem hellen Flammenschein im Westen unbemerkt empfangen könnte. Es schien ebenso wahrscheinlich, daß Crawford ähnliche Vermutungen hegte – oder daß er Sidmouth auf seiner Flucht zum Gutshof beobachten und ihm dann den Weg von den Klippen zum Strand hinunter abschneiden würde. Ich hatte keine Zeit zu verlieren.

Doch ich mußte Vorsicht walten lassen. So holte ich am östlichen Fuße von Broad Ledge schaudernd tief Luft. Obwohl der beschwerliche Pfad meinen Beinen beträchtlich zugesetzt hatte und mein Kleid von der schäumenden Brandung ganz durchnäßt war, versuchte ich, mein pochendes Herz zu beruhigen. Ich war mir nicht sicher, welche Richtung Mr. Crawford einschlagen würde, doch da er mit diesem Küstenstrich vertraut war und sich seine Ausgrabungsstätten in der Nähe befanden, kannte sich mein Gegner hier gewiß gut aus. Ich bemühte mich, den vorderen Strandstreifen zu erkennen, nahm aber keine Bewegung wahr. Wegen meiner eigenen Sicherheit begab ich mich jedoch in die Klippen und begann auf den Steinen hochzukriechen.

Nichts als das sanfte Säuseln der Wellen am Ufer konnte mir in der Dunkelheit Trost spenden, ebenso die Tropfen, die vorerst vereinzelt aus den Wolken über mir fielen. Doch dann regnete es stärker, ganz als ob der Himmel wünschte, die Häuser und Geschäfte von Lyme zu retten, indem er eine erlösende Flut über die Stadt ausschüttete. Meine Gedankengänge waren ziemlich biblisch geworden, bemerkte ich – das mußte ich Geoffrey Sidmouth zuschreiben und den tumultartigen Umständen, die er herbeigeführt hatte. Behutsam setzte ich einen Fuß auf einen Felsbrocken, um eine kleine Wasserlache zu überspringen, doch ich hatte mich verschätzt. Der Stein rollte mit lautem Ruck los, und ich hielt inne in der Angst, nun entdeckt zu werden.

Doch mein Fehltritt hatte keine Folgen, niemand schlug Alarm, kein Schuß ertönte, kein Warnruf wurde von einer ängstlichen Seele ausgestoßen. Hatte ich mich so verrechnet? War der Strand von Charmouth leer und Sidmouth in der Mündung der Pinny verschwunden, weit weg sowohl aus Crawfords Reichweite als auch aus der meinen? Oder – und bei der Vorstellung schauderte es mir – wußte Crawford besser, wo sich sein Freund sonst aufhielt, und mußte ich Sidmouth nun verlorengeben und hatte keine Gelegenheit mehr, ihn zu retten?

Meine Finger zitterten, und ich zwang mich angestrengt zur Ruhe. Doch nicht die Furcht hatte mich derart gepackt, sondern die Kälte – denn von Regen und Gischt war ich bis auf die Haut durchnäßt, und mein Haar hing mir in feuchten Strähnen ins Gesicht. Ich muß ganz wie eine Schiffbrüchige ausgesehen haben. Dringend brauchte ich nun einen Unterschlupf, oder ich holte mir den Tod.

Ich dachte: *Die Höhle, natürlich. Sie werden sich in der Höhle verborgen halten und auf das Signal vom Boot warten, dort könnte sie niemand entdecken*.

Doch wußte Crawford nicht auch von der Höhle? Ich mußte davon ausgehen, daß er diesen Teil der Küste, an der er sich schon seit langem aufhielt, bis ins kleinste kannte.

Die Ausgrabungsstätten des Gentlemans befanden sich unmittelbar vor mir. Eigentlich hätte ich ihr Inneres gern sofort erkundet, um dort ein Lager mit Unmengen hochwertiger Seide aufzuspüren. Doch das sollte ich wohl besser dem Tag und Mr. Dobbins Männern überlassen. Mir blieb nur noch, so sicher wie möglich zum Eingang der Höhle zu gelangen, auch für den Fall, daß sich Mr. Crawford jetzt hier aufhielt. So raffte ich trotz der Kälte meine nassen Kleider hoch, setzte meine Beine nun den Elementen aus und kroch auf allen vieren im Sand weiter. Um die Gruben hinter mir zu lassen, hatte ich eine kurze Strecke zu bewältigen, wobei ich einige Pausen einlegte, um zu lauschen. Da schreckte mich ein leises Wiehern auf. Ich sah auf und entdeckte knapp einen Meter vor mir ein Pferd, das an einen Felsen gebunden war. Ein schwarzes Tier, fast unsichtbar in der Nacht, und zweifellos war Mr. Crawford der Besitzer.

Doch wo befand sich jener?

Teils vor Kälte, teils vor Furcht durchlief mich ein Zittern. Ich legte mein Gesicht in den Sand. Sollte er mich hier finden, wäre ich sicher verloren.

»Miss Austen«, erklang eine Stimme über mir, »und in einer so jämmerlichen Stellung! Kann das der strahlende Engel von damals sein?«

Langsam hob ich den Kopf und fürchtete um mein Leben – da blickte ich direkt in die Augen von Lord Harold Trowbridge*.

Ich kann an dieser Stelle nicht beschreiben, wie froh ich war, sein schmales, schlaues Gesicht zu sehen, wie erschüttert und erleichtert ich war und wie viele Fragen mir auf der Zunge lagen – denn all das wurde mir verwehrt, da ich fest am Arm gepackt und hinter einen sicheren Steinhaufen gezogen wurde, wo ich mich mit klopfendem Herzen gegen Trowbridges nassen Wollmantel drückte.

»Seien Sie ganz still«, befahl Lord Harold flüsternd. »Wenn Ihnen Ihr Leben lieb ist.«

Ich nickte einmal und entdeckte sogleich, wie ein Mann selbstsicheren Schrittes mit einer geladenen Pistole in der Hand am Strand entlanglief. Er befand sich nur ungefähr sieben Meter von den Steinen entfernt, hinter denen wir hockten. *Crawford*. Er hatte keine Angst, entdeckt zu werden – oder war sich gewiß, daß er bei Gefahr die Oberhand behalten würde.

»Er geht zur Höhle«, hauchte ich leise. Trowbridge

* Lord Harold Trowbridge – Lebemann, Schurke und zweiter Sohn eines Dukes – war Spion im Dienste der Krone. Er tauchte zum erstenmal in Austens Tagebüchern auf, als beide auf Scargrave Manor weilten, dem Haus ihrer Freundin Isobel Payne (Vgl. Stephanie Barron, Jane Austen und der dunkle Engel. Aufbau Taschenbuch Verlag Berlin 1996). – *Die Herausgeberin*.

drückte leicht meine Finger, um mich davor zu warnen, weiterzusprechen. Wir warteten mit angehaltenem Atem, bis Crawford den Eingang erreichte – und uns mit einem plötzlichen Ausruf erschreckte.

»He, Sidmouth, sind Sie hier? Ich bin's, Cholmondeley Crawford. Ich will Ihnen helfen!«

Ich warf einen verstohlenen Blick zu Trowbridge. »Der Mann ist Sidmouths Feind.«

»Ich weiß.«

»Woher denn?«

»Ich bin Ihnen schon seit ein paar Tagen gefolgt«, antwortete er im Flüsterton. »Nachdem ich beobachtet hatte, mit wem Sie sprachen, habe ich die Betreffenden hinterher selbst befragt. Was Sie herausfanden, das habe ich auch erfahren. Crawford ist der Reverend, und er möchte gern Sidmouth dazu benutzen, um gegenüber dem Gesetz selbst eine reine Weste zu bewahren.« Er reckte sich hoch und spähte über den schützenden Steinhaufen. »Er ist hineingegangen. Wir haben keine Zeit zu verlieren. Ich habe keine Zweifel, daß ihm das Gesetz auf dem Fuße folgen wird und daß er Sidmouth und seine Männer mit der Waffe festhalten will, bis er sie den Dragonern übergeben kann und zum Helden des Tages aufsteigt.«

»Sind denn die Royalisten nicht bewaffnet?«

»Das wird ihnen nichts nützen, wenn man sie plötzlich überrascht. Bleiben Sie hier in Sicherheit, und rühren Sie sich nicht von der Stelle, bis ich zurück bin.« Er wagte einen Schritt vor den Felsen, doch sofort klammerte ich mich an seinem Mantelende fest.

»Wollen Sie mich etwa hier allein lassen?«

»Mir bleibt keine andere Wahl, Miss Austen«, sagte Lord Harold ungeduldig. »Sie müssen nun selbst Stärke beweisen, so gut Sie können.«

»Ich begleite Sie.«

»Das geht nicht.«

»Ich muß mitgehen«, beharrte ich weiter und stand auf.

»Wenn Sie mir das nicht gestatten, werde ich aus voller Kehle losschreien, und dann wird Crawford hinter Ihnen her sein.«

Wir hatten uns bereits früher gestritten, aber damals schwebte keine tödliche Gefahr über uns. Heute nacht war Trowbridge über meine Dickköpfigkeit weder erheitert noch erzürnt. Er schätzte die heikle Lage ein und reichte mir seine Pistole. Noch nie hatte ich ein solches Ding in Händen gehalten, und ich besaß nicht die geringste Ahnung, wie man damit umging.

»Darin befindet sich eine Kugel«, sagte Trowbridge. »Zielen Sie in die Luft und drücken Sie irgendwie ab, wenn sich die Dragoner nähern. Damit erweisen Sie uns einen wertvolleren Dienst und sind weniger hinderlich, als wenn Sie an meinen Fersen kleben. Kein Wort mehr!« befahl er und war so schnell entschwunden wie ein Stern bei Sonnenaufgang.

Ich blickte ihm ein paar Sekunden nach, beobachtete die schlanke Gestalt, die geduckt mit in die Seite gestemmten Armen wie eine sich zurückziehende Krabbe hastig den Strand entlanglief. Dann drehte ich mich so leise, wie es ging, um und stieg langsam die Klippen hoch.

Ich verschwendete nicht viel Zeit auf die Frage, warum sich Lord Harold am Strand von Charmouth befand, oder mit der Tatsache, daß er zugegeben hatte, mir gefolgt zu sein. Sidmouths Unterstützung der Royalisten zielte, wie ich schon geahnt hatte, auf den Sturz Napoleons. Und daß Harold Trowbridge als Diener der Krone hinter den Vorhaben von High Down Grange stand, war nicht weiter verwunderlich. Denn obwohl die Königliche Marine wegen einer möglichen Invasion Posten bezogen hatte und entlang der ganzen Küste die Küstenlandwehr* zusammen-

* Diese Küstenmiliz aus Fischern und kleineren Handwerkern, die von Marineoffizieren angeführt wurde, war gegen eine mögliche Invasion durch die Franzosen vom Kanal her aufgestellt worden. – *Die Herausgeberin.*

gerufen worden war, so könnte doch ganz Britannien viel besser schlafen, wenn der Tyrann vom Thron gestürzt und Frankreich von ihm nicht mehr geknechtet würde! Wie viele Leben könnten um den Preis des einen Lebens gerettet werden! Wenn *andere* davon erführen, würden sie erschüttert von einer unehrenhaften Staatskunst reden, die unter dem Schleier offizieller Diplomatie betrieben wurde. Und würde man die Royalisten entlarven und käme Lord Harolds Rolle bei ihren Machenschaften ans Licht, so zöge er damit nur das übliche Mißfallen auf sich, das seine Unternehmungen sonst auch immer hervorrufen. Doch vielleicht sollte ich Sidmouth und seinen Leuten gegenüber freundlicher gesonnen sein, da zwei meiner Brüder den Launen des Krieges ausgesetzt sind, und Mantel und Degen nicht zu sehr geringschätzen, die ihre weitere Gesundheit und ihre Sicherheit garantieren sollen. Um die Wahrheit zu sagen, ich bewunderte Seine Majestät sogar dafür, daß er einen solchen Weg einschlug.*

Nach ungefähr zehn Minuten zähen Voranrkämpfens hatte ich den oberen Rand der Klippen erreicht. Von dort aus war es zu Captain Fieldings Garten und dem Tempel nur noch ein Katzensprung. Rasch schaute ich mich um – sah die

* Jane Austens Vermutungen sind zum Teil bestätigt worden. Um 1804 unterstützte die britische Regierung aktiv verschwörerische französische Royalisten, die an den Küsten Englands Unterschlupf fanden. Man versorgte sie mit französischen Banknoten in Millionenhöhe. Angeblich beförderte ein gewisser Captain Wright von 1803 bis 1804 drei Schiffsladungen von königstreuen Rebellen nach Frankreich zurück. Doch sie wurden alle entdeckt, vor Gericht gestellt und die meisten von ihnen auch hingerichtet. Napoleon erklärte später: »Ich kann wohl sagen, daß ich von September 1803 bis Januar 1804 auf einem Vulkan saß.« Die Attentatsversuche erreichten ihren Höhepunkt, als Napoleon ungerechtfertigt den Duc D'Enghien festnehmen und hinrichten ließ. Er war bourbonischer Abstammung und fälschlicherweise im März 1804 angeklagt worden, nach Napoleons Thron getrachtet zu haben. Nach Austens Bericht scheint es jedoch, daß die Royalisten auch später noch ihre Bemühungen fortsetzten. – *Die Herausgeberin*.

ruhigen Schatten, die auf das leere Gebäude fielen, und auf die üppig rankenden Rosenbüsche und die wachsamen Augen der steinernen Waldnymphen –, und da ich mich in Sicherheit wähnte und mich allein dort befand, schlüpfte ich, ohne weiter nachzudenken, in das Gerätehäuschen und begab mich zum Eingang des Tunnels.

Der Gang war so finster, wie ich ihn in Erinnerung hatte. Ich tastete mich so schnell, wie es unbemerkt möglich war, die Stufen hinunter und dann den abfallenden Tunnel entlang. Ich konnte mich nicht entsinnen, wie lange man brauchte, um die ganze Strecke zurückzulegen. Doch ich nahm mit einiger Gewißheit an, daß man weit weniger als zehn Minuten benötigte, um direkt unterhalb der Klippen hinauszugelangen. So war es auch, denn schon binnen der Hälfte der Zeit stand ich vor der Holztür. Ein schwacher Lichtschein am Rand verriet mir, daß ich die Höhle erreicht hatte. Mucksmäuschenstill blieb ich stehen und hielt mein Ohr an die Tür.

»Crawford, gestatten Sie zumindest Mademoiselle LeFevre zu gehen«, klang eine grimmige Stimme. Ich erkannte Sidmouth und wußte, daß er seine Illusionen über Crawfords Absichten über Bord geworfen hatte. »Sie hat nichts getan, was eine Festnahme rechtfertigt, und ihr Bruder ist verwundet, wie Sie deutlich sehen können. Schicken Sie beide zum Boot – wenn es sein muß auch mit vorgehaltener Pistole –, und nehmen Sie mich als Geisel. Ich kann mich voll dafür verbürgen, daß sie, ohne sich umzuschauen, abfahren werden, wenn ich das so anordne.«

»Halten Sie mich für einen Narren? Soll ich zulassen, daß ein Boot mit bewaffneten Männern anlegt, ehe die Dragoner hier sind? Ich bin nicht ein Jahrzehnt vor dem Gesetz auf der Flucht gewesen, um einem anderen Schurken ausgeliefert zu werden. Nein, Sidmouth, Sie werden hierbleiben und keine Signale geben, und das Boot wird weit draußen vor der Küste kreuzen.«

Ein schwaches Stöhnen war zu hören – ich nahm an, daß es von dem verwundeten Philippe stammte. Ich hatte vermutet, daß sich Sidmouth wegen des Jungen eher in der Nähe von High Down Grange verstecken würde als im Dickicht der Pinny oder als einfach über die Crewkerne Road zu fliehen. Er würde seinen verwundeten Cousin nicht im Stich lassen, und da sie mit einem Pferdewagen nicht so schnell vorankämen, mußten sie das Boot nehmen – um der Gefahr zu entrinnen oder um dabei ihr Leben zu lassen.

Seraphine stieß auf französisch einen kurzen Fluch aus, und dann hörte ich, wie jemand auf den Boden spuckte.

»Beunruhigen Sie sich nicht, Mademoiselle«, schallte Crawfords Stimme. »Wie ich glaube, müssen wir nicht mehr lange warten.«

Wo denn nur, wo blieb Lord Harold?

»Was war das?« Crawfords Stimme klang nun besorgt. »Ein Geräusch, als sei ein Stein herabgefallen.« Eine Pause, in der der Reverend vermutlich vorsichtig aus dem Eingang der Höhle schaute. »Die Dragoner waren es nicht – die brauchten nicht so heimlich zu tun«, dachte er laut nach. »Jemand anderes also. Sidmouth!«

Ich hörte, wie jemand schnell die Höhle durchquerte. Dann folgte ein Schmerzensschrei von Seraphine und der Hahn einer Pistole wurde gespannt. »Ihre Geliebte stirbt, es sei denn, Sie sagen die Wahrheit. Welcher Kerl treibt sich draußen vor der Höhle herum. Ist es Dagliesh, Ihr schwarzer Hund? Oder einer Ihrer Lilienträger vielleicht? Raus damit!«

»Sie sollten die Kugel lieber zur Verteidigung Ihrer Beute aufsparen, als damit meine Cousine zu bedrohen. Ich habe keine Ahnung, wer sich da draußen aufhält.«

Er sprach recht laut und ziemlich herausfordernd, und in seiner Stimme schwang gleichzeitig leichte Hoffnung mit. Doch daraufhin holte Seraphine nur tief Luft, und ich konnte ihr kaum unterdrücktes Wimmern hören.

Dann knallte ein Schuß. Ich zuckte zusammen aus Angst, daß Crawford seine grausame Absicht in die Tat umgesetzt hatte, doch noch während ich das dachte, war mir klar, daß der Schuß aus einiger Entfernung abgegeben worden war, vielleicht vom Strand her, und nicht aus der Höhle. Es mußte, ja es konnte nur Lord Harold sein. Darauf hörte ich die Geräusche eines Handgemenges und wie ein Körper über den Boden der Höhle geschleift wurde, und dann tönte Crawfords Stimme ganz dicht neben meinem Ohr.

»Das Mädchen kommt mit mir, Sidmouth, als mein Schutz. Werde ich verfolgt, dann stirbt sie – selbst wenn ich mit ihr sterben sollte. Doch wenn mir Ihr Mann da draußen nicht auf den Fersen ist, dann haben Sie mein Wort, daß sie am Leben bleibt.«

Mit großer Sicherheit wußte ich, daß sich Crawford in den Tunnel zurückziehen wollte, hinter dessen Tür ich stand. Seraphine würde er als Geisel mitnehmen. Mein Herz raste wie wild. Ich drückte mich gegen die Mauer, hielt die Luft an und hob mit beiden Händen Lord Harolds Pistole hoch. Ich hatte nur eine Chance, oder er würde mich überwältigen.

Die Tür wurde aufgestoßen, und Crawford betrat rückwärts den Gang, den linken Arm fest um Seraphines Hals gelegt. Diese aber wehrte sich vergeblich. In seiner Rechten hielt er eine Waffe hoch, die jedoch bei seiner Angst und Feigheit zitterte.

So viel konnte ich sehen, da drückte ich auch schon mit der ganzen Kraft meines schwachen Körpers den Lauf von Lord Harolds Pistole an Crawfords Schädel und stieß einen heiseren Schrei aus, der selbst mich erschütterte. Crawford geriet einen Moment ins Wanken, dann sank er zu Boden.

Was für ein Lärm dann ausbrach! Zuerst sprang Sidmouth in den Tunnel, dann folgten rasch ein oder zwei Männer, die wohl Franzosen waren, und anschließend kam Lord Harold Trowbridge, in dessen schmalem Gesicht großes Erstaunen lag. Seine kalten grauen Augen wirkten irgendwie erheitert. Seraphine hatte sich befreit und in Sidmouths Arme geworfen. Doch dieser blickte mich über ihren goldenen Kopf hinweg an und sprach mir völlig überrascht seinen Dank aus.

Was mich betraf, so war die Angst des Augenblicks einer hektischen Aktivität gewichen. Allerdings kehrte nun mein Zittern wieder zurück, und meine Knie wurden weich. Beinah wäre ich neben dem bewußtlosen Mr. Crawford zu Boden getaumelt, doch schließlich fand ich in den kräftigen Armen eines fremden Franzosen Halt. Dieser half mir aus dem Gang heraus und führte mich in die Höhle, die mir nun wie die Freiheit vorkam.

»Meine Hochachtung, Miss Austen«, sagte Lord Harold kurz, der sich uns anschloß. »Mademoiselle – das Signal?«

»Der Junge hat es«, brachte Seraphine gerade noch über die Lippen, während sie sich eng an Sidmouth geschmiegt hatte.

Trowbridge ging zu Toby, der sich im Dunklen auf seine Krücken stützte, und streckte die Hand nach der Signallaterne aus. Jetzt wartete er nur noch auf das Zündholz und lief dann rasch zum Strand.

Dann vernahm ich ein Stöhnen. Ich drehte mich um und bemerkte, daß Crawford wieder zur Besinnung kam. Zum Glück war er inzwischen aber gefesselt, die Hände hatte man ihm auf den Rücken gebunden.

»Laßt ihn«, befahl Sidmouth knapp seinen Begleitern. »Lord Harold wird sich seiner annehmen. Wir wollen Philippe zum Strand tragen. Treffen die Dragoner eher als das Boot ein, so können wir uns wenigstens im Freien verteidigen und ehrenvoll sterben.« Er drückte Seraphine die Hand, die ihn mit einem Seufzer losließ, und machte sich daran, ihren Bruder fortzubringen, der auf einer Trage mitten in der Höhle lag. Ich holte tief Luft und fuhr mit einer Hand über meine schmutzigen Locken. Man hatte eine simple Flucht vorbereitet: auf dem Boden lagen ein paar

Säcke, vermutlich mit ein paar Kleidern zum Wechseln und Proviant für die Reise. Ich griff einen davon und trug ihn zum Ausgang.

Trowbridge stand am Strand und kümmerte sich nicht darum, ob man ihn beobachtete. Er hielt ein Fernrohr vors Auge, und sein ganzer Körper schien sich zum Horizont zu spannen. »Das Boot!« rief er. »Es nähert sich!«

Der Regen, der vor vielleicht einer halben Stunde eingesetzt hatte, war nun zu einem starken Unwetter angeschwollen – das beste *Schmuggelwetter*, wie ich mich mit einem leichten Lächeln erinnerte. Nie wieder möchte ich jedoch ein solches Hangen und Bangen erleben müssen wie jenes beim Warten auf das Boot. Als es auf der Sandbank gegen die Brandung ankämpfte, wäre es beinahe zweimal gekentert, wenn nicht die Männer an den Rudern so tapfer gewesen wären. Plötzlich wurde mit einem schrecklichen Schrei ein Ruderer über Bord gespült, der nur unter größter Anstregung seiner Kumpane zurückgeholt werden konnte, wobei viel kostbare Zeit verlorenging. Schließlich erreichte das Boot den Strand, und Lord Harold und Sidmouth rannten fast bis zu den Hüften ins Wasser hinein, um beim Anlegen zu helfen. Dann hoben die Franzosen Philippes Trage hoch.

In diesem Moment stieß Seraphine einen Schrei aus. Ich wandte mich um und erblickte ihre ausgestreckte Hand, die zurück auf den Rand der Klippen deutete. Es sah so aus, als ob eine ganze Armee von Männern die Straße hinab zu den Ausgrabungsstätten lief, über den Strand ausschwärmte und in unsere Richtung jagte. Die Männer sprangen ins Boot. Lord Harold hielt mit all seiner zähen Kraft das Boot am Bug fest, und Sidmouth schwang Seraphine in die Mitte hinein in Sicherheit. Selbst an Bord – halb stehend, halb knieend – kehrte er sich von dort nach mir um.

»Jane!« rief er. »Wir haben Ihnen so viel zu verdanken, das können wir niemals wiedergutmachen! Gott schütze

Sie Ihr Leben lang! Und mögen Sie das Glück finden, das mir mit Ihrem Verlust verwehrt ist ...«

Ich konnte nicht antworten, mir rannen die Tränen übers Gesicht. Langsam hob ich zum Abschied die Hand. Lord Harold drängte vorwärts in die Wellen, die Ruderer legten sich in die Riemen, und in einem quälend schleppenden Tempo drehte sich das Boot dem offenen Wasser jenseits der Sandbank zu und kämpfte tüchtig gegen das Unwetter an.

Eine Kugel zischte über meinem Kopf hinweg; etwas erschüttert und überrascht wandte ich mich um. Grob zog mich eine Hand zurück, Lord Harold zerrte mich zum Höhleneingang.

»*Diesmal*, Miss Austen, bitte ich Sie inständigst, daß Sie mir die Ehre erweisen, meinen Anweisungen zu folgen«, sagte er ganz außer Puste von all der Anstrengung zuvor. »*Bleiben Sie hier* und geben Sie keinen Mucks von sich, und wenn wir großes Glück haben, werden wir dieses heillose Debakel überleben.«

Kapitel 23
Jane Austens Nachwort

25. September 1804, Forts.

Nur ein paar Worte genügen, um meine Erzählung zu beenden.

Die Dragoner versuchten, die Flucht von Sidmouths Boot zu verhindern, hatten aber keinen Erfolg. Nach einer nervenzerreibenden Viertelstunde, in der sie mit schlecht zielenden Donnerbüchsen auf die bewegte See hinausschossen, gaben sie ihre Bemühungen auf und standen ziemlich mißmutig und durchnäßt am Ufer. Das hätte ein recht heiterer Anblick für mich sein können, wenn ich mich nicht in so einer höchst prekären Situation befunden hätte. Am Rande des Trupps entdeckte ich Roy Cavendish. Der oberste Zollbeamte hatte seine Arme verschränkt, vom Hutrand tropfte der entmutigende Regen, und das Gesicht verriet deutlich seine Bestürzung. Ich befürchtete, daß er seine schlechte Stimmung auf meinem Haupt entladen würde, wenn ich hervorträte.

In diesem Augenblick ging Lord Harold auf die Männer zu.

Er hatte mich am Höhleneingang in der Gewißheit zurückgelassen, daß ich, wenn schon nicht auf seine Bitte hin, wenigsten wegen der Dragoner vorsichtig sein würde. Mit kühlem Kopf, wie üblich, hatte er von seinem weißen Hemd einen Streifen abgerissen und es ans Ende seiner Pistole gebunden. Dann zog er den armen Crawford hoch und zwang den Mann, auf dem Weg durch den prasselnden Regen als Schutzschild vor ihm her zu gehen. Nun hieß es nur noch abzuwarten, daß sich der Zorn der Dragoner legte und Sidmouth außer Reichweite war. Das tat Lord Harold dann auch.

»Hallo, ahoi!« rief er, schwenkte seine selbstgemachte Parlamentärflagge und stieß den widerwilligen Crawford vor sich her. »Ich möchte den Kommandeur sprechen!«

Cavendish schreckte aus seinen hoffnungslosen Gedanken auf und ging auf die Männer zu. Dann folgte ein halblaut geführtes Gespräch. Es hatte ganz den Anschein, daß die Welt des Zollbeamten auf den Kopf gestellt wurde. Äußerste Fassungslosigkeit und Erschütterung zeichneten sich in seinen Zügen ab. Völlig erstaunt trat er vor Chomondeley Crawford einen Schritt zurück.

Roy Cavendish war nicht umsonst ein Mann der Krone – nach wenigen Augenblicken hatte er einen Trupp Dragoner von ihrem nutzlosen Herumstehen am Strand erlöst, damit sie mit der Durchsuchung von Crawfords Ausgrabungsstätten – in welchem Grade auch immer – ihre Ehre wiederherstellen konnten. Dort entdeckten sie Unmengen von Seide und andere feine Konterbande, die ohne Zoll eingeführt worden waren. Am wichtigsten war vielleicht, daß sie auf ein paar Hufeisen stießen, die man in der Schmiede der Grube angefertigt hatte und die deutlich die Initialen *GS* trugen.

Diese Hinweise sorgten zusammen mit ein paar leisen Worten von Lord Harold Trowbridge über Staatskunst und die Regierung Seiner Majestät dafür, daß kein Kutter der Marine Sidmouth und dessen Leute verfolgte. Doch all das erfuhr ich erst später, nachdem man Crawford ins Gefängnis von Lyme gebracht hatte (in jenem Stadtteil war inzwischen jegliche Feuergefahr gebannt worden) und die Dragoner abgezogen waren. Auf Lord Harolds Vorschlag hin unterrichtete Roy Cavendish den Friedensrichter Mr. Dobbin von Cholmondeley Crawfords betrügerischem Mord.

Erst dann holte mich Lord Harold aus meinem Versteck hervor und blickte beunruhigt auf meine durchnäßten Kleider und den zerzausten Kopf.

»Miss Austen! Sie habe ich ja völlig vergessen«, sagte er mit einem Anflug von Besorgnis, die ich zum erstenmal seit unserer Bekanntschaft an ihm wahrnahm. Er lüftete seinen tropfenden Hut und hielt ihn ungeschickt über meine nassen Locken. »Sie werden sich noch den Tod holen, sollten Sie sich heute nacht erkältet haben.«

»Das kümmert mich wenig«, sagte ich erschöpft und strich den Regen von seinem Hut ab, »nur hätte ich lieber einen richtigen Umhang, und man möge mich nach Hause bringen, da ich sonst vor Müdigkeit umsinke.«

Rasch streifte er den Mantel von seinen Schultern und legte ihn mir zusätzlich um. Ohne ein weiteres Wort führte er mich zu seinem guten schwarzen Pferd, das immer noch beim Ausgrabungsort angebunden war. Und dann bot er mir mit größter Freundlichkeit seine Hand an und half mir aufzusitzen. Etwas weniger anmutig, als ich es gewohnt war, schwang ich mich auf den Rücken des Tieres – selbst in den besten Zeiten war ich keine gute Reiterin gewesen –, und darauf sprang Lord Harold mit größerer Behendigkeit in den Sattel vor mir.

Einen Moment hielten wir inne und blickten durch den dichten Regen hinaus auf die Wellen, wo sich wie ein Stofffetzen das Segel eines Bootes vom heller werdenden Himmel abhob. Es bewegte sich schnell vorwärts und entschwand dann unseren Augen.

»Wohin segeln sie denn?« fragte ich nach einer Weile.

»Sicher nicht nach Frankreich.« Aus Lord Harolds Stimme klang eine ungewohnliche Nüchternheit. »Das Land ist für Männer ihrer Überzeugung zu gefährlich geworden. Ich nehme an, der Kutter bringt sie nach Liverpool – und *dort* werden sie sich einen Platz auf einem Schiff nach Amerika beschaffen.«

»*Amerika*?« Ich spürte, wie sich der Abschiedsschmerz rasch verdoppelte, so als hätte man meinem Herzen einen Stich versetzt. »Ich werde ihn nie wiedersehen.«

»Ich fürchte, nein«, sagte Lord Harold ruhig. Er schnalzte dem Pferd zu und wendete es, dann trotteten wir langsam Richtung Lyme.

So ritten wir erschöpft und schweigend dahin, nur das sanfte Prasseln des Regens und das erste Vogelgezwitscher begleitete unseren Weg. Ich war so hin und her gerissen zwischen der Freude über die geglückte Flucht und einem tiefen Schmerz, daß ich kaum sprechen konnte. Lord Harold sagte schließlich in einem bei ihm sonst nicht üblichen neckenden Ton, ich solle in Zukunft in der Wahl meiner Bekanntschaften vorsichtiger sein.

»Denn, Miss Austen«, meinte er, »auch wenn ich nicht sage, daß ich Ihre Vorliebe für Gestalten wie Sidmouth oder Ihre Gewohnheit, im Hause von Schmugglern zu speisen, mißbillige, so bekenne ich doch, daß ich es nicht gern sehe, daß meine eigenen Bemühungen fehlschlugen und ich auf Ihr Eingreifen angewiesen war. Mein Ruf ist ruiniert, wenn jemand etwas davon erfährt. Und mir wird nichts anderes übrigbleiben, als Ihnen eine Beschäftigung bei mir anzubieten.«

»Was ich bereitwillig ablehnen werde«, erwiderte ich. »In diesem Augenblick, Sir, will ich nichts weiter, als in mein behagliches Zimmer zurückkehren und einen heißen Punsch zu mir nehmen. Dann benötige ich nur noch einen eingewickelten heißen Ziegelstein in meinem Bett. Was für ein Regen! Ich werde in Zukunft nie wieder ohne meine Haube ausgehen, ganz gleich, wie viele Mäntel man mir leiht.«

»Sie haben ein höchst beunruhigendes Talent für Verwicklungen und deren Lösung«, betonte Lord Harold beharrlich und überging einfach meine Worte über Ziegelsteine und Punsch. »Das ist wirklich ungewöhnlich für eine Frau. In Zukunft werde ich mich immer nach hinten umblicken, vor lauter Angst, daß Sie dort auftauchen könnten.«

»In dem Fall werden Sie noch über meine Füße stolpern, Mylord«, erwiderte ich mit Witz, »denn ich werde dann ganz gewiß vor Ihnen stehen.«